アンディ・スマイソン
セレン
ジーク・ベッカー
ディアーネ
アンゼロス

ライラ
ジャンヌ
ルーカス
ヒルダ
オーロラ

Kill Time Communication Presents
Beginning Novels Series
"Half elves of Fall in love"
-Volume One-

Contents

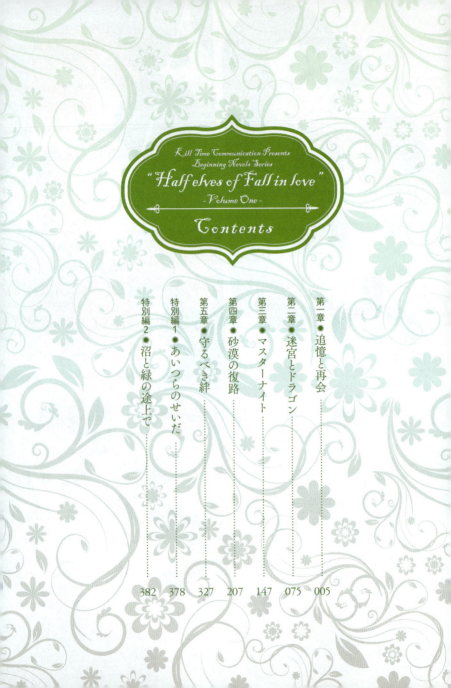

第一章　追憶と再会

　幼い頃の俺は、ポルカという辺境の街に住んでいた。

　一年の半分は一面真っ白になる豪雪地帯で、周囲にはほとんど街らしきものはなく、見渡す限りの原野と針葉樹林が広がっている。

　気候のために当然農業は盛んでなく、周りの森は魔物が多いことで有名で、まあ普通に考えたら栄えそうにない街だったが、ひとつだけどこにもない名物があった。

「ポルカの霊泉」という冬でも凍らない不思議な湧き水だ。

　街のあちらこちらで湧いているこの水はものすごい治癒の霊験がある。その効果は病気から怪我から何にでも効く。

　森の魔物に襲われて脇腹半分食いちぎられた兵士がこの水を飲んだら完治したという話もあるぐらいだ。

　欠点は、湧いたのを汲んでから大体半日もするとただの水になってしまうことだったけれど、おかげで街はいつも病や怪我を抱えた巡礼者で賑わっていたし、水自体を出し惜しみされることはなかった。

　そしてこの霊泉、実は地元の人間には有名だが温泉もある。

　そこのは特に女性の肌を若返らせるっていうんで大人気だった。

　ポルカの50歳はよそでの30歳って言われるぐらいだ。雪国で色白美人の多い土地柄、もう温泉は天国のような風景だった。

　そしてそこで俺は覗きの常習犯だった。

「ん？　……あっ、コラッ！」

「また鍛冶屋のアンディよっ!!」

　花屋の姉ちゃんと酒場の娘に見つかって雪球を投げつけられる。

　俺は雪の上を手製のソリで大脱出するのが得意技だった。

「鍛冶屋のエロガキ」とやたら有名だったが、専《もっぱ》ら怒るのは若い娘ばかりで奥さんおばさんは笑って済ませてくれた。

　まあ田舎だったし徴兵で男が少ない時期だったから、男はむしろ好色なぐらいが頼もしい、とか大らかな見解だったみたいだ。

　それに前述の通り、おばさんとはいえ霊泉効果で充分イケるボディの持ち主ばかりだったわけで、俺としてはウハウハだったわけだが。

　その日も花屋のジェシカに雪球ぶん投げられつつ雪の上を滑走していた。

が、ソリが何か通った跡に引っかかってつんのめり、雪の中に放り出された。

「ぐわっ⁉」

ぱふっと体が沈み込み、一瞬パニックになる。

1mも積もった雪に体がはまると結構怖い。ブザマにじたばたしてようやく体を起こし、ソリを探してキョロキョロすると、ちょっと怖い状況なのに気づいた。

引っかかった「何かの通った跡」は、森から続いている。

そしてその跡は、10mも離れていないところに先端がある。

「……う、うわっ」

温泉があるのは街の郊外で、実は魔物が出やすくもあった。

そして森へはちゃんと整備された入り口がある。それを無視して関係ないところから出てきた「何か」が、人間でない危険は充分にあった。

しかし。

「……あのっ」

即席の通り道から歩きにくそうに戻ってきたのは、亜人だった。

「エルフ……？」

「い、いえ、その」

長い耳は森の亜人、エルフのもの。しかしポルカの近くのエルフは頑なに人間と交易したがらず、お互いに不干渉が暗黙の了解だった。

そのエルフがわざわざ、何をしに……と思っていると、亜人は言いにくそうに切り出した。

「霊泉の水を下さい。友達が、死んじゃいそうなんです」

「も、森の霊泉は？」

「……貰えなかったんです。私たち、半分だから」

ようやくピンときた。

「そっか、ハーフエルフなんだ」

「ええ」

エルフは縄張り意識の強い種族で、自分たちの集落と無関係の者を縄張りからとことん排除したがる傾向がある。

一方で、このトロット王国の人間は亜人には結構寛容だが、ことエルフに関しては相当痛い目に遭わされている。

まあ野放図に森を拓いて街だの村だの作ってはエルフに追い出されたり焼き払われたりしているわけだが、ほぼ一切の警告もなく、情け容赦のない弓矢の狙撃でさくさくと殺されている事実は、エルフに対する恐怖心や敵愾心を育てるのに充分だった。

そんな中、混血のハーフエルフの肩身の狭さは亜人の中でも図抜けたものだ。

何しろ耳が長い。純粋なエルフよりは短いらしいが、面と向かってエルフを見た奴なんてほとんどいないわけで、どうしたってエルフと見分けることはできない。それで警戒されるし、人によっては仲間を殺したエルフに対して殺意だって抱く。

おかげで森でも街でも影のように生活せざるを得ない。可哀相だが、種族紛争がなんともならない以上決してどうにもならない犠牲者たちだった。


「街で泉守りに頼めばちょっとした手数料だけで祝福までしてくれるよ」

「お金、なくて……それに街に入れそうにないんです」

「ドワーフやハーフオーガが出入りしてるぐらいだから、いけそうなもんだけどな」

子供ゆえの無思慮をそのまま口に出すと、ハーフエルフの少女は辛そうに笑った。

見た目バケモノなオーガ族でさえ力仕事の担い手として出入りが認められていたが、ハーフエルフは当時本当にポルカに入れなかったのだ。

「お願いします。なんでもしますから……私にできることなら！」


「……うーん」

なんでもと言われても困る。

街に入れもしない、金もない。特に芸がありそうにも見えない。

耳が長いだけの年上に見える少女。

泉守りを通さなくても、すぐ近くに温泉があるわけで持ってくるのは造作もないことだったけれど、なんでもしますと言われてタダで働くのはちょっと惜しい。

考えに考えて、スケベ小僧の魂がポンと名案を出した。

「……なんでもっつったね？」

「え、ええ……ひとの命、かかってますから。私にできるなら、本当になんでも」

「う」

ちょっとだけ罪悪感が湧いたが、しかし言って損することもないと思い直す。

「裸になって、めいっぱいからだ触らせて」

「ぇ」

さすがにギョッとしたようだった。今考えても我ながら天晴れすぎるスケベ根性だと思う。

「え、ええと……」

少女の目が泳ぐ。無意識といった感じで身を掻き抱き、真っ赤になって俯いてしまった。さすがに単刀直入すぎたか。

「嫌ならいいけど」

まあ駄目元だ。それ以外でと言われても……ちょっとがっかりだけれど別によかった。じゃあぱんつとか貰うのはアリかな、と思った程度で。

しかし少女は大慌てでした。

「し、します！　構いません、裸にでもなんでもなりますからっ！」

「あ……そう？」

今考えると、俺の言い方が「じゃあ霊泉の水は諦めてね、ばいばい」とでも言いそうに聞こえたのかもしれない。

そんなつもりはなかったが、俺のスケベな条件を聞いてくれたからには特になんとも思うことなく、俺は大喜びした。

「で、でも……せめて、もう少し暖かいところで……」

「うんうん」

こうなると俺の脳味噌は余計に働く。

自分より頭ひとつ分大きい少女を引き連れて、ソリを引きずりながら雪の丘を登り始めた。


温泉浴場の営業時間は寺院の十の鐘までになっている。六の鐘が真昼、十二の鐘が真夜中なので、都会式に言うと夜8時というところ。

それ以降ももちろん泉が止まるわけでもないので入ろうと思えば入れる。単に管理する泉守りが、かがり火の薪代をケチっているだけだ。

まあ温泉の泉守りは儲からない（入浴料を取ろうとしたこともあるけど、街中の女衆の反対にあったので助成金だけでやってるらしい）ので仕方ないといえば仕方ないみたいだが。

どうせ湯船の掃除は朝なので、それまでは掛け流しのまま。暗いことさえ我慢すればいいのだ。

暗いならエルフだろうがなんだろうが見つかる心配もない。夜目の利くドワーフやオーガなら見えてしまうかもしれないが、奴らはそもそも風呂の習慣がない。

「というわけで混浴混浴♪」

「……はぁ」

ハーフエルフの少女は呆れたというか、拍子抜けしたような顔をした。

「……これも霊泉の水、なんですよね」

「ん？　ああ、そうだよ。使うなら帰りに汲んでけばいい」

「贅沢っていうか……」

「どうせ霊験は半日しか続かないし、飲み尽くすほど病人がいるわけでもないじゃん」

「そうなんでしょうけど」

決死の覚悟で、なんでもすると言ってまで欲しい水が、まさにただの湯水として使われていることが納得いかないらしい。

まあそんなのはどうでもいいのだ。

「じゃ、おっぱい触らせて」

「うぅ……はい」

先にポンポンと服を脱いで湯に飛び込んだ俺の満面の笑みに、ものすごく複雑な顔をしながら彼女も服を脱いでいく。

薄暗くて肌の白さが堪能できないのが残念だけど、月明かりでもわかるぐらいに綺麗な肌とボンキュッボンの完璧なプロポーションはたまらない。

「へへっ」

おずおずと近づいてきた彼女に、無遠慮に手を伸ばす。

緊張しきった顔でビクッとする彼女だったが、お構いなしにむにゅっと乳房を掴ませて貰った。

「おお、すげ……こんなでっかいおっぱい、男爵のとこの嫁さん並みだ」

「……も、もしかして頻繁に女の子の体触ってるんですか？　その歳で」

「さ、さすがに触ってないよ。見ただけ」

男爵の奥さんは頼めば揉むくらいはさせてくれそうなねーちゃんだったが、そこまでしてバレたらさすがに親父が危ない。

覗いたり、たまにおばちゃんたちに引っ張り込まれて洗い倒されるだけならイタズラ小僧っていうことで許されるので、そこまでが俺のラインだったのだ。

しかし今は揉み放題触り放題の約束の最高のちちしりふとももがある。それは見る専だった俺にとってはもう脳が痺れるほどの体験だ。

「うわ……やーらけー……」

「ん、う……っ」

相手がただのエロガキで、本当にただ触るだけとはいえ、恥ずかしいものは恥ずかしいだろうし決して愉快ではないだろう。それでも彼女は律儀に触られるまま、くねくねと身もだえしながら決して拒絶はしなかった。

調子に乗って尻。そして性器も触る。

「ここがどうなってんのか、いっぺん思う存分確かめたかったんだよなー」

「そ、そんなっ……ひぁっ……！」

湯気越しに遠目に覗くだけでは、股間がどうなってるのかなんて決して理解なんかできるもんじゃない。それに毛だって邪魔だ。

しかし驚いたことに、彼女は胸や尻はしっかりと発育しているくせして毛は生えていなかった。

「こんな風になってるのか。そういやエルフって毛、生えないの？」

「わ、わかりませんよぅっ。純エルフの人たちの裸なんて、見たことありませんしっ……！」

「そっか。俺は毛がない方がいいな」

「あ、ありがとうございます……」

真っ赤になって俯きながらだけれど、わりと本気っぽい照れ方で礼を言うあたり、結構ズレた子なのかもしれない。

そんなこんなで本能の赴くままに尻を揉み乳を揉み舐めしゃぶり。随分そうしてベタベタしていた気がする。

が、しばらくして浴場の入り口に人の気配がしたので、俺は彼女に抱きついたままピタリと停止せざるを得なかった。

「誰か来た……！」

「え、えっ？」

わざわざかがり火が消えてから温泉に来るなんて奇妙な話だ。洗いづらいし躓きやすいばかりで不便なのに。

それともこのハーフエルフみたいな、いわくつきの客ってことだろうか。

「……………」

「……………」

二人でじっと息を潜め、闇に慣れた目で新しい客の動向を窺《うかが》う。

二人組だった。温泉の流れる音に紛れて声は聞き取りづらいが、片方は男。

もう片方は……。

「……きゃっ」

「？」

ハーフエルフの少女が息を呑んだ。

俺は……見えていたが、何をしているのかしばらく理解できなかった。

正体は宿屋の小間使いの娘と、男の方は多分旅人。連れ立って暗がりで服を脱ぎ、抱き合って湯船の中で絡み合い……時々追加料金とかサービスとか小声で言い合っているのが聞こえる。

しばらくして話が済んだのか、男のまたぐらに女がかがみこみ、何やらチュポチュポと音を立て始める。その時の俺には何をやっているのか全く想像できず、ただ本格的にエロい何かをやらかしているのだろうということだけしかわからなかった。

じっとハーフエルフの少女を抱き締めながら、ひたすら息を殺す。

そのうち男の方が突然立ち上がり、女の頭を掴んで腰を振り始める。女の方も慌てたようにじたばたしたが、しばらくして諦めたのか大人しくなり、やがて二人とも動きが止まる。

そして虚脱したように二人とも湯の中にへたり込み、息を整えてからまた何か言い合いつつ出て行った。

「……な、なんだあれ」

「…………」

俺は目の前で展開された意味不明の光景に、すっかり毒気を抜かれていた。

意味がわからない。ドキドキするけれど、理解できない。目の前に極上の裸体があって触り放題なのに、いきなり展開された他人の何かHな行動がショッキング過ぎて身が入らない。

なんだあれ。なんだあれ。と、ひたすら混乱していた。

それはなんだかんだ言ってもポルカは道徳的な大人が多く、俺は女の裸は見まくっていてもセックスやフェラチオなんて知らなかったということだ。

それを偶然に目撃してしまったことで俺は飽和してしまった。

が、ハーフエルフの少女はそうではなかったらしい。

「……あの」

「な、なに？」

「あれ、しましょうか？」

「あれ、ってあれ、何？」

「……してみればきっとわかります」

多分スケベな手つきで撫でまわされて、俺が思っている以上の覚悟を決めていたのに寸止めで、ある種欲求不満だったのだろう。

その時俺は初めて、目の前の少女が自分より年上で、自分よりおそらくは強く、自分がもう何の交渉材料も持っていないことに気づいたのだった。

少女は俺の手を振り解くと、さっきの娘と同じように俺の股間に顔を近づけてきた。

俺のムケていないがビンビンに張ったちんこを見て、愛しそうに目を細める。

そして……あまり躊躇いも見せず、ちんこに口付けをしてきた。

「‼」

「ん……っ」

ビクリと跳ね上がるちんこ。彼女はそれに驚いたようにビクッと全身震えたが、再び果敢に口付けする。今度は離さないとばかりに口を開いて先端を迎え入れ、少しだけ開いた皮の隙間へ、にゅ、と舌を突き刺してきた。

「う、あ……！」

「んーっ……こ、こう……かな？」

「……も、もしかして自分で何やってるのかわかってないの⁉」

「ちゃ、ちゃんと知ってますっ！　でもその……話に聞いていただけなので」

女の裸の柔らかさに夢中になっていた俺と五十歩百歩だ。しかし彼女は年上な分だけ性行為の何たるかを知っている。少なくとも本能でおっぱいおっぱい騒ぐしかなかった俺と違って、最終的に互いのどの部分を使って何をするのがセックスなのかというところに関しては、正しい知識があった。

霊泉の闇に俺のブザマな喘ぎ声と、彼女が懸命に吸いたてる音が響く。散々皮を弄《もてあそ》んだ末、どうやら根元に向けて引っ張ればムケるということを理解したらしい彼女は本格的に俺を責め立て始めた。

「ん、んちゅっ……ん、んん……んぶ、んんっ」

「く、や、ヤバ、そんなキツっ……！」

裸の亀頭に襲いかかる湿った粘膜の感触。オナニーすらまともに知らなかった俺にとって、それは快楽というより拷問に近いものだった。

技巧自体は今考えると大したことはなかったが、セックスも射精も知らない俺にとっては未知の世界過ぎて悲鳴しか上げられなかった。

そして。

「う、うあ、あっ……なんか、うあ、うわあっ⁉」

「ん……ぶ、ぶぷっ……！」

射精。

ハーフエルフの少女の美しい唇の中に、俺の、おそらくは生まれて初めての射精が打ち込まれていた。

それが射精だと知ったのはしばらく後だったけれど、俺はその時は全身が言うことを聞かなくなるような快楽で混乱していて、彼女の唇から垂れる白いものがなんなのかなんて全くわからなかった。

「……んくっ」

「……あ、ああ……っ」

ぱしゃん、とさっきの男のように湯の中にへたり込んだ俺を、彼女はうっすらと微笑みながら見つめ、喉を動かした。俺の出した精液を彼女は自分から飲んでいた。

「………何、今のっ……」

「ふぇらちおっていうらしいです」

「……ふぇ、ふぇらち？」

彼女は可愛らしく笑った。一瞬だけ見えた怖いくらいの欲情が消え、可憐な元の印象に戻っている。

「少しは、お礼になったでしょうか？」

「……うん」

何のお礼だっけ。

俺はそんなことさえ忘れるほどに、刺激的な体験に翻弄《ほんろう》され尽くしていた。


それから、俺は彼女と数度の逢引を重ねた。

霊泉の水を受け渡しするためだった。さすがに命に関わるというだけあって、一杯飲んだくらいでは快復しなかったらしい。

しかし彼女も、夜行けば黙って温泉から水を取っていくぐらい簡単だってことはわかっていただろうに、律儀に俺との受け渡しにこだわり……そして。


「ん、んふ、んぶっ……んんっ!!」

「出る、出るよっ……くっ！」

ドクン、ドクン、ドクンっ……。

森の傍の使われていない猟師小屋で待ち合わせ。

そしてすぐに絡み合い、彼女の口の中に射精をする。

俺は彼女のフェラと彼女の体に夢中になり、ただ彼女に触れ、彼女にちんこを咥えて貰うためにせっせと霊泉の水の配達を続けていた。

何度求めても彼女は拒絶しなかった。むしろ嬉しそうに応えてくれた。

「……んっ、アンディさん……今日も、門限は九つの鐘ですか？」

「ん、ああ……」

射精したらしばらく彼女の体を揉んで楽しむ。そして欲情し、ちんこがいきり立ったらまた咥えて貰う。それを昼過ぎから夕方まで幾度も幾度も繰り返していた。

「あの、今日は……その、私の……えっとですね。んんっ」

「？」

「えと、その……本当は、おちんちんは口じゃなくて……んんっ」

ほとんど丸裸になって俺に乳を揉みしだかれているのに、肝心なことを口にできずに照れては咳払いを繰り返す彼女。

俺は純粋に意味がわからずに彼女の言葉を待つ。

「……いいです。今日のところはまたお口で」

そしてしばらく粘っては挫けたようにフェラチオを始める彼女が、なんだかわからないけれど可愛くて好きだった。

雪が溶ける頃。

俺と彼女の逢瀬にも終わりがきた。

もうすっかり彼女の友達も全快し、もはや理由もなしに待ち合わせては抱き合う日々が続いていた。

彼女たちは元々根無し草に近く、帰る場所もないのでずっとポルカの近くにいるつもりらしかったが、俺の方に鍛冶修業の話が持ち上がってしまったのだ。

「そんなっ……都じゃ、ますます会えないじゃないですかっ」

「うん……」

行き先は王都。親父も修業したという名門工房での修業で、最低10年はしごかれるという。

俺だって行きたかったわけじゃないけれど、鍛冶屋の子が鍛冶をしないで何ができるんだと言われると答えに詰まる。あいにくと学もなければ剣ができるでもなく、親父の縁故の鍛冶まで嫌がったら、あとは乞食でもするしかない。

しかし彼女はメチャクチャに嫌がった。

「嫌ですっ！　アンディさん、行かないで！　捨てないでっ!!」

「でも、俺だって働けないと生きてけない。ハーフエルフじゃ王都は無理だろ」

「でもっ……でも、やだっ!!」

いくらなんでも十やそこらの子供にそこまで入れ込むものか、と思うが、実際彼女はやたらめったら俺にこだわった。何かあの子なりに俺じゃなきゃいけないポイントがあったのかもしれない。

ハーフエルフの価値観はわからないので真実は未だに闇の中だけれど。

「こんな耳がなければ……こんなの切っちゃえば、アンディさんと……」

「え？」

顔を上げると、彼女は薮払い用のナイフでいきなり自分の左耳を切り取ろうとしていた。

動作に躊躇いはなく、あっと思ったときには耳の半分まで刃が入っていた。

「や、やめっ！」

あまりのことにびっくりした俺は後先考えずに手を出して、彼女のナイフを叩き落とした。

ガシャン、とナイフが砂利道に落ちる。

彼女の血と、俺の手のひらの血が、名残雪の上に点々と振り撒かれる。

「あ……っ」

自分の耳も痛かろうに、俺の手の方の傷を見て顔面蒼白になった。

その時になってようやく俺は彼女が俺をやたらと大事に思っていることを実感して、そのまま別れるのが惜しくなった。

　それまでは彼女も俺と同じで、甘くて気持ちいい睦みの時間に酔っているとばかり思っていたのだった。

「……やっぱり、お前をただで置いていきたくない」

　それは、衝動的で子供臭い思いつきだった。

　俺はもう一度、彼女にわがままを言った。

「なあ、お前。なんでもするって言ったよな」

「え、ええ。なんでもします。なんでもするから……」

「ちょっと待ってろ」


　家の倉庫には、俺の練習用に、と、壊れた馬具や使い古しの鍛冶道具がたくさん転がっていた。

　その中から鞍の締め紐といくつかの道具をほじくり出し、彼女の元へ駆け戻る。

　そして彼女と抱き合った猟師小屋の暖炉で締め紐を黙々と加工した。

「このぐらいで切って……ここが正面になるかな？」

「何……してるんですか？」

「まあ見てろ」

　締め紐といっても太さは数センチある。なめし革のそれは子供用にならベルトにもできる頑丈なものだった。

　それを切って、加工して、焼きゴテで下手糞な印字をする。

「……アンディ……スマイソン……アンディさんの名前？」

「そうだ。……できた」

　出来上がったそれを念のためギュギュッと引っ張って強度を確認。

　そして、彼女に近づいて、その首に巻きつけた。

「これをこれからずっとつけてろよ」

「……これって？」

　首輪だった。

　ペットや奴隷には持ち主の名を入れた首輪をつける。長いことこの国には奴隷なんてものはいなかったが、俺は彼女にそれを強要した。

「これをつけてる限り、お前は俺のだ。俺だけのものだ」

「…………」

「人にはやらない。ずっとつけてろ。絶対だぞ」

「……はいっ」

　ある意味とんでもない要求だったが、彼女は微笑んで了承した。

　そしてそれから3日後、俺はポルカを出た。

それが、もう15年も前の話になる。

「だから俺にはハーフエルフの彼女がいるんだよ……うぃっく」

「スマイソン十人長の脳内彼女の話が出たぞー」

「もうそんな時間か。おーいおカミさん、そろそろ勘定〆てー」

「脳内って言うなバカー！　アホー！」

今の俺は王都にはいない。

はるかに馬車で10日。王国の南方に位置するセレスタ商国の辺境都市で、鍛冶屋ではなく兵士になっていた。

鍛冶修業の途中で南方のセレスタ商国との戦争が始まり、徴兵されて、訓練を受けてる途中で王都が落ちた。

あれよあれよという間にトロット王国を勢力圏に組み込んだセレスタは王国軍を再編制して軍団に組み込んだ。おかげで鍛冶修業に復帰することもできず、そのまま訓練兵から数えて7年、いつの間にやら小隊指揮の十人長だ。

もっとも剣が使えないのは相変わらずで、南方らしい合理的なクロスボウ隊にいる。ダークエルフの発明品らしく、こいつの斉射の威力に王国自慢の剣聖旅団はあっさり壊滅したという。

そして見ただけで構造が読めて、こいつを修理できた俺は重宝された。わりとプライドが邪魔して冷や飯食らいが多い王国出身組の中で、いち早く馴染んで十人長になった俺はますます王都にもポルカにも戻れない。

「まあ、あれだな。ハーフは惚れっぽいんだよ」

「あんー？　あ、百人長」

酒に霞んだ視界を上げると、いつの間にか差し向かいにダークエルフが座っていた。

ディアーネ百人長。クロスボウ隊の総指揮官で、剣から体術から魔法から学問から、女だてらになんでもできてやたら強い人だ。

「ハーフに世間は冷たいからな。親にさえ疎《うと》まれる始末だ。そんな中で誰かにちょっと優しくされるとすぐコロッといく。お前の言うハーフエルフの子だって、わりと本気でお前に一生捧げようとしてたと思うぞ」

「ですかねぇ。だったらいいなぁ」

「よくないだろう。お前それを15年もほっぽってて名前も覚えてないときた」

「うー……ちょっとド忘れしてるだけっすよー。シラフなら思い出せますってー」

「お前からそのハーフエルフ彼女の話、私が覚えているだけで7回聞いている。一度も名前が出なかった」

「だーかーらー……うぇっぷ」

ちょっと吐きそう。なんだかこの話になると酒の進みが速くなって困る。

「それよりもっと他に思い出すことがあるだろう」

「……んー？」

「私はすぐに思い出した。ポルカのアンディ・スマイソン。私のこともちゃんと思い出せ」

いつも俺の思い出話になると百人長は真剣になる。なんか昔俺に会ったことがあるらしい。そんなこと言われても酒の入ってる時に思い出せったって、なぁ？

「ちゃんと約束したことを思い出すまでお前は退官も出世も許さん」

「ひでー」

「酷いのはお前だ。ド忘れで済む話じゃないぞ」

「……また次回ー」

俺はいつものように白旗を揚げた。百人長は溜め息をつく。

酒盛りが終わると、大体俺は知らないうちに酒場の二階の宿に運ばれて朝を迎えている。

後で聞くと百人長が運んでくれているらしい。俺だってチビじゃないのにあの人スゲェ。


「……うー」

そして俺は二日酔い。

何かと飲み過ぎる癖は親父も持っていた。なんとかしたいが血筋じゃ無理かもしれない。

それもこれも、あのハーフエルフの思い出が悪いのだ。

あんまりにも強烈で甘美で、俺にとって都合のいい記憶であるがゆえに、他の女じゃ比べてしまい、醒めて話にならない。

ただでさえ霊泉で磨かれたポルカの女に比べて王都やセレスタの女は平均レベルが低いってのに、性格までスレてるときたら恋愛にならない。

ゆえに俺はポルカを出て以降百人長以外の女に触った覚えがない。百人長も肩を貸してくれたり訓練の手当てをしてくれたりで別に色気のある接触じゃないし。

「でも百人長は……うーむ」

正直、悪くない。

無闇に贅沢な俺の感性をしても、百人長くらいの女となると惹かれるものがある。

おっぱいはでかいし顔は綺麗で、親切で理知的で気さくで偉い。

でもまあ、気さくとはいえ百人長は婚約者がいるという噂だし、夢を見るのも馬鹿馬鹿しい。

ポルカに戻れず、普通の女にも興味がもてない俺はこのまま童貞を生涯貫くのかもしれない。

「はぁ。やめやめ」

ちょっと切なくなって俺は起き上がった。財布はいつものように百人長が預かってくれてるだろうし、宿代酒代はそこから出してくれているだろう。

と、ドアを開けようとしたら、ガチャリと向こうからドアが開く。

灰色のマントに身を包んだ誰かが、俺が引く前にドアを押し開けてきたのだ。

「誰⁉」

思わず後ろに跳びすさる。

恨まれるような大それたこともしてない、狙われるほどの大物でもないいつもりだが、暴漢だったらすごく怖い。セレスタは治安が悪いから油断できないのだ。

マントの人影は滑るような足取りで素早く室内に入ってきた。

跳びすさった俺に素早く肉薄。ナイフとかで刺すなら逃げられない距離に飛び込んで、俺の顔を下から覗き込んでくる。

その顔は、女で。


長い左耳の真ん中ぐらいで半分まで切れ込みが入っていて。

首には古ぼけたボロボロの首輪がしてあって。

「ご主人様っ‼」

「え、えええええええっ⁉」

彼女と俺の声が綺麗に重なって、ついでに俺と彼女の唇も直後に重なって、さらに直後に二人重なって床にぶっ倒れて。

「何事だっ……あ、えええっ⁉」

どうやら一階で朝食を取っていたらしい百人長が吹き抜け一足飛びで二階に上がり、部屋に飛び込んできて、俺たちの姿を見て硬直した。

凍った時間。

そこに遅ればせながら隊のみんなもドタドタと駆けつけてきて、俺に熱烈キスを続けているハーフエルフを見ていち早く叫んだ。

「お、おい！　スマイソン十人長が脳内彼女本当に出したぞ‼」

「む、む――――っ‼　……ぷはっ！　脳内彼女じゃねえ――‼」

「♪」

起き上がった俺の横で、感涙で顔をくしゃくしゃにしながら笑っている彼女は、ボロボロのマントをぺいっと脱ぎ捨てて北方エルフ独特の草色の衣装を衆目に晒した。否。

両の手で首輪をつまんで衆目に晒した。

「はじめまして！　アンディさんの雌奴隷、セレン・スマイソンです！」

不穏すぎる肩書きと一緒に、何故か俺の苗字まで名乗っていた。


セレンというらしいハーフエルフの少女は俺に出会うよりずっと前から各地を放浪していたわけで、トロット王国以外の場所で「首輪は奴隷の証」という風習があるのも最初から知っていたらしい。

ところで、奴隷というのにもやはり種類がある。

ひとつはいわゆる労働奴隷。ひたすら肉体労働や汚い仕事をやらされる、金で売り買いされるアレだ。

もうひとつは……愛玩奴隷。

別名性奴隷、肉奴隷、雌奴隷。

ひたすらエロいことをするためだけに買われる、専属娼婦のようなやつ。

セレンはセレンなりに考えた。

俺の奴隷になれというからにはそのどちらかなのだと。で、俺がセレンに求めたのはエロいことばかり。

となれば自明の理だ。

「だから……私はアンディさんの雌奴隷ですよね？」

「…………」

「え、ええっ⁉　もしかして違うんですか？　私労働奴隷の方なんですか？」

「いや、えっちな方で間違ってはいないんだけど」

「あ、あはは……よかった」

いいのかよ。


「これより軍事裁判を開きたいと思う」

無表情にディアーネ百人長が宣言した。

沸き立つ部下たち。

「証人、ジャンジャック正兵」

「スマイソン十人長だけは信じていました。いつも童貞丸出しの妄想で酒盛りのたびに盛り上げてくれる俺たち男子の旗印だって！　なのに！」

「次。ラックマン準兵」

「真っ昼間から女とイチャイチャするなんてセレスタ軍の

川上にも置けねえだよ」

「風上だバカ。次、ゴート正兵」

「ぱぱぱ、ぱんつみえてる」

「次。ランツ正兵」

「とにかくスマイソン十人長に事の次第をつまびらかにしていただきたい」

クロスボウ隊は暇人ばっかりだ。

と思っていたら、騒ぎをようやく聞きつけたか、階段をがっしゃがっしゃと駆け上がってくる特徴的な足音が聞こえてきた。

「やべっ」

「アンゼロス十人長が来たぞー!!」

蜘蛛の子を散らすように逃げ出す仲間たち。

その人波を突破して、暑苦しい黒い鎧を着込んだ少年兵が部屋に飛び込んできた。

「何をやってるんですか!! ……本当に何をやってるんですか!!」

最初のは怒鳴り込み的な第一声で、その次はセレンにしっかり抱きつかれて頬擦りされている俺に対する驚愕《きょうがく》の声である。

クロスボウ隊は百人隊だが、どうしてもクロスボウだけで運用するわけにはいかない。奇襲に弱すぎるのだ。

それで奇襲に備えて隊中核には一小隊、十人分だけ歩兵枠がある。たった十人とはいえ虎の子のクロスボウ隊を守るだけあって精鋭が揃っていて、特にハーフエルフのアンゼロス十人長はトロットの剣聖号にあたるエースナイトの称号を持っていた。

そして剣士らしく、ものすごく決まり事にうるさい。アンゼロス小隊は別名クロスボウ隊の風紀委員会と言われていた。

「なるほど。彼女が常々噂だったスマイソン十人長の」

「脳内彼女だ」

アンゼロスの冷たい声に百人長が重々しく頷く。

「脳内って言うなと何度言えば」

「そうですっ。れっきとした雌奴隷です」

「お前は黙っててお願い」

たしなめたが時既に遅く、アンゼロスと百人長が赤面していた。

アンゼロスはぶかぶかの黒い鎧に顎《あご》を引っ込めるようにして俯き、百人長はいらだったように目を閉じて苦い顔をしている。

「……スマイソン、僕は君をもう少し真面目な人物だと思っていた」

「わ、私は例の話を信じていなかったわけじゃないぞ？　だが、その……話半分に聞かざるを得なかったというか……ありえんだろう」

俺いつになったらこのやるせない空気から解放されるんだろう。

「と、とにかく！　そんな破廉恥な話は却下だ！」

「う、うむ、そうだな。兵士だって人だ、故郷や脳内に恋人や嫁ぐらいいたって構わないが、ここは仕事場だ。謹んで貰いたい」

アンゼロスと百人長がなんか勝手に解釈して勝手に決定を下している。

それにセレンが真っ向から噛み付いた。

「もう15年待ちました！　これ以上は我慢できません、私はアンディさん……ご主人様と一緒にいなきゃいけないんです！」

「そ、そんなことは知ったことじゃない！　雌奴隷とかそんな、その、刺激的なものを名乗ってどういうつもりだ！うちの隊の純朴な兵たちが、そんな言葉に踊らされて妄念に駆られて罪に走ったらどうする気だ！」

さすがにそれは仲間たちを馬鹿にしすぎじゃなかろうか。

「大体だな」

アンゼロスは続ける。チンガードプレートに口元を埋めるような喋り方はくぐもっていて聞き取りづらい。

ただでさえ体が小さいんだから鎧を仕立て直すべきじゃないだろうか、と鍛冶屋の頭でどうでもいいことを考える。

「本当はスマイソンの作り話を聞きつけて変装した、どこかのスパイってことも考えられるぞ？　いやむしろそっちの方が現実味がある」

「私アンディさん以外に用はないですから。アンディさんさえ返してもらえるなら別に今すぐ出て行きます」

平然とセレンは言ったが、ずずいと百人長とアンゼロスは身を乗り出して目を吊り上げた。

「それは許可できない」

「そうだ。スマイソン十人長は我が軍の大事な人材だ！」

わあ。

俺こんなに大事そうな扱い受けたの初めてかもしれない。なんか嬉しいけど喜んでいいんだろうか。

「そもそもだな、彼女とか婚約者というならまだしもわかるんだ。それくらいなら誰にいたっておかしくない。ボイド準兵にだって美人の彼女がいるくらいだ」

アーニー・ボイド準兵。身長2m77cmのオーガ族で人間の彼女持ち。

すごく羨ましがられている。

それはともかく。

「だがいくらなんでも雌奴隷だなんて男に媚びるにも程があるだろう。恥ずかしくないのか」

「そんなことありませんーっ！　本当に一生この人とエッチなことして、この人のために働いて、この人のお世話だけして過ごしたって私は構わないもの。奴隷でいいもの」

セレンは子供っぽく、駄々をこねるようにして反論した。

なんだかそうしていると15年前の彼女のイメージが蘇ってくる。いきなり大胆なことを言ったせいで、今まで微妙に距離感ができていたけれど、そうしてみると確かにあの少女だと思えた。

「そう思えるくらい本当に好きで何が悪いんですかっ！　あなただってハーフエルフなのになんでわからないんですか！」

「うっ……」

アンゼロスは後ずさる。多少は共感するところがあるのだろうか。

「私はもう離れないっ！　邪魔するならひどいですよ！」

「く……こ、このエースナイトの僕に向かって恫喝するか！」

なんか俺がぼんやりしているうちにいつの間にか殺し合いでもおっ始めそうな剣幕になってきた。

どうしよう。でも喋ったら余計悪化しそうで喋れない。


「双方やめんかっ！」

百人長が強引に割って入る。

剣を抜こうとしたアンゼロスを蹴り転ばし、腰から護身用の短刀を抜こうとしたセレンにボロマントを巻きつけて縛り上げた。

「きゃうっっ⁉」

「んむー！　んむー！」

少年というより小娘みたいな声を上げて転がるアンゼロスと、腰から上をマントで封じられてじたばたするセレン。

改めて百人長スゲェ。

「この件は私が預かる。今日はもう解散だ解散！」

助かった。


午前中に武器の整備をして、午後からは行軍訓練をしてから射的訓練をこなす。

これがクロスボウ隊の日課だ。

幸いなことに最近は大きな戦争もないので、専ら人里近くの魔物狩りくらいしかやることがない。それ以外はずっと整備と訓練だ。

騎兵隊や歩兵隊はキャラバンの護衛や迷宮探索、国境警備に回されることもあるが、クロスボウは野外戦専門で遭遇戦に不向きなため、楽をさせてもらっている。

給料泥棒と陰口を叩かれることもあるけど、戦争での有用性は誰もが知っているので、別に気になるほどのものじゃない。

で。

「1、2、3、4、めっすどれいっ♪」

「5、6、7、8、めっすどれいっ♪」

行軍訓練中からもうあからさまにニヤニヤされつつ変な冷やかし方をされている。

「お前ら射的訓練で的にすんぞバカ」

「やだなー十人長の話じゃないっすよー」

「今年の流行語大賞っすよー」

最低な仲間たちは最高の笑顔で弁解する。

ものすごい居心地の悪さだ。

「マジで撃っていい？」

キリキリキリと滑車で弓を引きながら言ったら、

「むしろ撃ちたいのは俺らなんで」

オーガ族の隊員に指でパチンと弓引きつつ真顔で言われて土下座することになった。

俺十人長なのに。小隊長なのに。

そして夕方。

隊舎には風呂がひとつしかないのでみんなで汗を流す。


「よ、スマイソン」

「百人長」

そして百人隊唯一の女性であるディアーネ百人長は堂々とみんなと一緒に風呂に入っている。

ダークエルフ特有の小麦色の肌、綺麗な色の乳首や陰部も惜しげなく晒していた。

ちなみに百人長によると下の毛が生えないのはエルフの特徴らしい。

「毎度のことながらよく恥ずかしくないですね」

「戦場に何度も行っていれば慣れる。あそこには女子風呂も女子トイレもないからな」

「よく襲われないですね」

「伊達に200年生きていないよ」

確かに武芸百般の百人長にかかれば、男だろうがオーガだろうが片手でシメられてしまう。

納得した。

「でもあそこでゴートとランツがマスかいてますよ。百人長オカズに」

「いつものことだ。ほっておけ」

鷹揚《おうよう》もいいところだった。

「それにしても……どうしような、あのハーフエルフ」

「う……」

考えないようにしていたことをぼそりと言われて困る。

「追い返すわけにも……いかないか。帰る所ないからな、ハーフエルフは」

「ええ」

「でもどうする」

「……入軍させるわけには」

「クロスボウ隊に配属されるとは限らないぞ」

「そっか……ここ教練施設じゃないですしね」

「ところでお前も勃起《ぼっき》してるな」

「ほっといてください」

「ん？　どっちで勃起した？　私か、雌奴隷の方か？」

「百人長までエロに走らないでください、アンゼロスが飛んできたらどうする気ですか」

この人のエロ話はナチュラルすぎて、からかっているのか真剣なのか判断しづらいから、どこで注意したらいいかちょっと迷う。

百人長はニヤニヤしながら断言した。

「あいつは風呂には来ないよ」

「……言われてみれば見た覚えがないですね」

風呂どころか、鎧着ないで歩いていることすらほとんど見たことがない。エースナイトだから鎧が普段着なのだと言っていたが。


風呂上がりに服を着ていると、百人長の着替え籠から短剣が覗いているのが見えた。

「……その短剣」

見覚えがあった。

というか俺が打った数少ない刃物のひとつだった。

「お、スマイソン。もしかして思い出したか」

「…………」

体を拭いている途中だった百人長が期待した顔で寄ってきた。

「ちょっと待ってくださいよ？」

俺が打った刃物は全部で両の手にも満たない。

修業時代に作ったのはほとんどは農具や馬蹄で、さあこれから花形の武器打ち防具打ちの修業だ、というところで戦争が始まってしまったからだ。

その短剣は、工房の前でウロウロしていた変な人に打ったものだった。

「何してんのあんた」

「……ここの鍛冶屋は融通が利かんな。身分証明がないと打ってくれないのか」

「いや、そりゃ普通でしょ。もし敵国人だったら利敵罪だし」

「まだ戦争しているわけでもないだろうに」

「いつそうなるかわからないっていう話だからな」

変な人というのは、いかにも怪しい人ですってな砂漠風のフードとマスクで顔を覆い、長い長いマントとローブで体の一切を隠していたからだ。

が、俺は当時工房でしょっぱい先輩職人にイビられていて嫌気が差していた。

本当なら刃物ぐらいバンバン打てる頃合いのはずなのに、先輩職人が面白半分で根も葉もない噂を流したせいで親方の覚えが悪くなり、いつまでもそっちの仕事場に入れてもらえなかったのだ。

だから、変な人の変な依頼でもいいから、ちょっとはやり甲斐のある仕事を求めていた。

「んで何、何が欲しいの？」

「……この剣を短剣に打ち直して欲しいんだ」

彼がおずおずと差し出したのは、なめし革に包まれた一振りの剣……の、折れっ端だった。

「うわひでー。変な折れ方しちゃって長さも半端だなオイ」

「駄目か？」

「まあ変な刃物になっていいんなら……できるよ？」

どうせ商売する気でもなく、相手も得体の知れない変な人だ。変な仕上がりでも別にいいやと思って気軽に言った。

「構わない！　この剣は昔さる高貴な方に貰った宝物でな、折れたままでは忍びないんだ！」

「はいはい。こんなんなっちゃうよ？」

剣の形を見ながら地面に棒っきれで完成図を書く。

ヒビの形が悪く、普通の短剣に打ち直すのは難しく、トップヘビーな形の、なんというか鉈のような……それでいて普通の鉈の三分の一くらいの大きさの、なんとも言いがたい刃物になる。

「そ、それで……何かに使えるのか？」

「果物や手紙の封を切るくらいなら」

「……それでもいい」

「おっけ」

普通の工房なら溶かしてちゃんとした新しい刃物にするだろう。俺はそんな炉は使えなかったので、今考えるとなんか子供の工作のようなヘンテコ改造だった。

それでも一週間かかって完成した。

「ほらよ、切れ味だけは保証する」

元の剣がよかっただけの話だが、社交辞令的にそんなことを言って彼に完成品を渡した。

「……ありがとう！　なんと礼をすればいいか」

「いらないよ」

出来上がった刃物のあまりの迫力のなさに自分でも「こりゃねえな」と思ったので、金貨を取り出した彼を制して俺は背を向けた。

それでも初めて作った刃物で人が大喜びするのがちょっとこそばゆくて、それを商売の枠に収めてしまいたくなかったのもある。

「ま、待ってくれっ！　そ、そんな、でもっ！」

「いいんだよ。それでよかったら黙って取っといてくれ」

「………………」

彼が短剣を抱き締めるように大事そうに抱えたのを見て、俺は改めて工房に戻ろうとする。そこに後ろからまた声をかけられた。

「あ、あの、名前はっ⁉」

「剣に名前なんてつける趣味ないよ。自分でつけて」

「そうじゃない、君の名前だっ！」

「……あー」

スリード工房の……と当時の所属工房名を口にしようとして、特にそこで習った技術を使ったわけでもないことに気がついて思い直す。ただの気まぐれの親切に、工房の名が上がっても癪だ。

「ポルカのアンディ・スマイソンっつったら俺」

代わりに将来、親父の店を継ぐ時のためにポルカの名前を出すことにした。

「……変な人にこういう変な刃物打ったのは覚えてるんですが」

「変な人ではなくて私だ」

10年目の真実。

あんな恰好でわかるわけあるか。

「本当に嬉しかったんだぞ」

「……え？」

「いいか、あの時お前は聞いてくれなかったが、私の故郷では人に剣を贈られたら求婚の証なんだ。金貨一枚受け取らなかったことで、あの時お前は私に求婚した」

「え、ちょっと……」

「どんな形にしろ、異性にタダで剣を渡すなんて信頼がなくてはできないことだからな。そうか、ようやく思い出したか……」

裸なのを忘れて抱きついてこんばかりの百人長に俺は大事なことを指摘した。

「……そもそも百人長っ」

「ん？　なんだ？　雌奴隷くらいいても私は」

「いえその、あの時の変な人というか百人長は、異性かどうかすらわからなかったんですが。それで求婚になるんですか」

「…………………え？」

前のめりに手を広げて飛びつこうとした百人長はすっ止まった。乳だけが勢いでぶるんと揺れた。


部屋に戻ると案の定セレンが待っていた。どうやって調べたのやら。

「アンディさん、おかえりなさい」

「……あ、あーと……うん、ただいま」

何か言おうとして、いろいろ考えて、よく考えたら別に俺は追い出しにかからなくていいじゃん、と思い直してただいまを言う。

そうだ。俺は今のところ彼女一筋なんだから、後ろめたいことは何もない。

「あ、そうじゃなくてご主人様でしたね」

「…………どっちでもいい」

いくら幼かったとはいえ、自分の幼稚な独占欲に律儀にずっと応えようとしていてくれた彼女に感激する。

「……ん、っ」

「む……」

どちらからともなく、キス。そして服を脱がしあう。

15年前、毎日のように繰り返していた幼く淫蕩な行為。

何年経っても変わらない彼女の感触が、俺をあの頃のエロガキに戻す。

「……えへへ。アンディさん、変わったけど変わりませんね」

「よくわからない言い方だな」

「甘え甲斐のある体つきになったのに。私への甘え方はちっとも変わらないから……」

「……悪いか」

「いえ、嬉しいです。私にとっては二倍素敵……んっ」

ボリュームのある胸を持ち上げるように揉みしだき、はしたなく勃起した乳首を両の指でコロコロさせる。それでは足りなくなって片手で体を抱き寄せながら胸を食《は》み、もう片方の手ですべらかな腰のラインを滑り抜け、やはりムチムチした尻に手をやった。

「や……ん、ほんと……アンディさんだぁ……アンディさんが私を愛してくれてるっ……」

「スケベ根性が変わってないだけかもよ」

「いいんです。エッチでいいんです。それで私のことが必要ならいいんですっ」

「……ほんと健気だな、お前」

「アンディさんに必要とされるなら、アンディさんが私を抱いてくれるなら、贅沢なんて言いませんっ……貪るように私を抱き締めてくれたあの時から、ずっと、大好きなんですようっ……」

ありとあらゆる場所を指で賞味されながら、セレンは俺をぎゅうぎゅう抱き締め、少しでも寂しさを埋めようとする。

15年の永きにわたる別離は、一度の抱擁では癒せない。そう言っているかのようなラブラブぶりだ。

「あの……アンディさんっ」

「ん？」

「今こそ……いまなら、言えます。私とセックスしてください……私のヴァギナで、赤ちゃん袋で、アンディさんのおちんちんをフェラチオさせてくださいっ！　一杯飲ませてくださいっ‼」

「……う、うん」

真っ赤になりながら、それでもよどみなく淫らな言葉に圧倒される。

ずっと後悔していたのだろう。はっきりとそれが言えなかったことを。

俺の頷きに、顔をくしゃくしゃにして笑い泣きをして、熱烈に口付けをしながら俺を押し倒して腰を擦り付けてきた。

股間と股間、性器と性器がくっつき合う。いつから俺に抱かれることを想像していたのか、セレンのヴァギナはドロドロに熱い液で潤っていた。

俺はキスされたまま手で竿を動かし、狙いを定める。セレンは俺に吸い付いたまま腰だけで位置をつける。

そして、俺が突き上げるその前に、セレンは強引に腰を下ろしてきた。

「……――‼」

「んぐ……ぅぅっ」

ぶちち、と一気にセレンを貫く感触。引っかかった感じは処女膜だろうか。確かめる間もなく、彼女自身の力で一気に奥底まで貫通してしまった。

「……ん、ふっ……あはは っ……やったぁっ……アンディさんに処女、あげちゃったぁっ……」

「お、おい、セレンっ⁉」

「……えへへっ……わかりますか……しっかり、はいってますよぉっ……」

あまりの痛みに気が触れてしまったのかと思うぐらい、セレンの言葉に力がなく、それでいて白痴にも似たぼんやりした笑みを浮かべていた。

しかしそれは、痛みを我慢してそれでも笑おうとした結果。少しでも痛みを気遣われたくなかった彼女の、飽和するような気合と努力だった。

「……えへ……っっ♪」

そしてなんだか怖くなる俺を見下ろしながら、処女を失ったばかりの膣を使い、俺の肉棒にフェラチオし始める。

あの時のように。

あの頃の、いつものように。

これからいつでもそうなるように。

それが当然であるかのように。

俺の肉棒を喜ばせる術を知り、学び、鍛えようと努力を始める。

彼女は思っていた以上にあの時のまま、俺を愛していた。

「う、うぁっ……あぁっ……すごいっ……お腹の中、持ち上げられてるみたいっ……私の体、全部あなたにあげてる感じがする……あなたのために使えてる気がするのっ……!!」

「あ、あぁ……すげぇっ……すげぇよっ……お前っ……!!」

「えへへっ……ありがとう、ございますっ……!!」

セレンは強引に、無理矢理に、ガクガクと腰を振りたくる。

股間の血をわざと振り撒いているかのようなそれは、色気もなく、淫らでもなく、ただひたすらに愛情だけは溢れている。一途に俺の快楽を追求する、それができるという宗教的なまでの高揚に浮き立っている。

そんな痛々しくもまっすぐな愛に、俺の15年間休業中だった童貞棒がいくらも持つはずがなく。

「んぐぁ……!!」

「え、あ、ビクッて……あ、う、あ、出てる、精子が、私にっ……アンディさんっ、アンディさんっ！　大好きですようっ!!」

ドク、ドク、ドクッ……!!

俺の精液は凱歌を挙げるように、彼女の中に殺到した。

◇◇◇

「うぃっく」

「……百人長が酔ってる」

「どんだけ飲んだんだよ。……あ、見ろ、おカミさんが『オーガキラー』の樽にバツつけたぞ」

「恐ろしい……恐ろしいお人や」

「うぅ……もうやらあっ！」

「……どうしたんですか百人長」

「あぁ？　……あー、あんぜろす……きーてよー……うえええええええんっ！」

「ひ、百人長⁉」

「おい、百人長が泣き出したぞ」

「……あれはあれで！」

「あの百人長が……お、俺は萌えって言葉を理解しようとしているのかもしれん……」

「ええと……つまり婚約者に逃げられてしまったと？」

「ちがーうーのー！　……こんやくじたいカンチガイだっていわれちゃーったのー！　………すきだったのにぃっ……らいすきなのにぃぃっ‼」

「……あ、あれだけ百人長に熱愛される奴がいるのか？」

「理論上ありえないんじゃないか」

「ひ、ひとつだけ言えることがあるとすれば……開廷せざるを得ない……！」

「ああ……俺たちの軍事裁判をよ……‼」

「百人長、落ち着いて、それならまだ大丈夫ですよきっと、嫌いだって言われてないなら目はありますよ」

「……あぅー……？」

「百人長は我が軍でも有数の器量よしと言われる方ですから。まだまだその人にはわかっていないだけでしょう。あなたの魅力が」

「……え、えへへ……そっかなぁ…そだねぇ……まだ……あきらめることないかも……くー」

「……おカミさん、お部屋空いてます？」

「アンゼロス十人長め余計なことを……‼」

「いや、でもここからもしかしたら百人長の恋する乙女モードがまた見られるかもしれん」

「バカ野郎！　百人長を自分に振り向かせたくないのか！　他の男がいたら無理だろうが！」

「なんだその強気に弱腰な態度は。そんなだからお前は彼女できないんだよ」

「うーるーせーえー！　彼女持ちは死ね！　百人長は俺の嫁！」

「もうだめかもわからんね」

◇◇◇

「ぶえくしっ」

なんだか妙な寒気がした。セレンは幸せそうに気絶している。

クロスボウ隊の陣地はトロットとの国境近くの山沿いに

ある。

緑は豊かだが魔物はおらず（出てきても隊全員で針山にする）、畑もほとんどない。人が立ち入らない地域のド真ん中にぽつんとある。

なんでそんなことになっているかというと、原因はうちの主力兵器であるクロスボウの長射程にある。

常に出来る限り射程ギリギリから撃つ関係で、広い演習地域をとらないと話にならないのだ。

で、一度侵入した盗人を離脱前に狙撃した際、あまりにも遠くから盗人の足をブチ抜いたので「新兵器の射程は30km、見えないほどの遠くから百発百中」と無責任な噂が流れて近場の住民も陣地に近寄らなくなった。

実際のところはそんなには飛ばない。当たり前だが。

まあそれはともかく、とにかく人里から遠いので、酒を飲みに行くのも片道1時間近くかかる。

酒に弱い奴が仲間に引っ張られることなく、酒場に置き捨てられるのもその辺が理由だ。俺とか。

本来兵士なんて上客もいいところのはずの酒場でさえそんな遠いので、品揃えのいい便利な商店となると、馬でも使わないと滅多に行けるものじゃない。

自然と買出しは代表制になり、当番制になり、定期的になる。

で。

「……こんなん準兵の連中の仕事にすればいーじゃねーかよー」

「軍務に直接関係ないのだから階級を盾にしてはいけない」

「だーけどさー……せっかくの休みなのに。この時間をもっとさー」

「君ときたら……そんなに例の雌奴隷と破廉恥な午後を過ごしたいのか！」

「当然だ！」

胸を張ったら御者台から氷点下の視線で見下げ果てられた。

「ごめんなさい正直すぎてごめんなさい」

「君は土下座しながら全然反省してないな！」

アンゼロスにものすごい怒られる。

アンゼロスの機嫌に関係なく、空は快晴。馬車も快調。

久しぶりに飛龍便も見えた。

今日はいいことあるといいな。

地方都市バッソン。うちの陣地から一番近い街だ。

トロットからの街道筋にあり、交易拠点として最近急激に発展している。

ちょっと前までは貿易がほとんど途絶えていたので寒村みたいなものだったらしいが、セレスタが無理矢理こじ開けたので目に見えてメキメキ広がっていた。

陣地とは逆方向に。

どうしてもうちの陣地は恐怖スポットらしい。

まあクロスボウは新兵器だし、流れ矢が怖いのはわからなくもないけど。

「注文票は？」

「ある」

アンゼロスが懐《ふところ》から羊皮紙を取り出そうとして、黒い鎧の中に手を引っ込める。亀みたいだ。

「……脱げよ」

「‼　い、いきなり何を言い出すんだ君は‼」

真っ赤になるアンゼロス。

そこまでその鎧というか、鎧着る習慣て大事なもんか？

「こ、こんな公衆の面前で……」

「お前の脱衣シーンなんて誰も喜びゃしないだろ。邪魔っけなら脱いで馬車に載っけとけよ」

「なっ……う、うー……む」

アンゼロスは百面相する。

怒り、呆然、困惑。

一通りうろたえた後に、ふーっと息を吐いて落ち着いて、キッと俺を見上げて反論する。

「……君には無関係だろう。この鎧は僕の都合だ」

「そりゃそうだけどさ」

しかし気づいているのだろうか。

バカごっつい黒い鎧を着たチビ兵士が、両腕を胸鎧に引っ込めてもぞもぞと体をまさぐる行動は、どっからどう見ても滑稽なのに。

「あった」

すぽん、と両手を出す。やっぱりギャグだ。

「まずは煙草、髑髏《どくろ》印を五箱。ねこみみ印を三箱。安いインクを六瓶。陶コップを八つ。あと……な、なんだこれはっ」

「どれ」

アンゼロスの背後から羊皮紙を取り上げる。反射的に取り返そうとしてパタパタ手を伸ばすアンゼロスをいなし、日に透かすようにして読み上げる。

「……セクシーオーガとエルフスイートナイトの最新号？」

「わーっわーっ！　バカ！　昼日中から往来の真ん中で読み上げるな破廉恥スマイソン！」

どっちもわりと有名なエロ絵巻。

トロットでは紙の生産量や印刷技術の関係でエロ絵巻な

んて存在自体ありえなかったが、セレスタのいいところはこういうゾクな文化の進みが早いところだ。

しかしこんなの人に頼むなよ。

「売ってんのかなあ。エルフスイートナイトなんて前号出てからまだ1年経ってないと思うんだけど」

「どっちにしても買わせないぞ」

「ひでー、これを楽しみにしてる兵たちに申し訳ないと思わないのか。そんなだから百人長が風呂でオカズにされるんだ」

「お、オカッ……なな何を言い出すんだバカ!!」

常々思うがこいつは純情すぎる。本当に成人してるのだろうか。


一通りの買い物を済ませて遅い昼食。

アンゼロスは相当俺に対する文句が溜まっているらしく、料理を待つ間からもう説教が始まった。そして食事をしながら続いている。

「大体だな、君は人の命を盾にとって女を陵辱するなんて人間として最低の行いだと思わないのか」

「陵辱ってほどじゃないぞ。せいぜいセクハラ」

「陵辱だ。陵辱なんだ。君は認識が足りていない」

「でも合意が」

「ハーフエルフは流されやすいんだ！　特に未婚のハーフエルフは異性愛にものすごく流されやすいんだ！　そこを突いて結果的に和姦になっただけで君が卑怯な行いをしたことには変わりないんだよ！」

「なんかお前他人事みたいだけど、お前もハーフエルフなんだよな」

「ああ」

「流されたことあるのか」

「ない」

自信満々に胸張ってそんなこと言われても。

「それだけ力説するからには首都あたりの親切な人妻相手に熱愛経験でもあるのかと思ってた」

「何故人妻なんだ」

「なんとなく」

はぁー、とアンゼロスは息を吐き、口元をナプキンで拭く。俺をイビっても反省しないことに、ようやっと気づいたか。

「お前黙ってれば美少女と間違われるぐらいの顔してるんだから、面食いを一人二人引っかけてそうに見えるんだがな」

「……び、美少女」

一瞬止まって赤面し、ごしごしごしと口元を拭く速度が上がるアンゼロス。

「……って君は何を言ってるんだ。僕は男だぞ」

「知ってるけど。たまーにエルフの血って卑怯だなーとは思う。男でもそんな美人に生まれるとかありえねーよ」

「……美人」

こっちは妬みで言ってるのに嬉しそうな顔されると困るんだが。

いつものようにチンガードプレートに口元を引っ込めて表情隠してるつもりなんだろうが、そこまで嬉しそうな顔されると……コイツ実は衆道の人なんじゃないかと疑いたくなる。

椅子を引いてちょっとだけ距離を開けた。

体格的には小さいがこいつはすごい強い。

きっと攻めだ。

でも俺は入れる方でいたい。

「も、もう帰ろうぜ」

「……？」

不思議そうな顔をしていたが、理解しなくていい。頼む理解しないで。

アンゼロスの中のビィストが目覚めないようにしばらく距離を取ろう。


隊舎に戻ると演習場に飛龍が鎮座していた。

「うおっ」

たじろぐ俺。

なんとなく俺を背中にかばうアンゼロス。頼もしい。

「あー、あー、ビビるなビビるな。飛龍便だ」

百人長が疲れた顔をして隊舎から出てきた。

飛龍便。要人の護送や急ぎの伝令、特別偵察に使われる特科兵。まさかウチの陣地に来てるとは思わなかった。

警戒を緩めつつ百人長に目で説明を求めると、ぐりぐりと頭を掻きながら百人長が口を開く。

「北方軍団の参謀本部から緊急指令。ヴィオール峠に出たマッドウルフを一掃せよとな」

百人長の後ろから現れた伝令兵が頷く。

百人長の説明はラフだったが、一応儀礼上伝令の目を無視するわけにもいかないので、アンゼロスと一緒に右拳を左胸の前にビッと構えて敬礼のポーズを取る。

「マッドウルフの数は」

「少なくとも百近いらしい。国境警備の歩兵隊が奇襲されて大敗走とか言っていた」

「気の毒に……」

マッドウルフ。この地方の代表的な魔物のひとつで、普通の狼が悪い気の流れで変異する変異体らしい。

狼のくせに馬のような巨体になり、周囲の動植物を見境なく食い始める。

食うものが視界に見当たらなくなると勝手に共食いを始めるので、ほっとくと凄惨《せいさん》な破壊を残しつつ最後の一匹になって餓死するが、これを普通に待つと1ヶ月はかかる。

ヴィオール峠は交通の要所なのでそれを待つことはできない。クロスボウ隊の出番なわけだ。

「出撃準備！　明朝までに決着をつける！」

「了解！」

俺とアンゼロスは競うようにして隊舎に飛び込んだ。


夜半。

昼の快晴をそのまま継いで、何もない空に綺麗な月が浮かんでいる。

ヴィオール峠の切り通しの手前、約1㎞弱。遠すぎて普通なら的が見えないところだが、そこにクロスボウ隊は戦術展開を開始した。

「全員配置についたな。最終確認」

「アイザック小隊問題なし」

「ウィリアムズ小隊問題なし」

次々と報告がよどみなく重なっていく。

大声での報告などなされない。各十人長がクロスボウのストックに囁《ささや》くだけで百人長に伝わっていく。

ストックそれ自体が百人長と共鳴しやすいよう加工された一種の魔術符であり、これがセレスタのクロスボウ隊の強さの秘密でもあった。

「スマイソン小隊問題なし」

「アンゼロス小隊準備よし」

「よし。それじゃ……状況開始」

全ての報告を聞き終わって、百人長が陣頭に立ち、五指を突き出すように構えて小声で呪言を唱えだす。

指先から糸のように流れ出した光の帯が、空中で織物のように美しく交差していく。


魔法。

エルフ族などの一部の種族が得意とする奇跡の技だ。

しかし何でもできそうなイメージの反面、戦争での使用例は非常に少ない。

百人長はそれを「火打石や雪球で剣に挑むようなもの」と表現する。

確かに超常の技は起こせるのだが、それで火や氷を作り出して戦うのは起こせる現象の規模や速度から全くもって現実的ではないのだ。

熟達の魔法戦士と呼ばれる人種も、戦いながらやれることと言ったらせいぜいが幻影を見せて隙を作ることぐらいだという。頼るには頼りなさ過ぎる技である。

しかしクロスボウ隊は魔法を併用することによって劇的な戦力向上が見込めた。


「撃ち方用意!!」

例えば、それは「視力向上」。

１㎞先の目標を手にとるように視認できる。

「目標、『見えて』ない奴はいないな!?」

そして「目標指定」。

幻影の応用で、次に撃つべき目標が視界を邪魔せず、視界に重なるようにポイントされる。

オーガ兵が立ち上がって両の手に一本ずつのクロスボウを構える。ドワーフ兵が岩の上をあつらえた銃座のように使い、しっかりと狙いを定める。

「撃てっ!!」

ガガガガガガッ!!

夜空を鋼矢が切り裂いていく。殺気さえ感じ取れないほどの距離から飛んだ矢が、効率的に暴力的に、狂った魔物たちを一瞬で絶命させていく。

クロスボウの命中率はそれまでの弓矢と比べるべくもない。その上ドワーフ謹製の遠眼鏡に匹敵する視力と、確実な目標指定、攻撃指示に基づく統制射撃。

本来起動が遅く、効果が低い「魔法」だったが、それは射撃の補助としては恐るべき効果を発揮し得る。

北の森のエルフが何故あれほどまでに強かったか、今の俺にならよくわかる。これだけのガイドがあれば、人間の心臓なんて馬よりデカい的になる。

しかし恐るべきは、その力を百人単位で実現する百人長の実力であり、発想力であり、この命中率を実現するクロスボウだ。俺が直接戦う相手じゃなくて本当に良かった、と、次々に狼の化け物を虐殺しながら感謝する。

「……チッ」

「百人長？」

虐殺が終わる頃、百人長が舌打ち。

背後にいたアンゼロスに手信号で命令を出す。これは言葉よりも早く確実に伝わることもある。それだけ急を要する事態だった。

横目で信号を盗み見ると、内容はこう。

――撃ち漏らした、左の薮から来る――！

「げっ」

慌てて俺は弦を巻き上げるのをやめて隊中央に向かって転げる。最左翼は俺だったのだ。

直後、薮から燃えるような色のマッドウルフの目が見え、牙が飛び出してくる。

それを事もなげにアンゼロスが迎撃した。

「ちぇやぁっ‼」

抜きざまにマッドウルフの口元に一閃。牙が一撃で全部叩き折られる。

彼の使う剣は大仰な鎧に比べて圧倒的に小さく手ごろな、どこにでもあるショートソード。それでも剣であることに変わりなく、エースナイトは剣さえあれば、完全武装のオーガ正兵五人に匹敵する力を持つとされる。

「もらった‼」

ザンッ‼

……返す刀は牙粉砕のショックに悶えるマッドウルフの首を切断。

一瞬を置いて、ドウ、と地に伏す首なしの大狼。

アンゼロスは迸《ほとばし》る血を浴びながら剣を振り、ゆっくりと掲げて小さく祈る。

エースナイトの一騎打ちの勝利の儀礼だ。

戦闘は、たったの7分で終結した。

誰も怪我することなく、無事に戦いが終わった。

圧倒的勝利。今仲間たちは切り通しに散乱するマッドウルフや歩兵隊の死骸を片付けにいっている最中だ。


そして俺はというと、……最後の奴の噴出する血をもろにぶっかけプレイされて、百人長許可のもと、近くの池に洗い流しに来ているのだった。

「えへへ〜。はーい、ぬぎぬぎしてくださいねー」

「………………」

そして、ついでにセレンも現れていた。

出撃前に「軍務だから絶対についてきちゃ駄目」と言い含めておいたのに、徒歩で馬車についてきたらしい。

戦闘中の俺の一瞬の危機に、あわや飛び出そうとしていたという。そんなことしたらまたアンゼロスに何を言われるかと思うと、よく我慢したな、と思う。

「よしよし。えらかった」

「ふふっ♪」

別に褒めるようなことでもないと思うが一応褒めて頭を撫でておく。セレンは猫のようにしがみ付いて微笑んだ。

いろいろ安上がりな子だよなーと思う。

「って、血がついてるのに抱きつくなっ！」

「あ、あれ？」

そして多分天然系だ。

仕方なくセレンの服も一緒に洗うことにして、二人で素っ裸で池に入る。

煌々と輝く月明かり。水面の照り返し。山の澄んだ大気の中で見るセレンの全裸は、やたらと神秘的で芸術めいて、それでいて確かに躍動する生命力を感じた。

大自然の中、自分も彼女も場違いに裸。セレンの無邪気な笑顔を見ているうちに、俺の下半身はムクムクと成長しだしていた。

「……えへへ」

「セレン」

「…………セックス、します？」

「いいのか？」

「いいに決まってます。アンディさんとならいつでもどこでもえっちなこと、できますよ。だって私は雌奴隷だもの」

「…………」

彼女は俺の何もかもを全肯定する。俺が求めるよりもっと上を捧げようとする。

それが不可解で、たまに怖い。もしかしたら俺を愛しているなんていうのは言い訳で、何かの理由で何もかもが嫌で、ただ捨てたくて捨ててるだけなんじゃ、と思ってしまうほどに。

そんな疑問をなんとなく感じたのか、セレンは複雑な顔で笑う。

「アンディさん。私はね……ハーフエルフはね。なんにも持ってないんです。どこにいても何も持てない。持って歩けない、持って来れないんです」

「…………？」

「その上人間の偽者で、エルフの偽者で、国民の偽者で、魔物の偽者なんです。だから……例えば、本当の何かを見つけたら、偽者だらけの自分も、手ぶらの空虚な過去も、……もしも捨てられた後なんて心配も、何もかもいらないから、本物が欲しくなるんです」

「それが……俺？」

「いいえ。あなたのことを好きな気持ちです。多分、どんな種族よりも本当の、本物の情熱です。あなたとの出会いは最初が変だった、なんてこと、私だってわかってるんです。でも最初とか末路とか、そんなのは好きって気持ちとはなんの関係もないんです」

俺の手をいつものように自分の胸に導きながら、俺の腕の中に収まるように身をこじ入れ、水に沈み込みながら、セレンは囁き続ける。

「同じハーフエルフの友達が言ってました。だから、雌奴隷になりましょうって」

「……な、何それ」

「たとえあなたが知らないうちに誰かに取られていても、たとえあなたが全てを失ったとしても、私はあなたの傍にいます。あなたが死ぬまで私はあなたのものです」

一拍。

「奴隷をお金で買うように、あなたは私を愛で買いました。奴隷が自由になるために働くように、私は束縛されるためにあなたを愛します。私たちの言う雌奴隷ってそういうものなんです。それだけでとても幸せな人生なんです」

「……わかんねえ」

「でしょうね。わからなくていいんですよ。他人の幸せってそういうものですから」

クスクスと笑った彼女に嘲りも失望もない。ただ、嬉しくてしょうがないというように。

俺たちから見てそれは狂的であり病的かもしれないけれど、それは彼女たちの普通なのだ。何の不足もない幸せなのだ。今の俺にはそう納得するしかなかった。

「……入れていい？」

「ええ。アンディさんっ……大好きです」

水の中から立ち上がり、彼女の尻に腰を近づける。

幻想的な月明かりに照らし出されて、薄く青白い光を纏《まと》ったような体は本当に美しかった。

その美しい少女が俺にメチャクチャに犯されるのさえ心待ちにしているという事実に、異常に興奮した。

「ふぁ……あ、ああっ……ひぁぁっ！」

「っ……く」

ずにゅにゅ、と熱い膣の中に潜り込んでいく。肌も膣口も、触った瞬間はヒンヤリと冷えているのに、すぐに燃えさかるように熱を帯びてゆく。

彼女そのもののような感触だった。あの雪の日に戸惑いながら抱かれた彼女が、いくらもしないうちに一生を捧げる情熱に駆られたように。

腰を動かす。

パシャン、パシャン、と膝上までの水が腰の動きに合わせて音を立てる。

「ん、ふん、ん、あっ……あ、ああっ、いいっ……いいっ!!」

「いいか？　気持ちいいんだな？」

「はいっ……はいっ、気持ち、いいですっ……今日ずっと待ってた……1日中アンディさんにまた犯される想像して濡らしてましたっ!!」

「変態雌奴隷だな……！」

「はいっ!!　変態ですっ!!　変態でいいんですっ!!　アンディさん以外の何もかもに蔑まれる、アンディさんに夢中の変態雌奴隷でいいんですっ！」

「ああ、それでいい……それでいいっ!!」

ムッチャクチャに腰を振る。セレンの二の腕を掴み、馬の手綱を引くように自由を奪うセックス。

それにさえセレンは舌を出して喜んだ。俺とのキスをせがんで、キュウキュウと締め上げながら自分で腰を押し付けてきた。

その健気な動きが、あまりにも良くて、やっぱり経験僅少な俺は耐え切れない。

「う……く、出る……出すぞ」

「はいっ……出してくださいっ！　赤ちゃんできてもいいです、あなたの赤ちゃん産むためだけの子宮ですからぁっ……どんどん流し込んでください、いつでも、どこでもっ!!　待ってますからっ!!」

「……んくっ!!」

やっぱりちょっぴり狂的で、ちょっぴり重すぎるほどの愛。

だが女の子に愛されるなんてことを知らなかった俺には、そんな負荷のある愛さえ嬉しくて。

ドクン、ドクン、ドクン……と、今日も激しく射精した。

「ふぁ、あ……ああっ……しあわせ、です、よぅっ……」

セレンはうっとりと呟いて虚脱した。

そのまま後ろから抱き締めて、繋がったままばしゃりと後ろに倒れ、二人で月を見上げながら水面を漂う。


しばらくすると足音が聞こえてきた。

「！」

「(待って)」

立ち上がりそうになったセレンを制し、そのまま漂うことにする。

探しに来た仲間とかだったら、今大慌てで岸に戻っても冷やかしを受ける結果は同じだろう。少しでもやり過ごせる可能性に賭けようという算段だった。

「…………」

岸でしばらく逡巡《しゅんじゅん》するような間。

そして、意を決したようにカチャカチャがっしゃん、という音が聞こえてくる。

そして衣擦れ、ちょっとした溜め息。

「……？」

探しに来た仲間ではないことは確かな気がする。どういうことだろう、とそーっと首を上げてみると、そりゃそーっと上げてもざぱーとかポタポタポタとか音はする。

そして相手はこっちを向いた。

「!!」

「えっ」

長い長い髪と、華奢《きゃしゃ》な体躯《たいく》。ふくらみかけのささやかな胸、そして長い耳。

「ス、スマイソン!?」

「誰!?」

そしてそのエルフっぽい少女は俺の名を呼び、俺は彼女がわからない。

血まみれのごっつい黒い鎧とか見覚えのあるショートソードとかが視界の端に映っていたが、あまりにも目の前の少女が少女過ぎて、にわかには信じようがなかった。

「ぬなななななっ、な、な、なっ」

俺の顔を見た途端、そのエルフらしき女の子はじゅわーっと真っ赤になった。

池の中を数歩ばしゃばしゃと後ずさり、滑ってコケそうになって全力で両手片足を振り回す。

「お、おい落ち着け」

俺の顔を見て。

否、見ているのは顔じゃない。

よく視線を辿ると顔じゃなくって。

「あっ」

「やんっ」

セレンがちんこを咥え込んだままの股間部分だった。

「こ、この、このっ……破廉恥スマイソン――っ!!」

彼女はその辺にあった木の棒を掴み、錯乱したまま空中に飛び上がって、体の軸とか無視した乱暴な動きでくるっと縦に一回転。

そのまま木の棒を水面に叩きつける。

ばしゃん！　……ざば――ーっ!!

「うおおおおっ!?」

叩きつけた木の棒の切っ先が起こした水柱と別に、その水柱を割るようにして、巨人が指で水面を引っ掻いているような直進する水柱が発生。

５ｍは離れた俺たちの方に伸びてくる。

慌てて起き上がった俺とセレンは、ちんこを強引に引っこ抜きながら水柱から退避。それでも風圧でちょっと余計に吹っ飛ばされた。

「よけるな――っ!!」

「よけるわっ！　つーかお前アンゼロスかっ!?」

剣技みたいな変な大技をやらかしてようやく確信した。

こいつはアンゼロスだ。

「僕が他の誰に……っ」

長い髪の全裸美少女エルフは、ぱさっと広がる自分の髪と、真っ向から晒した自分の体を今さらのように確認して数秒沈黙。

「……○$＊□@△↓▼&%《カロリー》!?」

さらに錯乱して声にならない叫びを上げつつ、棒っきれを直で投げつけてきた。

ぶんぶんぶんごんっ。

「おぐっ」

「アンディさんっ⁉」

くるくる回りながらこめかみに思いっきりヒット。凄く痛い。

お互い下着程度の服を着てようやくちょっと冷静に向き合う。

「……この破廉恥男。破廉恥男。破廉恥男。破廉恥男」

いや、ちゃんと服着たかったけど血糊べっとりを纏うのもアレだし。

その事情はアンゼロスも同じで、いつも着ている鎧下は水滴をぽたぽた垂らしながら木の枝に垂れ下がっている。

そして下着の上に血みどろ胸鎧を直で着ている、とてもマニアックな状態だった。

「お前本当に女だったんだな」

「破廉恥男。破廉恥男。破廉恥男っ」

「会話しろよ！」

「ふんっ！」

アンゼロスはなんだかスネていた。こっちから微妙に視線を逸らしつつ真面目に取り合ってくれない。

それを見て、例によって下着姿のセレンが食って掛かった。

「破廉恥なのはあなただって同じでしょう」

「……違う」

「男の子の振りして男の子に交じって！　今までずっとやらしい目でアンディさんたちの無防備な恰好見てたんでしょう⁉」

「なっ……ち、違うっ‼」

斬新な見地の非難だったが、アンゼロスはどもる。

……どもるなよ。

「アンディさんは正々堂々合意の上でえっちなことしてるんですよ⁉　盗み見てたアンゼロスさんの方がずっと破廉恥ですっ！」

「うぐぐ」

「いやいやいやちょっと待てちょっと待て」

さすがにセレンの超理論にはツッコまざるを得ない。

というか別にどっちがより破廉恥かなんてどうでもいいことだし。

「それよりなんで男装なんかしてるんだ」

「…………」

さっきまで長く広がっていた髪は、こうして鎧を着ると目立たない。ひっ詰めて縛り、ロープ束のように丸くまとめて鎧の下に入れているのだった。

そしてぶかぶかの鎧は体つきを隠す。

隠すといったって肩幅や胸が目立たない程度だが、それでも実際誰も気づいていなかったのだから立派な男装といえるだろう。

「僕はトロットの王都出身だ」

「……うん」

目を逸らしながら、チンガードプレートに口元を埋めて、いつものようにくぐもった声で語り出す。

「トロットではハーフエルフ差別が強いのは知っているだろう」

「ああ」

「だけど子供の頃、僕は剣聖になりたかった」


幼いアンゼロスは母である豪商の家に育った。

ハーフエルフとしては珍しく、なかなか恵まれた家庭環境だった。

しかし、家の中では何一つ不自由しなかったものの、外では帽子は絶対に取れない生活を強いられた。

当然友達もほとんどおらず、セレスタなどの外国から招聘された家庭教師（トロット人だとやっぱりハーフエルフを馬鹿にする）に英才教育を受けながらも、将来何になるとも想像できない少女時代を送ったらしい。


そんなアンゼロスの転機となるのが、王都闘技場で催された御前試合だった。

様々な種族からなるトロット王国の切り札「剣聖旅団」が、その冴え渡る技の数々を披露する晴れの舞台。

その華麗さ、そして種族的な自由度にアンゼロスは感動した。

剣聖旅団には一部エルフもいたのだ。

これならできる。自分にもなれる。

そう思って、一緒にいた母に剣のコーチの招聘をせがみ、以降剣術に人生を賭けることになる。


「ところでその御前試合って」

「ああ。15年前の拡大剣聖行進会の時のだ」

「……あー、なるほど」

「？　アンディさん、どういうことですか？」

「当時は、というかその年だけはエルフの剣聖が存在したんだ。俺の行った工房がエルフ用の軽装鎧なんていきなり試作させられて、親方たちがおおわらわだったの覚えてる」

ちょうど俺が工房入りした年だった。

トロットの西にあるアフィルム帝国と文化交流の名目で、向こうの「パラディン」とトロットの剣聖を五十人ずつ交換留学させたことがあるのだ。

まあ政治には詳しくないのでよくわからないが、要するに「うちの剣士はこんなに強いんだぞ、しかもこれは氷山の一角に過ぎない！」とお互いに威嚇しあうような意図のイベントだったらしい。

で、その年は御前試合も例年より派手になり（これも剣聖旅団預かりのパラディンに対する見栄みたいなものだったらしい）、王家の結婚パレード並みの大イベントとなったのだった。

で、アフィルム帝国は当地の森エルフと友好関係にある。うちの百人長のように長寿ゆえの熟達で、剣聖＝パラディンになるエルフは相当多いという。実際パラディン五十人のうち二十人ほどがエルフだったというからなかなかだ。

そして世間知らずのアンゼロス嬢はそれを見て勘違いした。

彼女の母も、商売はともかく軍事にはとんと疎かったので、そのまま娘の好きにやらせた。

そして数年後、メキメキと剣の腕を上げたアンゼロスは意気揚々と剣聖の予備選考に出場する。

「そこでコテンパンに負けて世界の広さを思い知るアンゼロスだった……」

吟遊詩人風に茶々を入れる俺。

「負けてない！　僕は同期同士の総当たりで全勝だったんだ！」

アンゼロスは悔しそうにした。

「でも数日して家に不合格って伝令が来た」

「なんで」

「ハーフエルフで女でチビだったから」

「……は？」

「本当にそう言われたんだ！」

悔しさを思い出したのか、アンゼロスは半べそで身を乗り出した。

下着・直・鎧なので、ぶかぶかの胸元から薄い乳が見えそうでちょっと困る。

それを聞いたアンゼロスの母はマジギレして伝令兵を椅子で殴ったらしい。

そんなことされても伝令は伝令しかできない。災難な話だ。

落ち込むアンゼロスに母はセレスタ行きを勧めた。

セレスタ商国は種族差別も少ないし、母個人のコネもあって住みやすい。剣聖に相当するエースナイトの称号もきっと頑張れば取れる。

そう言われてアンゼロスは出奔を決意した。

ただ、ハーフエルフであること、女であること、チビであることに対して深刻なトラウマを抱えてしまったアンゼロスはそれを隠すために今のスタイルを取る。

先祖伝来という名目で馬鹿でかい甲冑を常に身につけ、長い髪をその中に隠し（さすがに髪は女の宝だ、ということでバッサリやるのは母に止められたらしい）、そして特注のヘルメットで耳を隠す。

その恰好で、東の山脈越えで隣の第三国を経由し、セレスタに入ったのだという。

それが今から10年前。

俺が百人長扮する変な人に変な刃物を作ってた頃だった。


「はい質問」

「何だ」

「お前がヘルメットつけてるの見たことない」

「……セレスタではハーフエルフ差別がゆるかったから必要なくなったんだ。エースナイト取った後に着けるのはやめた」

「女差別だってセレスタにはほとんどないじゃん」

「し、仕方ないだろう⁉　とりあえず男ってことでエースナイト取って、その直後にクロスボウ隊に配属されちゃったんだから！　こんな男の園で堂々と生活できる女なんているか！」

百人長そうじゃん、と言おうとしたが、確かにアレは別格過ぎる。

精神的にも肉体（おっぱいというより戦闘力的な意味で）的にも。

「しかし配属前に言っとけば何年も男の振りしなくてよかったろうに」

「……そうなんだけど」

「お前、間が悪いってよく言われるだろ」

「うるさいな。気にしてるんだ」

全てを話し終えて、はぁーっとアンゼロスは脱力する。

「いいお母さんですねぇ」

セレンは聞き終えてウルウルしていた。

そういえば。

「お前、結局お袋さんのいるトロットとの戦争に参加したわけか？」

「ん……まあ、そうだね」

「……悪いこと聞いた」

誰だって親を殺すかもしれない戦争なんかしたくないだろう。しかしアンゼロスがここにいるということは、それを押しても夢を諦められなかったということでもある。

俺だって、既にトロットとの戦争が終わったからこそこうしてセレスタ軍にいられるわけで、もし今後セレスタからの独立運動か何かでトロットが敵に回る可能性が出てきたら、セレスタ軍人なんか死んでもやりたくない。

しかしアンゼロスはそれはいいんだ、と笑った。

「うちの母上は多分殺したって死なないし、政治的にもそうそう軽々しくは殺されない人だから」

「政治的？」

「結構有名だと思うけど。知らない？　シルフィード商会って」

「…………」

セレスタ、アフィルムを始めとして多数の国で商売付き合いを持っているトロットの大商会だ。俺だって聞いたことがある。

トロットが敗戦国にもかかわらずあまり悲惨なことになっていないのは、シルフィード商会の価値が大きいからだ、とかいう話もあるぐらいだ。

そこの当主が女だってのも聞いたことはあったが。

「すげえお嬢だったんだなお前。今度おごって」

「…………君こそ僕におごるべきだと思うが？」

「？」

いったん落ち着いたアンゼロスの殺気が、ゴ、ゴ、ゴ、ゴ、とちょっとずつ燃え上がるのが音になって聞こえるようだ。

「こんな時にこんな場所でこんな破廉恥なことをしてた上に、ぼ、僕の裸までしっかり見ておいて何が『おごって』だ、この超バカ野郎―――っ！」

引き抜かれるショートソード。思わずクロスボウで頭をかばう俺。

が、一拍置いてアンゼロスは溜め息をつき、ポクッとショートソードの柄《つか》で俺の頭を小突く。

「……ま、君との付き合いは短くないからな。いつもの酒場で酒盛り代1回持ちで許してやる」

ちょっと優しく笑う。見たことのない照れた笑顔で、ドキッとした。

セレンはぶんむくれているが。

と。

「話は終わったか？」

背後からいきなり声がして、俺は震え上がった。俺たち以外誰もいないはずなのに。

おそるおそる振り向くと、百人長がいた。

「な、なんでここに」

「あんまり遅いのと、ちょっと面白そうな話が聞こえたんでな」

少しニヤニヤしながら、ちょんちょんと自分の耳先を突っつく。

ハッとした。そういえばクロスボウのストックは百人長にとっては耳代わりだ。

「……ぜ、全部聞こえてました？」

「うん」

さーっとアンゼロスが青ざめる。

言い出せなかったくらいだ。性別詐称はバレたくないものだろう。

「いや、お前が女だってのは私はわかってたがな？」

百人長はクックックッと笑った。

「ま、説明頑張れ十人長♪」

親指で指し示した先では、どこから聞いていたのか、隊の仲間たちが折り重なって盗み聞き。結構いっぱいいる。

そして今のアンゼロスはパンイチ＋鎧のセクシーショット。

アンゼロスがさらに青ざめる。仲間たちがニーッと同じタイミングで笑った。

「アンゼロス十人長ォォォォッ!! 結婚してくださいーーっ!!」

「お、お、オラと不純異性交遊をーっ！」

「テメエらおすわり！ アンゼロスーッ！ 俺はお前が女でも愛してるぞーっ！」

「十人長——っ！ ハアハアハアじゅ、じゅ、十人長ーっっ!!」

俺とセレンの脇を通り過ぎて仲間たちがアンゼロスに殺到する。

「う、うわあああっ!! や、やだ、やめっ、ちかづくな、寄るな触るな斬るぞバカ！ 聞けってばこの破廉恥野郎どもーっ!! スマイソン助け、や、いや————っ!!!」

さすがエースナイト。すごい強かった。ものすごく疲れたみたいだけど。

「アンゼロス十人長、実は女だった」の報は数分で隊内を席巻した。

分散して作業してたはずなのに。実に連携の取れた仲間たちで頼もしい。

そしてセレンと百人長を差し置いていきなり隊内人気トップに躍り出た。

「だってセレンちゃんはアンディ十人長の雌奴隷じゃん！めっさ売約済みじゃん！ ちくしょう死ねよ！」

「百人長だって元婚約者にまだ未練たらたらって聞いたぞ！」

「しかしアンゼロス十人長は今まさに生まれた我ら専用、生え抜きのヒロイン。ルックスだってよく見れば百人長に勝るとも劣らない」

「俺は男でも女でも一向に構わん」

「いや構えよ。怖ぇよ俺らが！」

ああ、比較的新しい隊だけあって飢えた独身野郎が多い。で。

「スマイソン、警邏付き添え」

「付き合えじゃなくてか。というか俺、舎内清掃当番だったから疲れてるんだけど」

「うるさい付き添え。一人で回ってるといきなり下半身裸でダイブしてくる奴がいて怖いんだ！」

「うわー」

アンゼロス的に今回の女バレの責任は俺にあるらしく、半ば保護者、というか従者扱いされるようになってしまった。

「俺が下半身裸でダイブしたらどうする」

「す、するなよ！　ぜったいするなよ⁉　ちょん切るからな！」

「冗談ですごめんなさい」

まあ俺の場合、クロスボウ隊でも腕っ節のなさには定評がある（技術系だから当然だけど）から確実にあしらえるってのもあるんだろうけど。


やっぱり普段からそれなりに仲良かったおかげの信頼……だと思いたい。

「しかしお前、せっかくそんな恰好するようになったんだから言葉遣いも直せばいいのに」

アンゼロスは、時々鎧を着ないで歩くようになった。

そんな時は長い髪を縛り上げることもなく、膝まで届こうかという長さのままになびかせて歩く。

その髪は長いこと乱暴に隠していたとは思えないほどサラサラと美しくて、やっぱりエルフの血って卑怯だな、と思う。

「べ、別に僕は自分が女であることを認めたわけじゃない」

「？」

「今の任務は男じゃなくても別にいいってことを認めただけだ」

「違いがわからねー」

「全然違う。思いっきり違う。天と地ほどに違う」

さっぱりだ。

「あの鎧だってしっかり使い続けるからな。あれは僕の誇りだ」

「へいへい。仕立て直した方がいいと思うけどな……」

「嫌だ」

ハーフエルフの論理は俺には理解できるようになってな

いのかもしれない。

今夜も月が綺麗だ。


「ふぃー」

ざぶーん、と風呂に飛び込んで一息。

清掃の後にアンゼロスの警邏に付き添って演習場一周、いつもならもう寝ている時間だ。

整備と訓練ばかりとはいえクロスボウ隊も体力仕事。そうそう無闇に夜更かしする奴はいない。広い風呂は今俺だけで独り占めだ。

「そういやアンゼロスは風呂どうしてるんだろう。入ってないわけじゃないだろうし」

「山の中で水浴びしたり、こっそりバッソンの風呂屋で済ませてるみたいだな。何度か尾けてみたことがある」

「へえ……って、うわ」

音もなく背後に百人長が立っていた。

びっくりして振り向くと、気さくに笑って隣に入る。

「ドワーフやオーガでさえ週一で風呂に入らせてるんだ。さすがにハーフエルフが風呂入ってなかったら示しがつかないし、気になってな。だからあいつが女だってわかったんだが」

「な、なるほど……しかし百人長にしちゃ遅い入浴で」

「二度目だ。ちょっと話したいことがあったからな」

なんか近い。肩が触れ合いそうだ。さすがに視界の端におっぱいが見えて気まずいよ百人長。

「最近部屋にいれば雌奴隷、それ以外ではアンゼロスがべったりだからな。風呂ぐらいしかサシで話す機会がないじゃないか」

「ま、まあ、そうですね」

「アンゼロスとの距離の取り方には気をつけろよ。裕福で親の愛が足りてたと言ったってハーフエルフはハーフエルフだからな。ちょっと情を移させるとすぐ後戻りできなくなるぞ」

「はぁ」

やばい勃起してきた。悟られてないといいけど。

「で、本題だが。ダークエルフの精神性はハーフエルフに近いってよく言われるのは、知っているか?」

「いえ、あんまり」

鎮まれー。鎮まれー。

「あはは、そういえばお前はトロット出身だったな。ダークエルフの気性や生活なんてわからないか」

「お察しの通りで」

「……ダークエルフはエルフ族の異端、魔物と同じ気の流れに染まった種と言われている。何の裏づけもない憶測に過ぎないが、昔からエルフ族の中では一段下に見られていたのは事実。エルフだけれどエルフじゃない、孤独な種族だって言われている」

湯船の縁に肘をかけ、気持ちよさそうに反り返りながら語る百人長。大きくて形のいいおっぱいを隠す気全然なさすぎる。

ああ、せめて距離が離れてて相手されてなければオナニーするのに。ちょっとランツやゴートの気持ちがわかる。

「そんなだからな。一度異性に惚れたらのめり込む特徴だけはハーフエルフと似ている。孤独が深い分、一度そこから足を浮かせてしまったら二度と戻りたくないから」

「……はぁ」

「それでな。……私は自分を結構特別だと思ってたつもりだったんだが、わりと典型的なダークエルフだったらしくてな」

すっ、と体を起こすと、いきなり百人長は俺に覆い被さって、今度こそ制止する間もなくしっかり唇を重ねてきた。

「んぐ」

「んっ……。ふふ、勘違いだったのは認めるよ。だけど勘違いでも、私はもう10年お前と結婚する気でいたんだ。お前を抱くことだけを考えていたんだ。覚悟しろアンディ・スマイソン。ハーフはお前から離れないかもしれないが、私はお前を逃がさない」

「ん、はっ……そ、そんなこと言われても……百人長、ちょっと離れて」

「百人長じゃない、ディアーネさんと呼べ。そしたら考えてやる」

「くっ……で、でぃあーね、さんっ！」

「……ん、ちょっとぎこちないがいい響きだ。二人っきりになったらそう呼ばないと怒るからな」

「わ、わかったから、わかったから離れて」

「んー……考えた。やっぱり嫌だ」

「卑怯者!?」

「なあに、勃起してるぐらい気にするな。元気なことはいいことだ」

「犯されるー!?」

「……ああ、それだ。いい考えだな」

「う、えぇー!?」

◇◇◇

ちゃぷっ。ちゃぷんっ。

「助かりました。さすがに何日もお風呂入ってないってなったら、アンディさんも嫌だろうから」

「別に……進退窮まって隊舎の風呂でスマイソンと混浴するなんて言い出したら、風紀に関わるから教えただけだ。

僕だけの水浴び場所は他にもあるし」

「ふふっ、ありがとうございます。アンゼロスさんって意外といい人ですね」

「意外に思うのは勝手だが、本人に面と向かって言うものじゃないぞ」

「そうですね、ごめんなさい」


ぱしゃっ。ぱしゃっ。


「……なあ、セレン。スマイソンとは、その……」

「日に3回はしてますよ♪」

「いいっ!? い、いやその……そ、そうか」

「わりとおっぱいふぇちです」

「ふ、ふぇち?」

「おっぱい大好き人間です」

「………そうか」

「ふふ♪」

「か、勝ち誇るな!! 恩知らずな女だな!」

「勝ち誇ってはいませんよ? アンゼロスさんには関係ないことですし」

「……意外と君は攻撃的だな」

「そう思います?」

「ん、まあ……そうだな」

「被害妄想ですよ。それともアンゼロスさんは関係ある話だって認めるんですか?」

「……そうじゃない」

「ふふふふ♪」

「本っ当に嫌な笑い方するな」

「いえいえ。可愛いなーって」

「か、可愛い……!?」

「……そんな複雑に嬉しそうな顔しなくても」

「ち、ちち違うっ!」

「……なんとなくアンディさんが可愛がる気持ちがわかる気がします」

「可愛がるとか言うなっ! 僕は可愛がられた覚えはないっ!」

「えー。そーですねー」

「く。なんだこの敗北感は」

◇◇◇

百人長は。

……否、ディアーネさんは、俺にのしかかったまま体に手を回し、

「……ん、よっと」

軽い掛け声とともにギュッと抱いて、いきなり体を妙な感じに回転させる。

俺の方には引っ張られたとか押し上げられたとか、そんな感覚は一切なかった。

なのにザバッと湯から引き抜かれて、少し重力を無視して浮揚。

ディアーネさんごと空中を横回転。トン、と百人長の足が洗い場に着き、俺は抱き締められたまままくるくると振り回される。

「な、なっ」

「風呂の湯が汚れてしまっているとバレるからな。それに風呂の中でやろうとして、私の淫液まで流れてしまうと不都合だ」

「や、やる気なんですか本当に⁉」

「冗談に聞こえたのか、悲しいな」

「いや普通……んぐっ！」

回転が落ち着く直前、ディアーネさんが膝を曲げ、俺は洗い場に投げ出されるような恰好になる。そしてあくまでディアーネさんは俺から腕を放すことなく、するりと自然な形でマウントを取り、俺に唇を重ねていた。

「ん……っ、ふふ、甘美なものだな。ああ、男に肌を晒すことにドキドキしてしまっているのは久々だ」

「う……」

「覚悟を決めろ、アンディ・スマイソン。お前は私を本気にさせたんだ。これはその罰なんだ」

「ど、どういう理屈ですかっ」

「犬に犯られたと思って諦めろ」

「ヒィ！　犯される！」

往生際悪く冗談で流そうとする俺と、それを一切無視して俺を動かせないディアーネさん。

じたばたしようとするが叶わない。この人はものすごく強いのだ。

「……うぅ」

「いい子だ。なに、損はさせない。任せておけ」

諦めて力を抜いた俺を見て、抱き締めていた腕を解く。照れた顔で頬にキスを残し、ディアーネさんは下半身にずり下がる。

「元気なことだ。……見慣れたものだが、これが私を貫くと思うと感慨深いな」

俺のいきりたったちんこをいとおしそうに撫でながら溜め息。そして、おもむろにその豊満な胸にふにゅっと挟む。

「う、わっ」

いきなりのパイズリに思わず驚いて声を上げる俺。そんな俺の反応を見てディアーネさんは意地の悪い笑みを浮かべる。

「なんだ、お前胸好きのくせにこんなので驚くとは、さては……雌奴隷にコレをさせてないな？」

「……い、いつも揉み専ですんで」

「そうかそうか。お前のパイズリ処女は私のものということか。私の一点リードだ」

何が。と言う間もなく、ディアーネさんが胸で俺のちんこをしごき始める。ふにゅふにゅと柔らかく波打つおっぱいで、小刻みに俺のちんこを挟み直すようにして。

「ん……ふふ、お前は本当に素直な表情をするな。どうだ、こんなのは？」

「ううっ……」

今度は上体をスライドさせながら、長いストロークで乳肉の間を往復させられる。

心地いい。

ディアーネさんの体は200歳とは思えない（エルフだから当たり前だけど）瑞々しさで、いつも憧れながらも絵の向こうのように遠かったあの乳房が俺の一番下品な器官を刺激している、と思うと否が応にも腰が震える。

「ん……ほらほら。何を我慢している」

「く……が、我慢なんか」

「さっきから何度もビクッとしてるぞ。出したくて仕方ないんだろう？　私の胸でいつでも射精していいんだぞ？　遠慮するな」

「う、う、ううっ……！」

かすかな罪悪感。圧倒的な高揚感。

あのディアーネ百人長が俺に奉仕している。娼婦のように俺を誘っている。

その事実だけで先走りが溢れてしまうような、俺の青二才なちんこ。実際の快楽も合わされればそうそう何分も持つはずがなく。

「う、んううぅっ！」

ビュクッ！　ビュクッ！　ビュクッ!!

あえなく、ディアーネさんの乳房の間で性欲を爆発させてしまう。

「お、おおっ……はは、コレが射精……か」

「でぃあーね、さん……」

「……私の体で自慰にふける男は何人となく見てきたが、こうして自ら浴びてみると……ふふ、あいつらももったいないことをしている。女に浴びせれば悦ばせられるのにな」

「……？」

紅潮した顔で、高揚した目で、ディアーネさんが呟く。

その一言一言の間に、何か違和感を覚えるが……風呂ののぼせ頭と初パイズリの余韻に霞む意識では、イマイチまとまった疑問にならない。

「……一度出すと萎えるというが。さすがはスマイソンだ」

そして、俺のちんこは寸暇の後にすぐに硬度が戻る。

最近気づいたことだが、俺はわりと精力が強い方らしい。

日に三度も射精すれば俺ぐらいの歳だと普通おなかいっぱいになるものらしいが、俺はセレンを相手に朝昼晩犯っ てまだちんこが勃つ余地がある。ちんこのエネルギー切れよりも動く体力の方が先に切れる。

一応戦闘勤務の軍人としてちょっとどうなんだろうなあそれ、と思わなくもないのだが、セレンしかり、今のディアーネさんにしても、

「実に頼もしいな」

と好評のようだ。

「……それじゃあ、ここから本番と行こうか」

「ほんとに犯《や》っちゃうんですか⁉」

「何度も言わせるな」

膝立ちで俺の上にまたがり直すディアーネさん。

未だ射精の残滓《ざんし》でヌメつく逸物の上に、自分のヴァギナを広げて乗せる。ビラビラの中は感動するほど綺麗なピンクで、俺のさらなる劣情を煽る。

「よし……っ」

接触したところでいったん停まり、少しだけ気合を入れ直すディアーネさん。

さっきの違和感がムクムクと鎌首をもたげる。

まさか。

まさか。

「……もしかして、ディアーネさん初めて……？」

「⁉」

ぴたり、とディアーネさんが止まった。

「わ、悪いのか⁉」

「で、でも、だって、パイズリとかいきなりしてるのに⁉」

「う、うるさいっ！　２００歳にもなれば耳だって肥える！」

真っ赤になって怒り出すディアーネさん。

なんとなく合点が行く。そんなうまい話があるものかと思っていたのだ。

「……そ、そうですか」

思った。

多分、この人は、処女が恥ずかしいんだろう。

俺はちょうどいい初体験の相手で、つまり、オモチャなんだろう。

なんだか随分がっかりした。人のことなんて言えないのに。俺だってセレンをオモチャにしたのに。

ディアーネさんは……いや、百人長は、もっとピュアな、

高潔な人だと思っていたかったからだろうか。

「……なんだぁ」

「?」

「そういう、ことですか」

「……どうした、スマイソン」

いきなり水でも被ったように意気消沈した俺に、百人長が心配そうな顔をする。

そんな顔をして欲しくない。させる資格はない。

それなのに失望が口をついて出た。

「それなら早く……言ってくださいよ」

「何を言っている」

「俺……百人長の、ただのセックス相手なんでしょ」

「なん……どういうことだ?」

「ただセックスの経験したくて、そういうことなら、その……大仰な理屈とかいりませんから。俺、普通にただのスケベですから。ダークエルフの気性とかなんとか、あまりかつぐようなことは……してほしくなかっ」

「スマイソン」

俺が泣き言を言い募ろうとするのを、百人長は泣きそうな目で制した。

「お前は、私をそんな女だと思いたいんだな」

「……え」

その目が真剣で、あまりに純粋で。

俺はとんでもない勘違いをしたことに気づく。

とんでもなく傷つけるようなことを言ったことに気づく。

「どうしたら信じてくれる?」

「百人長」

「どうしたらディアーネと呼んでくれる? お前の妻に本気でなりたいのだと信じてくれる?」

「あの」

「子を産めと言うならもちろん産む。お前のことだけを考えろと言うなら今すぐ軍をやめてもいい。どうしたらお前を10年間想い続けていたと理解してくれるんだ?」

泣きながら、震える声で彼女は訴える。

でも。

俺は小心者で、小市民で、どうしようもなくただの人間で。

そんな僥倖《ラッキー》をただで信じられる器ではない。疑わざるを得ない。

そのことだけは理解してもらわなければならない。

「俺はセレンが本当にいたというだけで身の丈に余るくらいのちっぽけな人間なんです。剣をタダで作ったからって、百人長みたいな偉大な人に好かれるなんてうまい話なんてないって思っちゃうんですよ。そんな理由が、あなたの心と体を貰える理由になるなんて思えない」

「………」

「それならあなたが処女を捨てるためのオモチャに選ばれたって思う方がまだ納得できる。俺はそんな小さい人間なんです。失望させたのなら謝ります。でも俺、……ただの、人間なんです」

「………」

百人長は静かに頷いた。逸物を握る手を離し、俺を抱き起こして。

優しい目で囁き始めた。

「悪い。そうだな、お前は人間だったな。……私たちのことを急に理解はできないんだったな」

「はい。すみません」

「いや、いい。……すまない、思えば私も人のせいにしすぎた。ダークエルフだとかなんだとか、一般論で誤魔化し過ぎていた。私は私だ。慣習も種族も私個人とは関係ないのに、全部それで説明できた気になっていた」

「百人長」

「正直に言おう。……隊に来たその時から、ずっとお前が好きだった。剣を作ってくれたあの少年と同一人物だというのは嬉しかったが、それはきっかけに過ぎない。お前が好きだ。お前のその弱さも、優しさも、正直さも、勇敢さも全て好きだ。それを部族の慣習で誤魔化したんだ。すまない」

今までの色仕掛けと打って変わった真剣な告白。

それは、セレンの一途さと同じ、飾ることのない捨て身で丸裸の感情。

これを聞いたら、もう下らない年上女の見栄だなんて見当違いの解釈なんかしようもない。

「お前をあの小娘に取られるのは嫌だ。いなくなって欲しくない。だからまずは私のことを抱いてくれ。私にお前の女として、努力ができるチャンスをくれ。頑張るから」

「……わかりました。ディアーネさん、俺、……ディアーネさんを犯したい」

「犯して」

そして、今度こそ熱烈に抱き合って、もつれて倒れた。

ディアーネさんの尻を掴み、ビラビラを両の手で広げてみる。

広げた瞬間、プチュッと溢れるほどに淫液を分泌した性器は、処女とは思えないほど男を欲していやらしく蠢《うごめ》いている。

「……犯しますよ」

「うん」

一瞬の躊躇いもないディアーネさんの返事を聞き、俺はグチュリと熱い膣の中にちんこを埋めていく。

「ん……く、うっ！」

震える。まだ亀頭さえ入りきっていないのに、既に貪欲に飲み込もうとする膣は絶品だ。押し込まなくてもこうしているだけで何分もしないうちに射精してしまうだろう。

「ううっ」

黒くしなやかな、獣のようで宝石のような背筋がうねる。少しずつ強引にディアーネさんの処女を貫いていく。長い長い眠りを経た彼女の女の機能を強引に目覚めさせていく。この俺が味わうためだけに。

「は、あ……スマイソンっ……いや、アンディ……お前が、私に……入る……入ってくるっ!!」

「入ります……こじ開けますよっ！」

ブツッ、という感触。

硬直する背筋。揺れる乳房。

「!!!」

緊張しきる膣の中を強引に奥まで進んでいく。

「い、たっ……痛っ!!」

「……ああ、入った……奥まで行ったたっ！」

長いこと憧れていた小麦色の肢体の中に、俺はついに逸物を埋めたのだ。


そのことに興奮しすぎた。

「ああっ!!」

「っ!?」

ビュクッ!!　ビュ、ビュッ!!

不覚。

まだ一往復もしていないのに、ディアーネさんの子宮にザーメンを注入してしまう。

いくらなんでも早い。ものすごい気まずさに、俺は言葉をなくしてしまった。

「ば、バカっ……いきなり出すなんてっ……」

「す、すみません」

「……幸せすぎるだろうっ……？」

「え……？」

見ると、本当にディアーネさんは幸せそうに微笑んでいた。

「はぁっ……夢にまで見た……スマイソンの、アンディの子種……っ♪」

「そ、そんなですか」

「……うん、そんなだ。愛、感じるっ……♪」

まだ痛みは全く引いていないはずだ。その証拠に、ディアーネさんの膣はギュウギュウ締めっきりで全く力が抜けていない。

それなのに世にも幸せそうな顔をして、ディアーネさんは自分の腹を撫でた。

少しでも気持ちを疑ったことが本当に申し訳なくなる、そんな光景だった。


それから数日。

俺とディアーネさんは表面的には何も変わっていない。

元々ディアーネさんは忙しく、俺はいつも通りにしがない暇な十人長だ。

だが、本当に時々、二人っきりになると決まってディアーネさんは命令口調で甘えてくる。

「アンディ。……肩を揉め」

「はいはい」

「ん……そこ、もっと前」

「…………」

「もっと。もっと前。……上司に対する敬意と愛を込めて揉め」

「しかし百人長」

「名前で呼べ」

「……ディアーネさん。ここは肩じゃなくておっぱいだと思いますが」

「嫌いか？」

「大好きです」

「よし。……ん♪」

セックスにまではなかなか持ち込めないが、それはそれでお互いスパイスな感じだ。

たまに挿入に至ると凄く燃える。


その傍らで、セレンも雌奴隷というか、やはり暇さえあればイチャイチャしてはセックスに至る生活を喜んで続けている。

我ながらぬるま湯に浸かっているというか、実に罰当たりな生活を続けていると思うが、どちらからも決断を促す言葉が出てこないので甘えてしまっている。

いいのかなあと思うが、どうもセレンもディアーネさんとのことを知っていて黙っているようだった。

「アンディさん」

「……うん？」

「その……私、雌奴隷ですけど。私の回数減らしたら泣きますよ？」

「わ、わかった」

ある意味、胃に悪い。本当にこれでいいんだろうか。

そのセレンだが、やはりクロスボウ隊にただ居候するのは体裁がよくないので、最近部隊運営の手伝いを始めた。

現地徴用スタッフということでディアーネさんが手を回したようだった。

そして意外な才能が判明。

「……セレンって医療光術できるのか」

「はい♪」

魔法の一種である医療光術が得意らしい。

術者の生命力を活性化させ、傷ついた他人に分け与える魔法。例によって効果は大したものではなく、深い怪我にはあまり役に立たないが、それでもちょっとした傷を消すぐらいのことはお手の物で、特にクロスボウの取り扱いに慣れない新米の準兵たちには女神のような扱いを受け始めた。

「ちょっと面白くない」

「嫉妬してくれるんですか？」

「少し」

「嬉しいです♪」

「……不愉快だからそういうノロケは二人っきりのときにやってくれ」

アンゼロスに呆れられた。

「はい、次の方ー」

「お願いしャス」

「はい、ちょっと待ってくださいねー。……むぐむぐ」

セレンが患者を前にして、サラダにした薬草をもぐもぐ食べる。

薬草と言ったってその辺に生えてる野草の一種で、本来は普通の薬より有効なものではない。しかしセレンが医療光術を使う際、こうした薬草で生成される生命力が重要らしかった。食べたそばから回復力に変換して使えるらしい。

「はい、いきますよー」

セレンが手をかざす。準兵の指にできた血豆がものの数秒で消えていく。

「おお、すげー」

「えへん。ハーフエルフの長旅には便利なんですよー」

「よしよし」

「えへへー」

医務室でイチャつく俺たち。治療を受けた準兵はちょっと悔しそうな顔をして出て行く。

「見事なものだな」

「えっへん。こう見えて苦労してるんです」

アンゼロスの呟きに胸を張って答えるセレン。

「この術は自分の生命力を自在に活性化させるところから始まる術か」

「はい。一人旅の時はそこまででいいんです。ちょっとした怪我をしてもそれで全部ＯＫ」

「なるほど。便利そうだ」

「アンゼロスさんも覚えます？　難しくはないですよ」

「…………」

　アンゼロスは難しい顔をした。魔法が苦手なのかもしれない。まあ魔法の才能があるハーフエルフは全体の三分の一というし。

「しかし、こんな術があるんならお前の『友達』にも使えなかったのか」

　セレンは、友達を救うためにポルカに霊泉を求めてきたはずだ。

　大きな怪我には有効でないにしろ、旅をしてくるほど余裕があるなら少しは役に立ちそうな技だと思う。

「あー……あの時はそもそもあまりご飯とか食べられなくて……外からエネルギー入れようとしても難しかったんです」

「へえ……うん？」

　あの頃のセレンは何かの理由で断食してたってことだろうか。

　少し違和感を覚えたが、まあハーフエルフのことだ。俺のあずかり知らない何かがあっても不思議ではない。

「…………」

　アンゼロスは相変わらず難しい顔をして、セレンを見ていた。

　ぱしゃっ。ざぱっ。

「…………」

「どうしたんですかアンゼロスさん？　水浴びしないんですか？」

「いや、少し月を見ていたくてね。もう少ししたら入る」

　ちゃぷん、ちゃぷん。

「…………」

　アンゼロスの横顔。セレンの裸体。

　アンゼロスがちらりと視線を走らせ、口を開く。

「セレン」

「なんですかー？」

「……最近ずっと気になっていたんだ。少し、訊いていいか？」

「私にですか？」

「ああ。……僕はこれでも結構修練した方だと思ってる。剣で死にかけたことも一応ある」

「？」

「特にセレスタに来てからは実戦形式でね。エースナイトはあまりヘルメットをつけないから、そのスタイルでやって……耳を、切り落としてしまったこともあるんだ」

「……い、痛そう」

「不覚だった。まあ剣士の刀傷だ、勲章だとは思っていた。……しかしエルフの血は結構凄いものだね。いや、皮肉というべきか。切り落としても耳は伸びて、今はこの通り」

「？」

「ちょっと形が違うだろ？　でも、伸びたんだ」

一拍。

「エルフの耳は、実際再生力の高い部位だ。……気になっていた。君の耳の傷、15年も前についた傷にしては治りが遅すぎる」

「!!」

セレンが左耳に手をやった。

俺との思い出の、ナイフで切った傷がある耳を。

「そんなに鋭利な傷なのになんでだ？　増して医療光術なんて使えるのなら、とっくに消えていると思うんだ」

「…………」

「気になることはまだある。スマイソンの話によれば、君は友人と連れ立って旅をしていたはずだ。ポルカで全快したというが、何故今はその友人をいなかったように、一人で当然のように振る舞っている？　ハーフエルフの寂しがりの特性をよく口にする割には不自然じゃないか？」

「そ、それは……」

「……今ごろ、スマイソンを探しに来たのも少し引っかかる。すぐに探しに出れば、たとえ立ち入りが禁じられているような場所を計算に入れたとしてもトロットじゅうを探し回るのは3年もかからない。セレスタではハーフエルフが大っぴらに動けるから、1年もあれば主要な街を探しきれるだろう」

アンゼロスは一息。セレンの反論がないのを確認して、続ける。

「……すぐにそうするでもなく、15年も経ってようやくだ。戦争のタイミングで動いてももう少し早い。心配ならそのタイミングで動くだろう？　待つつもりならハーフエルフには20年でも30年でも苦にならないはず」

「それは、だんだん会いたくてたまらなくなったから……」

「…………」

アンゼロスは厳しい顔をセレンに向けている。

セレンは何か弁解しようとして、諦めるように俯いた。

そして、目を閉じて。

「……私とアンディさんの仲を、引き裂くつもり？」

目が、ゾッとするほどの感情を孕んだ。

見たことがないセレン。否。こんな感じを俺は知っている。セックスの最中に、たまに狂的な光を見せることは何度かあった。

少しも怯むことなく、アンゼロスは堂々と視線を受け止めた。

「僕はスマイソンの友人だ。スマイソンの友人として君に訊きたい」

ショートソードの柄尻に手をかける。


「君は、誰だ？」


アンゼロスの硬い声が森と水面に吸い込まれる。

セレンの瞳は敵対者を見るそれに変わっている。

数秒前までは肉感的でいやらしくも見えたその裸体が、今はすぐにでも襲いかかろうと力を溜める、猫科の禽獣の筋肉に見える。

「聞いて、どうするつもり？」

「僕はスマイソンの友人だ。その必要があるなら剣を抜く。それだけだ」

緊迫感が増す。この緊張がひとつの点を超えたとき、どちらかが傷を負うことになる。その予感が鋭さをもってこみ上げてきた。

「く……」


アンゼロスは、強い。人間の正兵二十五人分以上の戦力を持つのがエースナイトだ。

もっとも如実なのはその卓越した攻撃力であり、本気でやればセレンは一瞬であの柔らかい肢体を引き裂かれてしまう。

もしもそれに対抗する力がセレンにあったとしても、やはり惨死するアンゼロスなど見たくない。二人の惨死の想像に吐き気がこみ上げてきて、俺はふらりと横の木に手をつき、

「‼」

「っ⁉」

その僅《わず》かな木の揺れが、セレンに感づかれ、アンゼロスに焦りを生じさせて一瞬の隙を作った。

「てぇいっ‼」

セレンが身を素早くかがめ、両の手で水面を撫でる。いや、斬る。

その手のひらが通った下から、まるで吹き出すように水しぶきが舞い上がる。

「っく⁉」

一瞬反応が遅れたアンゼロス。一歩下がる間に水しぶきは視界を真っ白に満たし、一種の煙幕を作り出した。

「魔法か……ちぇえいっ‼」

シュ……パァァァァァァァッ!!

アンゼロスはステップを踏み、コンパクトに体を一回転させながらショートソードで虚空を両断。

その剣の軌跡が一瞬の間を置き、拡散。霧に満たされた空間を一気に引きちぎる。

この間、アンゼロスが錯乱しながら放った水柱の剣と同じ技だ。エースナイトの剣圧は文字通り虚空を叩き斬り、離れた敵を弾き飛ばす芸当を可能にする。

そして、その剣に薙ぎ払われた視界には……もうセレンはいない。

当然か。当然だ。

普通に考えてアンゼロスを倒すのは難しい。倒しても立場が悪くなるだけで決して意味はない。ならば逃げるしかない。

しかし、逃げてどうするのか。

どこへ行く？　次に何をする？

「……スマイソンッ」

「アンゼロス。すまない」

「いや、僕こそ少し早まった。もう少し落ち着いて訊くべきだった」

本当にすまなそうな顔をするアンゼロス。

最初から揺るぎない考えのもと、落ち着いて詰問していたように見えたが、もう少し穏やかにやる気もあったのだろうか。

「……とにかく探そう。これじゃあ何も意味がない」

「ああ。俺は隊舎の方に行ってみる」

「気をつけろ。いや、一緒に探そうか？」

「それじゃあこじれる。……それに俺は、セレンを結構信じてるんだ」

「そうか……わかった」

アンゼロスと別れて、林の中を駆け出す。少し寂しそうなアンゼロスに気を遣ってもよかったかもしれないが、とりあえずはセレンのことで頭が一杯だ。

どういうことだ。

何がどうなってる。

俺は……俺には、やっぱり何もないんだろうか。

実は彼女との思い出も偽物で、彼女の存在も偽物で、本当は俺は拠り所のない孤独な半端者だということなんだろうか。

そう思うと、胸の奥が痛痒くて仕方なかった。

胸の奥の感覚に耐えながら、林の中をしばらく走る。

アンゼロスの秘密の水浴び場は隊舎から歩いて20分ほど。

森の中の獣道を駆け、崖上から狙う広い広い射的練習場を突っ切る……と、その途中の野原に、セレンはいた。

月光を浴びて、肩から濡れた薄布を一枚だけ纏って。

美しい髪から滴り落ちる水滴。薄く透ける布。

さっきの霧をそのまま連れてきているのか、水気のない草原で彼女の周りだけがゆるゆると光を煌かせている。それは服の代わりに光を纏ったようで、なんだか儚《はかな》げな今のセレンの雰囲気に妙によく似合っていた。

「……アンディさん」

「セレン」

風に吹かれる。光の衣が揺らめく。

セレンの目はいつものように優しく笑っているようで、それでいて無表情にも見えて、濡れた頬は泣いているのかそうでないのかわからない。

なんと言っていいのか少し迷って、結局俺はつまらない言葉を口にした。

「風邪引くぞ」

「……優しいんですね」

「お前が寒がりなのは知ってるし」

「…………」

無言。

歩み寄ることも逃げることもなく、二人で見つめあって数分を過ごす。

お互いいくつもの言葉をかけようとして、かけられなくて、何から言ったらいいものかわからない。

何かを口にしたら、それでセレンとの絆が切れてしまう気がした。それがとても怖かった。

俺が今まで15年、ハーフエルフの彼女が待っているという事実だけをどれだけ頼りにしていたか、支えにしていたかが、今になってわかる。

全てを否定されてしまったら、それだけの時間を粉々にしてしまう威力があるかもしれないと思うと、どうしても次の一言を紡げなかった。

ややあって、セレンはゆっくりと次の言葉を口にした。

「アンディさんは、15年前にあなたに捨てられたくないと言った女の子のことを、どれだけ覚えていますか？」

「……温泉でスケベなことをした。フェラしてもらった。猟師小屋で待ち合わせして毎日体を撫でまわした。耳を切りかけて、首輪を……作った」

「ええ。全部、間違いない。私もそれを知っています」

一拍。

「その子の名前を、覚えていますか？」

「…………」

「覚えてないですよね」

何故。

そんなことを言うのだろう。

俺がド忘れしていたことをどうして知っているんだ。

誰に問われても思い出せなかったという事実は、何か意味があったのか。

「それは、セレン……じゃないのか？」

セレン、無言の微笑。月光と光の衣の中で、とても哀しげな微笑。

「最後まで名前を訊かれなかったって、言ってました」

「！」

人づてだと、暗に認めた。

つまり、どういうことだ。

「幼いあなたに愛されていたハーフエルフの名前は、アップルといいます」

「お前は、彼女じゃないのか？」

「私は……」

次の一言を躊躇して、何瞬も何度も躊躇して。

頬に新たな水滴を追加しながら、彼女はやっと搾り出す。

「私は、違います。この耳の傷も、この首輪も、あの時のアップルのまねっこなんですよ」

なんとなく話の流れが読めていても、心臓に悪い一言だった。


俺の過去は否定されてはいない。それはきっと、良いことだ。

ただ、目の前の少女が、自分を待っていて、ずっと自分と一緒に歩んでくれると、そう信じていた少女が、実は無関係だったなんていうのは信じたくない。

ずっと安泰だと思って、約束を信じて愛してしまった少女が本当は勘違いだったなんて、随分酷い冗談だ。

「………」

なんだか力が抜けて、野原にぽすっと尻餅をついていた。

罵るべきだろうか。逃げ出すべきだろうか。考えようとしても混乱してしまって、そんなこともできない。

「……俺は、つまり……からかわれてたのか？　俺は、君は、何だったんだ？」

泣き言を並べていた。答えが欲しかったわけじゃなくて、本当にただ漏れただけの泣き言だった。

セレンはシャッ、シャッと丈の低い草を踏んで近づいてきて、尻餅をついた俺に顔を近づける。

首に巻いていた首輪をゆっくりと外して、地面に置いて。

「……嘘ついていたのは、本当にごめんなさい。でも、でも、私……」

涙がまた溢れる。溢れた涙が言葉を乱す。

「それでもあんでぃさんがいないとだめなんですよぅぅ

っ‼」

彼女は俺に飛びついて、押し倒して、ワンワンと泣きながら謝罪と隷属の誓いを繰り返し始めた。

泣きながらセレンは散漫に語った。

本当の俺の雌奴隷である、あの時首輪を与えたハーフエルフの名はアップル。

セレンの正体は、アップルとともに旅をしていた、病気のハーフエルフの方だった。

「……じゃあ」

「ひくっ……そう、ですっ……私は、アンディさんに、命、助けられた、あの、アンディさんと顔を合わせなかった方の……っ！」

「……なんで……」

「だって、アップル、アンディさんのものに、なるって、……奴隷になるって、言ったから」

「でも、お前までそんなこと……そこまで入れ込まれる覚えもないし」

「……いのち、たすけたくせに……」

くせにって。

「それに、アップル、いなかったらっ……私、本当にひとりぼっちだから……だから、一緒に雌奴隷になるって、アップルと言ってたのっ……！」

「…………」

「だって、それなら、私たちずっと、一人にならないから……ずっと一緒で、大好きな人、優しくしてくれた人、一緒だから……きっと愛してくれるからっ……」

彼女たちハーフエルフの寂しがりの特性は、本当に深刻なもののようだった。

しかし、だとしたら。

「アップルの方はどうしたんだ」

「……ねむってる」

「？」

「……2年前、ポルカで……エルフに撃たれて、心臓、撃たれて……」

「なっ……」

「っく……でも、生きてます。生きてるけど……目が、覚めない」

アップルとセレンは、あれからも町と森の間でひっそりと暮らしていたらしい。

いつか俺がポルカに戻る時を夢見て。揃って雌奴隷として楽しく暮らせる日を心待ちにして。

……字面が凄いが、本当にそう言ったのだから仕方ない。

セレスタがトロットを落とし、属国化してからは少しずつ町とも交流ができるようになり、暮らしが楽になっていったという。

セレンたちも多少の魔法が使え、町の者にはなかなか手が出せない森の蜂蜜や希少な薬草を栽培することができた。それが高く売れたおかげで大変だった食料調達も楽になり、小銭も貯まるようになった。

これなら俺が戻るまでには蓄財して、猟師小屋よりずっと快適な奴隷小屋を町外れに建てて暮らせると意気込んでいたという。

そんな折に事件が起こった。

セレスタの宥和政策が裏目に出たのだ。

あまりにしつこく北の森のエルフたちに交易を求めた結果、欲深な異種族たちめ、と腹を立てた若いエルフが威嚇として町の者数名を撃った。

すぐにエルフの指導層が自ら鎮圧して事なきを得たのだが、その時に犠牲になったのが……当時、ポルカ周辺で一番森に近い位置に暮らしていたアップルだった。

「駄目かと思ったけど、ポルカの霊泉の力で、命だけは助かったんです。矢を抜かないで温泉に浸けて、それから矢を取り除いて……傷は何とかなったんです。でも、そのまま目が覚めなくて」

「…………」

憤りを感じるが、どうにもならない。

第一そんな事件が起こった頃、俺はトロットにもポルカにも気まずくて戻れず、セレスタでくだを巻いていただけだ。役に立てるわけがない。

「今もポルカの病院で、ずっと眠ってます。交渉中の不祥事だったし、両方から大事にしてもらえてます。でも、私、それでひとりぼっちになっちゃったから……」

……ようやく、謎が全て解けた。

「それで、アップルから首輪を借りて？」

「…………」

こくりと、セレンは頷く。俺の胸に顔を埋めたまま。

「いつかアンディさんと一緒にポルカに戻って、アップルに会ってもらうつもりでいました。でも、最初に思い出してもらうつもりでついた嘘が、もう嘘だって言えなくなっちゃって……抱かれたときから気持ちが止まらなくて、捨てられたくなくて……ごめん、なさいっ……！」

「……バーカ」

中天に輝く月を眺めて、囁くように言う。

半分はセレンに。半分は自分に。

今日学んだ。

……俺は、今は大手を振って戻れる故郷もなく、戻れる職もない。

思ったより孤独で、それを明るい顔で笑い飛ばしていられたのは、この二人のハーフエルフが国も職も関係なく待っていてくれるおかげだったのだ。

それをなくしたら、何もない。

何もないそんな孤独が怖くて仕方ない。

だから俺はきっとセレンやディアーネさんに似ている。

セレンよりずっと弱くて愚かで、取り柄も何もないけれど。だけど温もりを手放せない。疑うことさえ怖い。

俺とこの子たちの関係を、きっと弱者の傷の舐め合いと言う人は絶対にいるだろう。だとしても、俺たちは互いを手放せないし見捨てられない。

「でも、俺浮気者だぞ。実はディアーネ百人長ともエロいことしてる」

「知ってます。でもいいです。アップルも多分許してくれます」

「そう言った舌の根の乾かぬうちから、もうお前に欲情してもいる」

「私はいつでもアンディさんに欲情してます」

「すごい安月給なのにお前を孕ませたいとも思ってる」

「ポルカに帰ったら子供の一人や二人育てられますよ。アンディさんはおうちでエッチなことするだけでもいいんです。私がアンディさんとアップルごと養います」

「……お前本当、強すぎ」

こんなまっすぐすぎる愛情が眩しくて。愛しくて、嬉しくて。

……手放せるわけ、ない。

「ん……ちゅ、っ」

「……むふぅ。……お前、こんな所でしたら誰に見られるか」

「見せつけますよ。本当にみんなに見せつけたっていいです。私はアンディさんの雌奴隷で、アンディさんのためだったらなんだってできるって」

「アンゼロスが今度こそ真剣で飛びかかってくるかも」

「見るほうが悪いんですー。というか、あの子意外とムッツリスケベですよ！」

「……そ、そうか？」

「ええ。間違いないです！」

なんだか途中から妙にセレンの声が大きくなったと思ったら、ちょっと遠くで特徴のある「がっしゃん」という音がした。

……本当にいたのかよ。

「ね？」

「……あえてノーコメント」

あの強キャラをあんまりいじめると後が怖い。

怖いもの知らず過ぎるセレンを、柔らかい野原の真ん中で抱き締め、自分にまたがらせて薄布越しに愛撫する。

「ふん、んっ……あ、アンディさん、そこっ……」

「ん……ここか？」

「はいっ……あんんっ♪」

アナルをつつくと気持ちよさそうな声を出すセレン。

遠くでまた小さくがしゃっという音がした。……どこのことなのか気になったんだろうか。本当にムッツリだと認める気かアンゼロス。

「ん……ん、んっ……えへへ、なんだか、アンディさんに全部知られて、安心しちゃったのかな……本当、いつもより……きもちいー、ですっ……よぅ……！」

「……お前の感じてる顔、ほんとソソるよな」

「そうですか？　嬉しいですっ……」

俺の上で、まだほんの少しだけ霧の衣を纏ったセレンがキラキラと躍る。

こんな美しくて淫らで強い少女が、自分の孤独な全存在を懸けて俺を愛してくれているのが改めてわかって、その事実に本当に興奮している。

「えへへ……子供、仕込んでくださいね……いつできてもいいですよ……産んじゃいます、どんなことをしても、アンディさんの子供産んじゃいますからっ……」

「ああ……」

この細い腰が、俺の精液を欲しているというその事実だけで達してしまいそうだ。

「……っ、もう、アンディさん先走り溢れすぎ……ん、ちゅっ……」

そんなちんこに手を這《は》わせ、指に絡まったヌルヌルを躊躇なく口に運ぶセレン。

「また入れた途端イッちまうかもしれないけど」

「それでおしまいじゃないならどんとこいです」

「……よし、覚悟しろよ？」

セレンの腰を持ち上げる。セレンは手を伸ばして俺のちんこの位置を定める。

そして、ずぶっ、とちんこを挿入。

「んんっ……!!」

「くあっ……！」

そして、射精。

「ひあああっ!?」

「うおおっ！」

ドクン、ドクン、ドクンッ……！

「……すごっ……ほんとに……」

「まだまだっ！」

先に宣言していたとはいえ、自分の早漏ぶりにはちょっと呆れる。

それをカバーするために、コメントの暇もなく抽送を開始する。

興奮度に比例してちんこの硬さはＭＡＸのまま、セレンの奥に吐き出した精液を餅を搗くようにぐちゅぐちゅと押し込み続ける。

「あ、や、はぁ……いいっ、き、気持ちいいっ……イイです、ようっ……あ、はぁっ、ああっ……!!」

「こ、声でかいよ……」

解放感と沽券に賭けて激しく突きまくっている俺も悪いのだが、ここも正直あまり大声で喘いだら隊舎まで届いてしまうかもしれない距離。少しだけ怖気づく。

そんな俺に、舌を出して喘ぎながらセレンは囁く。

「……だって、さっきこわかったんですよぅ……？」

「？」

「あの子が本気で来たら死んじゃうじゃないですか、私……っっ」

「……ああ」

アンゼロスに恨みができたらしい。

「だから、みせつけますっ……そして、ご主人様、自慢してあげますっ……ふふ、悔しいでしょうね……！」

「……まあ、ほどほどにな」

本当にセレンの思い通りに運ぶかはともかく、ちょっと見せつけるプレイというのがドキドキするのは確かだ。

かくしてセレンの喘ぎは高く響き、俺と彼女の腰は犬よりはしたなく跳ね続ける。

「ん、は、ああっ……アンディさん、アンディさん、私の……私たちの、ご主人様っ……!!」

ただでさえセレンはものすごく良い。その膣は俺を喜ばすためだけに作られたかのような気持ちよさだ。

それが屋外、アンゼロスの視線、激しい腰使いといった要素で倍加されてちんこを攻め立てる。

ぐちゃぐちゃと泡立って先に出した精液が飛び散り、はしたなさを加速する。

「セレン……も、もう、また……」

「ふふっ……実は私もっ……」

もう一度、俺の精巣がセレンの子宮を撃ち抜く矢を準備し始める。

セレンも子宮を下ろしてそれを待ちわびる。

ワクワクするほど息が合う。互いのイッた瞬間、相乗効果で手加減のないアクメを予感して、俺とセレンは腰を振りたくりあいながら白痴じみた笑みを交わした。

言葉はなく、唸るような喘ぎと互いの肉や性器の衝突音と、擦過音のような吐息だけで通じ合い。

「はあっ……はあっ……い、イク……」

「あ、ああ、やぁぁっ……あああああああああっ!!」

ドクン、ドクン、ドクン……。

また濃厚な精液をセレンの膣にぶちまける。

「は、あ、あ、……す、ごっ……き、きもちよくてぇっ……いき、できないっ……したく、ないですよぅっ……」

「……ああ、すげっ……」

二人でてっぺんまでイキ狂う。

喉を晒して、絶頂の余韻で体が震えるままになって、性器だけで相手を、世界を感じているような気分に浸る。

しばらくして、二人で我に返り。

「…………よかった」

「はい。気持ちよかったです」

抱き合い、背中を指で叩き合いながら互いの相性を称えあう。

「……今度さ。軍の編制の時期になったらさ。俺、半年休暇取るよ」

「アンディさん?」

「そして、アップル……もう一人のお前を、こっちに連れてくる。医術系ならセレスタの方が進んでるんだ。南の方に行けばアップルを起こす方法も見つかるさ、きっと」

「……そう、ですね。そうですよね!」

「ああ」

ちなみに半年もの休暇となると、予備役入り扱いにならないと取れない。

しかしバッソンからポルカまでは片道2ヶ月はかかるだろう。金もないから早い馬車には乗れないし、もっとかかるかもしれない。

そうなったら年休ではどっちにしろ行けない。せっかく帰り着いたなら、歓迎されないにしろ親父にもしっかり会って話をしたい。

もしかしたら意外と嫌な顔もせず、鍛冶屋を継ぐように言うかもしれない。でも俺は少なくともアップルを起こし、ディアーネ百人長との関係も定まるまではセレスタ軍をやめるわけにもいかない。……あわよくばディアーネさんも一緒に、とか思うのはムシがよすぎるのだろうけど、少なくとも今のままいけばそうなるだろうし。……いけるのかなぁ。いいのかなぁ。

「……考えることいっぱいになってきたなぁ」

「ふふ。……大丈夫ですよ。私は、ずっと一緒ですから」

「うん。それは凄く嬉しい」

「♪」

中天の月は煌々と。

ほんの少しばかり世間様に胸を張れない俺たちに、ちょうどいい明るさで照らしてくれている。

まあ二発も全力で犯ったら水浴びでもしないと困るわけで。

「……あ、アンゼロス」

「アンゼロスさん」

「!!?」

さっきの水浴び場に戻ったら、アンゼロスが何故か下着を洗っていた。素っ裸で。

「き、き、君たちなんでここにっ!?」

「い、いやその、水浴びさせて欲しいかなーと」

「ちょっと汚しちゃいましたし。……まあお互い様ですよ、ええ」

「……………!!! こ、こ、このっ……」

アンゼロスがその辺の枝を拾った。ちょっとあれはヤバい。

「逃げよう」

「あ、ちょっと待ってください、私の服も全部ここに」

「いいから！」

セレンを引っ張る。アンゼロスのなんかアレなゲージが溜まる速度を計算して背中を向けたのだが……ちょっと遅かった。

「○$＊□@△↓▼&%カロリー!!」

アンゼロスの衝撃波が池を叩き割る。

ちょっと空を飛ぶのは新鮮な体験だった。

第二章　迷宮とドラゴン

最近のクロスボウ隊の行軍訓練は野草探しもついでに行っている。

ちょっとした怪我を治せるセレンの医療光術だが、薬草サラダがないとセレンの消耗が激しくてすぐにネタ切れになってしまう。

その薬草探しがちょっとした自主訓練代わりになっているのだ。

元々クロスボウ隊は暇なので、それくらいの余裕はある。

「おーい、セレンちゃーん」

「はーい♪」

「これでいい？　これでいい？」

「えっと……こっちのは渋いばっかりで栄養はイマイチですね。似てるけど茎が赤いのは避けてください。あ、このキノコおいしそう」

「オラもいろいろ見つけてきただよ」

「あ、すごい、さすが。ドワーフ族って本当にキノコ取りに長《た》けてるんですね」

「うへへ、それほどでもねえだ」

隊のみんなが次々に隊舎に戻ってきて、戦利品をセレンのもとに置いていく。

本当は医療光術の足しのはずなのに、誰も治療を頼んでいかない。いつの間にか「公然と渡せる貢ぎ物」みたいになっている。

まあセレンの美貌と人当たりのよさを考えると、隊のアイドルになるのは必然的ではあるんだけど、なんだかちょっとばかりモヤモヤするのは多分俺の度量が狭すぎるんだろう。

「……うぁつっ」

そんな邪念が手元を狂わせたのか、焼きゴテで指先を火傷してしまう。

「ちぇー……こんなミスいつ以来だよ」

自分の駄目っぷりに少し落ち込んでしまう。

「どうしたスマイソン……って、火傷か」

「百人長」

「なに、ちょっと貸してみろ」

俺のちょっと赤くなった指先を、ディアーネ百人長の唇がひょいぱくっと躊躇なく咥えてしまう。

「う、わっ……よ、汚れてますよ」

「お前の体なら何で汚れていても舐め取ってやるが？」

「……ぅ」

「……ったく、盛んな奴め」

ディアーネさんが俺の邪念を察してか、と囁いたところでセレ
ひと気のないところに行こうか、と囁いたところでセレ
ンが駆け寄ってきた。

「あーっ、アンディさんってば、怪我したら私に言ってください って言ってるじゃないですかっ！」

「ふむ。残念だったな。もう私が舐めて治した」

「な、治ってませんよっ！　まだ赤いじゃないですか」

「すぐによくなる。私の部下愛とまじないが効いているからな」

「うーっ……」

言われてみるとディアーネさんに舐められたところは、少なくともヒリヒリは収まりかけている。

「百人長も医療光術使えるんですか？」

「いや、私のはもっと原始的な奴だ。自然回復をちょっと早める」

「……そんなのもあるんですか」

「まあ、所詮《しょせん》自然回復の延長だから、ちょちょいと傷を消すとかはできないんだがな。私たちのコロニーではそういう系統しか伝わっていなかった」

「魔法も色々あるんですね……」

「研究すると楽しいぞ？　どうだ、今度個人的に教えてやろうか」


ディアーネさんはグッと顔を寄せてきて、ボソボソと小声での囁きに変える。

『実はウチの一族の秘伝に、セックス中に使う魔法があってな。1回でジョッキ一杯くらい射精できるようになるのがあるんだ。お前が使うなら喜んで相手するぞ』

「……俺人間なんですが」

「なあに、人間族でも五十人に一人くらいはエルフ並みに使える奴がいる。もしかしたらお前も芽が出るかもしれない」

「ジョッキ一杯のザーメン出すために魔法修業……」

かなりしょうもない。

……でも1回ぐらいはそんな射精してみたいかもしれない。

「むー。……あ、アンディさんっ、私なら二杯でも三杯でも受け止めますからねっ！」

「いやそういう問題じゃ……」

そんな変な話題で盛り上がっている俺たちのところへ、苦い顔をしながらがっしゃがっしゃとアンゼロスが近づいてきた。

「せめて昼間は下ネタは控えてくれセレン。それにスマイソンも」

「濡れ衣だ！　振ってきたのは百人長だぞ」

「……百人長、あなたまさかスマイソンに……」

「うむ。私の魅力を全面的にわからせるつもりだ。励ましてくれてありがとう」

アンゼロスは驚愕に目を見開いた。

……そういえばアンゼロスはディアーネさんと俺の関係知らないんだっけ。主に風呂で進展してたし。

「スマイソン。僕は君をもう少しだけ真面目な男だと……」

「俺はいつでも大真面目だぞ。ちょっとスケべなだけだ」

「倫理的に真面目な奴だと思ってたんだっ！」

なんだか涙目のアンゼロスが大声を出してぜーはーと息を整える。

「……そうじゃなかった、こんなことを言いに来たんじゃなくて」

それから思い出したように姿勢を正し、ディアーネさんに向き直って胸に拳をつける敬礼をした。

「ディアーネ百人長。飛龍便でお客様です」

「ん？」

ディアーネさんは怪訝《けげん》な顔をする。

そして壁にかかっているウッドパネルの暦表を眺め、少し口元に手を当てて考え込み、ぽんと手を打った。

「……そんな季節か」

「そんな季節です」


「……やれやれ、わかった。今年からはもう返事も決まってるんだがなぁ」

面倒くさそうにディアーネさんが立ち上がる。

立ち去る前に俺の頬にキスを残して、心持ち背筋を伸ばして出て行った。

「……スマイソン。言っておくが、いくら百人長とセレンがお前になびいたからって『ハーフやダークエルフなんてチョロい』とか思ったりするなよ。確かにそういう輩《やから》もいることはいるが」

「はいはいアンゼロスさんは無関係ですよね。わかってます、私だけでもアンディさんのおちんちん乾かさない生活させてあげますよーだ」

「お、おち……は、破廉恥なっ！」

アンゼロスは真っ赤になって逃げるように出て行った。

「なあセレン」

「はい？」

「お前にプレゼントしようかと思ったけど、約束してくれなきゃあげないことにした」

「？」

「あんまり下ネタを昼間っから使うな。ちょっと気まずい」

というかお兄さん、女の子はもうちょっと慎み深くあるべきだと思うんだ。

「はぁい」

「……よし、じゃあこれ」

さっきから作っていたものをセレンにつけてやる。

「……わあ」

「お前専用な」

「う、嬉しいですっ……!!」

新品の首輪。昔ヘッドギア用に注文した砂漠トカゲの革があったので新しく作ってみた。

肌触りと頑丈さを兼ね備えた高級革で、子供の頃作った首輪よりつけ心地もよく長持ちだ。

アップル用の首輪は返してもらったので、いずれアップルが目覚めた時にまたつけてあげることにしよう。

……こんなのがトップクラスの愛情表現って我ながらどうかと思うけど。


隊舎の廊下を歩いていると、応接室の前にちょっとした人だかりができていた。

「さっき言ってた百人長のお客さんか」

「ああ」

アンゼロスが扉の前に立って警備兵代わりをしている。

「……そんな季節とか言ってたけど、この季節何かあったっけ?」

アンゼロスとディアーネさんがそれで通じてたってことは、年中行事だろうと思う。一応7年ほどこの部隊にいるのだから俺にもわかるはずだと思うが。

「スマイソンは知らなくても仕方ない。僕はたまたま何度か取り次いだことがあるだけだからな」

「?」

「……百人長の昇進話だ」

「昇進……昇進?」

俺が聞き返すと、がちゃりと扉が開いてげんなりした顔のディアーネさんが顔を出した。

「しないぞ。私は百人長で充分だ」

部屋の中から慌てた中年男の声。

「それは困る!」

ディアーネさんは扉の隙間から顔を引っこ抜くと、部屋の中の人物に堅い声で話し始めた。

「私は何度も申し上げているはずです、閣下。私はこの隊の存在意義と戦場価値に自信を持っております。この隊の練度をさらに上げ、かの剣聖旅団を凌ぐ戦場の旗頭にし、北西平原に我らクロスボウ隊あり、近づく愚を恥じよ、と語るのが夢であります」

「それは別の百人長でもよろしい。君が百人長の地位に甘んじていること自体が我が軍の損失なのだ。せめてオーバーナイトの位を受け取ってはもらえんか」

「マスターナイトの諸侯が異を唱えましょう。この身はエースナイトですらありませぬゆえ」

「じゃから今からナイトクラスを……ええい、何で言うこと聞かんのぢゃあディアーネ！」

いきなり偉そうな人の口調が砕け散った。

「別に偉くも有名にもなりたくないって前から言ってるだろう父上!!」

ディアーネさんの口調も砕け散った。

「……ナニアレ」

「多分、聞いてのとおり親子喧嘩だ」

部屋の中で乱闘を始めたダークエルフ二人。アンゼロスが憂鬱そうに頭を振る。


「つまり昇進すると前のように見合いが多くなるのが嫌なんぢゃな」

「正確には、私はもう見合いする気もない。目立つ気もない。心に決めた男ができた」

「ほうほう……なんぢゃともういっぺん言ってみろ」

「一生添い遂げるつもりの男がもういると言った」

「どこのボンクラぢゃあブチ殺すぞ！」

「そんなことしたら父上を凌遅刑《りょうちけい》に処すからそのつもりで」

「……ごめんパパが悪かった」

セレスタの現在の商王の下で内閣を構成する一人、アシュトン第六大臣。

南方オアシス地帯のダークエルフコロニーから選出されている政治家。主に軍事戦略担当の人。

そしてディアーネさんの実父、らしい。

「アンゼロスに続いて百人長も相当なお嬢だったんだな」

「兄弟が九十二人いるうちの一人をお嬢と呼んでいいのかは人によると思うがな」

「何を言うディアーネ！　パパはお前を一番愛しておるぞ！」

「じゃあその愛を試したい。とりあえずもう来ないでくれ」

「そんな！」

駄目なパパだ。

そんな年甲斐もない（人間風に見て40歳くらいに見える）父親にディアーネさんは溜め息。

フッと顔を引き締める。

「本当のところを言え、父上。見合いだけではなく、私に将軍になれと言ったりオーバーナイトになれと言ったりするからには、ダークエルフの『顔』が必要になったのだろう？」

「……うむ」

「最初からそう言えばいい」

話の流れが読めなくなったので、ディアーネさんに視線を向ける。

「つまり、ダークエルフに腕っ節のある実力者がいるということを軍部内で知らしめないといけない流れになっているってことだ。将軍やマスターナイト、オーバーナイトになれば幹部扱いで軍略会議に出席できるからな」

「そう。……先のトロット戦争の後、南東部の森エルフ領から数人エースナイトが出たのを知っているな」

「ああ、長いこと交易を拒んでいたところだな。知っている」

「そこのエースナイトが最近マスターナイトになったんぢゃが、やりたい放題でのう。地元商工会の支援で南方軍団の半分を奪い取って私兵のように扱いよって、まるで愚連隊じゃ。文句を言おうにもマスターナイトは将軍権限があるから千人までは志願兵扱いで手元に置けるし、今や南東の森林領は半独立国じゃ」

「多少のものなら他の地方もそういった傾向があると思うが。セレスタはそういう国だろう」

「ウチのオアシスコロニーからダークエルフとオーガ、合計四十名がいなくなった。全員娘っ子じゃ。……噂によると件《くだん》のマスターナイトとその父親である商工会長の個人的な後宮に放り込まれたと聞く」

ディアーネさんの眉がぴくりと動いた。

「ナメられとるんぢゃよ。ダークエルフコロニーにはロクなのがいない、手を出しても怒るのなんて大して強くもないワシ一人ぢゃと思うておる。実際ワシ一人が怒り狂ったとて、他の地方は様子見、件のマスターナイトがワシをさっくり殺せばそれで話が済んでしまうと思うておる」

溜め息。

「実際にはお前がおる。トロット戦争に従軍した者は皆お前を恐れておる……頼むディアーネ、お前の存在を奴らに教えてやってくれ。本当にワシらを敵に回したらマスターナイトなど犬にも劣ると教えてやってくれ」

「断る」

ディアーネさんはきっぱりと言った。

「何故ぢゃあ!!」

「そのついでに手元に引き寄せて、あわよくば見合いをさせようという魂胆が見え透いているからだ」

「うぐ」

……大臣。あんたもっとポーカーフェイスしようよ。

「だが」

ディアーネさんは立った。

最近よく見る甘々お姉さん顔ではなく、久々に戦争の英雄の顔をしていた。

「連中に教えておかないといけないな。……味方の背を撃つということがどれだけの罪かを」

「ディアーネ！」

「父上、クロスボウ隊を戦力リストから外しておいてくれ。私が個人的にお灸を据えに行く」

「ディアーネ、ほんにお前は頼りになるのう！　大好きぢゃあ!!」

「飛びつくな鬱陶しい！　恋人の前で！」

「……恋人？」

大臣はぐるーりと首を回した。

野次馬はドワーフ兵二人、オーガ兵一人、人間俺一人。あとセレンとアンゼロス。

「貴様かぁぁぁぁぁぁ!!!」

大臣が剣を抜いていきなりアンゼロスに打ちかかった。

「違います大臣!!」

「やめんか父上!!」

半鐘によりクロスボウ隊全員が演習場に集められる。

「これよりセレスタ北方軍団クロスボウ隊は3ヶ月間ほど総本部の戦力リストを外れる。つまり活動休止だ」

ディアーネ百人長の開口一番の言葉に、全員に動揺が走る。さすがに私語をするほど隊規は乱れていないが、どういうことかとみんな不安な顔で次の言葉を待った。

戦力リストを外れるということは、つまり軍の命令系統から外されるということ。事によっては解散、再編制なども意味しかねないことだからだ。

ディアーネさんの後ろに立つ飛龍と伝令兵、それに特徴的なローブに身を包んだアシュトン第六大臣の姿も、見ようによっては不安要素として映る。

が、ディアーネさんはあえて意に介さず、次の言葉を継いだ。

「理由は私の個人的な旅行だ」

「………………」

微妙な空気が流れる。

「本部隊は私の魔法援護があって100%の力が発揮できるように最適化されている。私なしで運用していたずらに戦力を削られては困るからの措置だ。この措置が通ったということは諸君が戦争用の切り札であるという総本部の認識の証左でもあるので各員光栄に思って欲しい」

言葉を切ってディアーネさんが全員を見回す。

だからって旅行とか……なぁ？

という変に居たたまれない雰囲気。まあしょうがないが。

「こほん」

あまりに微妙な雰囲気に娘が晒されているのを見ていられなかったのか、大臣が咳払いをしつつ前に出る。

「先のトロット戦争における諸君ら……と言っても当時はまだ人員数は半分だったか。とにかくクロスボウ隊の諸君の恐るべき力は重々承知しておる。しかしそれ以来、その力を頼みにした我々中央の者の命令により絶えず準備配置を敷かれ、まとまった休みも取れていないという報告も聞いておる」

物わかりのよさそうな笑みを浮かべる。この辺はさすがに政治家か。

「ここで準兵より過ごしておる若い諸君は知らぬかもしれんが、本来他の部隊ではローテーションを組んで数年に一度、帰省休暇が組まれておるのだ。クロスボウ隊は代わりがおらなんだので未だ出せてはおらんようじゃがの」

事実らしい。というか他の部隊から転属してきたアイザックなどにちょっと聞いたことがある。

「今回はディアーネ百人長の旅行をきっかけにしているので妙な気分かもしれんが、よい機会じゃ。休暇を取りたい者は期間内を有給扱いとするので、思う存分骨休めをしてほしい。無論帰省をするも自由、この機会にクイーカ観光でもするのもよかろう。訓練シフトを続行する者には特別手当も出すので、安心して思い思いに過ごすとよい」

微妙な雰囲気は、大臣の話が続くうちに徐々にお祭り気分に変わる。

ちょっと至れり尽くせりすぎて話がおいしすぎるが、大臣の言うことだ、裏や嘘まで疑う必要はない。

そして俺やアンゼロス、その他数人の現場に居合わせた者にとってはちょっとした苦笑いだ。まさか部族間のいざこざ処理に肉親の縁故でディアーネさんが駆り出され、大臣が職権濫用してカバーしているとは誰も思っていまい。

「しかし3ヶ月で足りるんですか?」

「足りるだろう。馬車でも高速の乗り継ぎ路線を使えば例の森エルフ領までひと月程度だしな。交通費は全額父上持ちだ」

晩。

ディアーネさんの荷造りを手伝いながら、今回の旅程について話す。

「向こうに行っても時間がかかりそうなものですけど。仮にも向こうはコロニーリーダーでしょ」

「正確にはコロニーリーダーの息子、だがな。なあに、白エルフはプライドが高い。格下とナメているダークエルフごときに挑発されれば、出てこないわけにも行くまい」

「……挑発するんですか」

いくらなんでも、相手の懐でそんな強気に出るディアーネさんの魂胆は俺には理解しづらい。

「というか、一人で行くんですか？」

「一応アンゼロスも来る」

「クロスボウ隊みんなで行ったほうがいいんじゃ……」

「わかってやれ、スマイソン。父上が何故私を昇進させることにこだわったのか」

大臣は例の活動休止報告の後、そのまま飛龍便で首都クイーカに帰ってしまったのでもういない。だからこそか、ディアーネさんは少し優しい顔で父を慮っていた。

「奴らのやることに軍をもって対応すれば、今度は父上とダークエルフコロニー、そしてこのクロスボウ隊、その全体に対して他の地方、他の部隊から『内乱を起こした』と付け込む隙を与えることになる。本当は私の力を相手を傷つけることなく誇示して、相手の萎縮なり暴挙なりを誘うのが一番賢いやり方なんだ」

「……なのに、断ったのは？」

「言っただろう。私はこのクロスボウ隊を誇りに思っている。他人の手に渡って下手な運用をされるのが我慢ならない……いや」

荷を縛る手を止めて、ディアーネさんは振り返る。

風がふんわりと服を揺らすように、自然に俺の胸に飛び込んでくる。

「……お前が他の無能に使われて、もし死んだらと思うと我慢がならない。だから私は、お前をこの手で守るために、もう上には行きたくないんだ」

「……ひでえ。それって俺を百人長に昇進させたくないってことですか」

「そう取ってくれてもいい。なに、金がいるなら私が稼ぐ」

「俺、ディアーネさんより偉くなって命令するのが密かな夢だったんですけど」

「ベッドの中でよければ何でも聞いてやるぞ？」

「……なんでセレンといい、俺をヒモにしたがるかなー」

「人間は儚すぎるんだ。だから好きになったら大事にしたい。わかってくれ」

胸の中で甘えた声を出すディアーネさんが可愛くて。

ついつい俺は欲情してしまう。

「……ったく、じゃあ命令。……今すぐヤらせて」

「バカ。それはお願いと言うんだ」

「や、ヤらせろ」

「了解しました。お好きなだけお使いください、上官殿♪」

すっかりガランとした部屋の中、ぽつんと存在感の変わらないベッドに二人でもつれ込む。

外ではアンゼロスさえ問題にしないほど強いディアーネさんも、俺に組み敷かれるとただの少女と変わらない。

「ダークエルフ年齢ってよくわからないですね……俺より歳下に見える」

「上官が敬語を使うのはいただけません」

「……そのプレイ、続けるの？」

「先に言い出したのは上官殿ですが」

あくまで上官命令で体を開かされる部下、というプレイがしたいらしい。

「じゃあ……えーと、ダークエルフ的に、人間に直すと何歳ぐらいなんだ、君は」

「はい、……人間とは歳の取り方が違うと言いますか、父上くらいになるのに１０００年ぐらいかかるので」

「……あれで１０００年」

つまり単純計算すると１０００年÷40歳くらい＝25年で1歳。

あれ？

「ディアーネさ……ええと」

「呼び捨てでどうぞ」

「ディアーネは２００歳くらいだったっけ」

「そんなものです」

「人間に直すとはっさいじ？」

「……ですから、歳の取り方が違うのです。成長速度はわりと変わりませんが、老化は……人間年齢で言うと18歳くらいから30歳くらいまで進むのに８００年かかるとか」

「……じゃあ、大雑把に……ハタチちょっとくらい？」

「そうなります」

「……ダークエルフは神秘だな」

普段の自信に満ちた表情、姉御肌の態度を見ているとどう見ても歳下には思えない。しかしこうして部下らしい、というかしおらしい態度でいられると、確かにそんな感じに見えてくる。

「気に入りませんか？」

「まさか。俺は若々しくて張りのあるおっぱい大好きのポルカっ子だ」

「ふふっ、安心しました……んっ」

「んむ……」

今までは組み付かれ、貪られるようなエッチばかりしていたディアーネさんが、なされるがまま俺のキスを受け入れるのはすごく新鮮だ。

というか今まで合計でも片手の指くらいしか挿入に至ってないので、新鮮といえばまだ全てが新鮮なのだけど。受けに回ったディアーネさんはとにかく可愛い。

「脱がすよ……」

「脱げ、と命令されないのですか」

「……脱げ」

「はっ」

ディアーネさんは嬉々として、妖艶に服を脱いでいく。

元々それほど肌を隠さない、動きやすい短めの丈の服装を好む人だが、その小さな布たちがひとつひとつ肌から離れていくのは実に扇情的で美しかった。

「……脱ぎました」

「じゃあ……」

舐めろ、と調子に乗って言おうとして、もっと調子に乗ったことを思いつく。

「……オナニーしろ」

「……え」

「聞こえなかったか。オナニーしてみせろって言ってるんだ」

「…………」

瞬時、ぽかんとするディアーネさん。ちょっと予想の斜め上だったんだろう。

しかし、紅潮した顔で微笑んで。

「……前から、見ますか。それともお尻から？」

「前から。おっぱい揉みながら」

「了解……しました♪」

おずおずと身を起こし、俺の前でMの字に股を開いていく。

何度か交わったとはいえ、何年も憧れのままだった、戦争の英雄であるあの女性が、俺の命令で嬉々として恥ずかしいことをも実行するというシチュエーションに、強い戸惑いと興奮を覚えてしまう。

何度も自分に襲いかかった、本当に俺でいいのかな、というヘタレた考えと。

それをねじ伏せるような彼女の強く切なげな視線に、股間が痛いほど勃起する。

「あん……ん、はぁっ……上官殿……上官殿、専用です……私は上官殿専用の、いやらしい娼婦です……っ！」

言った通りに胸を揉み、いやらしく無毛の裂け目を中指で、人差し指で、薬指で、撫でるように舐めるようにほじくるように、ねろねろと自ら愛撫を繰り返す。

「上官殿の……上官殿のチンポを、慰めるために配属された、雌兵士ですっ……!!」

別にそんなこと言えと命令してもいないのに、いやらしい、自分を蔑むような言葉を紡ぐディアーネさん。

一言一言、卑猥なことを言うたびに肩を震わせ、上下の口から涎を垂らしている。

意外とマゾ系なのかもしれない。

「上官殿の精液をいただくのが任務ですっ……上官殿にたくさん孕まされて、たくさん子供を産むのが主任務ですからっ……だから、犯してください……私を、ディアーネを……」

「そりゃいただけないな」

「え……？」

クリトリスの皮を剥き、小刻みにこねくっていたディアーネさんの手が止まる。

「軍務で産まれた子供なんて可哀相じゃないか」

「……ぁ……」

「軍の命令があればいつでも上官の子を産むような軽い女なのか、君は？」

答えはわかっていて、あえてディアーネさんの妄想にツッコミを入れる。

妄想でも、俺のものであってほしい、なんていう狭量な願いだけれど。

でも、ディアーネさんは律儀に想像したのか、目から涙を溢れさせながら答える。

「いや……嫌っ……あなたの……アンディ・スマイソンの子が、ほしいですっ……!! ごめんなさい、任務なんてどうでもいいんですっ……あなたが好き、あなたの子を産みたいっ……早く抱いて、私を、いやらしい部下を、いやらしいあなただけの奴隷に堕としてっ!!」

「……いい子だ」

意地悪したことに罪悪感を覚えながら、泣き出したディアーネさんを優しく押し倒す。そしてギンギンに張り切ったちんこを、泣き濡れたヴァギナに一気に押し込んだ。

「はぁぁっ……あ、あっ……!!」

「……すげ」

体全体、熱を帯びたディアーネさんの中は灼熱したスープで煮詰めたよう。

俺のちんこを大歓迎して、膣全体がちんこを抱き締め、子宮口がチュッチュッとキスをくれる。

上の口は待ちわびたちんこの到来にそれどころではなく、舌を突き出して喘ぎ声を上げていた。

その口の周りの涎を舐め取りながら、がむしゃらに膣の中を動く。

「んあ、あ、あふっ……ああっ……気持ち、いい、です、あぁぁぁっ！」

「俺も……くそ、情けなっ……！」

あれだけ精神的優位に立っておきながら、下半身は全く優位じゃない。というか女体の気持ちよさに、俺は未だに大した耐性を持てていない。

グチョグチョと派手に音を立ててちんこを往復させなが

ら、俺は全く射精感を押し留められる気がしなかった。

いや、動きを緩めれば快楽も緩み、少しは我慢できるというのも知ってはいるのだが、その動きを緩めるということ自体があまりにも無理な相談だった。

愛しすぎる。

ほんの少しでも手加減しながら愛するなんて、俺の小さな肝っ玉ではあまりにも勿体無くて、バチが当たりそうで、怖くてできるもんじゃなかった。

だから、俺は我慢できずに射精する。

「ひあっ……あ、ああっ……♪　射精、されてる……ああ、嬉しい……嬉しいのっ……！」

「っく……」

いつもながらディアーネさんはそれだけで歓喜する。桃源郷にいるかのように目元と頬を緩め、俺を抱き締めて子宮口への連射を浴び続ける。

それで済ますのは、個人的に悔しい。確かに早漏ですごめんなさい。でも、これだけ熱烈に抱き合っているのに精神的なものでしか快楽を与えられないなんて認めたくなかった。

「……あ、あ……えっ……!?」

ぐちゅ、ぐちゅ、ぐちゅ、ぐちゅっ……！

吐きかけた精液をすり潰すように、さらにディアーネさんを突き上げる。

グチャグチャに蕩《とろ》けた膣は未だに痙攣《けいれん》し続けているが、俺はそれをどんどん突きまくる。

「あ、そん、そんな、あっ……ひぁねう、あっ……!!」

「好きに使えって言ったよな……？」

「はっ……はい、でも……ああんっ！」

戸惑いながらディアーネさんは揺すぶられ続けている。

ああ、わかっている。もうこの先は俺のわがままだ。ディアーネさんが欲しがっていた交接も、愛情も、ザーメンも、さっきでもう充分といえば充分。もう一度やるにしても時間を置いて同意を得て続けるべきだ。

だけど、俺はそれでもディアーネさんを突いた。

幾度も幾度も、射精しながら突きまくる。

「や、あ、あっ、ああ、もう、あっ……こんな、あっ!!」

「っく……うう、ああ！」

結局何度射精したのかわからないくらい、ずっとディアーネさんを犯した。

しまいにはディアーネさんは手足を絡めるのすら叶わず、でろんとマグロ状態だったが、それでも俺はヘコヘコと犯し続けた。

何故か。

――これだけ愛されているのに、俺も憧れているのに。

もしかしたら死んでしまうかもしれない旅に。

アンゼロスさえ連れて行くのに。

俺を置いていくつもりだというのが、たまらなく悔しかったから。

わかっている。俺は弱い。クロスボウ「隊」というシステムの一員だから修理とか指揮とか含めて戦えるのであって、一人では何の役にも立たない駄目兵士だ。

そんなことはわかっている。

だから、そんな哀しみとか怒りとか、よくわからないものを全てディアーネさんに注いでおこうと思ってしまった。

疲れて倒れてしまうまで、俺は悲愴な顔でかっこ悪く腰を振っていた。

「……お前、一度には無理だけど……一晩で本当にジョッキ一杯出してないか？」

「…………」

覆い被さった俺の髪を撫で付けながら、苦笑と共にディアーネさんがぽつりと呟く。

俺は答えようとしたが、疲れ果てて声が嗄れて、返事ができなかった。


「……そういえば、これが……お前を置いていったら3ヶ月もあの小娘に独占されてしまうんだな……」

「…………」

こくん、と頷く。だから叩きつけたのだ。

だが、ディアーネさんはフッと思いついたように、ぽんっと俺の背中を叩いて気軽に言った。

「よしお前も来い」

「……は？」

「90晩もお前を我慢するなんて耐えられない。来て毎日犯せ」

「……はい？」

「嫌か？」

「……い、いえ、その」

「ああそうか、どちらにせよセレンもついてくるか……まあ背に腹は替えられないな。二人とも付いて来い」

「……は、はい」

……あれ？

何、俺、勘違い？

……すごいかっこ悪くない？

セレスタでも北限の町といえるバッソンから南東部の森林領に行くには、直線距離だと馬車で1ヶ月ほどの道のりになる。

が、直線では進めない。セレスタ中部から西部にかけて横断するようにセレスタのシンボルともいえるラッセル砂漠が広がっているのだ。

この砂漠を越えて南に至るルートは二つ。越えるといっても迂回路なのだが、やや西に流れる大アルモニカ河を舟で下るルートと、東の砂漠端を大回りするルートだ。

大アルモニカ河のルートはそのまま海に出る。砂漠端から下るのには3日ほど、海に出てさらに海岸を一週間進むと首都に着く。ここからオアシス沿いに森林領に行くと……まあ合計で大体7週間。

東の砂漠端を大回りするとこちらも大体7週間。

ぶっちゃけどちらもアリだ。

ただ、オアシス地帯に比べて東の砂漠端は細かく宿場町が続いており、昼夜連続で馬車を乗り換える「高速乗り継ぎ」が可能になる。

夜行馬車は盗賊に狙われやすく、屈強な護衛を揃えるため運賃は割高だ。しかし本来7週間を倍速近く、4週間弱で踏破できるのはとても強い。

ディアーネさん率いる俺たち一行は、そこを進むべく、まずは一番近い砂漠端に向けて進んでいた。


「アイザックが邪魔……」

ディアーネさんがぽつりと呟いた。

言われたアイザックはビクッとしてディアーネさんを見る。

ディアーネさんは馬車の端っこの席で外を眺めながら、不機嫌そうな顔をしていた。

「……ひゃ、百人長？　俺、その……邪魔、ですか？」

アイザックがキョドるのも無理はない。邪魔と言われても馬車の中、降りるわけにもいかない。そりゃ困るだろう。

俺たちの乗る馬車はオーガも乗れるセレスタ特有の巨大馬車である。馬十頭引き。車内空間はかなり広く、オーガ抜きなら人が五十人は乗れる。

これだけ広いと牛オーガのアイザックといえど別段邪魔というほどのものでもない。それなのにディアーネさんがそんなことを呟く理由は多分、余人にわかるものではない。

「…………むー、アイザックも里帰りするなら一便ずらせばよかった」

「い、いや、だから何故ですか。俺そんな百人長に嫌われることしてますか？」

「してないけどしてる」

「……？」

不可解な答えに首を傾げるアイザック。可哀相なので助け舟を出す。

「そんな日もある」

「……そ、そうか、そんな日か」

「そんな日だ」

女性特有の日だと納得させてみた。

が、ディアーネさんは無視。アンゼロスはジト目で俺を睨み、セレンは……。

「溜まってるんですよ」

もっとぶっちゃけやがった。

「……なあセレンちゃん。おじさんな、もっと女の子は慎むべきだと思うんだ」

アイザックがどっかで聞いたようなことをセレンに言う。セレンはきょとんとしている。

「大体俺が邪魔ならスマイソンだって、なぁ?」

「……ははは」

同意を求められても困る。

ディアーネさんのイライラの原因は、俺とセレンとディアーネさんだけはわかっている。まあ単に欲求不満だ。

アンゼロスとセレンだけなら、堂々と言っておけば二人とも聞こえない振りをしてくれるので、ディアーネさんは宿場ごとに俺とエッチを楽しむことだってできる。

しかしアイザックがいると、よほど注意してかからないとアイザックに隠し通すことは不可能だ。

あまり不必要に俺とディアーネさんの肉体関係を広めたくない、という（主に俺の）意向によって、アイザックがいる間はお互い我慢ということになっている。

が、そろそろディアーネさんが「バレてもいいから抱け」とか言い出しそうで怖い気配だ。

こないだの大臣との件の時は、口止めできる程度の若い兵士しかいなかったのでなんとかなったが、アイザックは十人長で俺より年上、先任だ。

口止めは利かず、隊に一気に知れ渡り、俺はセレンとアンゼロスに続いて隊のヒロインを独占する不届き者として過労死ギリギリのイジメを受けることは想像に難くない。

俺はまだ死にたくない。適当に笑って隠す。


そんなこんなでもうすぐ砂漠端の町、というところで、事件は起きた。

「さって、明日には乗り換えか……そろそろ風景も埃っぽくなってきたな」

「そうだな、懐かしい……ん?」

「どうしたアイザック」

「……なんだか気配がおかしいぞ」

それまで気楽そうな顔をしていたアイザックが、窓の外を見て妙な顔をした。

何かあるのか、と思って窓を見る。

夕焼け。

草原から荒野へと姿を変え始めた風景。

草薮は風で波打つように動き、特に変わったことは……。

「……スマイソン、危ねっ!!」

「スマイソン！」

「アンディッ!!」

「アンディさん、駄目っ!!」

ほぼ同時に、アイザックとアンゼロスとディアーネさんとセレンが叫ぶ。

窓を塞ぐようにアイザックが俺の眼前を遮ったのと、アンゼロスとディアーネさんが驚異的な横っ飛びで俺を床に押し倒したのと、俺の手をセレンが握ったのがこれまたほぼ同時。

そして。

ドスッッ!!

「！」

窓を塞いだアイザックの手の向こうから、目の覚めるような音がした。

顔をしかめるアイザック。そして数秒。

「……あ、あちゃちゃちゃちゃっ!?」

バタバタと振るアイザックの手の甲には、火矢が突き刺さっていた。

「アイザック！」

「あち！　あちちっ！」

しばらく手を振ったあと、矢を引っこ抜いて窓から捨て、手でごしごし擦って火を消すアイザック。火矢が飛んできてもそんなんで済むのは屈強なオーガならではのことだ。

「……ふぅ、っと。……クソ、百人長！　アンゼロス！」

「ああ！」

「みなまで言うな」

立ち上がって何やら魔法を唱えだすディアーネさんと、御者台へと続くドアから飛び出していくアンゼロス。

セレンは急いでアイザックに飛びつき、医療光術を唱えだす。

「セレン、いけるか」

「はい、オーガ族の肉体なら矢傷くらい、ちょっと力をあげれば……！」

見る間に傷を塞ぐセレン。一気に憔悴した顔をしたが、さすがの手際といえる。

「百人長、俺も戦います」

「無理はするなよ」

魔法による一通りの準備は終わったのか、ディアーネさんが俺にも魔法をかけてくれる。

感覚増大、幻影制御。見る間に俺の視界が戦闘モードになる。

魔法をかけてもらいながら滑車を回して弓を引き、準備が終わると同時に俺とアイザック、ディアーネさんはそれぞれ別の口から馬車を飛び出した。


外では盗賊団との乱戦が始まっていた。

火矢を飛ばしてくるのは連中の常套手段だ。夕暮れ時に目印代わりに火をかけ、慌てて飛び出してきた旅人を襲って金品を奪い、犯し、その価値もなければ殺す。

決まりきったプロセスだ。

しかし、まずディアーネさんの魔法が馬車の炎上を防いでいた。「燃えにくい素材」だという幻影を馬車全体にかけたのだ。

魔法の幻影は生き物の目だけではなく、時に炎をさえ欺く。

そんな馬車の屋根に登り、伏せながら俺は戦場を見渡した。

全部で二十人といったところか。少なくはないが。

「……ディアーネさんのいる馬車を襲うなんて、運の悪い奴らだ」

同情をして一の矢をつがえ、盗賊の一人の心臓を狙撃。

狙撃。

もうひとつ狙撃。

「は、いい腕だスマイソン‼」

滑車を回しては狙撃、の作業を繰り返し、次々と飛び道具持ちを片付ける俺にアイザックからの賞賛が入る。

ディアーネさんの魔法援護が入っていれば外す方が難しい。こんなにくっきり見える的だ。

手に握ったクロスボウはもう体の一部、目標と風向きさえわかれば、字を書くよりも精確に狙った場所を貫ける。

「俺も……うおりゃああっ‼」

アイザックはそもそもただの里帰りの予定だったので武器など持っていない。その辺にあった岩を拾って次々に盗賊めがけて投げていた。

オーガはそもそも闇に強い。人間にとっては真の闇でも、オーガにとっては昼間と似たようなものらしい。

そんな中で抜群の筋力とタフネスが邪魔をしてくるのだ。今、アイザックは盗賊団にとって恐るべき壁に見えているだろう。

一方、アンゼロスは剣や槍で武装した盗賊七人に囲まれていた。

いや、囲ませていた。

「へっへっへ……」

「おチビちゃん、勇ましいこった」

「俺好みのいい尻をしてるぜ」

「ぶっかぶかの鎧でナイトごっこは相手を選んでするべきだったな」

「まずは歯を全部叩き折るところからな。噛まれちゃたまんねえや」

好き勝手を言っている盗賊相手にアンゼロスは無言。ゆるゆると立ち位置を変えて、集められるだけの敵歩兵を集め、油断させている。

エースナイトは戦いの前に名を名乗る。逃げていいぞ、という意思表示だ。

それをしないのはつまり、許し、逃がすつもりが欠片もないということだった。

「…………」

集めきれるだけの盗賊を集めきったと考えたアンゼロスは足を止める。

そこで初めて口を開く。

「来世ではもう少し破廉恥じゃない奴に生まれ変われるよう祈ってやる」

説得でも警告でも脅しでもない、ただの宣告。

盗賊たちがきょとんとして、爆笑しようとしたその瞬間、アンゼロスは一気に白刃を閃かせて二人の首を夕焼け空へ。

凍りついたうちの一人を胴から両断、さらに一人の心臓をひと突き、その次の奴の顔を綺麗に横に真っ二つ。

「んなっ……」

驚愕の声を上げられたのは最後の二人のみ。その二人の心臓をやはり早業で突き抜くと、アンゼロスは剣を眼前に掲げて祈るように動きを止める。

剣を振るい始めてから2秒も経っていない。恐るべきエースナイトの早業だった。

ディアーネさんは遠くに逃げようとした頭目格の前に忽然《こつぜん》と現れた。

いや、感覚増大した俺から見ると、何かの獣というか魔物のように、草薮を軽々と跳び越えて空を飛ぶように移動するディアーネさんの動きは見えていたのだが、頭目格の盗賊には理解できなかったに違いない。

当たり前だ。馬より馬車より素早くジャンプ移動するダークエルフなんて、滅多に見られるものではない。

指揮官ではなくただの戦士として動く時だけ見せる、ディアーネさんの怪物的な身体能力だった。

「やあ、お前が頭目か」

「なっ……」

「このイライラしてる時になかなかやってくれるじゃないか。部下を傷つけられて、今私はとても機嫌が悪い」

ディアーネさんが笑う。心底愉快そうに。残忍に笑う。

「一応、選ばせてやる。ここで身包《みぐる》み置いて命乞いをしてセレスタの法の裁きを待つか、今の私の個人的感情に任せて苦しんで殺されるかだ」

「……だ、ダークエルフ、ごときがっ！」

逃げようとした割に、頭目は威勢のいいことを言って大振りのナイフでディアーネさんに挑みかかる。

ディアーネさんが肉食獣の笑みを浮かべる。哀れな小鹿が破れかぶれで突進してきたのを歓迎する狼の顔だ。

……が。

「…………」

引き金を引く。

頭目の心臓を、矢で貫く。

一瞬で絶命した。

「……アンディ？」

血を浴びて一瞬呆然としたディアーネさんに、俺はちょっと苦い顔で会釈する。

ディアーネさんにとってそんな奴、ワケないのはわかっていたけれど。それでも楽しそうに殺しをするところはちょっと見たくなかった。

戦争の英雄に、今さら過ぎることだけれど。できれば。

「アンディさん、矢、また使うんですか？」

じゃぶじゃぶと回収してきた矢を洗っていた俺に、セレンが不思議そうな顔で問いかける。

「ウチの部隊の矢は特別製だからな。そうそう使い捨てられないんだ。本来は森エルフ領まで持って行くつもりだったんだし」

「そうなんですか……あ、矢じりが鉄じゃない」

不思議そうに一本を取ってしげしげと眺めるセレン。

その俺の横ではアンゼロスがじゃぶじゃぶと服と鎧と剣を洗っていた。いつものように真っ裸で。

「……お前も結構平気で脱ぐようになってきたなアンゼロス」

「へ、平気じゃないっ！　すごく恥ずかしいに決まっているだろう破廉恥スマイソンッ！」

真っ赤になってアンゼロスは怒る。

「別に俺が洗い終わるまで待つなり、池の向こう岸で洗うなりしてもいいと思うけど」

「……お、お前が僕のいない隙に破廉恥な真似を始めたら困る」

「…………」

なんだかいじらしいんだか信用ないんだか判断に困ることを赤面しつつ小声で言われても。

……しかし、まあ、確かにセレンも全裸だし。

「スーマイーソンー♪」

「うわっ」

がばっと後ろから抱きついてきたディアーネさんも服など着ていなかったが。

「さっきはありがとう」

「な、何がですか」

「私を援護射撃で助けてくれたじゃないか」

「……余計な手出しでした」

「いや、すごく嬉しかったぞ。気分悪かったのは一気に吹っ飛んだ」

ものすごく複雑な、ものすごく余計なことだったと思うけれど。

それでも俺があそこで我慢できずに代わりに撃ったことは、ディアーネさんの何かの琴線に触れたらしい。

で。

「……よーうスマイソン」

池の隅でばしゃばしゃと大人しく体を洗いながら、アイザックが暗ーい声を出す。

「……なんだいアイザック」

「お前……もしかしていつもそんなパラダイスな入浴タイムなのか？」

「…………」

確かに傍から見たら裸の美女が三人、嬉しそうに俺に絡みついてキャイキャイと仲良く……ああ、確かにこれアウトだわ。

しかしディアーネさんは悪びれた様子もなく胸を張る。

「別に私はお前らと風呂に入るのを嫌がったことはないはずだが」

「あ……いや、まぁ、そうですが」

「別にマスかいても構わんぞアイザック」

「い、いえ……さすがにそれはちょっと」

意外とシャイなアイザック。いや普通面と向かってはしないけど。隊でもやるのは一部だけだ。

「…………」

「…………」

今さらのように俺の後ろに隠れるセレンと、しゃがんで体を隠すアンゼロス。確かにこの二人は他の奴に肌を見せたことはないか。それを俺には当たり前のように見せてたわけで……。

やっぱアウトだ。

「うう……くそ、帰ったら覚えてろよスマイソン。俺は絶対このやるせなさを忘れないぞファッキン！」

「いや、その……セレンはまあ、ともかく……アンゼロスとかとは多分お前誤解してるからその辺をだな」

なんか涙目のアイザックにこっちもちょっと涙目（今まで彼女持ち発覚者にしてきた地獄のイビリを思い出した）で説得しようとするが、横でディアーネさんがムッとした顔をした。

「アンゼロス『とか』……？」

アンゼロスと同列の扱いがいたくお気に召さなかったらしい。

大きな胸を揺らしてずずいと進み出るディアーネさん。

「この際だからはっきり言っておくぞアイザック」

「はぁ」

「私とスマイソン……いや、アンディの間に、肉体関係は……ある！」

「!!」

面白いぐらいガーンという顔をするアイザック。

というか言ってどうするというんだディアーネさん。俺に対する何かの嫌がらせですか。

「それもぬっちょぬっちょのべたべたに全開だ!!」

「な、なんという、貴様、スマイソン!!どうなってやがる!!」

振らないでお願い。

「そして私はそれ以上です！」

大宣言するセレン。

「いや私はかなりディープなところまでいけるぞ」

対抗するディアーネさん。

「万死に値する！」

涙目のアイザック。

「今ここで決着をつけようかセレン。私はもうカミングアウトしたから怖いものなしだ。これからはアイザックがいてもアンディとするからな」

「なっ」

「お前はまだ人前では恥ずかしかろう。私は裸ぐらい部下に見られてもなんともない。その延長だ。これは私の不戦勝かな」

「わっ……私だって、アンディさんの雌奴隷です！　それを人に見せつけるくらい……！」

「ブモォォォン！　スマイソン、貴様本当に一体何をしたんだこのちょっとの間に！　殺っていいか!?　なあ!?」

「ごめんなさいごめんなさいごめんなさい」

全員裸で対決したり怒り狂ったり土下座したりの大カオス。

そして。

「いい加減にしろこの破廉恥野郎ども――――!!」

半べそのアンゼロスの剣圧でディアーネさん（ちゃっかり自分で跳んで逃げた）以外、空高く吹っ飛ばされる俺たち。

……ああ、巨体のアイザックでも結構飛ぶんだなあと感心した。

バッソンから一番近い砂漠端の街、オフィクレード。

ここから砂漠端をぐるっと回る環砂漠航路に乗る。

こんなちょっと大仰な道ができたのには、ひとつにはオーガの存在がある。

オーガ族を乗せられる乗り物で、砂漠中を踏破できるものが存在しないのだ。オーガの搭乗を前提とすると、今のところどんな車両でも砂に埋まってスタックしてしまう。

もうひとつは、魔物の存在。

人の手が入りにくい砂漠はただでさえ魔物の生息が容易だが、その上砂漠地下には大迷宮がある。

迷宮は何らかの秘宝や強大な魔神の封印、あるいは少数種族の城塞として機能する遺跡のことで、高度なものになると徘徊する魔物を定期的に合成する。砂漠大迷宮はまさにその「高度な迷宮」であり、いくつかある進入地点周辺には、尽きない魔物がうろついていたりするのだ。

ラッセル砂漠はそういった理由から、他の砂漠地帯よりも危険とされ、地勢を知り尽くした少数のキャラバン隊以外はその中央部に滅多に踏み込むことはない。

まあそういうわけで、その邪魔っけなラッセル砂漠をぐるりと回っていくしか方法はないのだ。

と、思っていたのだが。

「ところでスマイソンたちはどこへ行くんだ？　クイーカか？」

「いや南東の森エルフ領」

オフィクレードで、次の馬車に乗る前に1日だけゆっくりすることになり、アイザックと呑んでいた時のこと。

木彫りジョッキを傾けながら、アイザックは怪訝《けげん》そうな顔をした。

「……南東ってーと、あのオアシスコロニーの方じゃない、白エルフの？」

「そうそう」

「……高速馬車かなんか使わないと3ヶ月で往復は辛いだろ」

「だから使うんだよ」

「えぇー、あれめっさ高くねえか？　砂漠突っ切れよ」

「突っ切れるかよ」

「突っ切れるよ……って、ああ、普通知らないか」

「何をだよ」

「砂漠大迷宮使えば、高速馬車といい勝負で向こう側行けるんだぜ」

「使えるかよ。こちとら、いくら百人長がいるっつったって半分は白兵戦できないメンバーだぜ。増して迷宮なんて」

「それがな、行けるんだよ。まあ宣伝してるわけじゃねーから普通知らんよな」

ニヤニヤしながらアイザックが追加注文。酒のつまみに鳥の丸焼きってあたりはさすがオーガだ。

「迷宮ってのはな、正解のルートがある。そこを通ればほとんどなんにもしないでも、ひたすら進むだけで抜けられるんだ。しかも地下っつっても、幻影で隠された明かり窓とかあるから結構明るい。オアシスを利用した水道もあるしな。オススメだぜ」

至れり尽せりに聞こえる。が、そんなうまい話あるものだろうか。

「正解がわからないから迷宮に迷宮の意味があるんじゃーねーのか？」

「お前、俺がどこに帰る気か知ってるか」

「……………」

「牛オーガの村はな。砂漠迷宮抜けていくんだぜ」


みんなと相談の結果、アイザックの口車に乗ってみることにした。

「おっし。ここだここだ」

アイザックが嬉しそうに俺たちに手を振って呼ぶ。

砂漠にそびえる岩山。遠目には本当にただの岩にしか見えないが、その中腹に迷宮の入り口があるのだった。

「ここからな、半日くらい歩くと牛オーガの村なんだ。そこから先も結構いくつも村がある」

「……そんなルートがあったのか」

得意そうに胸を張るアイザックに、素直に感心するディアーネさん。

「本当に高速馬車より速いんだろうな？」

ちょっと疑り深いアンゼロス。アイザックは多分な、と請け合う。

「綺麗ー。本当にあちこちに明かり窓があって……どうやって作ったんだろ」

セレンは素直に感動していた。

ここまで馬車に頼って移動していたとはいえ、俺たちは軍人だ。

クロスボウ隊は毎日行軍訓練だけは欠かさないし、唯一の例外のセレンも長旅を続ける旅人でもある。

全員急がず、ただ歩いて移動する分には、毎日歩き詰めでもそれほど苦にならない程度には足腰を鍛えていた。

オーガの歩幅は人間の尺度ではちょっと広すぎて、彼らの言う「半日」が本当に半日で済むのかは微妙なところだったが。

「よしそろそろだぞー。……お、あの曲がり角だ」

夕方あたりまで石造りの地下道を歩き、アイザックが嬉しそうに変な形に崩れた横穴に駆け寄る。

「はっはは、俺がガキの頃、ここで取っ組み合いの喧嘩してな。投げられて壊した跡なんだよ、この壁」

「……地下でそんな破壊的な喧嘩すんなよ」

「ガキの頃の話だ、見逃せって」

ニヤニヤしながら意気揚々と横道を駆けていくアイザック。

そして。

「ようこそ、牛オーガコロニーへ！　つってもあんまり人多くないけどな！」

横道を抜けた先に、ちょっとしたオアシスが湧く小さな村が姿を現した。

「う、眩し……」

夕方とはいえ、丸1日地下を歩いてきた身には空が一気に眩しく感じる。

周囲20ｍほどのオアシスの源泉と、そこから流れ出る小川を中心に、ヤシと緑の下草が茂っていて、不毛の砂漠の真ん中という気はしない。

周囲には顔料で塗られたカラフルな岩窟家屋がちらちら見受けられる。家の数は多くないが、オーガコロニーだけあって家々は巨大で、自分たちが小動物になったような錯覚を起こした。

「……お、おお？　ケリー、お前ケリーじゃねーか！」

そして、アイザックの声に反応して家から出てきた牛オーガが、どっしどっしとアイザックに駆け寄っていきなり拳をフルスイング。

アイザックも反射的に拳をフルスイングして、二人とも直撃してばったりと倒れ、またむっくりと起き上がってバンバンと肩を叩き合う。

パンチは挨拶みたいなものらしい。

「ただいま、ジラード。変わりないか」

「なんだぁ、何年も帰ってこないから死んじまったかと思ってたぞ！」

「はっはっは、俺がそう簡単に死ぬかっつーの」

「だな。ちょっと待ってろ、こりゃ久々にめでたい」

アイザックの旧知らしいジラードという牛オーガは、岩窟家屋のひとつの上に身軽に飛び乗り、ぶもーっと巨大な雄叫びを上げる。

その声から数分、村中が集まってきて、アイザックの帰還という事情を知り、わいわいと喜ぶ。

「……ってわけで、俺のおかえりパーティーしてもらえそうだから、ついでにお前らも食って飲んでけ」

「遠慮ねえなあ」

「祭り好きな村なのさ。あと、人間やエルフの食う量なんて四人でようやく俺らの一人前ぐらいだから遠慮するほどのもんでもないしな」

あちこちにかがり火が焚かれる。オアシスの傍の広場にテーブルやかまどがしつらえられ、瞬く間にパーティーの準備が整っていく。


月の下。

砂漠の真ん中の小さな村は、ドンチャン騒ぎに浮かれていた。

「アイザックって村でも人望あったんだなぁ……」

ちょっと羨ましい。

俺がポルカに帰っても、アップルとセレンと両親以外で誰か気にしてくれる人がいるだろうか。


「まあねぇ。ほれお客人、もっと呑みな呑みな」

「おっととと」

アイザックの母だという牛オーガの女性が酌してくれる。オーガ用の巨大なジョッキなので、相当頑張って減らしたんだがこれでまた呑まざるを得ない。

「どう、ケリーは。軍隊で足なんか引っ張ってないですかね」

「アイツは……結構優秀な方だと思いますよ」

一応事実としてアイザックは優秀なので、それだけ言っておく。

アイザックの母は、ふーっと溜め息をついた。少し残念そう。

「できればとっととポカでもやって除隊して、帰ってきてほしいんだけど」

「？」

「男手不足なんだよねえ……」

見回してみると、確かに男の牛オーガに比べて女の方が多い気がする。

「徴兵……？」

俺が呟くが、横にいたディアーネさんは首を振る。

「こんなところ、徴兵しにこようって言ったたって役人が辿り着けるとも思えない。アイザックだって志願兵のはずだ」

「そう。そうなんだけどさ……」

アイザック母、遠い目。

「この肉、どこから持ってきてると思う？」

豚のようなものの丸焼きを指差す。

言われてみれば家畜なんかをそうそう牧畜できる土地にも思えない。

「……もしや」

「魔物、ですか」

「まあ、分類の上ではそうなるらしいね」

アンゼロスとセレンの言葉にアイザック母が頷く。

思わず吹きそうになる俺。

悪い気の流れの産物である魔物の肉を食うとか、聞いたこともない。

「元々食べる用の魔物らしいんだよ、そいつ。昔、迷宮作った人たちがそういう風にしたっていう伝承がある」

「そ、そうなのか……」

食べる用でも……なぁ。

「でも、狩りに行くのは危険でね。たまにやられちまうんだ」

「…………」

「まあ迷宮に頼って暮らしてる身だ、覚悟しているんだけどね……どうしても男はバカだから、見栄を張って女どもを逃がすためにムチャしちまうんだよ」

オーガ族は男女をともに戦闘員とみなす風潮がある。だが、男が死にやすい部分はそういったところから出てしまうらしい。

「だからもう立派に出世してるみたいだし、早く帰ってきてほしいんだけどね……」

「なるほど」

「それをあの子ったらいつまでもウジウジと」

「……は？」

「あぁ、あの子が帰ってこない理由はわかってるんだよ」

イライラした様子でアイザック母は目を吊り上げる。

「幼馴染を寝取られたからって！」

「ね、寝取られ？」

アイザックは幼い頃、結婚を誓ったひとつ年上の幼馴染がいたらしい。

しかし、結構美人だったのでライバルも多く、アイザックはリードするために都会で偉くなることを誓ったのだそうだ。

軍隊で偉くなって、ついでに都会的なセンスを磨いてくれば、田舎者の中では文句なく彼女を迎える資格を主張できる。アイザックはそう思って、セレスタ軍に志願したのだそうだ。

数年後、正兵になったタイミングで、幼い頃の約束を婚約という形でしっかり確定させるためにアイザックは村に帰ってきた。

しかし彼女はアイザックのいない隙に結婚していた。

オーガ族の女性は出産機能が高く、14歳あたりからもう結婚ができるとされる。時にアイザック20歳、彼女21歳。田舎で彼女に確約もなく待っててもらうには遅すぎたのだ。

失意のアイザックはその後、帰る頻度を段々と減らしていき、数年前を最後にパッタリ帰ってきていなかったという。


「……うわー」

ヘビーな話だ。俺も例えばポルカに帰って、セレンやアップルが別の男とくっついて赤ん坊を抱いていたりしたら立ち直れないかもしれない。

まあ最後の数年というのは、クロスボウ隊に転属してきてからの里帰り不能期間だからしょうがないとして。

「駄目駄目ですねアイザックさん」

「駄目だな」

そして、何故かセレンとディアーネさんは辛辣だった。

「ちょっと同情してあげようよディアーネさん」

「何を言う。取られていたら取り返せ」

「そうです。先にツバつけられたぐらいで負けを認めてどうするんですか」

この人たちはちょっと無闇にタフすぎる。……だから俺を巡ってぐちょぐちょぬるぬるの夜の取り合いなんか継続してられるんだろうけど。

「そうだよ。女なんざ力ずくで振り向かせるのがオーガの流儀ってもんだよ」

そしてアイザック母も妙にアグレッシブだった。

「オーガの風習では一夫多妻も一妻多夫もアリ。結婚してからだって、より強くていい男が下克上して女の一番を奪い取るもんなんだ。それをふて腐れてあの子はもう」

「………」

オーガの世界すげぇ。

この和やかな小さな村落、実はものすごく複雑に爛《ただ》れた関係になってたりするんだろうか。


牛オーガたちのパーティーは夜半を過ぎてもまだまだ続くようなので、俺たちは先に休ませてもらうことにした。

今は空き家になっている岩窟家屋の一室。牛オーガの体に合わせてなお狭くないそのベッドは、人間の俺にはキングサイズのふた回り上という感じだ。

セレンたちはその住居のさらに二階部分でひとまとめ。アホみたいに大きい寝床なのでそれでも不自由はないだろうが、一人で一部屋占有していることがちょっとだけ申し訳ない。

「しかし、あのアイザックがなぁ……」

正直なところ、アイザックも普通にただのモテない奴だと思っていた。

しかしモテないだけで30まで童貞通さなくても、実際こういう田舎では嫁のなり手が足りないということはない。

あまり先祖代々の土地を離れて引っ越す発想が一般にないのだ。特にセレスタは地方色が強く、自分のいた地方から一歩出ると常識が通用しなかったり、余所者として社会に入り込めない場合が多い。

そのため都会に憧れはしても都会に転居する女の子の例は少ないので、必然的に田舎には女が余る。対して男は戦争などで減りがちなので、絶対数だけで言えば選り取りみどりになるのだ。

「……俺もうかうかしてられないな」

あんまりボヤボヤしていたら、いつの間にか俺たちの知らないうちにアップルが目を覚まして、その場にいたどうでもいい男と恋に落ちてしまうことだって考えられる。

スケベ小僧がスケベ根性を出したくらいで愛と思ってしまう、愛してしまうアップルだ。傍にいない俺のことなんか忘れてしまってもおかしくないし、文句も言えない。

「アップルばかりじゃない……セレンやディアーネさんだってそうか」

二人とも熱病のように俺に好意を寄せてくれているが、俺があまりに不甲斐なければフッと醒めて、離れていってしまうこともきっとないわけではない。

人と人との関係は、いくら磐石に見えても、いくらどんな神に誓っても、未来永劫絶対確実はありえない。アイザックの母上が言っていたように、彼女らに惚れて、本気で奪い取りに来る誰かが出てこないなんてどうして言えるだろう？

セレンもディアーネさんも美貌は一級品で気立てもよく、ディアーネさんに至っては政治的にも軍事的にも人に頼れるほどの伝説的人物なのだ。

彼女らをそれでも繋ぎ止めておくには、俺の力はあまりに小さい。小さすぎる。ないと言っていいぐらいだ。

「……無理かも」

どんどん気分が暗くなっていく。セレンが来てから自分がどれだけ調子に乗っていたか、都合のいいことばかり考えていたか実感する。

女は取られることもある、という事実はそれだけ重たかった。

と。

「……？」

なんだか自分の体にかかっていた毛布が、俺の動きに反して少し動いた気がした。

「な、なんだ……？」

広い寝床の上を後ずさる。こんな巨大な家屋の中、自分が小さくなった錯覚が続いているので、もしかしたら巨大な虫か巨大ネズミでも現れて俺を狙っているのでは、と思ってしまった。

しかし、俺の毛布をもそもそと突き抜けて現れる、小さな頭と長い耳。

「セレン⁉」

「しーっ。アンゼロスさんとディアーネさんが起きちゃいます」

セレンはいたずらっぽくニコリと笑う。

月明かりがくり抜いた窓から差し込んで、その笑顔を彩る。それがあまりに魅力的でドキドキしながら、その一方で胃の下にグッと溜まる重さを感じていた。

こんなにステキな、俺の、俺だけの物のはずの笑顔は。

本当はそんなことなくて、何の力もない俺から、いつか誰かが奪っていくべき物で。

そうなっても何もおかしくない。ただそれだけの、可能性の話なのに、想像しただけで呼吸を絞る。それが魅力的であればあるほどに、惨めな気分になってしまう。

「……セレン」

「はい」

「お前、俺の雌奴隷……だっけか」

「はいっ♪」

「……うん」

「？」

曖昧に俯いた俺をセレンが不思議そうに覗き込む。

そう、雌奴隷。俺に対して、とても都合のいい女。

だから切ない。俺と彼女の間には、俺の欲望と、それに応えて与えようという彼女の慈愛以外何もない。それは彼女が悪いんじゃない。それ以外の何も出せない、求められない俺が悪いのに、やるせなくて彼女をまともに見られなかった。

「ふ」

そんな俺の頭の上で、何故か勝ち誇ったようなかすかな息が聞こえた。

「顔を見せただけでアンディの意気を下げるとは。私の方に分《ぶ》があると考えるべきかな？」

「う、うわ、いつの間に？」

ディアーネさんだった。スケスケの踊り子のような薄布を着て、俺を妖艶に見下ろしている。

「しー。アンゼロスが起きたら厄介だ」

こちらもまた、いたずらっぽく唇に指を当てる。やたら魅力的に。

「な、なんて恰好……」

「なに、久々のチャンスにお前を悩殺するためだ。オフィクレードの市場でいい薄布が売っていたのでな、お前たちが呑みに行っている隙に作った。どうだ、いつもの素っ裸より燃えるだろう？」

この人は本当に、今、死地に向かっている途中だということを忘れていないだろうか。

「むー。こ、今夜は私が先に来たんですよぅ」

「それでアンディも今夜は私の気分だということだろう」

アンディを萎えさせているのだから世話はない。

「そ、そんなっ……」

二人の間で何やら無用の誤解が既成事実にされそうなので、慌てて割って入る。

「い、いや、萎えたとかそういうわけじゃなくて」

「？」

「？」

「その……二人が、やっぱり俺に釣り合わないくらい魅力的なのが、ちょっと悲しくなって。やっぱり、アイザックみたいに取られちゃうのかなとか……」

「アンディ」

全然隠せていない薄布の向こうでおっぱいを揺らしながら、ディアーネさんが上から顔を近づけた。怒った顔だった。

「……愚かだな、お前は」

溜め息をつくディアーネさん。

「いいか。確かに心変わりを疑い出したらキリがない。何もかも儚いさ。それが怖いと思ってしまえば、人を信じたくなくなる」

一息。

「だけどな……変わらないものが変わらないことに、なんの価値がある」

「え？」

「変わるはずのものが変わることに、なんの喜びがある」

少しだけ優しい目になって、ディアーネさんは膝をつき、俺を後ろから抱き締めた。おっぱいが柔らかく俺の背に密着する。

「私は、私の心が変わらないことに喜びを感じる。お前を好きだという気持ちが全く変わらないことは、お前に伝えれば喜んでもらえるほどに価値のあることだと思っている」

「…………」

「好きにならないかもしれない、出会うことさえできなかったかもしれない私たちは、今愛し合い、永久に愛し合い続けたいと思っている。この想いは、10年先、100年先まで待っても二度とは手に入らないかもしれない」

「そんな……」

「……私たちエルフの時間は長いよ。その全てを覆うことのできる心も、約束も、そうはない。だから私は永遠も未来も興味はない。今お前を愛する気持ちだけを最高の価値だと思う。お前は、そうは思ってくれないのか？」

「…………」

スケールが大き過ぎて、即答はできなかった。

ただ、千数百年の未来全てさえ問題にしないほど愛してると言い切るディアーネさんが嘘をついていないことだけは実感できた。

そして、その愛に引き込まれそうになって――

「わ、私だって……私だって、最初から全部アンディさんに捧げてますっ！」

悲鳴に近いセレンの声に、我に返る。

セレンは半泣きで服を乱暴に脱ぎ捨て、俺の下半身に絡みつこうとしていた。


「私は……私は、アンディさんに愛されたい……アンディさんにありとあらゆる場所を犯されたい、毎日毎晩絶え間なく、アンディさんに自分の物だって印をつけられて過ごしたいですっ……体の隅々までアンディさんの欲望に満たされたい、正真正銘疑いなくアンディさん専用の、アンディさんだけのものでいたいんです」

セレンはディアーネさんの壮大な愛に対抗するように、本能で愛を語る。

卑猥な言葉で切羽詰まったように、自分の中から溢れ出す衝動を語る。

「だから……だから、こうしてっ……！」

そそり立ったちんこに、震えながらまたがり、身を任せていく。

奥の奥まで俺のちんこを飲み込んで、愛しげに子宮口に迎えながら、ぐいぐいと腰を動かしていく。

「こうして、あなたに……教えてる……骨の髄まで教え込んでる、教え込まれてる……私、こうするためのモノなんだって……!!」

ぐちゅ、ぐちゅ、ぐちゅ……と。

俺の胸に手をつきながら、ほんの微妙な腰の動き。ひたすら俺の上で、前後に腰を揺らすだけ。

しかし、その切なげな視線と動きで意味はわかる。一番奥から逃がしたくないのだ。できることなら奥底でぴったりくっついたまま、射精を続けて欲しいと願っているのだった。

その本能も、やはりまごうことなく本物の愛情で、劣情で。

「ん、んッ……こ、こう、してる、時が……一番……！　私、こうしてるだけでいい……本当にあなたの肉便器でいいからっ……だから、私を見捨てないで……私をもっと犯して、貪ってぇっ……‼」

微妙で、激しさなど欠片もない刺激にもかかわらず、胸の芯から揺さぶるような声に当てられて、射精欲求が駆け上がる。

そして、我慢できずに射精。

「はぁぁっ……ああ、あっ……♪」

それを心底から嬉しそうに受け止めるセレン。女として、生き物としての至福をその顔で表現する。

「……むぅ」

それを面白くなさそうにして見ていたディアーネさんは、ビクビク震えて余韻に浸るセレンをえいやっと引っこ抜いて横に避ける。

「ぁ、あんっ……！」

「わ、私だってそれくらいお前に欲情してる！　欲情して欲しい！　私は……に、肉便器、とまでは言わないが……」

あってもなくても変わらない布を持ち上げて、むくれた顔で腰を下ろしていくディアーネさん。

「……い、言わないが……いや、言っても、いいけど……っ！　それくらい構わない、お前に愛してもらえるなら、便器でも……っ‼」

そして、自分で腰を動かし、亀頭に奥を突き上げられるごとに勝手に妥協を広げていく。

「私だって、奴隷でも、便器でも、いいんだ……‼　どの穴だってくれてやる、お前がそれで幸せなら私も幸せになれる……んんっ、で、でもっ……お前は、私に、頼りたそうだから……便器に頼りたくないだろ……？」

「で、ディアーネさん……！」

ぐちゅ、ぐちゅ、と腰がストロークするたびに布が舞い上がって風を残す。

下品極まりない行為のはずなのに、そのゆるゆるとした動きのフォローが、この人の高貴さを残して感じさせていた。

「それでいいなら、私もいい……いいんだっ……だから、お前の色に染めて……っ！　お前だけの、ディアーネに変えて、お前以外の誰を幻滅させてもいいんだ、だからっ……‼」

「そんな、ことっ……!!」

そして、ディアーネさんの中にも射精する。

「……むー」

その余韻に震えるディアーネさんを押しのけて、セレンは俺のちんこを口に含もうとする。

「す、少しくらい待たんかっ……」

「私も待って欲しかったですーっ」

「そ、それにそのザーメンは私が搾ったものだぞ」

「早い者勝ちですよっ」

「く……それならっ！」

俺の上で、ハーフエルフとダークエルフが争って汚れた怒張を舐めようとする。

……ああ、身勝手だけれど。

俺はやっぱり、この二人のどちらも、誰にも渡したくないと思った。

◇◇◇

「んぅーい……どうしたねお客人。えーと……あ、あんでろ」

「アンゼロスです……で、できれば少し水をいただきたいのですが。甕一杯ほど」

「おや、洗濯かい」

「……やむなく」

◇◇◇

「さてと。今日はこの辺で休もうか」

迷宮内の天窓がオレンジ色の光をさえ失い始めたのを見て、ディアーネさんが振り返る。

「もう少し行けるんじゃないですか？」

セレンが首を傾げる。

アンゼロスが溜め息をついた。

「……スマイソンさえいければな」

「ごめん」

エルフ三人娘に対して謝る。

一行のデッドウエイトは俺だった。

「アンディさん？　疲れたんですか？」

「うん……」

そもそも体力の限界があるのか疑わしいディアーネさんはともかく、ごっつい黒の鎧を着て剣を提げたアンゼロスや、そもそも軍人でないセレンにさえ負けるのは甚《はなは》だ男として恥ずかしいが、正直なところキツかった。足がパンパンだ。

「とりあえず、さっき40㎞は過ぎた。今日の行程としては充分だ」

ディアーネさんの特技のひとつに「歩いた距離をほぼ正確に計算できる」というのがある。昔、軍に入る前に地図

作りをやっていたことがあり、そこで身に付けたらしい。

200年のうち軍生活はまだ30年。昔取った杵柄として色々な技能を持っているディアーネさんは、その特技のいくつかを部隊運営にも役立てていた。

「このペースで本当に3週間で抜けられるんですか?」

「別に5週間までなら許容範囲だ、カリカリするなアンゼロス」

ディアーネさんは巻物をひらひら振る。

牛オーガの村にあった地図を書き写したものだ。

もののついでに迷宮出口まで案内するというアイザックの申し出を、ディアーネさんは笑って断った。

せっかくの里帰りの期間を、俺たちに付き合ったら往復でひと月半も無駄にしてしまう。

方向感覚には自信があるから、マップがあるなら見せて欲しい、とだけ要請して、村秘蔵の迷宮地図を写し取って出発したのだった。

「アイザックが教えてくれた『正解ルートの見分け方』もなかなか重宝している」

「目印でもあるんですか?」

「いや、目印というより空気の見分け方だな。『正解ルート』は、つまるところ人が生活できる場所で、今も人が使ってるんだ。注意してよく見れば、魔物の痕跡より人の気配の方が多い」

「……どうやって見分けるんですか」

「その辺はこう、フィーリングのような……まあ、私にしかわからんかもな」

ディアーネさんは苦笑する。

「オーガとダークエルフの共通点。闇を見通せるんだ。つまりこういう所の様子が普通の人間やエルフより細かく読める」

「なるほど……」

「この辺は魔物の気配はない。夜営にはピッタリだな」

迷宮の中を流れる小川に手を晒し、その近くの小部屋に目星をつける。いざとなったら立てこもって戦えるようにだが、今まで魔物がルート上に現れたことはなかった。

砂漠大迷宮は一種の生態系を形成していた。

空気を清浄に保ち、地下水を全体に行き渡らせ、捕食される魔物、捕食する魔物を生成し、いくつもの隠れ里を何重もの欺瞞《ぎまん》で守り抜く。

生き物を守り育み、エネルギーや資源を活用して調和させるという意味では森に近い機能を持つ、壮大な仕掛けだった。

「本当にこんな迷宮、誰が作り上げたんだろうな」

「エルフにできなきゃドラゴンくらいしかないでしょう」

「やはりドラゴンなんだろうか……ここにもよく探せばドラゴンパレスのひとつくらいあるのかもしれないな」

「怖いこと言わないでください」

夕食の準備をしつつ、そんな話をする。

夕食は数日前にルート外からディアーネさんが獲ってきた、豚のような魔物の肉。牛オーガの村でご馳走として出てきたものだ。

オーガたちでもてこずるというその魔物だったが、ディアーネさんの前ではさすがに強敵足り得なかったらしい。こういう形で行き当たりばったりに食料が手に入るのは実に旅人にはありがたいが、やはり俺個人としては魔物というだけで抵抗を感じてしまう。

「うう」

「駄々こねてないで食べろアンディ。疲れているのなら余計タンパク質を取らないと。少しならともかく、続くと筋肉ごと細るからな」

串焼きを前に躊躇している俺に、苦笑いしながら勧めるディアーネさん。

「なんなら口移しで食べさせてあげますよー?」

そして隙を見ては俺に迫るセレン。

「や、やめろセレン、破廉恥な！」

「そうだぞ、抜け駆けするな」

残り二人がセレンの裾を掴んで止める。ディアーネさんはアイザックがいなくなってこっちオープンになってきていて、アンゼロスが苦りきった顔をするのを気にもしていなかった。

「ぶぅ」

「勝負は正々堂々、夜につけようと言っているだろう」

「別に勝負とかどーでもいーんですっ。アンディさんがたとえディアーネさんになびいても、私がアンディさんのモノなことは変わらないもの。そういうの抜きにして、もっとらぶらぶしたいだけです」

「ず、ずるいぞそれ！　私だけ敗北条件ありで勝利条件なしじゃないか！」

「ふふん。雌奴隷の特権ですよーっと」

俺の両腕を引っ張りながら、きゃいきゃいといがみ合うディアーネさんとセレン。俺はその二人をとりあえず放っておいて、魔物の肉を前に脂汗を流して葛藤を続ける。

「ぬぅぅ」

他の三人や牛オーガが平気で食っているのだ。大丈夫に違いないと思うのだが、逆に考えれば俺だけはただの人間でもある。

牛オーガは闇を見通すオーガ族だけあって魔物の「気」に耐性はあるのだろうし、エルフ族は魔法を操れるのだからやはり悪い「気」に対して何らかの免疫があるのかもしれない。その彼らが大丈夫だからと言って、俺も安心するのは気が早いんじゃなかろうか。

と、自分の中の生理的嫌悪に理由をつけつつも、俺が特に足を引っ張っている事実に責任感も感じる。

肉を食えばすぐにスタミナがつくなんて都合よくはいかないだろうが、この肉を食わなければ堅パンと水とドライフルーツしかないのも確かだ。

それでこのガタガタの足の疲労回復に充分かと言われると厳しい。少々無理してでも滋養のありそうなコレを食い、回復に努めるのも兵として、いや、男としての義務と言えるんじゃないだろうか。

「……く、食うしかねぇ……でも」

「全く……難儀なものだな」

アンゼロスが俺の内心の葛藤を察してくれたのか、溜め息。

おもむろに鎧の中に手を引っ込め、ごそごそもぞもぞして、スポンと手を出す。華奢な手の中に握られていたのは、トロット王国教会印の「祝福の塩」だった。

「お、おお、これはっ！」

王国ではどこでも手に入る儀礼調味料だ。直接倒した狩りの獲物や長年飼った家畜など、ちょっと罪悪感がある動物の肉などを食べる際には、これを一振りすれば染み付いた念も浄化されるから大丈夫、という、王国人の食事の心強い味方だった。

「こんなのお前持ち歩いてるのか」

「別にいつも持ってるわけじゃない。……オフィクレードの市場で、雑貨に混じって売っているのを見つけて、ついつい懐かしくて買ってしまったんだ」

ディアーネさんがスケスケの布を買っていた裏で、こんな地味なものを購入しているアンゼロスが実に頼もしい。

「これがあれば食えそうな気がしてきた」

「つ、使い切るなよ？　僕だって苦手なものにはそれかけると食べられることが多いんだ、大事なんだぞ」

「うんうん。そうだよなぁ」

しゃかっと振って、もぎっと食べる。おお、なんだか抵抗なく食える。

「……な、なんだか同郷人同士の絆に負けた気がする」

「うぅ、ポルカじゃ自給自足だったから食文化とか知らないです……」

左右の二人はなんだか打ちひしがれていた。

深夜。

「ん……ちゅっ……」

「んふ……ん、んっ……」

月明かりが差し込む迷宮の小部屋で、疲れ果てて横たわる俺に、音もなくディアーネさんとセレンがのしかかって愛撫を始める。

ここ数日、ほとんど日課になった行為だった。

「ふふ……今日も疲れただろう。疲れた時の男は特に勃起がちだと言うな？」

ディアーネさんの言う通り、全身、特に足腰は身じろぎすら億劫《おっくう》なほど疲れているのに、セレンがぺろぺろと舐めているちんこは妙に元気にそそり立っていた。

「……ん、んちゅっ。えへへ、女の子に飛びかかれない分の男の子の欲情が、ここに集まって出たがってるんでしょうかねぇ……？」

「首都大学の図書館で見た学説だと、生命力が減ることによって子孫を残そうという本能が強まるというのがあったな」

「わあ、大学ってえっちな研究もしてるんですねぇ……ん、んりゅ、れるっ……」

ディアーネさんは例のスケスケの全然隠す気がないエロ衣装。

そしてセレンはというと……さっき食べた魔物の毛皮で作った、やはり局部を軽く隠す程度の下着以下の衣装。何故か獣人のような耳と尻尾もこしらえてある。ディアーネさんの誘惑衣装に対抗して作ったらしい。

「ま、どっちでもいい……お前はゆっくり休んでいろ。私たちがしっかり抜いてやる」

「えへへ……アンディさんのペットの面目躍如ですよ♪」

微妙に突飛な獣人風の衣装は、セレンの首に巻きついた首輪のおかげで不思議と説得力がある。

俺がちょっと重たい腕を上げ、セレンの頭を即席の耳ごと撫でてやると、セレンは嬉しそうに微笑んで可愛くお尻を振った。

偽物の尻尾が、まるで生きているようにふるふると振られる。これがやりたかったらしい。

「それじゃ、今日は私からですよねー……」

役割の終わった毛皮のパンツをゆっくり脱ぎ捨て、セレンが俺の上にまたがり、ゆっくりと腰を沈める。

ディアーネさんはおっぱい好きの俺を満足させようと、横っ面に擦り付けるようにしておっぱいを押し付けてきている。

どれだけ跳び回ろうと平然としている強靭な心肺を持つディアーネさんだが、俺におっぱいを押し付けているうちに段々と息が荒くなってくる。

全自動で進められる夢の3P。毎晩毎晩何やってんだろうと若干思わなくもないが、こうやって熱情のままに三人でひとつの肉塊になったように絡み合う気持ちよさは捨てがたく、流されるままに続けていた。

「えへへっ……いい、気持ち、いい、ですっ…………ん、ふ、ん……っ！　アンディさんの、おちんちんが、私の子宮、小突いてるっ……!!」

ぬちゃっ、ぬちゃっ、と俺の上で上下に揺れるセレン。

セレンは騎乗位が大好物になってきたらしい。奉仕している実感と、自分の主導権のままに搾り取る感じが好きなのだそうで。

ただ、最近それればっかりなせいで。

「な、なんだか……俺、そのうち欲情してお前襲ったら物足りない顔されそうで怖い」

「そ、んなっ……こと、……ぁあっ♪」

何か否定しようとしたセレンだが、自分の腰のリズムに自分で翻弄されて言葉にならない。ぐちゅぐちゅと夢中になって俺のちんこに腰を打ちつけ続けている。

「なに、それなら私を襲え……お前に犯されるならいつでもどこでも歓迎だ、イキ狂う自信があるぞ？」

「……イキ狂う自信て」

「お前に所かまわず犯したいほど欲情されている……と想像するだけで、悦びで頭が一杯になるんだ。そのまま徹底的に子種で溢れさせられたら、嬉しすぎて正気でいられる自信がないな」

「ちょ、ちょっとリップサービスしすぎですよ」

「本心だぞ？」

耳にはそんな風に愛を囁かれている間も、下半身ではセレンにひたすら翻弄されている。女性用ベルトぐらいの面積で申し訳程度に胸を覆う、痴女同然の毛皮のブラジャーからチラチラと乳首をはみ出させ、まさに獣のように腰を振りたくって精液を搾ろうとするセレン。

限界はすぐに訪れた。

「ん、は……ああっ!!」

「っく……!!」

動かなくていいと言われたけれど、最後の瞬間だけ腰を跳ね上げる。

その打ち込みに全体重を無防備に任せ、そのまま持ち上げられて、ガクンと体を跳ねさせるように絶頂するセレン。

「は、あ…………あ、あ、あ……」

そのまま、1分ほどセレンは宙を見つめて放心する。

……このちょっとした余韻は、お互いに邪魔しないようにしようとディアーネさんとの間で紳士協定……いや女だから淑女？

いやこれだと痴女？

……とにかく協定が結ばれたらしい。セレンがちゃんと脱力するまで待ってから、ディアーネさんと交代する。

「ふふ、真打ち登場だ」

「はぁ……はぁ……わ、私、前座ですかっ……？」

「もちろん……っ♪」

先手取られただけだが、ものは言いようだ。

未だセレンの淫液で湯気が立ちそうなちんこに、ディアーネさんの性器がかぶさっていく。

二人とも全くの無毛なので、その様を見るのに全く邪魔するものはない。とんでもなく卑猥なその光景を、むしろ誇らしげに月明かりに光らせてディアーネさんは腰を突き出した。

「ふん、ん、んっ………ふふ、どうだ、こっちの方がイイだろう……？」

ぐりぐりと腰を回すようにしながら、ディアーネさんは淫蕩な微笑を浮かべる。

俺に処女を破られてからまたひと月と経ってはいないのに、もうセックスが好きで好きで仕方がない、といった淫乱な表情ができるようになっていた。

「あ、あえてノーコメント」

「ふふ、じゃあコメントさせてやる……!!」

動きが変わる。

くいっくいっと不規則にアクセントを加えつつ、激しく躍るような水平運動。

変幻自在に俺のちんこをいたぶる膣壁が、すぐに俺をうめかせる。

「う、うっ……くは、あっ!!」

「……ふふ、正直で、よろしい、っ！」

これまた、しばらく前まで処女だったとは思えない腰の技巧だ。

超一流の身体能力と学習意欲、何よりもセックスするたび、愛を囁くたびに膨れ上がる愛情が、その習得を後押ししていると実感できる。

俺を悦ばせるために、昼歩いている時も、食事の準備をしている時も、俺とセレンが交わって精を吐き出しているのを羨ましげに眺めている時も考え続けているのがよくわかる。

「こ、こんな、の……こんなの、味わわされた、らっ……！」

「ら……？」

「朝でも、昼でも……アンゼロスの前でも、太陽の下でも……！　ディアーネさんを、犯す妄想、しちまいますよ……っ！」

「ふふ、犯して……いつでも私の下着を剥いで、好きな時にブチ込んで……っ！　私はそうやって孕まされたい、いつでもそうされることを妄想しているんだぞ……？」

どこまで本気なのか、酔ったような目でディアーネさんはそう囁いてくる。

真っ昼間、迷宮の壁にいきなりディアーネさんを押し付けて、いきなり犯す。

凛々しく前を見て歩いているディアーネさんの腰布をいきなり引きちぎって投げ捨て、下着を乱暴に膝まで下ろして、思うさま犯して膣の中を精液で満たす。

そんな白昼夢のようなシチュエーションを想像して、それだけでもう耐えられなくて。

「く、う、おおおっ……‼」

「んはぁぁっ……♪」

思いっきり、精液を子宮に叩きつけた。

……とは言っても俺、最後までマグロだったんだけど。

数十分後。小部屋の外の水場。

「なあアンゼロス」

「なんだよ」

「お前、なんで俺が身づくろいに来るといつも裸で下着洗ってるんだ」

「……い、言わなきゃわからないのかバカ」

「わりと」

実は今まで何度も遭遇しておきながら、微妙にわかってない。

「……まあお前バカだしなぁ……意外と女のことわかってないよな」

「なんだかとてもバカにされている気分だ」

「バカにしているんだバカ」

我ながらとてもバカな会話だと思う。

「お、女だって、破廉恥な現場に居合わせれば……その、いろいろ分泌してしまうものなんだ」

「……聞いてるだけで？」

「そうだ。見えてもいるし」

聞いてるだけでそんなに下着洗わなきゃいけないほど愛液って出るもんなのか。

……う、うるせえ、本当に今知ったよ。

「……そ、それに」

「………………」

「……なんでもない」

「なんだよ」

いきなり何かを言おうとして挫けたアンゼロスにちょっと怪訝な視線を向ける。

アンゼロスはふて腐れたようにじゃばじゃばやっていたが、数分してから囁くように、ぽつりと。

「……そうだな、お前バカだし……胸しか見ないからなぁ……」

「何が言いたい」

「うるさい」

いくらエースナイトとはいえ、裸で睨まれたってあまり怖くはないんだが。

見た感じただの美少女だし。

「言いたいことあるなら言ってくれないとわかんねー」

「う、うるさいって言ってるだろ！　この状況でわからないお前に何を言っても無駄だ！」

「そんなこと言われても」

「うーるーさーいーっ!!」

食い下がろうとした俺に、アンゼロスがちょっと離れた間合いでチョップの動作をする。

控えめな乳が揺れて、空気が歪み、小川に水柱が現れ。

「……すげえ!?」

剣圧の衝撃波が剣なくても放てることにちょっと感動しながら、俺は軽く吹っ飛んで……あれ？

「ちょっ……うわあっ!?」

「……す、スマイソン!?」


小川の中に着地するはずのタイミングで衝撃がないことに驚愕した。

どうやら闇の中に、小川が流れ落ちる穴か何かがあったらしかった。


「……ん……」

どこにぶつかったという自覚もないまま、気を失っていたらしい。

ゆっくりと目を開けると、目の前に裸の女。なんだか膝枕されているようだ。

堂々たる乳の大きさはディアーネさんだろうか。

「お、俺、どうして……」

「その前に、こっちから質問させてもらおうかの」

ん？

裸の女、ディアーネさんの声じゃ……ない？

「なんだってラッセル迷宮のど真ん中で裸の男が落ちてくるのじゃ。いくらなんでも全裸で迷宮探索とは根性ありすぎではないかえ？」

「!?」

ぼんやりだった目をしっかり開けて、驚愕。

ダークエルフじゃない。

見たことない。

でも、何故か堂々と裸で胸を張る女。

「なっ……!?」

ばしゃばしゃばしゃ、と水の中を這って後ずさる。

「ほ、元気で何より」

豪奢な黒髪、ゴージャスな乳の、目つきの鋭い女。

その後ろに、布を抱くようにしてこっちを睨みつけている幼児……いや、ドワーフの少女か？

「裸で失礼。否、裸はお互い様じゃがな」

「だ、な、えっ……？」

誰だ、と、何だ、と、どっちを先に言おうか迷った挙句、何も言えずに混乱する。

すごいおっぱいの美女はニヤニヤしながら腰に手を当てた。

「我がドラゴンパレスへようこそ、人間の坊や」


ドラゴンパレス。

ドラゴンコロニーとは言わない。何故なら、ただの集住地と呼ぶには、ドラゴンの存在感は軍事的政治的に大きすぎるのだ。

直接干渉しない限りドラゴンからの攻撃はまずないとはいえ、たった一人で小規模な都市を半日で灰にできる災害級の生き物が数十、数百単位でひしめいているのだ。

大陸のほとんどの国家でドラゴンパレス周囲数㎞は軍隊不可侵の土地とされ、軍事戦略上でも自然の要害として利用される始末。一般住民もよほどの命知らずでもない限り近づかない。

自分で近づくのは冒険家と山師だけ、というのがドラゴンパレスだった。


「ほ、つまり旅行の最中か。ラッセル迷宮を使って旅行とは剛毅じゃな」

長い黒髪の美女はころころと笑った。

俺が50㎝ほどの浅い水の中でM字開脚しつつ慌てて語った話にあっさり得心したらしい。その間も片手を腰に当ててゴージャスな裸体を全く隠そうともしなかった。ちんこは勃たなかったけど。怖いし。

「で、こ、ここがドラゴンパレスって本当なのか」

「無論じゃ。聞いたことはないかえ？　ラッセル砂漠の黒竜の御伽噺を」

「俺、セレスタ生まれじゃないから」

「なんじゃ、つまらんのお。なかなかロマンティックな童話で……」

「ライラ姉様、そ、そげなことより早く服着るだよ」

「……おお。そうじゃな」

ドワーフ娘に言われて今さらそのことを思い立ったらしい黒髪。

「おい坊や。そういうわけじゃ、坊やの分の服も用意してやるゆえ、はよ来い」

「え、えぇ？」

「それとも一人で素っ裸で我と語らうかえ？　……なかなか趣がありそうじゃて我は大歓迎じゃが」

「ライラ姉様!!」

「わかっとるわかっとる、冗談じゃ」

ドワーフの少女は美女に物怖じしない。それともドワーフに見えるだけでドラゴンの幼体だったりするんだろうか。

水場の近くにある岩窟家屋で人心地。

差し出された貫頭衣を着てなんとか体裁を整える。

黒髪は俺のことを全く意に介さずに目の前で服を着た。羞恥心というのが完全に欠如しているらしい。

「さて。我が名はライラ。このドラゴンパレスの最後の竜じゃ」

「最後……？　ってことは」

「その前に坊やの名を聞かせよ」

「……俺は、アンディ・スマイソン。セレスタ北方軍団クロスボウ隊の十人長だよ」

「ほ」

「じ、十人長？　十人長ってえらいのか？」

ライラよりもドワーフ娘の方が先に身を乗り出した。

「えーと、そうだな……店でいうと店長さんにはちょっと足りない。番頭ぐらい？」

「おお、でも結構えらいだな！　人間でその若さのくせに！」

なんだか嬉しそうだ。

「ドラゴンパレスに軍人が転げ込むなんていつ以来じゃろうな？」

ライラがニヤニヤしながら呟いて俺は震え上がった。

軍隊関係者が調査と称してドラゴンパレスに不用意に踏み込んで、ドラゴンを怒らせて近くの村が灰になった……という例は結構あるらしい。

伝聞なので理由まではよくわからないが、もしかして俺もここでむしゃむしゃ食われた上でオフィクレードあたりを破壊される理由になったりするんだろうか。

「ほ、別に怯えんでも良い。ちょうど良い話の種が転がり込んできたと思っただけじゃ、どうもせんわ」

「……ほっ」

胸を撫で下ろす。

とりあえず落ち着いたところで話の続き。

「そっちの子は？　ライラ……さんの娘……じゃないよな」

「我が経産婦に見えるのかえ」

「……すんませんドラゴン見るの初めてなんでワカリマセン」

「近くのドワーフコロニーに住んでいる娘じゃ。我の友人じゃの」

「ジャンヌ・クラックスだ。よろしくだよ、十人長」

俺が十人長という中途半端に偉い軍人だというのがいたく気に入ったらしく、ドワーフ娘のジャンヌは元気よく手を出してきた。

握る。

振られる。

「うおおお⁉」

体ごと振り回された。

「……ひ弱だな十人長」

「お、俺は斬り合い殴り合いは滅多にしない部署なの！」

「男ならもっと腕力つけるだよ。そんなんじゃ嫁のなり手がいないだよ」

「………………」

一応三人ほどいるけど、とりあえず黙っておくことにする。話がややこしくなるだけだし。


それからちょっとばかり酒を貰って呑んだら一瞬で朝になっていた。

「十人長ー、十人長ー、そろそろ起きるだよー」

「ん……？」

杯に口をつけたところまでは覚えているんだが、気がついたらドラゴンパレスの天窓より青い空からの光が降り注いでいる。

「十人長、酒も弱いだなぁ」

「いつもなら酒の味くらいは覚えてるんだが」

「駄目駄目だなー」

ジャンヌがケラケラ笑う。俺は情けない生き物として認知されてしまったようだ。

と。

「……十人長、なんだそれ」

「お？」

大の字の俺の股間。

全裸に貫頭衣を一枚引っかけただけだったので、前垂れがちょっとズレるだけでちんこが露出する。

そしてそのちんこは天窓を指すようにそそり立っていた。

そりゃ朝ですから。

「これは朝勃ちという生理現象だ」

「……いやぁぁぁぁぁぁぁぁぁぁぁぁ!?」

ジャンヌがみるみるうちに真っ赤になって全力ダッシュで逃げる。そこにライラがのっそりと入ってきて呆然と見送り、起き抜けの俺の姿を見て事情を察した。

「アンディだったか。……いきなり交尾を迫るのは感心せんぞ。あの子が可愛いのは認めるがの」

「迫ってない！　つーかあれそういう歳じゃないだろ!!」

「ほ。我の裸で全然反応せなんだで、てっきりツルペタ趣味かと思うたが」

「違う！　俺はおっぱい大好きポルカっ子だ！　昨日はちょっと状況が状況だっただけだ！」

「そーかそーか。つまり我と交尾したくてそんなに猛っておるのかえ？」

「それも違う！」

グダグダの話の流れを戻すのに10分近くかかった。


で、落ち着いて。

朝食として少しの野菜と山羊乳が出てきたのでありがたくいただいて。

「……ジャンヌの付き人をして欲しい？」

「うむ」

妙な提案をされた。

「付き人って言っても。そもそも俺、戻らないと仲間に心配かけちまってるし」

「まあまあ。それは我の方でなんとかしておいてやるから今日一日だけ、な？」

「……で、何についていけって？」

「狩りじゃよ」

「狩り……？」


そもそもジャンヌがライラと知り合ったのは数年前。

悠悠自適の暮らしをしていたライラが暇潰しに迷宮内を散歩していたところ、例の豚魔物（ヘルズボアと呼ばれているらしい）から全力で逃げているジャンヌを助けたのがきっかけらしい。

「あれを相手に一人で狩りができないと、あの子のコロニーでは一人前と認めてもらえず酒の一杯も飲ませてもらえないそうじゃ」

「……なかなかキッツいコロニーだな」

一応牛オーガでもたまにやられるほど強いらしいんだが、あんな子供にやらせるのか。ドワーフが酒を求めるのはもはや習性に近いそうだから、子供でも認められたいというのは理屈は通るけど。

「いつでも我が手伝ってやると言っているのじゃが、それでは何にもならんと言って聞かぬでの」

「なるほど……んで、弱い俺ならついていっても大丈夫かもしれない、と」

「言い方は悪いが、そんなところじゃ」

「でも俺、フェイクじゃなくマジで弱いから。元々クロスボウが得物だし」

そのクロスボウも元の小部屋に置いてきてしまったので、今の俺の戦力は町民その1といったところだ。

「なに、我とてお主に無理してくれとは言わん。これを持ってついていってくれればええ」

渡されたのは、手のひらほどの石の欠片のようなもの。何かで塗りたくったように赤い。

「なにこれ」

「息吹の封石という秘宝のひとつでの。投げつければドラゴンの炎の息吹が瞬間的に溢れ出る。使い捨てじゃがヘルズボア程度なら一発じゃ」

さすが秘宝。便利そうだ。

でも。

「……直接ジャンヌに持たせればいいのに」

「それに頼りたくなくて無理しそうじゃから言っておる」

「……そっか」

強いモノに頼りたくない。

自分の手でなんとかしたい。一人前になりたい。

一人前の戦士になるには大事なことだ。

「あくまで保険じゃ。保険じゃが……できればあの子が無理をしないうちに使って欲しいのう」

「なるほど……わかった」

一宿一飯といいもの《ヌード》見せてもらって、なおかつドラゴンと会う貴重な体験のお代としては格安な提案かもしれない。

そう思って、俺はそれを引き受けた。

「じ、十人長、本当にアタシに欲情してないだな？」

「してないしてない。安心しろ、あれは人間の男は朝なら誰でもなるんだ」

どうやらドワーフは朝勃ちしないらしい。とても余計な知識がひとつ増えた。

「うぅ……あ、アタシは、駄目だぞ？　流れ者と助平《すけべえ》するほど安い女じゃないだよ？」

「それ以前に無理じゃないのか……？」

どうひいき目に見てもジャンヌは10～12歳くらいにしか見えない。普通にセックスできる体に見えないんだが。

……そんな微妙に気まずい会話をしながら、俺たちは迷宮の階段を上がっていた。

ヘルズボアが生まれる場所と時間は決まっているらしい。

生まれたてでもヘルズボアは成獣だし強いが、一匹ずつしか生まれない。

群れていない時に狙えば分は悪くないだよ、というジャンヌの作戦だった。

「しかし……ドワーフって女の子でもそんなの使えるんだな」

ジャンヌの得物を見て感心する。

ヘッド部分だけで重さ10kgはありそうな巨大ハンマーだった。人間では大人の男でもなかなか振り回せるものではない。

「へへ。ドワーフを見直すだよ。確かにオーガほどむちゃくちゃじゃないけどパワーはあるし、その分器用さは折り紙つきだ」

「ああ」

うちの部隊にもドワーフはいるが、あまり注目して種族的な強さを見ていたわけではなかった。これからはちょっと頼りにする比率を上げることにしよう。

……と。

角を曲がった先の少し広い部屋の真ん中で、電光のようなものがバチバチいうのが見えた。

「出てくるだよ。下がってて、十人長」

「おう」


一応、ライラからの説明ではジャンヌの活躍の見届け役ということになっている。ジャンヌは張り切ってハンマーを構え、魔物の出現に備えた。

壁に隠れる。

光が集まり、強まり、ジリジリとした時間が過ぎ。

パン、と勢いのいい音がして、光が弾けた。

「…………」

「……あれ？」

ジャンヌが拍子抜けした声を上げる。

部屋の真ん中には何もいなかった。

「……出現、失敗、だか？」

「違う！」

俺は素早く目を走らせた。左右、いない。隠れ場所になる障害物、ない。

ならば。

「ジャンヌ、上だ避けろ！」

「!!」

ヘルズボアは天井に蹄《ひづめ》を突き刺してぶら下がり、ジャンヌを狙っていた。さすが魔物、生まれた瞬間から狡猾《こうかつ》だ。

ジャンヌが避けたところにヘルズボアが食いつく。石の地面を牙が抉《えぐ》っていく。

「くっ!!」

ジャンヌは反応が遅れた分をハンマーを手放してスピードを稼ぎ、無事に避けた。

化け物の爪先が転がったハンマーを弾き飛ばし、ハンマーは俺の方に向かってぶんぶんと飛んでくる。伏せてかわすと、ハンマーは俺の背後の壁に突っ込んだ。

「うう……！」

いきなり得物を手放す劣勢。

拳でファイティングポーズを取りながらも、みるみるうちにジャンヌの顔に絶望が広がるのが見える。

「くそっ……」

腰帯につけた袋の中の「息吹の封石」を掴み、俺は投げるかどうか瞬時迷う。

これを投げればレフェリーストップ、試合終了。ジャンヌは間違いなく助かる。

しかし俺の、軍の担い手としての思考が邪魔をした。

「ジャンヌ」

「っ!?」

「走れ、ジャンヌ！　逃げるな、立ち向かえ！」

「十人長!?」

「武器を手放したぐらいで諦めるな！　敵が強いぐらいで諦めるな！　武器がなくても石を投げろ！　石がなければ砂を撒け！」

「そ、そんなっ……」

「敵は待ってくれないぞ、動け！　敵よりひとつでも多くのことをしろ！　敵の弱点がわかっているならナイフひとつで充分だ！」

口をついて出たのは、俺がトロットの訓練兵時代に教官の剣聖たちに叩き込まれた歩兵の基本だ。

曰く、武器ひとつなくなったぐらいで何もできない兵になるな。

準備ができていないからって惨めな死に方をするな。

戦争は、そういうものじゃない。戦って勝って生きて帰るつもりなら、最後の最後まで力を抜くな。目を閉じるな。考えることをやめるな。絶望するな。

手負いでなお恐れられる兵になれ。

剣術ができなくても、泣いても漏らしてもいい、生きて帰れる兵になれ。

「お前は一人前になりたいんだろう!?　生きて本物になりたいんだろう!?」

「十人長……」

「敵の攻撃を避けたのは合格だ、お前は間違ってない！　次だ、次の手を考えろ！　お前はまだ何も失ってない！　まだ何も苦労していないだろう!!」

久しぶりに、長期行軍でへこたれる準兵を怒鳴りつける時の俺になった。

いるのだ。足が痛い、弦が切れた、もうだめだ、とすぐに泣き出す準兵が。

そんな時はあえてトロットの剣聖たちの口真似をした。

アイザックたちに見られると苦笑いされたが、俺がそうやって怒鳴った準兵はみんなちゃんと正兵になったのだ。

「……わかっただよ、十人長！」

「よしっ！」

絶望が姿を消す。拳に殺気がみなぎる。

あれでいい。

ハンマーや剣は腕の、拳の延長でしかない。

それを振り回せる力があの子にあるなら、それは素手でも、石でも、バカにならない威力になるはずだ。工学的に近接武器は本人の力以上のことはできない。

「う、おおおおおおおおおおお‼」

ガアアアアアアアア‼

ヘルズボアとジャンヌが真正面から交錯する。

牙がジャンヌを突き破ろうとするが、重い得物を捨てて身軽になった怪力少女はヘルズボアの速度を軽く凌駕《りょうが》。頭の真横に回って、その血走った目玉に拳を叩き込む。

「りゃっ‼」

ゴアアアッ‼

ヘルズボアは片目を潰され、錯乱。

暴れ出す。

その死角を維持しながらジャンヌは地面を飛ぶように駆け、伏せている俺の上を飛び越えてハンマーの柄を掴む。

「十人長」

「いけ！」

「うん‼」

ボゴオ、と景気よく岩を撒き散らしてハンマーを引き抜くジャンヌ。

その音に気づいたヘルズボアが振り向く。一個しか残っていない目は血走りすぎて真っ赤になっていた。

「さあ、仕上げだ豚っころ！」

ガアアアア‼

雄叫びを上げるヘルズボア。返り血で肘まで真っ赤に染まった腕で、軽々とハンマーを構えるジャンヌ。

再び、交錯。

今度は正真正銘、真っ向からの勝負。

そして、恐れを克服したジャンヌのハンマーが、錯乱した魔物のメチャクチャな動きに負けるわけがなく。

「だりゃあああああああっ‼」

パギョッ‼

……牙ごと鼻ごと頭ごと、アンダーからフルスイングしたハンマーに粉砕されて、ヘルズボアは生まれてたった3分の命を終えた。

「ってわけで、今回は正真正銘ジャンヌ一人で勝った」

「……危ない橋を渡らせたもんじゃな」

「危なくなっても一人でそれをなんとかする、その経験がなきゃいつまで経っても自分が一人前だなんて思えないだろ。それにこの子は充分強い。勝てると思ったからやらせたんだ」

「……まったく、お主みたいなヘタレっぽい優男なら万が一にも大丈夫じゃと思うて頼んだのに、とんだ誤算じゃ」

ライラは疲れて眠るジャンヌを俺から受け取ると、苦笑いして額にキスをした。

「思ったよりお主は兵《つわもの》じゃったわ」

「……や、やっぱ、軍人はダウト？」

今さらながらにちょっと怖くなる。ヘルズボアなら逃げれば済むかもしれないが、ドラゴンから逃げるのは……無理、かも。

「ダウトじゃな。……ふふ、久々に燃えてきたわ」

「い、いや、その、お願い、命だけは」

「ふふふ……」

ニヤニヤしながらゆっくりと近づいてくるライラ。

俺の肩に馴れ馴れしく腕を回し、肩を組んで囁く。

「助かりたいか？」

「……で、できれば是非に」

「そうか。ここではなんじゃ、ちょいと奥へ行こうかの」

「……はい」

ジャンヌを寝かせた部屋の奥は、俺が落ちてきた水場になる。

そこでライラは躊躇なく自らの服を脱いで、全裸になって俺に絡みついてきた。

「な、何を」

「ほ。決まっておる。精をよこせ。我は母になるんじゃ」

「はぁ⁉」

「ちょうど一人暮らしに飽いてきたところじゃて、お主の子種で少しばかり里を賑わせようと思うた」

「なんでそうなるんだよ⁉」

「ほ。お主の子ならよき竜になろう。ただそれだけじゃ。なあに、ドラゴンパレスも住んでみれば悪くない」

「しかも俺飼われるのかよ」

「ならば我を飼うか？　どちらでもよいぞ」

「待て！　落ち着け！」

「落ち着けぬわ。100年ぶりに我を濡らしたのだ、相応の報いは受けてもらわねばな？」

◇◇◇

「見つかったか？」

「いえ、スマイソンを見失ったあたりにはどこにも……くそっ、何か穴みたいなものに落ちたと思ったのに」

「……どういうことだ？　まさか魔物……いや、このあたりにそんな気配は……」

「ディアーネさん、アンゼロスさん」

「どうしたセレン」

「……幻影魔法、使ってませんよね」

「どうした」

「いえ、幻影の気配がこの辺に……」

「……ちょっと待て、これは……」

「幻影魔法、ですよね。すごい巧妙……」

「くそ、本当にアンディ、何に巻き込まれたんだ……解除するぞ、手伝ってくれセレン」

「はいっ！」

◇◇◇

ライラは俺の貫頭衣の脇から胸に手を這わせ、後ろ垂れの裏に手を突っ込んで尻を撫でながら耳を長い舌で舐めあげた。

「ヒィ」

「娘っ子のような声を出すでない。……よく味わってみればよい胸板、よい尻じゃ。軍人というのもあながち悪くもない」

「い、いや、その……やっぱそういう放埓な性関係はどうかと思うんだ」

「ほ？　お主からは娘っ子二人分の匂いがするが。しかもどちらも濃い。とっかえひっかえか、さては二人並べて楽しんでおるか」

待て。なんでそんなのがわかる。

……というのはドラゴン相手に通用するツッコミじゃないな。何ができても不思議じゃない。

「その口で道徳を語るかえ、色男？　我との一晩を断ったところで人様に顔向けできるわけでもあるまいに」

「い、色男ってわけじゃあ……ついこないだまで童貞だったし」

「ほ、ますます味わい深い。なるほど、女の味を知ったばかりでタガの緩んだ人間の男が……エルフを二人も捕まえて朝な夕なの色事三昧をしながらの旅、というところか？」

なんでエルフだってわかる、というツッコミも以下省略。

そして大筋は大体合ってると言わざるを得ない。

言葉にして解説されると改めて自分の現状が駄目すぎるなーと思う。いや幸せには違いないんだがちょっとありえない。

「なぁに、竜の女の胎もこの姿では人と変わらぬ。夢じゃと思うて存分に楽しめばよいではないか」

「……ほ、本当に一晩で済むの？」

「さてな。お主次第というところか」

えーと。

つまり、この人が味を占めるようなセックスはよろしくない、と考えるべきなんだろうか。

それとも満足させれば逃がしてくれるってことだろうか。

「ククク。悩め悩め。その顔もそそるわ」

愛しげに俺の頬を撫でまわし、そしていよいよ俺の腰帯を引き解くライラ。

「はぁ……久々の交尾じゃて、胸が高鳴りよるわ。ジャンヌが起きるまでに終われるかのう」

「……あんまりああいう子に見せたいものじゃないのは確かだ」

「ふふふ、見られながらというのも乙なものじゃぞえ」

なんか俺の周りは見せたがりが多いなオイ。

「さて」

水場の真ん中には島のようになっている、磨かれた平らな岩がある。

暑い日にここで涼んだら気持ちよさそうだが、今は月明かりのスポットライトに照らされたライラと俺のベッドになっていた。

「なかなかよい逸物じゃ。女を食らおうという殺気を感じるわ」

「ちんこから殺気を感じ取らないでいただきたい」

というかそこまで犯る気満々ではないし。

でもライラの極上の裸体と「子種をよこせ、自分を母にしろ」という直接的すぎる要求を前にしんなり沈黙していられるほど俺のちんこは枯れてはいない。

いや、ぶっちゃけすぐに勃つ童貞ちんこのままってだけなんですが。

「ふふ、よいか、覚えておけ坊や。まぐわいとは本質的に相手への侵略、相手の主体への殺意じゃ。相手の見栄をぶち壊し、相手の選択権を奪い、相手の性的能力を有無を言わさずに占有したいという野蛮で獰猛な意志じゃ」

「……い、言いたかないけどもうちょっとそれは一方的すぎるんじゃない？」

「愛だの恋だの想いだのといった包み皮を抜きにした、性欲というものを純化してしまえば……そんなものじゃ」

ぺろぺろと竿の裏側を、例の長い舌で舐め始めるライラ。

「特に牡というのはそれを抜き身のまま持って生まれてきながら、どうにかして柔らかく隠し、あるいはうまく手加減をして、相手を壊さぬよう四苦八苦して生きることを余儀なくされる可哀相な生き物じゃよ」

「…………」

「ふふ、妙な顔をするでない。あくまで普通は、じゃ。牝だって似たようなものじゃが……たまにな、反転した欲求を持って生まれる者がいる。自分という殻を壊されたい、縛り上げられ、自由を奪われ、その身を徹底的に好き勝手に犯し尽くされたい、生のままの欲望に打ちのめされることにこそ喜びを感じてしまう者がな」

「……？」

「覚えておけ。いいか、覚えておけ坊や。……そんな女もいる。殺気のままに犯されることを期待している類の女もおるのじゃ。気持ちよくされたいだけでなく、熱い欲望を叩きつけられるままに、壊れるまで犯されたい女もおるのじゃ」

「な、何を……？」

「なあ坊や。例えば、そんな女がどんな男からも近づくことさえ忌まれるほど、圧倒的に恐れられる存在だったら、これほど哀しい話もないと思わんか？」

「…………」

片手ですこすこと俺のちんこを擦りながら、試すように俺を見つめているライラ。

……つまり、俺に、ムチャクチャにレイプされたいと。押さえつけられ、穴という穴を好きにいじくられ、一切の手加減も気遣いもなく勝手な射精の道具に使われて。

それで、妊娠させられ、母にされてしまいたいと。ライラはそう言っているのか。

「……難儀な竜だな」

「全くな。いや、我がそうとは言っておらんぞ？　違うとも言わんがの」

「そうか。じゃあ勘違いしておく」

悪いが、そう言われて大人しくしておけるほど俺のちんこは大人しくない。

竜だという彼女が、セレンやディアーネさんのように妊娠をリアルに想像できない相手だというのもある。

無責任と言われれば反論のしようもなく、不義と言われればグゥの音も出ない。

だが、極上の女にそんなことを囁かれて大人しくしているなんてどうやったらできるのか。

「……ライラ」

「うん」

「犯すぞ」

「……うむ♪」

ライラの頭をゆっくりと両手で引き付け、キス。舌と舌を絡めあい、舌の表裏を互いの舌でなぞりあう濃厚なキスを交わす。ライラの舌はやはり長く、ちょっぴり俺のちんこらしき変な味もしたが我慢する。

そして、唇を放して、トロンと熱情に蕩けたその顔を。

おもむろに俺は股間に押し付けた。

「んぐっ……」

「……舐めろ。咥えろ、淫乱っ！」

「んんっ♪」

キスからいきなりの勝手極まるイラマチオ。ライラの望む「欲望のままに犯される」という扱いの手始め。

個人的にはちょっとドキドキだったが、ライラは悦んだ。俺の手に逆らうことなくしっかりとちんこを咥え、舌を絡めて懸命に奉仕する。

その頭を、俺は押さえつけて突いた。

「ん、ぐ、ぐへっ、えぐ、ううっ♪」

「……本当に悦んでやがるな。変態ドラゴン」

「ん、うんっ……んぐぅっ……んんっ♪」

本人の言う通り、こりゃマゾだ。しかも相当の。

どう自覚したのか、過去に誰に開発されたのかは知りようもないが、確実に自分で理解している本物のマゾだ。

「……よし……飲め、飲んでっ……！」

「んんっ……!!」


射精。ペースも何もない、勝手な射精をライラの喉に突っ込んで行う。

ライラはそれを受け止めながら、ビクビクと肩や背筋を震わせて酔った。

「……ふ、うっ」

「くはっ……けふっ、……っぐ、うっ……」

「……どうだ？　こんな風にされたいのか、ライラ？」

「……うむ♪　やはりお主は……我が見込んだ兵じゃな♪」

「兵関係ねえ……」

「ふふっ……その勇気と情、その性欲……わかっていても我にここまでできる男などおらなんだ。良い男じゃ。エルフなどと気難しい女を二人も落とすだけのことはある」

「俺の彼女は気難しくないんだってば」

「謙遜せずとも良い。さ、続きじゃ。我を使って存分に精を吐け。この胎の奥に幾度でもお主の子種を塗りたくると良い♪」

涙目で唇から精を垂れ流したままのライラは、月明かりを浴びながら立ち上がった。

まるで神の刻んだ芸術品のような完璧な肢体をぷるぷると揺らし、陰毛の下に覗くピンクのビラビラを広げてみせる。

俺に喉を犯されているうちに感じたのか、広げられた陰唇からはヌチャッという音がして、水とは違う異質の液体が流れ出している。

「さあ、この中じゃ……この中でお主はめくるめく射精したい放題じゃぞ……？」

「……ごっちゃんです」

「うむ。馳走してやる。我との姦淫フルコースを食い散らしてゆくが良い」

その腰を、ゆっくりと俺の上に落としていく。

グッチョリと濡れそぼった膣に、俺はいとも簡単に呑み込まれ、膣全体で抱き締められる。

「んはあ……あ、ああ……っく、あ……っ」

「……おい、そこで力抜くなよ。イッちゃったのか」

「う、うむ……１００年ぶりのまぐわいじゃ、許せ……」

「許さない」

「む、むぅ？」

「一人でイッてないで俺に射精させろ、この便器女」

「う、うおぉ？」

俺にまたがったライラの片乳を鷲掴み、もう片方で尻穴にいきなり指を突っ込みつつ尻を抱えてゴロンと上下交代。

「んぁ、あっ⁉」

「食い散らかさせてもらうぜ」

「ほ……よいぞ、その勢いじゃ。我の体をもっと乱暴に犯すがよい♪」

「言われなくても、なっ……‼」

グチョ、グチョッ……と、ライラの膣を犯し始める。

イッたばかりの震える膣は、それでも俺の抽挿の邪魔にはならない。子宮口は俺の到来を待ちわびて、鈴口とのキスを繰り返し、ぷりぷりと揺れる乳首を指でつまんで引っ張るとライラは舌を突き出していい反応をする。

「ん、くぅ、痛……痛い、もっと……もっと我を、我をメチャメチャにしてっ……我を女にしてっ！」

「お前、はっ……お前は、俺の、ちんこの道具だっ……お前は、ま○こで、オナニーされてるだけなんだっ……‼」

「っっ♪♪　うんっ、我で、オナニーしてっ……我の子宮でちんぽ拭いて、我の口を使ってっ……尻穴を使ってオナっても良い……この体は全てお主のオナニーのためにあるゆえ……っ‼」

「淫乱で下品で精液中毒のとんでもない女だ、どんな御噺に出てるって……？」

罵倒しながら射精する。罵倒されるたびにキュンキュンとま○こが締まり、俺の射精を促し続けた。

「……ふ、ああ……♪　来てる、我の子宮……今、種付けされてる……♪」

「はぁ……はぁ……はぁ……」

そして俺はへバった。中指を全部ライラの尻穴に突っ込みつつ、乳首を思い切り吸い上げながら射精だけは最後までした。勃起は続いているが腰を動かす体力が足りない。休まないと。

「どうした、坊や。もっと出してよいのじゃぞ」

「……ごめん、体力が……」

「…………ふふ、情けないのう。まあこうして胎に逸物をねじ込まれたまま月見をするも悪くない」

「…………」

「また動きたくなったらいつでも動け。我は今とても幸せじゃ♪」

……やばい、なんか最初に計算していたのと違う。

ものすごく強い相手を貶めながらレイプするというプレイに俺自身が夢中になりすぎて、何かすごく泥沼の予感がする。

再び動けるほどまで息が整い、腰を動かそうとしたその瞬間、どばしゃーんと近くで巨大な水柱が上がった。

「!!」

「ほ」

びっくりする俺と、一瞬鋭い目をするライラ。一度攻守交代した手順を巻き戻すようにごろりと俺を組み敷き、顔を上げて水柱の中を見つめる。

そこにいたのはアンゼロスとディアーネさんだった。

「やはりか」

「ほ。無粋な闖入者《ちんにゅうしゃ》じゃの。ここは欲情じゃ、服を脱げ」

浴場だろオイ。

「貴様は……人ではないな」

ディアーネさんが警戒と殺意に満ちた目でライラを睨む。

あの目で俺が見られたらそれだけで心臓止まりそうだ。

「ようこそ、我がドラゴンパレスへ。良い男をありがとう。いただいておるぞえ」

「ドラゴン!?」

アンゼロスが膝ほどの水の中で後ろにワンステップ。腰の剣をいつでも抜ける体勢になる。

対してディアーネさんは腕組みをしたまま無言。そうだろうな、と呟いた。

「その男は私の恋人だ。返してもらいたい」

「どうしたものかのう。なかなかの逸物じゃて、少々惜しい」

「返せ」

「嫌」

つーん、とライラがそっぽを向いた。

「力ずくでも返してもらうぞ」

「ドラゴンを相手に剛毅な女じゃのう」

「相手がドラゴンだろうが剣聖旅団だろうが、譲れないものは譲れない」

「ほ。面白い」

ここに至ってようやくライラが俺の上から退く。ぽっかり開いた膣から精液が少々垂れ落ちて、アンゼロスが赤面した。

「ゆくぞ」

ライラの全身から殺気が放たれる。

危なそうなので逃げようとして……いつの間にか俺の手首に変な紐が絡みついていることに気がついた。岩に巻かれていて動けない。

「ちょっ⁉」

「ああ、ちょいとすまぬ。それも秘宝のひとつで絹の鎖と言ってな、人間の腕力では切れぬぞ」

「なんでこんな⁉」

「お主は景品じゃて。そこで見とれ。我も結構かっこいいぞ♪」

「おいー⁉」

ちんこ丸出しで！　仰向けで！　ドラゴンとマスターナイト級の戦いを見ろと⁉

という俺の心の叫びを形にする前に、戦いが始まってしまった。

「アンゼロス」

「はい」

「私があれの相手をする。隙を見てアンディを」

「僕も戦いに……」

「多分、無理だ」

ディアーネさんは身構える。それを待っていたようにライラの髪が膨れて。

「ほっ」

ライラが下から大上段へと腕を振り抜きながら指をパチンと鳴らす。

瞬間、蒼い闇を切り裂くように紅炎が発生。火球となってディアーネさんに向かって飛翔する。

「⁉」

驚愕するアンゼロス。

ディアーネさんは目を見開き、次の瞬間着弾。

莫大な水蒸気が発生する。

「ディアーネさん⁉」

「百人長⁉」

が、その叫びを遮るように、視界外から褐色が飛来。

「だっ‼」

「……ふむ」

ガッ、と飛び蹴りをライラに叩き込み、数歩分吹き飛ばす。

ディアーネさんはあの一瞬で壁に向かってジャンプし、三角蹴りでライラに逆襲したのだった。

って、水の中からだぞ。なんて身軽さ。

「なるほど、面白いのう」

「今のは挨拶だ。次から急所を狙う」

「ほ。我とて今のは食前酒ですらないぞ」

岩の島を挟んで二人は同じように肉食獣的な笑みを浮かべ、跳躍。

空中で飛び蹴りをお互いに交わし、蹴り足同士でカチ合わせて壁に跳び、猛然と岩窟中を飛び回りながら猛スピードの戦いを始める。

「く……」

アンゼロスが飛び散る岩や火球を避けながら悔しそうな顔をする。

アンゼロスの得意は先手で一撃、パワーと剣速で叩き潰す戦法だ。同格以下の相手になら強いが、戦いの中心が圧倒的な機動力を誇るとなると、ただでさえ重装備のアンゼロスでは手も足も出ない。

「……スマイソン、今行くっ！」

やがて諦めて、俺に向かってがちゃざばがちゃざばと走ってきた。

そして絹の鎖に剣を振り上げた、その時。

ガイン!!

「!?」

振り上げた剣に横合いから飛んできた石が直撃。剣が弾け飛ぶ。

ライラとディアーネさんは天井近くで高速の格闘を続けていて、アンゼロスに構う暇はない、というかディアーネさんが与えない。

で、どうして横から石が飛んできたかというと。

「十人長になにするだーっ！」

ハンマーかついだドワーフ少女が大ジャンプで岩の島に飛び乗ってきた。

ジャンヌが石を投げたのだ。

しかも多分勘違いして。

「じ、十人長をすっぽんぽんでこげなとこに縛って！　身動き取れなくして斬ろうなんて！　どこのどいつだオメエ、頭を胴に埋めてやるぞ!!」

ああやっぱり。

「……スマイソン、誰これ」

「あー、えーと……」

「アタシは十人長の弟子！　ジャンヌ・クラックスだ！　師匠のピンチならたとえ火の中水の」

どぼーん、と火球が水に着弾して水蒸気爆発。一面湯気まみれ。

比喩でなく火と水がすごいことになっている状態に、ジャンヌは若干眠そうな目で眉をひそめたあと、

「とにかくぶっとばすだよ！」

考えるのはやめたようだった。というかこの子最初から何も考えてない。

「誤解だ！」

「誤解なもんか！　十人長をこげな目に遭わせて変態め！」

変態はアンゼロスじゃない。ちゃんと説明したいんだけどライラとジャンヌの美しい友情にヒビを入れそうでちょっと気が引けるけど、ううむ。

「僕は変態じゃない！」

「変態だ！　やーいやーい！」

「違う！　違うったら！」

「変態菌がうつるからこっち来るでないだよバーカ！」

「ううう!!」

アンゼロス。お前大人なんだから言い負かされてるんじゃないよ。しかも明後日の方向に。

と。

「よいしょ」

「!?」

かぽん、とジャンヌの小さな体に、その辺にあった水瓶がかぶせられた。

「もわ――――!?」

「はいはいどいててくださいねー」

そのままばしゃんとジャンヌをぞんざいに蹴り倒して現れたのは、姿の見えなかった最後の一人、セレンだった。

「もう、何してるんですかアンディさん」

「面目ない」

「……全部見てましたよ？」

「…………面目ない」

なんだかにやーっと、空虚な感じのニヤニヤ笑いを浮かべながら絹の鎖をナイフで切り、俺のタマをもみもみするセレン。いかん。なんか怒ってる。

「すーごく心配してたのに何浮気してるかなあ、アンディさんは？」

「い、いやその、マジでごめん」

「ふふー……。ま、いいですけどね。私雌奴隷だし」

「…………」

「でも雌奴隷には雌奴隷なりのお給金、弾んで欲しいなー」

もみもみもみ。

……いかん、潰される。俺が雌になるピンチ。

「具体的には？」

「次、ディアーネさんより前に、抜かず6回くらい」

「……約束する」

「やった。大好きアンディさん♪」

がばーっと抱きついてキスするセレン。なんだかわからないけど俺ますます下半身で生きてる駄目ボーイの予感。

そして。

『あ――――っ⁉』

天井から強キャラ二人が同時に声を上げて飛び降りてきた。

ジャンヌはほぼ同時に水瓶内水死の危機から脱出して同じようにあーっと叫ぶ。

「な、なんじゃこの娘はっ⁉　お主の相手はこの二人ではないのかえ？　強い女フェチかとばかり」

「セレン！　私を囮に抜け駆けとは卑怯すぎる‼」

「じ、十人長、彼女いただか⁉　ふ、フリーじゃなかっただか⁉　うわーん‼」

君ら仲いいのか悪いのかどっちなんよ。

「えへへー。……えっへん。何を隠そう、私がアンディさんと童貞と処女交換した張本人にして雌奴隷二号、セレン・スマイソンです！」

誇らしげに首輪を誇示するセレン。

ライラが気まずーい顔をしてがっくりしているジャンヌを見たあと、ディアーネさんの首を確認する。首輪はなく、ディアーネさんはそれを肯定するように首を振ってみせた。

つーか、たった数秒でいきなりアイコンタクト完成してるのはなんなんだよ。

「……ということはこのセレンとかいうハーフエルフとこのダークエルフの他にもう一人雌奴隷がいて」

「はいっ！」

「……坊や、想像以上にスケコマシ度高かったんじゃのう」

「がーん……がーん……がーんだよ……」

一人会話に入ってきていないアンゼロスは気まずげにチンガードプレートに顎を埋めて俯いている。

「……なんじゃ、我は雌奴隷三号か？　思ったより序列低いのう」

『……⁉』

首を振って呆れたように呟いたライラとセレン以外が、みんな俺をギョッとした顔で見た。

見ないでお願い。

俺も何でこんな流れになっちゃったかちょっと理解できてないから。いや理解できてるけど考えたくないから。

ライラの火球がぼんぼこと水に着弾した影響で、湯気でいっぱいになってしまった水場をみんなで出て。

セレンが持ってきてくれた自分の衣服を丸1日ぶりに着る。

「おお、雑魚《ざこ》っぽいのう」

「雑魚って言うな！」

セレスタ軍の歩兵夏季軍装に日よけのマントと旅用のベスト（たくさんポケットと革紐がついていて、いろいろ吊るしたり収納したりできる）を引っかけただけなので、雑魚というのは確かに間違ってないけど言われると凹む。

で。

「ふむ。いろいろと言いたいことがありそうな顔じゃの」

「無論だ」

ライラの飄々とした顔と、ディアーネさんの真面目……に構えようとして、若干どっちらけた雰囲気に流された呆れ混じりの顔。

「貴様は何だ。何故アンディを連れ去った。どういうつもりだ」

「我は黒竜ライラ。ラッセル迷宮のドラゴンパレスの最後の一頭。そこな坊やが入ってきたのは偶然じゃ。偶然じゃが久々の人間の男ゆえ、ちょいとつまみ食いしたくなったというわけじゃな」

「身も蓋もねえ……」

「ほ？　なんじゃ坊や、もう少しロマンティックな語りが好みかえ」

「いや別にいい。いいからしなだれかかるな」

「つれないのう。さっきはアレほど激しく」

「だからお前空気読めよ！」

「すまんな、ワザとじゃし」

「ライラー!!」

俺とライラがじゃれあっているというかライラにじゃれ付かれる俺を、半ば呆然と見つめる他の面々。

「ほ、どうした。質問は終わりかえ」

「……ん、んんっ。いや、随分馴れ馴れしいなと思っただけだ」

咳払いをするディアーネさん。

「では。こんなところにドラゴンパレスがあるとは知らなかったが、何故周知しない。他のドラゴンパレスでは周辺の他種族との軋轢《あつれき》を避けるために大体の縄張りを宣言しているものだが」

「周知しようにも、我しかおらぬしのう。そもそも我の幻影を破って自ら侵入してきたのは坊やが初めてじゃ」

なんだかよくわからないが俺は記念すべき初物らしいよ。

「よくあんな中途半端な高さの幻影のほつれを突破したものと感心したが」

しかもアンゼロスに吹っ飛ばされたせいっぽいよ。

「……他の竜は死んだのか」

「否、100年前に西方の大陸に渡った。我は当時、ちょいと恋愛中での。ついていかなんだのじゃ」

「……恋愛中って」

「竜でも恋はするものじゃ。もっとも、我の正体が竜と知った途端挑みかかってきたもので泣く泣く叩き殺してしまったんじゃが」

「おい」

「仕方ないじゃろ。ドラゴンスレイヤー相手に手加減して生かしておいても他の竜が危ういんじゃ」

ドラゴンスレイヤーとは、ドラゴン専門のハンター。

今ではほとんど手に入らない遺跡文明の宝剣などを携え、ドラゴン族を相手に互角以上に戦う能力を持った恐るべき戦士たちがいたのだ。

……いた。今はほとんどいない。

それこそ100年前は相当数いたのだが、最初は剣士の腕試しだったのがやがて「現代文明に仇なすドラゴンとドラゴンパレスを大陸から追い出そう」という一大運動に発展してしまい、ドラゴンたちがキレたのだ。


そして大陸中のドラゴンパレスが過剰防衛主義にシフトした。

ドラゴンスレイヤーが一人来たら近くの街をひとつ灰にする。

近くになかったら遠くでもどこでもいいのでとにかく焼く。

ドラゴンを相手に互角以上に立ち回れるドラゴンスレイヤーといえど、集団相手ではひとたまりもない。

そしてドラゴンスレイヤーは他ならぬ人間社会からも糾弾を受け、ほとんどが武器を置いて雲隠れするか処刑されることとなった。

今はその時代を指して火竜戦争時代と呼ぶ。

以降ドラゴンの恐怖を思い出した人間社会はドラゴンパレスに使者兼人柱を送って許しを乞い、相互不可侵の現代の社会関係が確立した。

今ではドラゴンパレスには山師と冒険家しか近づかないというのはそういうことだ。

しかし。

「その時期にいなくなったってことは、ドラゴンスレイヤーに追い出されたドラゴンもそれなりにはいたってことか」

「うちのドラゴンは他の土地と比べて、近隣の亜人種コロニーとの関係が良かったからの。ドラゴン同士の盟約でドラゴンスレイヤー一人＝街ひとつを遵守しなくてはならなんだし、それで近くのコロニーを潰さなければならなくなったら忍びないというので素直に移住を選んだのじゃ」

「つまり戦えば勝てていた？」

「このパレスにどれだけドラゴンがいたと思っておるんじゃ。六百頭はおったぞ」

「……無理だな」

最盛期でドラゴンスレイヤーは二百五十六人だったという。実際には子供ドラゴンや、死ぬ寸前まで老いたドラゴンと戦えた程度がほとんどだったというし、全く勝負にならないだろう。

頭を振って、肩をすくめるディアーネさん。

「しかし恋した相手が天敵ドラゴンスレイヤーとは、貴様も相当なものだな」

「ドラゴンスレイヤーだけあってなかなか骨太な男での。危ないとは思いつつな……。流れの女戦士と偽ってついていって、３年ほどは蜜月が楽しめたかのう」

遠い目をするライラ。マゾ嗜好はその頃醸成されたのだろうか。

「というわけで我だけしかおらなんだでな。奴を殺してしまって50年ほど落ち込んで、それから気分転換に10年ほど旅をして、最近はパレスにいつきながら、ジャンヌみたいな危なっかしい若いのを見つけては一緒に遊んでおった」

「うう、辛かったただねライラ姉様」

「昔の話じゃ」

ぽんぽん、ともらい泣きするジャンヌの頭を撫でるライラ。

そしてひとしきりしんみりした空気を作った後、その空気を振り払うように腕組みをしてニッと笑い、ディアーネさんに向き直った。

「しかしディアーネと言ったか。無手のダークエルフにしては大したものじゃのう。往時のドラゴンスレイヤーにも近いものを感じたぞ」

「これでも百人隊を預かる身だ」

「十人隊を預かる坊やは全然駄目じゃが」

ううっ。

「ぜ、全然駄目じゃない！　アンディはあれで有能なんだぞ！　器用だし優しいし人望もあるし」

「うむうむ。その辺は立派じゃな。逸物もなかなか良い」

「ああ」

頷きあうディアーネさんとライラ。何か意気投合している。殴り合いで何か通じるものがあったのだろうか。

「百人長、下ネタに走らないでください」

「わ、私じゃない、そこのドラゴン女が」

「ほ。好きなくせにこの小娘が」

「ぼ、僕は別に好きではありません！」

初対面の相手にさえいじられるアンゼロスだった。

「ところで、お主らはどこへ行くと言っておったか」

「南東部の森林領だ。あそこで少々調子に乗っているマスターナイトがいるらしいのでな」

「チンピラのようなことを言うのう、ディアーネ。まあお主なら誰が相手でも安心じゃろうが」

なんだかお墨付きまでもらっている。それほどディアーネさんは凄いのだろうか。

「なんだか心配そうな顔をしておるの、坊や」

「そりゃ……いくらディアーネさんと言っても、相手はセレスタ軍の最精鋭兵たるマスターナイトだから。それに敵の懐だ、どれだけの相手に囲まれるかもわからない」

「ディアーネなら千人に囲まれても切り抜けそうじゃが」

「そんなに」

ライラのことだから適当に言っているのだと思っていたら、どうやら違うらしい。

「この女の幻影術は我ら竜にも迫る。正面から幻影を解いて入ってきたのが良い証拠じゃ」

「はぁ」

「それにこの女、坊やのその変形弓」

「クロスボウだよ」

「そうそう、その程度ならおそらく、十歩の距離から撃っても……矢が飛ぶのを見てからかわせるぞ」

「嘘⁉」

クロスボウの射出力は普通の弓より強い。

それをたったの十歩、せいぜい7～8ｍからでかわせる？

「やってみるか」

ディアーネさんはニヤッと笑った。

「やめときます」

冗談でも当たったらと思うと撃てない。

しかし。

「それじゃあ……ディアーネさんには飛び道具はほとんど効かない？」

「そういうことじゃ。その身のこなしと、竜さながらの幻影術ときたら……並の兵なら千人を相手にしてもなんとでもなりそうじゃがの」

言われてみると確かにいけそうに思えてくる。

「マスターナイト級ならその程度、ゴロゴロいるぞ。伊達に一人で百人隊ひとつに匹敵すると言われてはいない」

つまり、今回の相手にもクロスボウが効かない可能性が高いってことか。

……ますます俺いらない子な予感。

「でも……それじゃあ、なんでクロスボウ隊は剣聖旅団に勝てたんでしょうか」

アンゼロスが呟く。

確かにそうだ。

剣聖旅団は五百人もの剣聖と百人の大剣聖、そして至剣聖アーサー・ボナパルトが率いていた最強の部隊だった。

それが当時たった五十人あまりのクロスボウ隊に惨敗し、トロット戦争の勝敗を決するきっかけとなったのだ。

「単純な話だ。奴らには見えていなかった」

「？」

「私がやられて一番困ることをしたのさ。つまり幻影魔術だ」

「あ」

つまり、彼らが気づいた時にはもう突き刺さっている、どこからともわからない矢の雨。

そして普通より強力な射出力と感覚強化により、当時の常識を覆す長距離からの狙撃。剣聖たちはせいぜい１００ｍかそこらから撃って来ているはずの射手を求めて右往左往したことだろう。

実際はクロスボウ隊の射程は１㎞に迫る。

「さらに弓引き専用の要員としてオーガ兵を他部隊から借り受けていた」

「なるほど……」

クロスボウのネックは弓を引く手間だ。強力な弦は人間には滑車を使ってしか引くことができない。

が、うちの部隊でもオーガ兵や一部のドワーフ兵は手で直接引ける。これは強い。

その連射力でボコボコ撃たれたら、さしもの剣聖旅団でも反撃のしようがなかっただろう。

「ふむ、なかなか面白い戦いをしているのじゃな、お主」

「面白くはない。トロットの剣聖旅団にはこうするしかなかったんだ。質で量を覆した剣聖に対しては、再び量で圧倒する戦術を取らざるを得なかった」

ディアーネさんは少し寂しげに俯く。

「死者の少なさを目指すなら、確かに剣聖という戦場ルールは悪くない。だがそんな旅団を持たないセレスタは、それを賞賛ばかりもしていられないんだ。どうしてもあの戦争に勝って、トロットの工業能力を取り入れなくてはアフィルム帝国にセレスタが攻められる危険もあった」

「………………」

「それに、私は部下を死なせたくなかった。だから、『敵も味方も『死者を真っ向から抑えられる剣聖にも、『味方に』死者を出さない飛び道具で対抗せざるを得なかった」

自嘲するように呟くディアーネさん。

「……私は利己的だな。いずれクロスボウ隊に対抗するために、もっと一方的に我々を虐殺できる戦闘システムを誰かが作るだろう。だが、それでも、私は私の領域を守らなければならなかった。今もそうだ。私は故郷を守るために力で殴り込みなど……」

溜め息。

「身内の誰も殺されたくない、ただ楽しく生きていたいだけなのに、ままならぬものだな。こうして小さな最善は、巨悪となるのかもしれん」

「…………」

正直なところ、ディアーネさんを戦いの天才だとは思っていたが、その一方では恋に溺れるだけの愚かな部分もある人だと思っていた。

だが、それさえも。恋に溺れ、愛にしがみつくその態度さえも。

もしかしたらこの人の戦いの才能の使い方と地続きで、失う恐怖や不安の肥大化した一本の線上のものなんじゃないかと思った。

この人は持っている才能や容姿に比して、純粋すぎるのだ。もっと醜く反省のない、邪悪なものになれたらまだバランスが取れるのに、真摯にしかなれないから愚かしくも見える。

だけど、その純粋さは俺にとってはどうしても疎ましく思えなかった。

「……ディアーネさん、俺、バカだし、才能のある人のことをどうこうは言えませんけど。ディアーネさんは間違ってないと思いますよ。ディアーネさんの力と策で守ってもらえる俺たちは幸せだと思います」

「……そうか。……そうだな。歴史を覆したなどと驕るのはおこがましいかもしれん」

「誰かを助けるためにしたことを悔いるのは、助ける価値を否定することじゃないですか。俺たちは多分、きっと死ぬ時も、ディアーネさんに守られていたことを感謝するでしょう」

自分がいつか、この砂漠のようなどこかで、凍える星を眺めながら死にゆく瞬間を思い浮かべる。

その采配がディアーネさんのミスだったとしても、俺は彼女を恨むだろうか？

……恨まないだろう。その瞬間まで彼女が俺たちを安全に運用しようとしてくれたであろう事実に感謝しながら、少しだけその場の未練だけを残して死ねるだろう。

「そして俺たちは、誰かを助けに行こうとしているんでしょう？　さらわれた人たちやオアシスコロニーの未来を救って、大臣を守るために行くんでしょう？　それは、きっと間違いじゃない。助ける価値があるものだと思います」

「……そうだな。済まない」

ディアーネさんは、長い耳をぶつけるように、俺の肩に寄りかかった。

「だけど、お前が死ぬ瞬間なんて想像させないでくれ。苦しくなるじゃないか」

「……俺もちょっと苦しくなりました。まだ死にたくはないです」

ディアーネさんの頭を軽く抱き、さっきライラがジャンヌにしたようにぽんぽん、と優しく叩く。

「ほ。なに雰囲気作っておる」

「ずーるーいーでーすー」

揶揄するようなライラと、むくれるセレンに引き剥がされる俺たち。

「ま、ディアーネの所業はともかくな。もし森林領に行くなら、良い方法がある」

「え？」

「明日の夕方には南東の砂漠端に出られるじゃろう」

「そんな都合のいい……」

どんなにまっすぐ歩いたって、一番手近な南の砂漠端まで二週間かかる計算だ。

さらに斜めに行くなんて。

「ほ。お主ら誰と話しているつもりかえ？」

「………？」

「我は黒竜。……天空で飛龍ごときに負けるつもりはないぞ？」

砂漠の岩の下に隠された出口から、夜の砂漠に出る。

ドラゴンパレスからは相当高い位置にあった空が、今は本当にすぐ傍だ。

「本当は我もその森林領までついていってやりたいんじゃがな。そのままアンディに飼われるとなるとドラゴンパレスを閉じなくてはならぬ。というか、秘宝が妙な者の手に渡っては困るのでな、封印作業をせねばな。今日は送るだけにしておこう」

「お前、飼われるとかさあ。ドラゴンを一介の兵士に飼えと？」

「なら我に飼われるか？」

「それも無理」

「じゃあ我を飼うしかなかろう。異なことを言う」

どっちかしかないのかよ。

「なに、こちらの姿ではちょーっとばかり腕っ節の強い人間の女と変わらぬ。女を飼うのはお手の物じゃろ、首輪まで見せつけおって妬ましい」

「…………」

俺はライラの中でどこまでアレな人ということになっているのだろう。

「次までに我の分も作っておくのじゃぞ？」

「むぅー」

セレンがライラを睨んでいる。ライラは服を脱ぎ捨てながらニヤニヤと視線を受け流した。

「お主がいくら睨んでも、どうせ今から我に借りができるのじゃ、反対はできまい」

「う……」

裸身を月下の砂漠に晒し、緩やかな風に髪をなびかせながらライラは手を広げた。

「伏せておれ」

「え」

「――――――!!」

ライラの小声の呪文が聞こえた瞬間、フッとその裸身が消える。

そして、一瞬意識が飛ぶような感覚があって、次の瞬間。


ズズンッ!!


「うおおおっ!?」

「きゃあっ!?」

「くっ!!」

月を遮るように、飛龍……の十倍ぐらいでかい竜が、砂漠に姿を現した。

「ほ。伏せておれと言うたではないか」

砂埃の舞う中、地面に尻餅を突いた俺たちに、頭の上から確かにライラの声が聞こえる。

「久々に幻影を交換したわ。……この月夜に飛ぶのはワクワクするの。それ、早よ乗れ乗れ」

尻尾を差し出す黒竜。多分尻尾から頭まで50ｍはある。

まさかこんな伝説的な生き物を犯していたなんて、という感慨が今さら湧いてきて、ちょっとゾッとした。その気になったら俺なんてひとかじりだ。

「ジャンヌや、留守を頼んだぞえ。我も明後日の夜明けには戻ってこられると思うが」

「うぅ……十人長、しばしさよならだよ。帰りにまた寄ってだよ」

「わ、わかった」

ちょっと涙目のジャンヌを撫でて、俺はライラの背に這

い登る。その横ではセレンがスキップするように駆け上がり、ディアーネさんは直にジャンプして飛び乗っている。ゴキブリみたいに這い登っているのは俺とアンゼロスだけだった。

「俺らカッコ悪いな」

「言うなよ……ちょっと考えないことにしてたんだから」

のそのそと這い登り、念のため背中にあるトゲに革紐で体を固定して。

「いいぞー」

「ほ。……それではゆくぞえ!!」

荒々しい声で、砂漠にひと吠え。

黒竜は月に向かってばさばさと巨大な羽根を羽ばたかせ、ゆっくりと浮き上がる。

「……しかし、ジャンヌに留守番なんか任せてよかったのか?」

「ほ。あの子の強さはわかっておるじゃろ。お主よりよほど頼もしいわい」

「でもあの子あんなに小さい……」

「何を言っておる。あれでもう25歳らしいぞえ」

「嘘!?」

俺と同い年かよ!?

「……僕よりひとつ上だったのか、あれで」

「!?」

アンゼロス俺より年下だったのかよ!?

……なんでこんな、砂漠上空数百メートルなんて感動的なロケーションで関係ないことに驚かなきゃいけないんだ。

第三章　マスターナイト

幻影魔法は基本的に「騙す」ことを目的として使われる魔法だ。

が、ある一定の精度を超えると、ただの幻覚では済まされない現象を操れるようになる。

そこに存在しないのに「触れる壁」を作る、そこに存在するものに確かに手が届いているのに「触れない」など。

ディアーネさんの操る魔法にも、炎そのものを騙して、木材なのに「燃えない」ということにする魔法など、それは幻覚とかそういう問題じゃないだろう的な奴もある。

「我ら竜はその類の魔術を極めることで、人に変身する力を得た」

「はぁ」

「ほ、さっぱりわかっとらんという顔じゃの」

「いや、なんとなくはわかるけどさ」

巨大な竜を人間に変身させるのだ。とにかくすごいということしかわからない。

「……んー。ライラが言おうとしていることはつまりこうだ」

ディアーネさんがドライフルーツのリンゴをひとかけらつまむ。

「――」

何がしか呟いて、パッと手を離す。

ドライフルーツが消える。

「手品だ」

「魔法だ。今このリンゴの欠片は、私の目の前の空間で浮かんだまま消えている」

「……へぇ」

「で、こう」

手の上で指をささっと動かすと、そこに忽然と現れるリンゴの欠片。

「この技を極めると、自分の周りの空間を道具箱代わりに使えたりもする」

「そりゃ便利な。旅の荷物を背負い袋とかに入れて重たい思いしなくてもいいと」

「極めればな。私では手のひらサイズがせいぜいだ」

「ほ、普通のエルフにはそれさえできまい。真似してみせられるだけでも大したものじゃ」

ライラがコロコロ笑う。

笑うのはいいがその笑い声超響くんですよこれが。自重しろ。

「それで、このライラの術の恐ろしいところは『人間の体』

と『竜の体』を等価値で持っていて、互いの存在力を交換することで姿を取り替えているところだ」

「……はぁ」

「さっぱりわかっとらんという顔しとるぞ、坊や」

「いや本当に。すんません」

「つまり……魔物のようにメキメキビキビキ盛り上がって変身しているわけではなく、全く同じ存在価値のものをそのまま交互に消したり現したりしているだけだから変身に制限時間も消耗も全くないんだ。一体どれだけの制御呪文を同時運用しているのか見当もつかん」

「……それってすごいの？」

「すごいんだ」

飛んでる最中、ただ座っているだけというのも暇なので始まった魔法の講義。

どうやらそういう理論を理解して正確にイメージするところから魔法の才能が開花したりする……らしいが、俺は正直学がないのでさっぱりだ。

「我が人間体で火球が撃てるのも、まぁ……魔法で火を作り出しているわけではなくて、ドラゴン体の息吹をほんの少し幻影を緩めて解放しているだけ、という仕掛けじゃ」

「えーとつまり、あれは実質ドラゴンブレス？」

「の、溜め息程度の奴じゃな」


ライラを本気で怒らせてはいけないということだけはわかった。とりあえず魔法を使えそうな気配は一向にないけど。

「……あ」

「あ、アンゼロスさんそれですそれ、やれてますよ」

「うわ、え、これどうやって戻すんだ⁉」

「まだ初歩の幻覚ですからちょっと気合入れれば外れます」

その隣でアンゼロスがなんか成功していたが悔しくなんてないぞ。


トイレ休憩を数度挟んで、確かに夕方近くになって、俺たちは砂漠端の街を見下ろすところまで飛んでくることができた。

「……で、ライラ」

「ほ？」

「めっさ下の方で人がこっち見てる」

「…………」

俺たちが乗ったライラの巨躯《きょく》を指差してる。なんか叫んでいるようで、次々に周囲の家から人々が出てきてこっちを見上げて恐慌するのが見える。

「……姿を消すのをすっかり忘れておったわ。人里の上なぞ飛ぶのは数十年ぶりじゃての」

「おい幻影魔法の自称エキスパート」

こいつは駄目だ。

「飛龍便のつもり……ってわけにはいかないかな」

「アンゼロス、飛龍はこいつの口だと一口で食えちゃう大きさだぞ」

「う、ううん」

「これは困ったな……」

ディアーネさんとアンゼロスが考え込む。ライラはしばらくばっさばっさと旋回して作戦を待った。

……そしてうんうん唸って一言も発しない二人に痺れを切らした。

「……ほ、いっそここで妙な噂になっても良いのじゃ。どうせあと100年ぐらいはアンディに飼われる予定じゃての。ちょいと強引にいくぞえ」

「ライラ⁉　俺の寿命せいぜいあと50年くらいだけど⁉」

「そこじゃないです、そこじゃないですよアンディさん……」

「というか強引て何すんだオイ！」

「ディアーネ、他の三人とお主の姿だけうまく消しておくが良い」

「お、おい、ライラ⁉」


ぶわっさぶわっさ、とライラは街の西に旋回。

夕日を背に、目抜き通りの真ん中に……勢いよくどざ——っと着陸。

阿鼻叫喚。

「ドラゴンだ————‼」

「な、なんで⁉　またバカな冒険家でもドラゴンパレスに入ったの⁉」

「逃げろ‼　逃げろ——っ‼」

人々が我先にと逃げ惑い、憲兵が駆けつけ、さーっと青くなりながらも一応槍を向ける。

その人々に紛れて俺たちが路地裏にこっそり隠れたのを確認して、ライラはパッと人間体に変身した。

『⁉』

広い目抜き通りのど真ん中で、ドラゴンの鎮座していた場所に突如現れる……全裸の黒髪美女。

周囲が凍った。

「……あの、ディアーネさん。ドラゴンの変身ってメキメキ巨大化したりするわけじゃないんだったら、服とか脱がなくてもいいんじゃないんですか？」

「理論上はな」

なんとも言えない顔でディアーネさんが頷く。

「じゃあなんであいつ全裸なんですか」

「趣味だろう」

「……趣味かあ」

ディアーネさんの「そんなこと私に聞くな」的な投げやりな答えだったが、妙な説得力があった。

そして道の真ん中で全裸晒した変態ドラゴンの方は。

「……あー、あー。我はラッセル砂漠の黒竜、ライラじゃ。別に冒険家が来たりとか面白いことがあったわけではないので安心せい」

そのまま声明を出す気らしい。服着ろ。

「が、この度北方軍団の某十人長に飼われることになったので、迷宮のドラゴンパレスは今後100年ぐらい立ち入り禁止じゃ。来てもなんにもないので冒険家どもにはがっかりしてもらおう」

おい。

「この言葉を聞いた者、その旨を知る限り広くに吹聴するがいい。それでは我はこの辺で失敬」

しゅた、手を上げて優雅に尻、というか背を向けるライラに、憲兵たちがにじり寄る。ドラゴン体ならともかく全裸女にナメられてはたまらんとでも思ったのだろうか。

「ほ。我と遊んでくれるのかえ」

「き、貴様、ドラゴンに化けるとは不届きな！　他国の妖術使いか⁉」

「だからドラゴンじゃと……ええい、どちらでも良いわ。ちょいとは楽しませてくれるのじゃろうな」

その辺にあった棒っきれを拾うライラ。いいから乳ぐらい隠せ。憲兵たちが微妙に前かがみで可哀相だろ。

「さあ、ひと暴れくらいは奴も許してくれよう。どいつから相手してほしい？」

「こ、この、不埒な‼」

アンゼロスがちょっと拳を握って憲兵を応援していた。確かに言葉だけ聞いてると不埒すぎるが。

「い、いくぞ、全員で一気だ」

「よ、よし」

「ほ。それは剛毅」

ゴッ、とライラの裸身から殺気が燃え立つ。一斉に飛びかかろうとしていた憲兵たちがギクリと足を止めた。

あの目は怖い。何人かが思い出したように腰を震わせているが、失禁している可能性もある。

「……ふん、ぬっ‼」

その全員の武器を棒っきれで薙ぎ払い、そのままの勢いで飛び回し蹴りで全員薙ぎ倒すライラ。

やはりディアーネさんと互角にやりあっただけあり、無闇に強い。でもぱんつはけ。

「ほ。物足りん。精進せい」

あまりにあまりな光景が逆に痛快だったのか、周囲からパチパチと拍手が聞こえる。それに笑顔で応え、道沿いの衣料品店のおばさんからローブまでもらって、立ち去るどころか腰を落ち着けて飲み食いまで始めるライラ。

「……メチャクチャな奴だ」

「いや……これは憂慮すべきことだ」

「ディアーネさん？」

「……市民を守る憲兵が倒されて拍手が起こる。父上の言う通り、軍が私物化され、民に好かれていない証拠だ」

ディアーネさんはマントを脱ぎ、路地裏から出て俺たちを促した。

「行こう。急ぐべき理由ができた」

とはいえ、砂漠迷宮に入ってからしばらく経ち、俺たちもいい加減旅の埃が気になっている。

その日は軽く街で情報収集して、そのまま宿を取った。

「酒ぐらい飲んだっていいでしょう」

「駄目だ。お前酒に弱いじゃないか。隊舎にいる時や馬車の旅ならともかく、疲れている今お前にビールの一杯も飲ませようものなら一発で倒れて寝こけるだけに決まってる」

「それはいけません」

楽しみにしていた街の夜。酒を禁じられて俺はふて腐れた。

いいじゃん一杯ぐらい。南方の酒すげー楽しみにしてたのに。

「お前な」

「……なんだかんだで丸二日も私たちを可愛がってないの、忘れてません？」

「あ、あー……」

たった二日間じゃん、と思った俺は間違っているのでしょうか。

だってバッソンの隊舎にいた時はもうちょい間隔開くこともあったし。

「お前をあの女に独占されていたことがかなり悔しい」

「そーれーにー、私をディアーネさんより先にいっぱい可愛がってくれるって約束しましたよね」

「なっ、ず、ずるいぞ」

「約束は約束ですー。抜かず6回ですからね」

「むぅ……あ、アンディなら余裕だよな？」

「……さぁ」

射精だけならそれぐらいできる気はするけど、それこそ体力的に自信はない。

「ふっふー。面白い技思いついたんです♪」

セレンはにっこり笑って服を脱ぐ。

ちょっと不安だが、宵闇と蝋燭の炎に彩られてセレンのおっぱいがあらわになった時点でもうしっかり勃起している俺に逃げられる余地はない。

「えへへ。まず、アンディさんが私の中に射精しまーす」

「お料理教室のノリでアレなことを言うな……雰囲気ってものをだな」

「えー、だってそうしないと始まらないんですよぅ」

セレンがベッドの上で突き出した尻。

既に期待感で火照り、股間の裂け目からはぬらぬらした液体と淫臭が溢れ出ている。

「お前、ついこの前まで処女だったのに随分濡れやすくなったなぁ……」

「ひ、人のお尻を前にしみじみしないでください」

雰囲気ないのは俺も同じだった。

「もう入れていい？」

「もちろんです」

「よし……それじゃ」

「♪」

早速、ズボンを脱いでちんこを取り出す。

軽く位置を定めるために、セレンの突き出した尻を切っ先でちょんちょんと突っ突く。

「ん♪　ん、……んん♪」

「もうそれだけで気持ちよさそうだな、セレン」

手持ち無沙汰のディアーネさんがセレンの乳を揉みながら囁く。

「き、気持ち、いいですよ……？　アンディさんのおちんちん専用の、おちんちん押し込まれるためだけのお尻ですからっ……おちんちんで突っ突かれるだけでもお腹の奥が鳴く感じがして……ぇっ」

「それなのに射精は欲しい、と」

「やんっ、は、はいっ……やっぱり、射精、されたいですねぇ……♪　やっぱりアンディさんに、アンディさんの精子に、はやく私の子宮、使って欲しいもの……っ」

「む、むぅ……贅沢な女だ」

ディアーネさんが憮然とした。いや、贅沢というかなんというか、随分前のめりだなあとは思う。

しかし、そんな言葉を幸せそうに呟くセレンの声、蕩けた顔、さかんに俺を求めて振られる尻に、俺の若い牡としての衝動が我慢できるわけもなく、熱くほぐれた小陰唇の感触を捉えた途端、思い切りちんこを奥まで押し込んでしまう。

「あ、あっっ♪」

じゅぶり、と狭い膣は俺のちんこを快く迎えてくれた。

何度も何度も俺に犯された膣壁は、もう俺の進入に抵抗する素振りも見せない。

まさに俺に突き刺されるのが自然、俺を咥え込んだ状態が当たり前とでも言うように、しっかりと俺を食い締めて放さない。

「いくぞ……っ!!」

抜かず6回が約束だ。正直なところ勃起はともかく体力はそこまで続きそうにない。

だから、セレンには悪いが俺は自分の射精を優先することにした。

一切の我慢なく、セレンの反応を窺うこともない、オナニーそのものの動き。

しかし、セレンはそんな単調で急いた動きも予想済みとばかりに悦んだ声を上げ、自ら腰を練った。

「ん、あ、あんっ♪　い、あ、いい、ですよっ……あはっ♪」

「く……悪い、俺、あんま、持たない……というか、もたせられない、からっ……」

「ん、んふ、んっ……いいん、です、よぅっ……えへへ、こんな、風に、お便器に、される、のもっ……私、好き、ですからっ……!!」


「セレン……」

「ふふ……言ったでしょう、私、雌奴隷ですよ……？　アンディさんの、おちんちん、に、ならっ……どんな風に、犯されても、嬉しく、なっちゃう……♪　そんな、身も、心も、アンディさんだけの、奴隷なんですよぅっ……？」

ただでさえ自分勝手に、自分の快楽優先で動いていたのに、嬉しそうにそんなことを言われて腰を振られては、本当に俺もそう長くもつわけがなく。

哀れ、たったの数分ともたずに俺はセレンの膣内を白濁で染めた。

「んんんーっ♪　あ、は、ぁっ……はぁっ……えへへっ……」

「い、1回目……」

ちょっと息は上がってきたけど、まだ大丈夫。このペース配分なら、まだ。

とか思っていた俺に、セレンは振り返って腰を預けたまま、小声で何かを呟く。

「――!!」

呪文。

それもなんとなく聞き覚えのある旋律。

と。

「お……おおっ？」

俺とセレンの体が、同時に淡く光る。

乱れていた息も、少し動きが軋んでいた腰も、何故か一瞬で軽くなる。

「医療光術……まさか、お前」

呆然とディアーネさんが言ったのに対してセレンはにっこり微笑んだ。

「ふふー。精子そのまま栄養吸って、アンディさんに返してみました」

「い、一応膣の中も粘膜だからできなくはないのか……？　いや、でも……こんなアレな医療光術の使い方なんて……」

「アンゼロスさんがちょっとだけ幻影魔法成功してたの見て、そういえば初めて魔法使った時はもっと発想が自由だったなーって思って、ちょっと頑張ってみました♪　これで6回でも7回でも入れっぱなしでいけますよね？」

「お、おう」

自分のちんこ汁に元気を貰うなんてアレすぎるが、確かに射精する前より体が軽くなるなんてことがアリなら、いくらでもできる。

俺は喜んでピストンを再開した。

「ま、待て、私にも教えろ！　セレン!!」

「や、やーですー♪」

そのままセレンに、俺はたったの2時間で13回も注ぎ込むことになった。

「むう、薄い……」

「ごめんなさい」

俺がいくら軽快に動いても、俺の精力をそのまま返し続けたセレン自身はそうはいかない。やがて腰が抜けて動けなくなったセレンに代わり、ディアーネさんが俺の相手をする。

が、さすがに14回も射精した後にフェラで抜かれても、なんか透明に近いのしか出てこなかった。

「し、しまったー……この魔法、大事なことが抜けてる……」

ぺったりとへたり込んで突っ伏して、膣も締められずに出された精液を垂れ流しながらセレンは無念そうに目を閉じた。

「お前の疲労？」

「い、いえ、そこまで贅沢は言いませんけどぉ……うぅ、これって子種汁の栄養全部吸っちゃってるから、多分妊娠できない……」

本当に残念そうなセレン。

「お、俺としてはここで妊娠されちゃってもちょっと困るというか、もう少し身辺落ち着いてからがいいなとか思うんだけど」

「駄目だぞアンディ、セックスは子作りだ。結果的にできないのは仕方ないとしても、できる子供を疎むような言い草はいかん」

「そ、そりゃそうですけど」

「……え、えへへ……でも確かに、エンドレスで愛されるだけのエッチっていうのもいいかもしれませんねぇ」

セレンは幸せそうに妄想に浸っている。

ディアーネさんはしばらく俺のちんこを握ったまま考え込んでいたが、くるりと俺に尻を向けて挿入するように促しつつ、突っ伏すセレンを突っ突いて囁いた。

「やっぱり教えろ」

「だ、だーめーでーすー」

「……教えてくださいお願いします」

「ディアーネさん、そこまで必死にならなくても」

「わ、私だってお前にただ延々と犯されてみたい」

この人たちいろいろ全力過ぎる。

◇◇◇

「はふぅ」

「……ま、またやるのか……僕もここ、ちょっと痛くなってきた……」

「ぼ、僕は悪くないぞ。スマイソンたちが隣部屋なの忘れていつまでもするのが悪いんだ……」

◇◇◇

「なあ……強かったな、さっきのドラゴンというか変な女」

「いや、あれドラゴンだろ」

「でも美人だったぜ」

「おっぱいも腰のくびれも尻もたまらんかったなあ。嫁にきてくれんかなあ」

「でもあの目、めっちゃ怖かったぜ」

「俺ちびっちゃった」

「お、俺も……あの目で睨まれたら、うん」

「……俺、射精しちゃった」

「いやちょっと待て」

「あんな女王様に足蹴にされるなんて夢みたいな体験だった」

「本当に待て」

◇◇◇

俺たちが着陸したのは砂漠南部オアシスと森林地帯のちょうど境界にあたる地域。ヘリコンという街だった。

このあたりは高木も土地の高低差も少なく、湖沼の点在する間に背の低い林が広がる湿地帯といった風景。森エルフが支配する領地はもっと普通の山地の森に近い風景になるらしい。

「場所が場所だから水棲系種族も多いな。リザードマンコロニーがいくつかあったはずだ」

「へえ」

リザードマン。トカゲ人間。外見的魔物度で言うとオーガより上の、いかにも恐ろしげな連中だ。

が、意外と知性的というか狡猾で商人向きの一面もあるらしい。

ウチの部隊には一人もいないが、ヴィオール峠経由でトロットに行き来する歩兵部隊が隊舎近くを通っていく際に何人かいたのを見たことがある。

「系ってことは、他にも？」

「一応マーマンとか、あと水精霊がいるっていう噂もある。まあ精霊はどこにでもある噂話程度だが」

「……昨日一晩でよくそこまで聞けましたね」

「何を言っている。私の出身地はここから１００㎞も離れてないんだぞ。測量やっていた頃にはかなり歩き回ったから、この辺も庭のようなものだ。よく知っている」

胸を張るディアーネさん。そういやオアシスコロニーの近くでもあったか。

「で、森エルフ領まではここからどのくらいで？」

「領地に入るだけなら馬車で三日。州都クラベスまではさらに三日ってところか」

ここまでに二週間強。結果として一週間近くショートカットしたことになる。

帰りは気楽にライラのドラゴンパレスに寄ったり牛オーガコロニーに寄ったりしてもお釣りが来そうだ。

「……そういやライラ、ちゃんと帰ったんですかね」

「さあな」

「ジャンヌ待たせてるっていうのにあの調子じゃ……ジャンヌが寂しがってなきゃいいんですが」

「……アンディ、随分あのドワーフっ子にご執心だな」

「ええ？」

ディアーネさんのジト目の意味がわからない。

あんな小さい子までライバル視したりしてるのだろうか。

いや確かに小さいとは言っても俺と同い年なわけだけど。

まさかな。

「駄目だぞ、大人で我慢しておけ。ロリペドは一番救いようがないからな」

「べ、別に俺はロリコンでもペドフィリアでもありません！」

確かに顔も可愛らしいと思うし、なんか鳥の雛みたいになついて後ろについてくるのはちょっと楽しかったが、あれはあくまでどちらかというと姪っ子を見る感覚というか。いないけどさ。

「というかディアーネさんの中で俺はどれだけ性欲の権化になっているんですか」

「……その」

「だって……ねぇ？」

ディアーネさんとセレンが少し俯いて赤くなる。夜のことを思い出しているっぽい。

いや、あれはあなた方に求められて行っている合意のうえでの愛情交歓のはずなんだけど。頑張ってるのにただの暴れチンコ扱いされるのは心外だ。

交通費を節約して砂漠大迷宮を通っただけあり、路銀に不足もなく馬車で順調に旅をする。

だが、いざエルフ領に入ろうという時になって問題が起きた。

「関所ですんで検問を受けます。お客さんがたも用意しといてください」

御者に言われて荷物をまとめる俺たち。

関所なんてあるのがいかにも半独立領だった名残というか、独立国化しようとしてる前兆というか。

まあどちらにしてもそれほどやましいものもあるわけでもないので、気楽に検査官の乗車を待つ。

「失礼。軽くあらためさせていただきます」

二、三人の検査官が次々に俺たち乗客を見定め、たまに荷物袋を開けて怪しいものがないか調べる。

俺の持っているもので危ないものはクロスボウだが、これは言い訳を考えてある。

「これは？」

「見ての通りのクロスボウっすけど」

「狩りでもするのかね」

「ええ、まあ普段からの得物でしてね。エルフの刻紋技術を勉強させてもらって、こいつの性能を上げられればと思ってまして」

「なるほどな。州都クラベスは魔術刻紋の聖地だ。人間が一朝一夕で学べるものではないと思うが、帰る頃にはこの得物は良い物になっているだろう」

「だといいですが」

検査官の兵士も人間のくせに、なんだか大上段なのが気に食わない。

俺たちはあくまで単なる旅人、ということになっている。

俺やアンゼロスはともかく、ディアーネさんの百人長の肩書きをもってすれば検査官ぐらいは黙らせられるはずだが、それだとカドが立つ。あくまで百人長としてではなく、ダークエルフとしてここに来ていることにしなくてはならない。

古い町やコロニーほど面子《メンツ》を大事にする。軍をもって攻めれば軍をもって返すのも認められるが、あくまでダークエルフコロニーからの抗議者という立場である限り、その理由は立たないのだ。

ディアーネさんがそうあるなら、同行者の俺たちも自分が軍人であることを自分から振りかざしてはいけない。

そういうわけでアンゼロスも俺も兵士ということは適当にはぐらかしつつ行くことになっているのだが。

「……何だその鎧は。こんな馬車の中で子供が剣士ごっこかね」

「…………」

アンゼロス、無表情。でもアンゼロスが嫌がりそうな揶揄をする検査官の兵士にちょっとハラハラする俺とディアーネさん。

「剣もあらためさせてもらう。……ふむ、こちらは普通のショートソードか。まあ子供の細腕ではロングソードは無用の長物に過ぎるということろか」

「…………」

「何故黙っているのかね？　エルフといえども我々には逮捕権があるんだがね。あまりこちらの機嫌を損ねるような態度はどうしたものかな」

「…………」

あー、アンゼロスのアレなゲージが溜まってる溜まってる。

体格をからかわれる程度ならともかく、こういうチンピラじみた真似を兵士がすることは、アンゼロスの正義感を相当に刺激している。これは良くない。

と、アンゼロスがキレる前に、突然フラリと後ろの席からヒョロッと背の高い男が現れてアンゼロスの機先を制した。

「おっと、すまないね。俺の鎧なんだ、それ」

「なっ……何だ貴様は」

「流れの傭兵さん……と言ったら納得するかい」

見た感じ40前くらいのおっさんだ。が、確かにアンゼロスの鎧にはちょうどいい体格で、そして戦い慣れた者特有の焦げ臭い雰囲気があった。

「傭兵か。名をなんと言う」

「そうだな、テリー・ボガードでどうだ」

「でどうだ、って……」

「馬鹿にしているのか」

「んー？　してるぜぇ？」

テリーと名乗ったおっさんはニヤニヤと検査官を見下す。

「こんなガキ相手に逮捕権なんか振りかざしてイジメちゃおうなんて、いい大人たぁ思えないからなぁ。ガキのなりきりぐらい許してやれねぇのか？」

わしわしわしとアンゼロスの頭を撫でるテリー（仮）。腕が長い。

そして撫でられたアンゼロスは驚いているというか呆気に取られているというか、いきなりの横槍に毒気を抜かれている。

「この……」

「よせ」

検査官の一人（アンゼロスに絡んでいた奴）は腰の剣を抜いて恫喝しようとしたが、隣の検査官が制する。表情が青いところを見るに、このおっさんが多分かなり強いということを理解できているらしい。

「失礼。確かに彼の行動は少々問題があった。気をつけさせる」

「わかりゃいいよ」

おっさんはぽむぽむ、とぞんざいにアンゼロスの頭を叩いて席に戻る。

以降の検問はスムーズに進んだ。


馬車が動き出してから、例のおっさんがにょっきりと顔を出してアンゼロスとディアーネさんにニヤニヤ笑いかける。

「余計な世話だったかい？」

「い、いえ。かたじけないです」

アンゼロスは座ったまま右拳を左胸につける。セレスタ軍の敬礼だ。

……待て、傭兵じゃないのか？

「んでディアーネ隊長。相変わらずいい乳してんなオイ」

「お前は相変わらずちゃらんぽらんのようだな」

ディアーネさんは腕組みをしたまま、ニヤッと笑い返した。

「知り合い⁉」

俺とセレンが驚くと、ディアーネさんは笑ったまま目を閉じて。

「昔の部下だ。ジーク・ベッカー特務百人長。エースナイトだ」

「エースナイト⁉」

「僕のエースナイト試験の時の試験官でもあった」

アンゼロスが言うと、何もかも嘘をついていたそのおっさんは悪びれもせずにひらひら手を振った。

「アシュトン閣下の命でね、先に入って情報収集してろって話だったのさ。まさか砂漠をこんなに早く越えてくるとは予想外だったけどな」

「なるほど、父上の差し金か。手際のいい」

「馬車に乗る時に気がついたけど、隊長ときたら俺のことなんか見向きもしねーでやんの」

「気配を消すのが得意技のお前にいちいち付き合っていられるか」

「そんなこと言ってもさぁ」

ふざけているがこのおっさん、確かにこんなに焦げ臭い気配を纏っているのに、今の今まで気づかなかった。

エースナイトといったら目立つのが義務だ、とでも言わんばかりのアンゼロスとは好対照だ。

顔を見合わせて少し戦慄する俺とセレン。その俺たちをベッカー特務百人長はふと笑いを消して怪訝な目で見る。

「ところでこいつら誰。ディアーネ隊長とアンゼロス十人長が来るのは聞いてたけど」

「あー……」

ちょっとディアーネさんが口篭もる。アンゼロスが何かうまい説明の仕方を思いついたのか、口を開こうとした機先を制して、セレンが俺にパッと抱きついてよく通る声で
「私はセレン、このアンディさんの雌奴隷ですっ!!」

ディアーネさんが元部下の前でカッコつけてる隙をつく魂胆らしい。

ここでディアーネさんが特務百人長に気を遣って黙っていれば、少なくとも問題が解決するまでの向こう数日間は俺と二人っきりのイチャイチャを邪魔されまい、という。

……いちいちこういうところで発揮される計算高さはちょっとすげぇ。

が。

ディアーネさんは冷静に淡々と。

「……アンディ・スマイソン十人長。私の今の部下で恋人だ。いずれこの私が子を産むつもりの男だ」

「なっ……」

完璧に反撃しきった。

ベッカー特務百人長、のけぞる。

そして。

「隊長ぉぉぉ!? 俺あんなにプロポーズしましたよね!? 俺20年前絶対コイツよりイケメンだった自信ありますよ!? しかも俺12歳からエースナイトですよ!?」

「そうだったな」

「なのになんでこんなのと!?」

「こんなのとか言うな、私の恋人に」

「……なんでこのようなお方と？」

「とりあえず剣腕と顔で釣れる女と結婚すればよかったん

じゃないか。いっぱいいるんだろう？」

「でっ……でも、こいつ凄い弱そうですよ⁉　ディアーネ隊長守れるとはとても」

正解。

「私が自分の身も守れないとでも？」

「うう……そ、それにこいつ、もう女いるじゃないですか‼」

うん。他にも二人くらい。

「それがどうかしたか」

「俺なら隊長だけのために一年中朝から晩まで隙なく」

「覗き続けるとでも？　お前当時から覗きばかりだったよな。女の好感がそれで稼げていたと思うのか」

うう。覗きが得意中の得意だった俺にもオーバーキルダメージ。

「で、でも隊長は見せてくれたじゃないですか」

「見せているのを見る分には構わんさ。だが見せていない時に覗かれるのは気分が悪いに決まっているだろう。それで結婚してくれとか何の冗談だ」

「ううっ」

このおっさん、よほど気まずい覗きをしていたに違いない。トイレとか就寝中とか。

「……というかなんでお前そんなに気まずそうな顔してるんだアンゼロス」

「ほ、ほっといてくれスマイソンっ」

ベッカー特務百人長はわりと本気臭い殺気を俺に叩きつけてきた。

「くそっ！　くそっ！　畜生、月のある晩だけだと思うなよ小僧！」

「え、悪いの俺⁉」

「ディアーネ隊長は俺の女神なんだ。お前を殺して手に入るとは思わんが、お前が死んだらフリーになるなー彼氏持ちよりフリーの方がいいなーという計算の元に俺の手が滑らないとも限らない」

待って、この人マジ怖い。

「ベッカー。もしもその気配を感じたらこの私が全力でお前を殺しにかかるのでそのつもりで」

「ヒィ」

いきなりちびるベッカー特務百人長。こっち来んな。

「……お、お前よくこの人と付き合う気になったな小僧」

「アンタ言ってることが10秒前と真逆じゃねーか！」

あと40絡みのおっさんの涙目マジきもい。

人心地ついて。

「あ、改めて自己紹介しておく。セレスタ軍諜報特別旅団所属ジーク・ベッカー特務百人長だ。得意武器はナイフと罠。人間族のエースナイトで独身39歳。彼女はいつでも募集中だ」

「……ナイフと罠？」

そんなエースナイト聞いたことがない。

エースナイトというと剣や槍、パワー系種族だとハンマーや斧で正面切って二小隊と一人で組み合って叩き潰すというイメージだ。

「それでもエースナイトにはなれるんだ」

アンゼロスが解説してくれる。

「剣聖試験だと微妙だけど、エースナイトの条件はクイーカ近郊にある岩神迷宮を一人で突破すること。数体の岩人形との同時戦闘を余儀なくされるけど、極端な話をしてしまえば『突破できれば』なんでもいい」

「……つまり？」

「この人はエースナイト史上唯一、撃破ゼロで、全ての魔物の攻撃をかいくぐり、目を逃れて試験を突破した人だ」

凄いのか凄くないのかよくわからん。

「もちろん倒そうと思えば倒せたぞ？　アンゼロス十人長くらいになら正面切っても戦える自信はある」

「……本当？」

「疑ってるな小僧。ほらアンゼロス十人長、証言」

「……実際僕じゃ絶対勝てない」

「嘘!?」

アンゼロスは……確かにライラやディアーネさん相手だと全然どうにもならないけど、それでもエースナイトの名に恥じない戦闘力があるのはよく知ってる。

そのアンゼロスが絶対と言い切った。

「……ナイフで？」

「ナイフだ。あと罠」

「どう見たって冒険家系じゃん」

「盗っ人系と言わなかったことは褒めよう。でもお前は疑いすぎだ」

ベッカー特務百人長は腕組みをして、むふーと溜め息をつく。

「いいか」

肘の上で指を立てる。

その姿が消えた。

「!?」

目を見開く。

そして、いつの間にか後ろから突きつけられているナイフ……鞘付き。

「はいおしまい」

「……ま、魔法？」

「魔法じゃねえよ。十二の人間のガキに魔法が使えるか」

「普通に移動しただけだ。ベッカーは足の速さだけなら私と互角なんだ」

「マジかよ」

ディアーネさんと互角ということは……つまり、この人も飛び道具が効かないタイプの人か。

「幻影魔法で姿を消しての諜報活動は今や常識となった。幻影を見破り、破壊できる魔法の使い手が情報の要所に配置され、それが防諜の要となっている。……そこでベッカーみたいな奴が活きてくる。こいつは幻影一切なしにあらゆる難所に忍び込んで情報を奪い、要人を殺し、あるいは救出するエキスパートなんだ」

ディアーネさんの解説に特務百人長はニヤッと笑って元の位置に戻り、ナイフでジャグリングしながら満足げに補足する。

「さすがに試験でエースナイト三人相手に姿を消して……ってわけにはいかないから、マスターナイトには出世できないけどな。とにかく俺みたいなのが役立つ局面は多いってわけよ」

「まあ人の役に立たなかったらお前なんてただの覗き魔だしな」

「ディアーネさん、その言葉は俺にもいろいろキツいんで勘弁してください」

「ん？」

わかってないか。わかってないだろうなぁ。ディアーネさんと出会う前の話で、酒飲んでる最中しかしたことない話だから。


馬車はそのまま進み、三日後に州都クラベスに到着する。

「州都っつっても、都会という感じじゃないなあ」

全体に森の中、山の勾配の間に石造りの屋敷が点在するという形で、どちらかというと避暑にちょうどいい古い田舎町という感じだ。ただ、どこまで行っても街が途切れることはない感じの広さではある。

「森エルフにとってはこれで都会なんだ。彼らは人間ほど寄り集まることはないし、気が長いから互いの距離の遠さに不便を感じることもあまりない」

「なるほど……」

「私は例のマスターナイトの件の裏を取るために今日は別行動をさせてもらう。お前たちはそれぞれ観光でもしていてくれ」

「だ、大丈夫なんですか？」

「なに、下調べだけだ。本番は明日からにするさ。ベッカーも連れて行くから大丈夫だろう」

ディアーネさんはそう言って、街中心部のホテル前で別れた。

しょうがないので観光してみることにする。

「エルフの街なんてもう来ることもないと思うしな……」

「そうだな」

アンゼロスもついてきた。

セレンは大人しくホテルで留守番すると言うので、二人でつるんで繰り出す。

ちなみにアンゼロスはまたいらぬ誤解を招きそうなので鎧はホテルに置いてきた。久々に女の子モード（と言っても長い髪をそのまま出しているというだけ）だ。

しかし、エルフの街というのは初めてだが、やはり排他的な空気を感じる。

「誰も彼も目を合わせようとしないな」

「しょうがないだろ。僕はハーフエルフなんだ」

「あ、そうか」

エルフとハーフエルフの違いは俺にはさっぱりわからないが、彼ら自身には一目瞭然でわかるんだそうだ。

そしてハーフエルフはトロットの人間の街でも（エルフと混同されて）迫害対象だが、こっちでは明確に何か汚いものを見るような目で見られてしまう。

「……なるほどね。セレンが出たがらないわけだ」

「ああ……そういうことか」

セレンもハーフエルフ。しかも、アップルと二人、ポルカ近くの北方エルフの森で拒絶された過去もある。エルフの中をハーフエルフが泳げばどんな目で見られるかは予想できていたのだろう。

「……帰るか、アンゼロス？」

「い、いや……別に何されるわけでもなし、平気だ。それよりほら、スマイソン、あそこ見てみよう」

「ん？」

アンゼロスが指差したのはなんか一際立派な建物。

文字は……エルフ言語でちょっと俺には読めない。

「何あれ」

「お前が関所でハッタリに使っていただろう、刻紋研究所だ」

「あ、ああ、なるほどね」

刻紋。

魔法的にエネルギーの通りやすい回路を刻むことで、物の強度を上げたり下げたり、魔法へのかかりやすさ、かかりにくさをつけたりできる技術だ。

護符など、魔法そのものの補助として使われることが多い技術で、例えばクロスボウ隊のストックはディアーネさんの魔法に格別反応しやすく加工されている。

「はい、観光でいらした方ですね。一日体験でよろしいですか」

「ああ……じゃあそれで」

ちょうどいいコースがあったのでそれに申し込む。アンゼロスも一緒になんだか羽ペンのようなものを渡されて奥へと進む。

「さて今日の受講は……三名ですね。あ、レニーさん他は来てませんね？　講習始めてしまいますよ？」

レニーさんというのは受付のエルフのお姉さんのことらしい。講師は彼女に何度も確認して、それで講義を始める。

「えー、本日はエルフ、ハーフエルフ、人間となんだかバリエーション豊かですが……刻紋は種族を問わない技術です。正確には刻紋用のペンだけは魔法技術での製造が必要ですが、紋を刻むこと自体はどんな種族でもでき、そしてその創造性は多分にその人の才能に依存します。魔法の才能はエルフなら誰でもありますが、刻紋それ自体はむしろドワーフにこそ傑出した才能があるとさえ言われる技術なのです。しかし魔法と繋がる技術のため、多くの魔法が苦手な種族はチャレンジ以前に道を諦めてしまうので、本来その才能を持っていても開花させることなく、そのため優れた刻紋師は非常に稀少な存在です。ここでペンを持てたあなた！　そしてあなた！　あなたたちは第一歩を踏み出せたということだけでも素晴らしい巡り合いと言えます。明日の名刻紋師になりましょう！」

この講師はエルフだが、エルフ至上主義に取り付かれているわけではないというかむしろ異種族になんらかの憧れを持つタイプのようで安心した。アンゼロスが気まずい思いをしなくてすむ。

「はい、それではまず刻紋の基礎です。まず左巻きの渦巻きは吸収、右巻きは放出を意味します。これだけではわからないでしょうが次のステップ以降で重要になるので覚えておいてください……」

数十分後。

「おおお、こりゃ面白い。こうしてこうして、ここにカット入れてジョイントして」

「す、スマイソン？　僕にはもうお前が何をやっているのか全然わからないぞ」

俺は刻紋の魅力にまんまと取り付かれていた。

回路を描くだけで物の特性を変えられ、その力の自由度と強度は緻密さに比例し、さらに書く物の形状によってさらに色々な可能性が広がるという無限のなんでもアリ感がたまらない。

「こうしてこうして……ほら、アンゼロス」

「何だこれは」

「羊皮紙シールド！　さあ全力パンチしてみろ」

「え、ええ？」

「早く早く！」

「……え、えい」

ガン、と羊皮紙に弾かれるアンゼロスパンチ。

「痛っ……て、嘘⁉」

「ふふーん」

計算上、この羊皮紙は表から殴る分には金槌でも皺にならない。まあ裏からだと指で破れるほど強度下がってるんだけど。

「スマイソンさん、あなた……あれだけの講義で……」

「ちまちました細工は超得意っス」

「というかこの回路を15分で書き上げたの？　下書きなしで？」

講師のエルフさんも目を輝かせている。うむ。俺結構いけてる？

「ちょ、調子に乗らないでくださいます？」

と、そこで黙っていた残りの受講生の一人のエルフがガターンと立ち上がった。

「このパピルスブレードの方がずっと優れていますわ！」

パピルスで作ったリボン……に緻密に描かれた紋。

机に振ったら机に見事に突き刺さった。

「ああ……なんてステキな日なの。優秀な刻紋師が今日だけで二人も！」

「やるな……」

「ふふふ、エルフの技術で人間に負けるわけにはいかなくてよ」

相手は赤毛のエルフ娘。なんだか知らんが負けん気が強いようだ。

だが。

「俺も仲間内じゃ有名な小細工マスターだ。スタートラインが同じなら負けるわけにいくか」

まあ他の隊員にベルトやメタルアクセサリー作ってあげる程度だけど。

「ふふふ……いいでしょう。勝負ですわ」

かきかきかき。

かきかきかき。

「……伸びろ羊皮紙！」

「……パピルスシールド！」

かきかきかき。

「透けろ羊皮紙！」

かきかきかき。

「弾けるパピルス！」

お互い創造力と手持ちの紙の限界まで遊びまくった。

……昼飯十日分の羊皮紙を使ったけど。


「はい、本日はそこまで！　一日体験ではここまでですが、できれば今後もどんどん研鑽してください！　魔法と組み合わせるとさらに可能性が広がります。是非スマイソンさんはえーと、あん、アン……アンジェリナさんと協力して色々作ってみてくださいね」

アンゼロスだってば。

……まあ魔法の才能はあるみたいだから協力するにはやぶさかじゃないけど。

「き、協力して、いろいろ作る……？」

「は、破廉恥な」

「ちがっ、僕はだな！」

「そ、そんなチンチクリンと何を作る気か知りませんが！　わたくしと合作すればきっと凄いことになりますわ」

「いや俺ら観光客だから」

「まあ。しばらく逗留して一緒に勉強しませんか？　少し人間を見直しました」

「……またかスマイソン」

「またかとか言うな！」

なんだか激闘の末に思い入れられちゃったらしいぞ。

……エルフ娘は優雅に一礼した。

「申し遅れました。わたくし、ディオールの娘オーロラと申します」

そして、にっこりとさっき作ったパピルスソードを顔の前に祈るように掲げた。

……そのポーズ。

「先日エースナイトを拝命いたしました♪」

「……またか、スマイソン」

「何がだよ⁉」

◇◇◇

「ディアーネ隊長、どこに行くんですか。ダークエルフがクラベスの表通りを歩くなんて目立ちすぎもいいところですよ」

「何、問題ない。……知り合いがいてな」

「知り合いって……」

「コロニーリーダーだ。ディオールという男なんだがな」

「ええ？　知り合いなんですか⁉　めっちゃ渦中じゃないですか」

「昔、少しあってな。……件のマスターナイトはあの男の息子なんだ」

「……今回の挑発の真意を知りたい」

◇◇◇

あんまりにも刻紋が楽しかったので刻紋用のペンを買って帰ろうと研究所内の売店を訪れる俺。

そして目玉が飛び出そうな値段に挫折した。

「うわあ……俺の給料3ヶ月分……」

「ま、まぁ、元気出せスマイソン」

俺の月給はそんな高くはない。何故かというと天引き率が大きい。

一応国籍はまだトロットにある俺。書類登録としては出稼ぎという恰好になっているので、セレスタ国内の各商工会が出している軍事共益金みたいなものの対象外だとかいう話。

細かい部分で結構自費負担になっているらしい。他の十人長連中と明細比べてちょっと落ち込むことがある。

「僕が貸してやる……って言えたらいいんだけど」

「お前だって給料安いじゃん」

「……うん」

アンゼロスも同類だ。

まあ俺みたいに頻繁に酒飲みに出ないだけ貯金はしてそうだが、だからといって今さっきからの趣味のためにコイツからかっぱぐわけにもいかない。

「今回は諦めるか……そのうち金貯めたらまた買いに来よう」

「百人長あたりに頼めば似たようなの作ってもらえるんじゃないか？」

「そういやディアーネさんは護符ストック作ってるわけだから、そういうのもできる……かもしれないわけか。いやしかし、うーん」

「それだとまたヒモ臭いけどな」

「……そこだよなぁ」

趣味の道具くらい彼女に頼らず自分で用意したい。

いつかまたここに来ることになりそうだ。


「お待ちくださいな」

「ん？」

アンゼロスと二人連れ立って刻紋研究所を出ようとすると、後ろからさっきのエルフ娘に呼び止められる。

「さっきから気になっていたのですが、貴女の名、聞き覚えがありますわ」

「？」

「そちらのちんちくりんのお嬢さん」

「ちんちくりんって言うな」

「あらごめんなさい。……ハーフと言ってもこちらのエルフの混じりではないようですわね」

「僕の父は北方エルフだ。トロット出身なんでね」

「なるほど。……ということは、やはり。斬風剣のアンゼロスですわね？」

斬風剣……。

「うわ、なんかスゲェ二つ名」

「う、うるさい！　からかうな！」

「いやかっこいいと思うぜ？　……斬風剣……」

「あとで覚えてろよスマイソン……」

アンゼロスものすごく恥ずかしそう。

だって斬風剣って。このチビっ子になんていかめしい。

「噂では男性と聞きましたが」

「……ちょっとした登録時の行き違いで」

「ドジっ子ですわね」

「ドジっ子じゃない！　ちょっと言い出せなかっただけだ！」

お前本当に初対面に気安くいじられすぎだ。

「体格や高機動や魔法に頼らず、体術も使わず、剣の技巧だけで戦う純粋な剣士と聞き及びます。噂では元剣聖とか」

「……元剣聖候補生だ。女でハーフエルフでチビは剣聖にできないとか言われたから、剣聖にはなれてない」

「なるほど。トロットらしいですわね」

確かにトロットの悪いところだが、ちょっと腹が立つなあ。

「わたくしと同じタイプ。剣の冴え、それのみで優雅に戦える稀有なエースナイトとお見受けします。いつかまみえたいと思っておりましたわ」

「お前そんな評価受けてたのか」

「……珍しいだけじゃないのか。僕みたいなタイプの剣士はトロットの剣聖には多いけど、セレスタは種族のるつぼだし試験も迷宮突破っていう大雑把なものだからな」

人間族は魔法がほとんど使えず、体格にも恵まれていない。自然、そこから戦士として大成しようとするならば、数ある武芸でももっとも積み重ねの多い汎用戦闘技巧、剣技に活路を見出す以外ない。剣聖試験が衆目の前での一騎打ちとなれば尚更のことだ。

だがダークエルフやドワーフやオーガ、獣人にリザードマンと多彩なセレスタではそうでもない。

剣技が足りなければ魔法で補ってもいいし、オーガやドワーフなら鍛え上げたパワーそれ自体でエースナイト級の力をアピールしてもいい。もちろんディアーネさんやベッカー特務百人長のように、並外れたスピードで相手を圧倒する戦闘スタイルも許される。

多彩さが許されるということは、逆に教科書通りの真面目一本な剣士になる意味も薄いということだ。

「エースナイト、命散り乱れる戦場の花形と呼ばれるには、それに相応しい気品があるべきかと思います。斬風剣のアンゼロス、貴女のような剣士がわたくし以前にいたということを喜んでおりました」

「…………」

「ですが……帯剣していない貴女からはそのような風格が感じられませんわね」

「威厳がないとはよく言われる。今さらどうとも思わない」

「やはり混ざり物だからかしら」

下等な動物を見る目をする、オーロラ。

オーロラが特別悪いわけではない。ここのエルフはみんなそういう目をする。そういう土地柄なのだろう。

土地に根付いた共通認識は、どういうものにしろ個人が逆らえるものではない。

だが、それでもアンゼロスを、ハーフエルフを混ざり物混ざり物と馬鹿にされるのは許せなかった。

「待てよ。関係ねえだろ、それ」

「スマイソンさん。……しかし彼女はエルフとしても人間としても満たされない半端な者ですわ。血統も、刻紋の手つきもおぼつかない。ならば剣士としてぐらい私に勝らなければ、貴方のパートナーに……」

「だから関係ねえだろ。自分の努力以外のもので勝ち誇りたいならよそでやってくれ。アンゼロスはいい奴だし、頑張ってる。あんたが純血なのはあんたの努力の成果じゃないし、俺はそんなんで世の中計る奴は好きじゃない。ハーフエルフだからって意味もなく馬鹿にするな。セレスタ軍の花形を名乗るなら、セレスタの一番いいところを理解してくれよ」

「……スマイソンさん」

「スマイソン」

「……口が過ぎた。悪かった。……んじゃ、これで」

少ししゅんとしたオーロラを置いて、俯いたアンゼロスの手を引いて刻紋研究所を出た。

「……セレスタって、いいところだな」

「何だよ、藪から棒に」

観光客向けのオープンカフェ。

アンゼロスと茶飲み休憩していると、唐突にぼそりとアンゼロスが言った。

さっきからずっと俯いていたので心配していたが、思ったほど精神的ダメージは受けていないような感じだ。微笑んでいる。

「セレスタは、どんな種族も歓迎してくれる。僕もエースナイトとして認めてくれる。その寛容を誇りにしてくれている」

「うん」

「……その、どんな種族も一緒だってお題目が正義として通るってことは、すごく大事なことなんだなって、思ったよ」

「どうしたんだ、そんな今さら」

「……スマイソン、さっきはありがとう、僕の全てを肯定してくれて。嬉しかった」

アンゼロスが、俺にしっかり目を合わせて微笑みかけてくる。

「……!!」

思わず耳まで熱くなるのを感じた。

木漏れ日の揺れるオープンカフェに、実に少女らしい清楚な微笑みを浮かべる、女らしい姿のアンゼロス。ただそれだけで、今までいくらでも見てきた顔だというのに、なんだか酷く愛らしく見えて照れくさい。

「……ま、まあ、ハーフエルフだからってだけで迫害されるの、嫌だしな。セレンやアップル含めて」

「そうだな。……優しいよな、スマイソンは」

「ど、どうしたんだよ一体。なんかいきなり可愛いこと言い出して」

「……か、可愛い、なんて」

言い返したら真っ赤になるアンゼロス。相変わらず、ちょっとした褒め言葉に変に弱い。

周りが見ている。ここは観光客向けなのでエルフばかりなわけでもなく、アンゼロスに対するその視線は侮蔑ではない。何人かは確実にはにかむアンゼロスの愛らしさに見とれていた。

「……お前さぁ」

「な、なに？」

「やっぱ男装やめない？　ちょっともったいない」

「う、うぅ……このタイミングで言うのは反則……」

「なんだよ」

視界の端で、アンゼロスを見つめているエルフ男が、ほうっと溜め息を漏らした。

赤毛のエルフ男のうっとりとした視線。惚れたか。無理もない。

ホテルに帰ると、セレンが怪訝そうな顔で手紙を差し出してきた。

「さっき、ルームサービスの人が置いていったんですけど」

「何？　ディアーネさんかベッカー特務百人長宛のじゃないか？」

「いえ、アンゼロスさん宛です」

「僕……？」

手紙を受け取るアンゼロス。

封印を切り、丸めてあった羊皮紙を開くと、……俺には読めない。

「エルフ語？」

「みたいだな。……うぅ、僕も読むのそんなに得意じゃないんだけど」

「私が読んであげましょうか？」

セレンが自分を指差す。

「得意なのか」

「そこそこですね。それに他人宛のお手紙ってなんか楽しいですし♪」

ちょっと悪趣味だ。

しかし眉根を寄せて一行目と二行目を行ったり来たりしているアンゼロスは、しばらくしてセレンに羊皮紙を手渡す。

「ふふー。えと。……親愛なるアンゼロス十人長。お初ながら不躾な文をお許しいただきたい……申し上げる？　かな」

「どっちでもいいよ。次」

「このクラベスの都の空気はいかがだろうか。乾いたセレスタ中部に比べ、木々と清水に満ち満ちたクラベスの風は、エルフの血を受け継ぐ貴女になら良さをわかっていただけるものと思う」

「うーむ……なんか気障《きざ》ったらしい」

「地元民みたいだけど誰が出してきたんだ？」

「オーロラじゃないか？　ここでアンゼロスのこと知ってる奴なんていないだろうし、詫びなのかも」

「続き読みますよー。……この時節、特に美しい花は南の通りの先の泉広場のほとりにあるスミレ。一面に咲き誇るあの花々の美しさは、それを愛でるのみで一日を過ごすに値する。貴女の飾らぬ美しさはまるで岩の下で人知れず咲くあの花のようだ。スミレの精がエルフの形を成して現れたのかと、私は目を疑った」

「……ほんとに何なんだこれ」

「オーロラ女史ではなさそうだな。僕を美しいと誉めそやす理由がない」

「そういえば」

全体に漂う気障ったらしい雰囲気といい、どうも男が書いている臭い。

「嗚呼、貴女のことを賛美すると、それだけで紙幅も時間も尽きてしまいそうだ。まだ貴女に感じた印象を一分とて語れてはいないが、用件に移ることをお許しいただきたい」

「いいから移れ」

「同感だな」

「……ダークエルフの百人長が何やら我々に話があるのは承知している。あまり事が荒立つことなく決着するのを望むが、それはダークエルフ次第。そちらのことは父と、我が頼もしき南方軍団に任せたい」

「……おい」

「ああ」

アンゼロスと頷きあう。

これは……。

「事があまり動く前に、私は貴女と語らいの一時を過ごしたい。どうか、私の催す夜会に貴女という花の彩りをいただきたい」

「差出人は誰だ」

アンゼロスは硬い声で言った。

「ルーカスって書いてあります」

「……ちっ。どこで見ていたんだ」

「おいアンゼロス、誰だ」

「お前聞いてな……って、そうか、元々お前は員数外か」

ちょっと寂しいが、俺が今回の旅にとって役立つ存在ではないのは事実だ。

「ルーカス将軍。マスターナイト。……今回の旅の目的の一人だ」

「……そんな奴がお前に何を」

「さあな。このとぼけた文章を読むに、僕に何やらご執心のようだが。元々オーガやダークエルフの娘を大量に連れ出すような男だ、何を考えているんだかな」

硬い表情のまま立ち上がり、長い髪をキュッとひっ詰めるアンゼロス。ロープのように無造作に束ねて、その上から鎧を着込んでいく。

「百人長は待ち伏せされている。滅多なことはないと思うが、相手の最大戦力たるルーカス将軍がそっちに回ってしまったらどうなるか。僕にできるなら奴を足止めしないと」

「アンゼロス⁉」

「どんな危険があるかわからない。スマイソンは待っていてくれ。セレン、奴の言う夜会の場所は」

「ええと、北通りの真ん中あたり、ひときわ大きい木があるところを曲がった先みたいです。通りからすぐにわかるって書いてありますけど」

「そうか。……スマイソン」

「……なんだ」

「さっきは本当にありがとう。……この手紙の言葉より何より、お前に可愛いって言われた方がずっと嬉しかった」

「……アンゼロス」

「僕もエースナイトだ。……聞いただろ。斬風剣なんて仰々しい二つ名までつけられてるんだぞ。心配しなくていい」

微笑むアンゼロス。

俺は、自分の無力に唇を噛むことしかできない。

役立たずなのは、わかっているのだ。


しかし役立たずなりに何かできはしないかと、俺も俺で完全武装してアンゼロスの後をつける。

「駄目ですよアンディさん。そんなんじゃ怪しい人ですって言い回ってるようなものです」

「セレン」

「はい、ちゃんとマント閉めてフードかぶって。ルートは一本外して、隣の通りから追いましょう」

「……お前、いい奴だな」

「えへへー。何言ってるんですか、私はいつでもご主人様思いの有能雌奴隷ですよ？」

セレンと一緒に、アンゼロスを追って夕暮れの街を歩き出す。

肌寒い。


今まではまるでなんでもアリの、全能感がある旅路だったけれど。

ディアーネさんに守られていない俺たちは、こんなにも心細い。

だけど、それでも、ホテルで膝を抱えて待っているだけなんてできなかった。

「……本物の、マスターナイトか」

敵に回したことのない、そんな未知の脅威を思い浮かべることさえできず、俺はなだらかな丘の向こうに消えていく夕日の残光を見送った。


アンゼロスを追って、夕闇に包まれた森の街を抜け、木々の間からついにルーカス将軍の屋敷を確認する。

「アンゼロスはちっこいから通りを歩いてても探しづらいな」

「そうですか？　アンゼロスさんが歩くと周りのエルフがすごく反応するからわかりやすいですけど」

「……変なサーチの仕方してんなぁ」

「えー？　普通ですよ？　探す時は現物よりも周囲の異常を探るのが基本です」

「……なるほど」

「あ、入っていきますよ。私たちどうします？」

「ちょっと待て。一応道具の確認をする」

路傍に一定間隔で置かれたぼんやり光る石（魔法だと思うが、刻紋の聖地らしいのでそっちかもしれない）の脇に膝をつき、自分の手持ちを指差し確認。軍隊入ってからの癖だ。

まずクロスボウ。これの整備は完璧。

次に矢。14本。何かと戦うにしては少ないが、旅の荷物になる。そう多く持ち歩くわけにもいかない。こんなものだ。

ナイフ一本。刃渡り12㎝。工作や野外料理には便利だが、武器としてはまあ役には立たない。一応あるのを確認しただけ。

細いロープ。これも戦いの役には立たない。ベッカー特務百人長は罠が得意と言っていたので、きっとこれ一本で盗賊の二、三人程度ならなんとかしてしまえるんだろうが。そういうの習っておけばよかったかもしれない。

火打石。うん意味ない。

オイル。焚きつけ用。これも意味ない。

堅パン。ただの非常食。

竹水筒。砂漠大迷宮ではお世話になったけど今は以下略。

S字フック数個。便利道具。以下略。

あとは……。


「ん？」

ベストのポケットに違和感があって、中のものを引っ張り出す。

出てきたのは上等な布で作られた巾着。開けてみると掌大の、顔料塗りたくったような赤い石。

「……あ、やべ」

ライラの「秘宝」、息吹の封石。投げつけるとヘルズボアを一発で焼き殺すというアレだ。

ジャンヌの援護用に渡されたものの、あの時使わなかったので、折を見て返そうと思っていたのにチャンスを逃して借りパクしてしまった。

しかし。

「……これなら、いざって時には役に立つかもしれないな」

「それ、なんですか？」

「ライラの溜め息入りの石」

「……う、うわー」

察してセレンも苦笑い。この間の魔法講義の時のライラの言い回しを思い出して、えげつないアイテムなのは伝わったようだ。

とりあえず、アンゼロスに何かあったらこれに賭けよう。

一度バラした荷物を身に付け直し、アンゼロスの様子を探る。

　正面から入っていったアンゼロスは、玄関口にいた身なりのいいエルフ（執事か何か）とひとしきり押し問答した後に、屋敷の中に入っていった。

「私たちも追いましょうか」

「これ以上近づけるか？」

「万能雌奴隷にお任せあれ」

　ちょっと芝居がかった口調で胸を叩くと、セレンはすっと玄関前の空間を指差し、小声で呪文を唱える。

「――――」

　一瞬、脳の奥が揺すられるような感覚。

　それが終わると、セレンが俺の手を引いておもむろに玄関に向けて歩き出す。

「お、おいっ⁉」

「大丈夫ですよ」

　そして、慌てる俺ににっこり笑っていたセレンが、突然消える。

「⁉」

「早く」

　見ると、虚空から手首だけが突き出している。そして俺の手は引かれたまま。

「空間指定の幻影です。直接幻影で体を包んで動くと、勘のいい人は気づいちゃいますから。潜入の時はこれを効果時間短めで、飛び石状に張って渡り歩くのが基本ですよ」

「……お前ほんと色々できるのな」

「アンディさん探しの途中で勉強したんですよ」

　幻影ゾーンの中で胸を張るセレン。

　ともかく、そのセレンが次々に張る幻影を隠れ蓑にして、屋敷の中を進む。

「……夜会って言う割には、静かだな」

「あのキザなお手紙の人ですし。アンゼロスさん一人呼び出して『君だけのための夜会さ』とか言い出しかねません」

「うわー。ありえる」

　そして将軍クラスの実力者で、美形揃いのエルフの一員ともなれば、それさえ様になりそうなのが嫌な感じだ。

「アンディさんが言うならウットリしちゃいますけどねぇ。『今夜は君と俺だけの夜会だ。月の女神に歯軋りさせるくらい愛し合おう』とか……」

「それはお前だけだ」

　というかそんな歯の浮くセリフすらすら言う自分を想像したくない。

「んー、ディアーネさんも多分ウットリするんじゃないですか？　アップルもきっとコロッと」

「……その三人だけだ」

「ライラさんは知らないけど、あのドワーフの女の子も相当やられちゃいそうな」

「もういいから」

真面目にいこう真面目に。


屋敷の中をしばらく進んだところに大広間があった。

アンゼロスがそこに入ったのを確認し、部屋の入り口の壁の裏にセレンが幻影を施してそこに陣取る。

「さすがに視線の通るところに幻影かけたら、大剣聖級の人相手に騙し通せる自信はありません。でもここから覗き込むくらいなら大丈夫でしょう」

「OK」

セレンと二人で壁越しに覗き込む。

案の定、立食パーティーの用意はしてあったが、アンゼロスと一人の男以外は誰もいなかった。

そこにいたのは赤毛のエルフ。

エルフだけあって嫌になるぐらい美形だ。そして見た感じ俺より若い。

マスターナイトは最精鋭だけあって普通十何年もかけて辿り着くので、あまり若いと違和感があるのだが……まあ、エルフだし。

ディアーネさんだってしおらしい時は俺より幼い感じがするのだ。きっとこいつも相当な歳なのだろう。

「ようこそ、アンゼロスさん。我らが花と翠の都クラベスへ。そして我が夜会へ」

「お初にお目にかかります。北方軍……いえ」

アンゼロスは奴の目をじっと見たまま、軍隊式の敬礼と名乗りを上げようとして思いとどまる。

この案件は軍人と軍人の戦いにしてはいけない。あくまでディアーネさんの個人的な知己としてここにいる建前だ。

「北方エルフのアーロンと、トロットの商人リンダ・ノイマンの子。アンゼロスと申します」

「先ほどは女性らしさを隠すことなき姿で見かけましたが。夜会にその装いとは少々驚きますな」

「武芸一本にて生きてきた身、また旅の途上ゆえ、身を飾り立てるものは持ち合わせておりません。それにしても、夜会という割には静かだ」

「先ほど街であなたの美しさに心打たれ、時のなきゆえに急遽催した宴です。友人たちにも知らせる隙がなく。物寂しいことはご容赦いただきたい。それでもあなたを歓迎し、語らうために茶の一杯ではクラベスのエルフの誇りに関わる」

「かたじけなく思います」

アンゼロスが軽く微笑む。いや、微笑んでいるように見えて引きつっている。

さすがに本物エルフ、しかも交易を拒み続けていた気位の高い連中の幹部格だ。口説こうという気配を丸出しにしながら、慇懃無礼な振る舞いも堂に入ったものだった。

「さて……あなたがここに来たということは、大体の状況はおわかりいただけているのかと思いましたが」

「通り一遍、したためてあった通りには」

「ふむ。……ならばその装いは抵抗……否、これからのことに心挫けぬための、せめてもの意地、ですかな」

「さて。将軍が何をおっしゃっているのか、無骨者の身にはいささか難解です」

「何、難しい話ではない。クラベスの女なら子供にさえわかる話です」

すっ、とアンゼロスの顎に手をやるルーカス将軍。

「あのダークエルフ女には南方軍団の戦力でも中核をなしていた第一、第二歩兵隊、また騎兵隊がついております。ナイトクラスも持たぬ百人長には過ぎたるものと思いましたが、エースナイトでも曲者中の曲者とクイーカでも評判のジーク・ベッカーもついてきている。念を入れさせていただいている。……我が配下は精鋭です。エースナイトも数騎いる。どれも将来マスターナイトの器だ。彼らならおそらく、竜とて狩れる」

「…………」

「その上、軍には所属していない、父上子飼いの弓士隊もいましてね。……彼女の用はおそらくオアシスコロニーで借りてきた女どものことでしょうが、可哀相に、アシュトンに使い捨てられましたな」

ルーカスはニイッと笑った。

「が、私の指示なき限りは、命までは取らぬように厳命してあります。せっかくのアシュトンの手駒だ、使い方次第では……と思っておりましたが。気が変わりました」

ルーカスは、

いきなりアンゼロスの唇を奪った。


「!?」

飛び離れるアンゼロス。ニヤついたままのルーカス。

「あなたが私の妻となるなら、あのダークエルフは見逃しましょう。元々ダークエルフは父上の趣味だ、私はあんな穢れた生き物など、いかに犯し壊され雌豚同然まで堕ちようが、死体だろうが、近くに置きたくはない」

「お、驚いたな。誇り高い森エルフ様が僕らハーフエルフを妻に欲しがるとは」

ゴシゴシと、血が出そうなほど唇を擦るアンゼロス。そのあからさまな態度に少し嫌な顔をしたルーカスだが、すぐに元の自信たっぷりのニヤニヤ顔に戻る。

「第七夫人ですがね。一生涯、このエルフの森で身分を保障されるのだ、あなたは運がいい」

「あいにくと僕はエルフの森に住みたいとは思わない。ハーフがみんなエルフに憧れていると思わないでほしいね」

「やはり下衆《げす》な血が入ると高貴な男に抱かれる喜びを忘れてしまうものなのか」

「ここはセレスタだ。商売と寛容の国だ。高貴も何もあるか」

アンゼロスがついに剣に手をかける。

「ククッ」

ルーカスは悠然と壁にかけてある細剣を取る。ヒュッと振ると、数m先にあったテーブルがいきなり真っ二つになった。

アンゼロスの衝撃波の先を行く、斬撃波だ。

それを見て顔色が変わるアンゼロス。満足げにアンゼロスを見下すルーカス。

「ここはクラベスだ。私の世界だ。……ここで最強にして至高の存在は、私だ」

ルーカスが、ツカツカとアンゼロスに迫る。アンゼロスは数歩後ずさり、逃げては元も子もないと思い直したのか、唇を噛んで剣を引き抜く。

「私は美しい者には価値があると考えている」

細剣が、無造作に突き出される。アンゼロスが体捌《さば》きでかわす……が、腰アーマーがひとつ弾け飛んだ。

「魔物混じりのダークエルフに父はご執心だが、私は美しさを感じない。汚らしいだけだ。だが君は下賤の混じりとはいえ、美しい」

さらに数発、突き出される剣。アンゼロスは避けきれず、カツン、カツンと金具が吹き飛ばされていく。

「口説き文句が下手だな、将軍！」

剣を下から振り上げるアンゼロス。ルーカス将軍はスウェーバックでかわして……衝撃波の餌食になり、数メートルほど舞い上げられる。

「ほ、ほう、なかなか……」

「食らえ！」

空中のルーカス将軍に、軽く跳んだアンゼロスが渾身の大振りを叩きつける。

ドカン、とよくわからない音がした。

「っ!?」

息を呑んだのは、アンゼロス。

空中で、まるで曲芸のように体勢がムチャクチャなまま、ルーカス将軍はブーツのカカトでアンゼロスの剣の根のあたりを蹴りつけて止めていた。

切っ先でない部分は、ショートソードといえど切断力は低い。切っ先に意識を集中した剣の根で、分厚いブーツのカカトを切れはしない。

「噂にたがわぬ剣技。さすが斬風剣のアンゼロス」

「くっ……」

地に舞い降りた二人は再び対峙。

またツカツカと無造作に近寄るルーカス将軍に、再びたじろぐアンゼロス。

そして、また細剣が数閃。

受け止めようとした剣はことごとく抜け、突きがアンゼロスの肩アーマーを弾き飛ばす。

読めてきた。ルーカスはアンゼロスをおちょくりつつ、鎧を全て突き壊し、剥がしてみせようと思っているのだ。

「ふ。いい加減諦めたらどうかな、我が美しき花嫁殿」

「は、花嫁なんて……っ!!」

「エースナイトは三人集まってもマスターナイトには勝てない。君も知っているだろう?」

「く」

「君は優秀だ。それはもうわかったとも」

ルーカスは一際、バックスイングを大きめに取り、一撃。


「!!」

アンゼロスの剣を弾き飛ばす。

そして、目を見開くアンゼロスの首を掴んで、壁に叩きつけ。

「手間を取らせないでくれ、我が妻よ。……良き雌の胎は、より良き男に使われるのが幸福というものだろう？　力も、血筋も、私以上の男などいない。君は幸福を掴みかけているのだ」

「つぐ……うっ」

アンゼロスは衝撃のせいか、悔しさのせいか、涙を浮かべる。

アンゼロスは否定されきった。必死に鍛えた強さもせせら笑われ、ハーフエルフなりの尊厳も下賤と切って捨てられ、ただ顔が綺麗というだけの理由で、まるで面白い形の石ころのように収集されようとしている。

それは、俺にも許せることではなかった。

「くそっ……」

「アンディさん……」

「……ここから、なら！」

出てったって勝てない。あいつは、強い。

だが、嬲《なぶ》られるアンゼロスをすぐに救わないと自分が許せない。

だから、せめて少しでも勝算があるように、できるだけ間合いを取って部屋の逆隅に転がりながら、クロスボウに矢をつがえた。

「そいつを放せ、お下劣エルフ！」

クロスボウの照準をルーカスに定める。

ルーカスまでの距離は20ｍ弱。これだけ離れていれば、ワンステップで切り込める、一足一刀の距離とはいかない。

俺が外さない限り、俺は一応優位だ。そして20ｍくらいで外すほど俺は訓練をサボっちゃいない。

「す、スマイ……ソン」

「何だ、君は。……見覚えがあるな。昼間彼女と一緒にいた人間か」

「男の顔は覚えないタイプだと思ってたぜ」

「邪魔な男の顔は覚える。そのうち掃除するために、だがね」

ルーカスはクロスボウを向けられても余裕だ。

ツカツカと相手に近寄る所作から、スピード系じゃないと思っていたが、もしかしてスピード系か。だとすると分が悪い。もっと寄らないと当たらないかもしれない。

巻き上げの手間があるから、二発目は撃てない。一発で当てないといけないのに。

だが、近寄ったら引き金を引く瞬間に斬り倒される。

遠くにいてもかわされて悠々斬られる。

八方塞がりじゃないか。クロスボウでこんなんに勝てるか。

「ちょうどいい。掃除するとしようか」

「そう、簡単に、いくか馬鹿が！」

迷っている時間はない。俺は覚悟を決めて、狙いを定めて、引き金を引く。

その瞬間、案の定、視界から奴が消えた。

「っ…………!!」

「………」

スローモーションの視界。迫る死の恐怖がいきなり現実感を持ったせいで頭がイカレたのか、奴が視界に再び現れてからが妙にゆっくり見える。

奴が再び現れたのは撃って飛んでいく矢の真横だった。

まだ矢は３ｍも飛んでいない。そのくらいの早業だった。

ああ、ディアーネさんにあの時クロスボウを撃ち込んだとしても、こうしてかわされていたんだな、としっかりわかる風景。

そして、つまらなそうに矢を細剣で叩き落として、ルーカスがこちらに振り向く。ここまで、まだスロー視界。

そして奴が俺に向き直る……かと思いきや、そのまま俺を素通りしてまたアンゼロスに振り向く。

奴が振り向きざまに、細剣をヒュッと横に軽く振り、血を払うのが見え……って、あの剣、まだ生身を斬ってない、はずじゃ。

奴の向こうのアンゼロスが目を見開く、半泣きだった涙がポロッと宙を舞う。

「ス　マ　イ　ソン――――っ‼」

時間が、戻ってきて。

そして、俺は何故か体が傾いていくのを感じる。

踏ん張ろうとする。踏ん張ろうとする足に感覚が戻ってこない。

「アンディさ――んっっ‼」

セレンが幻影の中から飛び出してきて、俺に飛びつく……いや、抱き締めて倒れるのを止める。

足元で、ゴロン、と何かが転がる音がした。

俺の左足、膝から下。


「う、う、うあ……あ……」


これは、多分、ヤバイ。

今は感覚が、ないんだけど、多分、ものすごく痛い。ものすごくキツい。というか死ぬ。

こんなにジョバジョバ血が出たら、死、ぬ。


「アンディさん、見ないで！　私が治しますから、なんとかするから、アンディさ」

「うあああああああああああああああっ！！！？？」

俺は、クロスボウを取り落として、血の中に倒れたのた打ち回る。

視界がぐるぐるする。血がぐるぐるする。

視界の端で、セレンがルーカスに両手を捻《ひね》り上げられるのが見えた。

「ほう、こちらにもまだハーフエルフが隠れて……ふむ、こちらもそこそこ美しいな。どうだ、取引といこうか？二人とも私の妻となるならば、その男の手当てをする時間をやろうじゃないか」

「ルーカスッ‼」

「アンディさん‼　アンディさんっ‼　は、放して、アンディさん‼」

くそ。

くそ、くそ。

……これは、ヤバイ。

なんで俺は、こんなところで死にかけているんだろう。

俺はアップルの待つ故郷に帰って、アップルをなんとか起こして、セレンやディアーネさんと仲良く幸せに暮らすはずだ。

ライラだってどこまで本気かわからないが俺と暮らしたいと言っていた。分不相応は否めないが、それでも俺には美しい彼女たちと幸せに生きる未来があるはずだ。

大体、アンゼロスだって悪い。もしかしたら早とちりでディアーネさんはピンチでもなんでもないかもしれない。勝手に特攻してんじゃねえ。勝手に生贄になってるんじゃねえよ。

そもそもアンゼロスとは友達だがそれだけだ。あいつが誰の嫁になろうがキスしようが知ったことじゃないだろう。お前には関係ないだろうアンディ・スマイソン。

なのに何故飛び出した。相手はマスターナイトだ。マスターナイトは最強だ。今ドラゴンを除くあらゆる戦士の中で最強の領域に到達した者の称号だ。

ディアーネさんが自信満々だったからって何尻馬に乗ってんだよ。何侮ってるんだよ。ディアーネさんだってマスターナイト「級」と身内に絶賛されてはいてもそんな称号実際には持ってないんだ。ただの社交辞令だったとしても俺にわかるわけないだろう。

そんな至高の戦闘存在を相手に、クロスボウ一本で何とかできるわけなんかなかっただろうが。何調子ぶっこいてるんだよ。負けるに決まってる。

その結果がこのザマだ。

「う　が　ぁ　あ　あ」

血だまりで芋虫みたいに転がってケダモノみたいな断末魔しかうめくことのできないゴミクズだ。何やってんだよアンディ。何やってんだよ俺。ふざけるな。時間を巻き戻せ。やり直させろよ畜生。

大体、ちょっと凄い女にちょっとした幸運で惚れられたからって調子に乗りすぎなんだ。お前は剣もできない学もない、魔法もできない給料も安い、ちょっとばかし小器用なだけのただの鍛冶屋の息子だろうが。自分を何だと思っていた。神とかその辺の何かに選ばれた、何もかもが結局思い通りに行く救世主が何かだと勘違いでもしていたのか。お前はただのトロットの田舎生まれの町民1だ。クロスボウが正確に撃てるからってそれで何ができるつもりでいたんだ。ふざけるな。ふざけるな。ふざけるな。

お前は勘違いで惚れてくれた女に守ってもらっている、ただのハリボテだ。ただの人間だ。ただの雑魚だ。何故自分に転がり込んだ僥倖で満足しなかった。恰好つけるほどの実力なんかどこにもないだろう。ディアーネさんだって言っていたじゃないか。お前は弱い僕いすっこんでろって。アンゼロスだってホテルで待ってろって言ったじゃないか。何故そうしなかった。それでよかったんだ。誰も責めるわけなかったんだ。何故恰好をつけた。何故絶対勝てない奴に弓なんて引いた。敵意なんて見せた。アンゼロスなんてどうでもよかっただろう。自業自得だ。あいつがどうなろうと俺の責任なんかひとかけらもないんだ。ないはずなんだ。自分の女でもないのになんで、なんで、畜生。

高速で後悔と自分の愚かさへの断罪が頭に充満する。

現実には1秒だって経っていないんじゃないだろうか。

それでも、血は流れ出す。俺は死に向かっている。俺を治すはずのセレンはルーカスに腕を捻り上げられ、アンゼロスは壁際でふらついている。

「アンディさんっ‼　アンディさん、今っ……嫌ああああっ‼」

「スマイソンっ……‼」

二人が俺に歩み寄ろうとするのをルーカスは悠然と遮る。

俺はその瞬間にも死に向かう。二人の目が絶望に染まる。

「どけ、ルーカス将軍っ！　どいてくれっ！」

「口の利き方がなっていないぞ。我が花嫁殿」

「くっ……」

「……ふふ、いい顔だ。さすがに自分以外が傷つくのを見てはさっきの気丈さを保てないか」

「御託はいいっ‼」

「……脱ぎたまえ」

「っ……」

「二人とも服を脱ぐんだ。裸になって、私の妻になると誓えば、手当ての間手出しをせずにいてやってもいい」

「そんなので女を手に入れるのが趣味か。下衆が。いいだろう」

「アンゼロス……さん」

アンゼロスは躊躇なく鎧の留め金を外した。頑丈な黒い鎧が、ガランと床で音を立てる。

手甲を外し、鎧下を脱ごうとして、時間がないことに焦り、襟からショートソードを引いて引きちぎる。

躊躇なく、俺のために恥も外聞も捨てるつもりだ。

アンゼロスは、調子こいて死にかけた俺を救うために、人生を捨てるつもりだ。

馬鹿野郎。

馬鹿野郎、馬鹿野郎、馬鹿野郎。

数秒前、俺は何を考えた。

あのアンゼロスの馬鹿を見捨てておけばよかったとか。

なんてことを考えた。

ふざけるな。ふざけるな。ふざけるな。

『……スマイソン、さっきはありがとう、僕の全てを肯定してくれて。嬉しかった』

あの笑顔を見捨てて助かればよかったとか考えやがったのかこの頭は。

こんな役立たずのために、誇りに満ち満ちた自分の人生を躊躇なく捨ててくれる奴を、自分には関係ないって切り捨てるのが正しいって言おうとしたのか。

死ね。

死ね。そんなゴミクズ死んでしまえ。


認めよう。

いいだろう。認めよう。

「アン……ゼロス……!!」

「スマイソン!!」

「そんなクソ野郎に…………お前の裸なんて……見せて、やるんじゃ、ねえ……!!」

受け身で、流されて、ヘラヘラとハーレムが勝手にできちゃったなんて自分の責任じゃないかのように考えて、全部人のせいにして。

そんな腐れた建前なんて今ここで捨ててやる。

この醜いエゴまみれの独占欲を認めようじゃないか。

ヘラヘラ優柔不断にいい人ぶった末に自分を人質にまでされて、アンゼロスをそんなクソ野郎にくれてやるのを納得するより百万倍マシだ。

「お前を、可愛いお前を、そんな奴には……やらねー」

「……スマイ、ソン？」

「なんだ、この男は。死に瀕して幻に囚われたか」

涙を浮かべたアンゼロスと、セレンを捻り上げたままのルーカスが怪訝な顔をした。

失血死しかけの雑魚が何言ってやがると思ってるだろう。

自分でもそう思う。

だが今この瞬間、俺の腹の奥に意地が芽生えた。

その意地が、俺の諦めを焼き尽くしていく。

こんな、コレクション感覚で女を手に入れようとする耳長野郎に渡してたまるか。

アンゼロスも、セレンも、何一つだ。


さっきに倍する高速で思考を回す。

さしあたっては止血だ。同じ千切れるんでも傷口が潰れていたりしたのならまだいいが、奴の剣は全くもって綺麗にすっぱり俺の足を切断している。これは血の出ていきにくい要素が全くなしですごくマズい。

セレンは治すと叫んだが、医療光術の力ではせいぜいナイフで表皮を裂いた傷や血豆を消す程度だ。セレンなら自分の命を削ってでも無理矢理力を搾り出しかねないが、それでもこんなケガどうにもならないだろう。

平均的な人間の男はジョッキ四杯も出血するともう間に合わないという。時間はない。ルーカスが邪魔するであろうことを考えても、紐で血管を押さえたり、傷口を悠長に圧迫なんてしている暇はない。

傷を一息で一気に塞ぐ必要がある。

手段を考えろ。できることを思い出せ。何かないか。なんでもいい。

「！」

思いついた。

息吹の封石の炎で傷口を焼いてしまえば……否。

ヘルズボアを焼き殺す炎だ。どうやってちょうど傷口だけを……。

くそ。まだだ。諦めるな立ち止まるな行き詰まるな。

剣聖たちに教わっただろう。敵が強いぐらいでなんだ。武器がないぐらいでなんだ。

傷が大きいぐらいでなんだ。道具が合わないぐらいでなんだ。

それで生きることを諦める気かアンディ。

それでアンゼロスとセレンが辱められるのを許す気かアンディ。

お前の15年間はなんだった。故郷を出てからの苦労はなんだったというんだ。

総動員だ。なんでもいいんだ、過去の全てを使うんだ。

炎を使うところまではいい。なんとかなる糸口だ、合格だ。あとはこの炎で死なない程度に足だけを焼く方法があればいい。

炎を遠くに発生させる……いや、そもそも息吹の封石の実際の威力を俺はよく知らない。

畜生。どれくらいの大きさの炎がどういう風に出るんだ、とか、ライラに聞いておくべきだった。

賭けるか。ジャンヌを巻き込むかもしれないのに俺に渡したくらいだ。もしかしたら強力な炎が一瞬だけ小さく出て、狭い範囲だけを焼き尽くすのかもしれない。

……駄目だ賭けるには分が悪すぎる。焼身自殺でいいわけあるか。まずは生き残って、それからアンゼロスとセレンと一緒にこの変態エルフをなんとかするんだ。

死んだら奴の交渉の種がひとつ減るだけ。奴は交渉なんかしなくても無理矢理アンゼロスを犯したっていいのに、それじゃ何の意味もない。

炎を制御できればいいんだ。例えばそう、炎をひとつの方向に集束させればいい。それができる、例えばちょっと深めの岩のくぼみがあれば、その奥に封石を叩きつければそれでいい。この血の滴る足をそこに突き出しておけば、ちょうどこんがり止血できるだろう。

そんなのどこにある。

そうだ、その辺の柱の陰に隠れて柱の向こう側に……そんな暇あるか。そもそも動けねえよ。

くそ。魔法ができればよかった。もっと真剣に習っておけばよかった。治癒や炎の魔法でなんかなくていいんだ。この封石の力を制御するような、そんな技があればよかっ……ちょっと待て。

あるだろ。

あるだろ馬鹿！

何故今まで思い出さなかった。刻紋は魔法を含めて力の流れを制御する技術だ。

俺はそれに関して珍しく人に褒めてもらえるくらいできたんだろうが。

紋を刻め。早く。

……どうやって？

あれはあの特製ペンじゃないと刻めないだろう。どうやるんだ。

何か代わりになるものがないか。

魔力を込めたものだったら代用できるんじゃないか。

外に一杯ある、あのぼんやり光る石を……くそ、あの10kgはありそうな玉石を使って紋を刻むつもりか？

……そうだ。イチかバチか封石で紋を刻むか。ドラゴンの秘宝だ、本当に魔力的なものがあるのかどうなのかは知らない。でもさっきよりは賭ける価値がある。

さあ、吸収と放出。集束放出。刻紋の基礎だ。簡単だ、一日齧《かじ》っただけの俺にもできる。落ち着いて描け。

これが決まれば、奴に一泡吹かせられる。まだ死ねない。

急げ！

ここまで、３秒。

息吹の封石をポケットから転がし落とし、手の中に隠す。

大理石の床は血で絨毯のようになっているが、問題ないだろう。別に複雑なのを描こうってんじゃない。

左巻きの吸収陣。

そしてそこから繋がる右巻きの放出陣。それだけだ。

吸収量は……まあ少なめでいいか。いくら炎が集束して出ても放射熱で全身大火傷ってんじゃシャレにならん。

そして放出陣。これはぐるぐると念入りに。

「何をしている、人間」

俺が突然血をかき回し始めたのを見て、ルーカスが眉をひそめた。

ただの死に瀕しての狂気ではないというのがわかったのか。

だがもう遅い。寝返りを打ち、放出陣に千切れた左足の傷口を乗せる。

そして吸収陣の真ん中に、封石を……。

「まだ武器でも隠し持っているのか」

手を蹴り上げられた。

息吹の封石がさらけ出され、セレンが驚く。この期に及んでこんなものを俺がいじっているとは思わなかったのだろう。

「魔法の道具、さしずめ投げつけるタイプか。そんなものを私に当てるつもりだったのか。自慢の変形弓でも当てられなかった私に」

「く……」

「気に食わんな。その手も斬り落としておくか」

奴が芝居がかった調子で、一度腰に差した細剣を引き抜く。横目でアンゼロスたちを見ている。焦って隷従を誓うのを期待しているんだろう。

だが、剣を握ったその手が、ちょうど、俺の左足の傷口の真上、放出陣の射線上に重なる。

千載一遇とは、このことだ。


グッバイ俺の左足。25年間ありがとう。


封石を、手元の吸収陣の上にカツッと叩きつける。

さすがの超速を誇るルーカスも、地面に叩きつける動きを自分への攻撃だとは思わなかったらしく、間に合わない。

イチかバチか。封石で刻んだ紋が反応しなければ俺は一人で自爆ショー。

しかし、叩きつけられた瞬間、血の下の刻紋は淡く光を放ち。


ゴオオウッ!!


狙った通りに封石の力を吸収。そして集束放射。

炎は熱線となって一直線に伸び上がり、俺の左足の先の傷口を炭化させ、ルーカスの利き腕をも一息に炙った。

「ぐあああああああっ⁉」

赤熱して曲がった細剣を取り落とし、酷い火傷をした右手を晒してルーカスは後ずさる。

そして俺のほうも火傷どころでない、黒コゲの傷口に変な汗が出る。

痛みは相変わらずない。というか全身の血液が、燃えさしと氷塊を交互に孕んで逆流しているような異常な感覚がある。

急場は凌げた。だがこれで本当に生き残れるんだろうか。

いや、そんなことは後でいい。

次はこのクソ野郎をどうするかだ。どうにかしないと。

たとえ片手を奪っても、奴の力はどこまで奪えているか怪しい。

奴は球技の選手じゃない。エースナイト三人を相手に勝ってみせるマスターナイトだ。ディアーネさんもやってみせていないそれをやり遂げてマスターナイトになった男だ。

強弓を凌ぐクロスボウの速度を凌駕する足も、もう一方の手も健在だ。俺に何ができる。考えろ。諦めるな。ここまでは成功なんだ。考えろ。

「貴様っ……この、ゴミがっ！　人間の、人間の分際でっ‼」

「へへ……いい感じに地金が出てきたな、将軍さんよぉ……」

口では挑発しつつ頭を働かせる。この男を倒すことはできるのか。

あのスピードにアンゼロスがついていけない以上無理だ。今みたいな罠も二度は通用しないだろう。

だが利き腕を潰すことができたということは、アンゼロスが打ち負けない可能性も出てきたということだ。それならどうにかならないだろうか。

手持ちのカードはあといくつある。

アンゼロスは戦えるか。

セレンに何か頼めないだろうか。

足のない俺に何ができる。

考えろ。考えろ。

「くっ……後悔では済まさんぞ‼　両腕両足を切り落として‼　両目を抉り取って糞を詰めてくれる！　二度と言葉など話せぬよう舌と歯を残らず削ぎ落として、このハーフエルフ女どもと同じ部屋に鎖でぶら下げてやる‼　我らの技術をもってすれば抉った目にも神経を繋げることができるのだ、貴様は生きて朽ちながら、この女たちが我が手の中で堕ちてゆくのを見届けて哀れにうめき続けるがいい！」

「は、何が汚れたダークエルフだ、テメエの性根の方がよっぽどだ……」

「それ以上口を開くな下民が！」

腹を蹴飛ばされる。今さら痛いとも思わない。

それにしても、エルフも相当な偏屈と聞いていたがここまでとは思ってなかった。

いや、オーロラや刻紋研究所の先生はちょっと変だったけど悪人ではなかった。こいつが特別選民意識が強いんだろう。

きっとトロットの貴族みたいに箱入りだったんだろう。こんな奴が郷里最強だってのが運の尽きか。

「忌々しい……アンゼロス、貴様の剣を渡せ」

「何を寝惚けている」

「む……うおっ⁉」

曲がって使い物にならない自分の剣の代わりに、アンゼロスから剣を取り上げようとしたルーカス。だがアンゼロスは斬撃をもって応える。

危うくかわすルーカス。巻き起こった衝撃波で数歩ほどヨロヨロと後退した。

「貴様、さっきのでまだ力の差がわからなかったか⁉」

「今ひとつだったたな。もう一度思い知らせてくれるとありがたい」

その隙にアンゼロスとセレンが俺の前に立ちはだかる。

鎧下を自ら切り裂いたアンゼロスは半裸の状態だったがそんなこと気にもせず、セレンは俺の足に医療光術をかけようと飛びつく。

「アンディさん、大丈夫ですかっ……ムチャしすぎですようっ」

「せ、セレン、血は止まってるから足の処置は後でいい。痛み止めみたいな術ないか」

「はい、ちょっと待ってください。――――っ！」

セレンは俺の血まみれの背に手を這わせ、一点で押し込むようにしながら呪文を呟く。　瞬間、苦しさがフッと抜けた。

「……あ、ありがとう」

「痛みを触覚幻影で誤魔化してるだけです。治ったわけじゃないですからね」

「わかってる」

自分の足が近くに転がっているのに治るも何も。

一方、アンゼロスは手を押さえたルーカスと対峙したまま啖呵を切りあっていた。

「よほどその人間が大事と見える」

「少なくともエルフの坊ちゃんの寝言よりはね」

「将軍に随分な口の聞き方だな、十人長」

「ただのセクハラ野郎がいっぱしの将軍気取りとは笑わせ

るよ。一軍の将を名乗るなら、それなりの品格を見せてみろ」

「私を本気で怒らせたいらしいな。貴様がいくら粋がろうとも、私が本気になればはぐれ者の百人隊などすぐに取り潰せるのに」

「坊ちゃん根性丸出しだな。何か？　女に振られてムカツクからあの部隊潰してよー、とでも軍中央部に泣きつくのか？」

「ふざけるなよ混ざり物。剣を手にしていないからといって私が本当に戦えぬとでも思っているのか。縊《くび》ってやる」

「御託はいいと言ったはずだ」

両者、威勢のいいことを言い合っているが、それだけで、動かない。

ルーカスは目を泳がせている。武器を探しているのだ。思った以上に剣に頼った戦士らしい。

対してアンゼロスは、俺とセレンを守るために動けない。迂闊《うかつ》に自分から打ちかかって、あのルーカスの素早さで回り込まれて俺たちを人質に取られてしまっては、今度こそチェックメイトだ。

俺も何か援護できれば。

息吹の封石と刻紋を使えば何かできるはず……と。

そこで、手の中でカシュッと頼りない音がした。

「！」

手の中には息吹の封石がある。

いつの間にか封石が、木炭のように黒ずみ、脆くなっていた。

握った手に力を入れるとさらに崩れ、サラサラと壊れていってしまう。

「アンディさん……」

「………」

そういえば、ライラは「使い捨てだ」と言っていた気がする。

なるほど。一発撃ってしまったことに変わりはない。

となると、俺にできることはもうないということになる。

「く……」

アンゼロスにこのまま時間を稼がせるだけではいずれ限界が来る。ルーカスがこのまま武器を思いつかずに延々と脅し続けていたとしても俺たちに反撃手段はないし、ここは敵の懐だ。どこから応援が出るともわからない。

ディアーネさんたちが用を済ませて助けに来てくれる……のを期待したいところだが、ルーカスの言い分ではさすがにディアーネさんとて厳しいだろう。幻影の達人のディアーネさんと覗きの達人のベッカー特務百人長だ、決して死ぬことはないと思うが、少なくとも俺たちの面倒まで見られるほど楽勝であることは期待できない。

どうする。どうする。

「……スマイソン。セレン」

「？」

アンゼロスが悩む俺たちに囁いた。

「もう少し部屋の隅に寄れるか。襲われる方向を限定すれば守りやすい」

「あ、ああ」

「それと」

アンゼロスは髪を縛っていた紐を引き解き、パサッと髪を広げる。

「責任取れよ」

「えっ」

「人の嫁入りの邪魔したんだからな」

「だって、アンゼロス、お前……」

アンゼロスはにっこり笑った。

「色男め」

そして、髪がフワッと軌跡を描き、アンゼロスが突撃する。

「ぬ、おっ⁉」

「はあああああああああっ‼」

怒涛の斬撃。

アンゼロスの剣は速い。俺の動体視力では何発放っているのか数え切れないほどだ。

ルーカスは仕方なくその辺にあった燭台で防ごうとするが、アンゼロスは一切お構いなく叩き切る。

「小癪《こしゃく》なっ！」

ルーカスがステップスピードを上げる。

アンゼロスはついていく。

さらに速く。さらに速く。

どこまでもアンゼロスはついていき始めた。

「なんだと……⁉」

「てぇああああっ‼」

ルーカスはテーブルを跳ね上げ、蹴りつけてアンゼロスを押し留めようとする。アンゼロスはそのテーブルすら一瞬でバラバラにしてルーカスに迫る。

アンゼロスは明らかにさっきと違う。一皮剥けていた。

ルーカスが恐怖した。


焼け爛れた右手を見て、俺を忌々しそうに睨みつけ、仕方なくまだ熱の残る、曲がった細剣を左手で掴んでアンゼロスに応戦し始める。

しかし、それではアンゼロスの剣戟に対応しきれない。

「ぬ、ううっ……⁉」

ギャキキキキキキキキキキッ‼

速すぎて、岩の上で鎖を引きずったような連続音になる剣戟音。

常に攻めることしかしなかった、しなくてよかったであろうエルフの貴公子は、慣れない防戦は明らかにつたない。

程なくしてアンゼロスはルーカスの細剣を叩き折って、攻めの一幕に一区切りをつける。

「く……や、やるな、斬風剣のアンゼロス。それでこそ」

「御託はいらないと言ったはずだ。僕の友達……いや、僕の大事な人を傷つけた報い、まさかそれで済むと思っていないだろうな」

「……く、こ、これだけは使いたくなかったが……な！」

ルーカスは壁のタペストリーの裏に手を突っ込む。

無表情に突っ込むアンゼロス。

だが、ルーカスはそのアンゼロスの斬撃からすんでのところで逃れきると、タペストリーの裏から引っ張り出したものを構えた。

それは、剣。

それもオーガ族が使うような、刃渡りだけで２ｍ近くある巨大剣だ。

「ふははは！　面白かったよ、斬風剣のアンゼロス！　だがさすがに調子に乗りすぎたな！　言ったはずだ、ここで最強にして至高の存在は私だと！」


あまりに大きすぎて、正直言って滑稽な武器だ。

しかし刀身に複雑な紋様が刻まれ、時々虹色の光を走らせるそれは明らかに普通の武器ではない。

「……ドラゴンスレイヤー」

ぼそりと、呆然としたセレンが呟いた。

「あれが」

「ええ、アフィルムの博物館で同じようなのを見たことあります」

かつて火竜戦争を引き起こした超越戦士、ドラゴンスレイヤー。

彼らの多くが持っていた遺跡文明の武器そのものも、またドラゴンスレイヤーと呼ばれる。

その武器の多くは１００年前の火竜戦争時代に、ドラゴンに恐怖した人々に打ち砕かれ、あるいは封印されたと言われている。僅かに残ったものも、ほとんどが国家によって厳重な管理下にある。

その特徴は、常軌を逸した破壊エネルギー。振るえば大地が裂け、大波が割れ、雲が消えるという。

ルーカスは火傷した手まで使って大儀そうに構えているが、あれが伝説のドラゴンスレイヤーだとしたら、どんなにルーカスがハンデを背負っているにしても危険すぎる。

「アンゼロス、逃げろ!!」

「嫌だ」

俺の叫びをアンゼロスは即答で切って捨てた。

……あいつが逃げたら、次は俺だ。アンゼロスは素早くは逃げられない俺を守るつもりなのだろう。

「ふはははは‼　その意気やよし！　美しいものは手折《たお》られる瞬間もまた美しい‼」

ルーカスは調子に乗った。

そして、ぶーんと振り上げ、アンゼロスに向けて剣を振り下ろす。

ドラゴンスレイヤーの紋様が複雑に展開し、虹色の光を一際強く放った。

ドォォォオンッ‼

「っっ‼」

横っ飛びにかわしたアンゼロス。

ルーカスの重たそうに餅をつくような斬撃は、その鈍重さに関係なく巨大で暴力的な斬撃波を生み出し、数十メートルに渡って地割れを作った。

もちろん館ごとブッタ斬りだ。随分と風通しが良くなっている。

「ふはははは！　どうだ！　こんなものに頼って勝つなどと言われたくはないが、これがある限り私は無敵だ！　散るがいいアンゼロス！」

あまりの光景に寒気がする。

あんな適当な攻撃で、それでも数十メートルも建物まで根こそぎ薙ぎ払うパワー。

そりゃあ熟練の戦士が手にしたらドラゴンとだって戦えそうだ。

手詰まりだ。あんなのと戦えるわけがない。

……戦えるわけが。

「いやちょっと待て」

フッとディアーネさんの顔がちらついた。

あの人ならどうする。どう戦えと言う？

「…………」

傍らに転がっていたクロスボウを引っ張る。

きりきりきり、と滑車でクロスボウの弦を巻き上げる。

座ったまま矢をつがえ、馬鹿でかい武器を掲げて調子に乗っているルーカスの、その腕を狙う。

「なあセレン。撃っていいかな」

「撃たないんなら私撃っていいですか？」

「後でね」

引き金を引いた。

サクッとルーカスの手首を貫通する。

「ぐあああああああ⁉」

ルーカスがドラゴンスレイヤーを取り落として悲鳴を上

げる。

……あいつ馬鹿だ。飛び道具や二面攻撃のこと全然考えてねえ。

「チェックメイトだ、ルーカス」

ルーカスの喉元に、アンゼロスがショートソードを突きつける。

奴が世間知らずのお山の大将で助かった。


俺が持って来ていたロープでルーカスを後ろ手に縛り上げ、セレンが魔法でカバーロックする。これで少なくとも数時間はルーカスを拘束できる。

「こんなことをしてただで済むと思っているのか、ハーフエルフと人間風情が」

「少なくともお前の花嫁になるよりは安くつきそうだ」

アンゼロスが真顔で返す。

「ドラゴンスレイヤーの餌食になるよりはマシそうですよね」

セレンがドラゴンスレイヤーを蹴っ飛ばしながら言う。

「目玉くり抜かれてウンコ詰められるよりは楽にいけるだろうよ」

俺も皮肉を言っておく。

「私を縛ったところであのダークエルフとジーク・ベッカーは助かるまい。南方軍団きっての精鋭三百人だ。いかなジーク・ベッカーとて……」

「俺がどうしたって」

「うわあ!?」

まるで井戸端会議に割り込むように、ベッカー特務百人長がにょっきりと出現した。

その後ろにはディアーネさんもいる。

「アンディ、なんて恰好だ」

「……しくじりまして」

「しくじったで済むか！　無茶するな！」

片足の先を炭化させている俺をディアーネさんは泣きそうな顔で見つめ、一発頬を張った後に抱き締める。

ディアーネさんのおっぱいに顔を埋めてちょっと幸せな俺。

いや、このぐらいの幸せに浸ってないと今後一生の片足生活に思いを馳せて、心が折れてしまいそうなのだ。

「何故貴様ら、ここに……父上は」

「ディオールとは旧知だ。貴様が生まれる前からのな。茶飲み話をして帰ってきたさ」

ディアーネさんが冷たい声で言う。

「まさかディオールの息子がこんな奴とは。１００年も経てば時代も変わるか」

「な、な、っ……どういうことだ、貴様、どういうことだ！」

「帰ってゆっくり親に聞け。さらっていった娘は返してもらうぞ」

「っっ……!!」

「ああ、それと。……これはアンディの足の分だ」

ディアーネさんはにっこり笑って、ルーカスの首がへシ折れてもおかしくないような強烈な蹴りを叩き込み、５ｍもぶっ飛ばした。


以下、ディアーネさんの話を基にした再構成。

元々このクラベスを中心とした森林領は、火竜戦争前後まではどこの国にも属していない緩衝地帯だったらしい。

火竜戦争で大陸中の街が次々焼き滅ぼされるその前までは、勢力図の関係でどこにも与《くみ》するわけにいかなかったのだそうだ。

が、火竜戦争を契機に国家群が再編を余儀なくされ、森林領も紆余曲折の末セレスタへ編入される。渋々という感じで、一応通行は認めるものの経済圏への参入は断っている状態での領土化だった。

しかし森林領を狙っていた南方ラパール諸島（今はセレスタの軍備が整ったのでどうってことない小国だが当時は強敵だった）からの侵略が始まり、森林領はたまらずセレスタに助けを求めた。

しかし編入の際に散々渋ってみせた関係で他の商工会から の心象がすこぶる悪くなっており、どこの商工会も積極的な支援を出さなかった。先述のように軍備が整っていなかったので軍隊の活動には商工会からの直接支援が不可欠だったのだ。

また、裏では話し合いでの編入ゆえに駄々をこねる余地を与えてしまった反省から、ラパール諸島にいったん奪わせてから力で再度奪い返すことで、コロニーリーダーごとの意向など問題にせずに経済圏に問答無用で取り込んでしまおうという腹積もりもあった（らしい）。

だがそうなれば緑豊かな森林は幾度も戦場になる。森が戦争で受ける打撃は甚大で、修復にかかる時間と手間は計り知れない。森に依存して生きる森エルフたちには致命的だった。

それを見かねて助けたのがディアーネさん（当時測量技師）だった。

ラパール諸島の侵略軍の上陸拠点をことごとく叩き潰し、船を片っ端から焼きまくり、戦況をたった数十人の測量チーム（ディアーネさん以外全員非戦闘員）だけでひっくり返して撤退に追い込んだらしい。

もちろん森エルフたちは喜んだ。さすがに伝統的に一段下に見ているダークエルフに救われたことに屈辱を感じる者もいたが、それでも森の危機を救われたことに間違いはない。特に大喜びしたのはコロニーリーダーのディオール氏で、特別に仕立てた長剣をディアーネさんに贈ったとかなんとか。

以来、ディアーネさんのオアシスコロニーに対してディオール氏は最大限の友好の意を示してきた。

が、今回の一件はディオール氏のダークエルフ贔屓《びいき》が災いして始まる。

あまりにもディアーネさんの活躍とその美しさが鮮烈だったためか、ディオール氏は子供がいないにもかかわらず嫁取りに熱心ではなかった。というか子作りに熱心ではなかった。

それは困る。コロニーリーダーは決して伊達ではない。エルフはエルフの中で血統に貴賤があり、中でも特に良い血筋の者が指導者階級になる。

血筋の良さを重視する社会は時として偏執的だ。

当地の森エルフのリーダーは何が何でも十人は子供を残さないといけないルールがあるらしい。それが数十年も子供の一人も作る気配なくダークエルフの絵姿を見てニヤついているとなれば焦る。

それでも説得の末、なんとか二人は子供を作った。

全然足りない。あと八人。

しかしもう嫁さんは旦那をその気にさせるのに疲れたと言い出す始末。もうこうなったらとにかく子作りさせるために嫁をダークエルフから貰ってきてしまえ。

とか、周囲が暴走を始めた。

一方ですくすくと育った彼の息子と娘は、ダークエルフの話になるとアンニュイな顔になる父を不審に思いながらも、森林領を守るために創設された武芸館で腕を磨き、立派な戦士に成長。

そこそこちゃんとやっているにもかかわらず、子作りに非協力的なだけでディオール氏の頭を心配する周囲と、それを鵜呑みにする子供たちと、一向気にせず仕事だけはちゃんとこなすディオール氏は全く噛みあわないまま空転。

無闇に自信をつけて森林領の守護神を自称し、マスターナイトと認められたのをいいことに、権勢を駆って暴走する馬鹿息子。

とにかく子作りをしろ、ホレダークエルフだ、足りぬならオーガだ獣人だ、と次々若い娘をさらってくる周囲。

別にダークエルフならなんでもいいわけじゃないんだよ、と周囲の無理解に膝を突いて途方に暮れるディオール氏。

どんどん膨らむ父のハーレムに何か勘違いをして自分も

せっせとハーレムを作り始める馬鹿息子、と転がりまくって現在に至る。

と、そういうことなのだそうだ。

「……剣、貰ってたんですね」

「うむ。お前にナイフにしてもらったアレだ」

「……つまりプロポーズされてたんですね」

「ん？　なんでだ？」

ディアーネさんは不思議そうな顔をする。

「ダークエルフの風習じゃ、刃物を無償であげたら求婚って話じゃありませんでしたっけ」

「無償でならな。あれは武功の褒美として受け取ったはずだが」

「…………」

ディオールさん。多分ダークエルフの風習を勉強して実行したであろうあなたのプロポーズは、１００年経っても未だ彼女にその意図さえ届いていないようです。

「無償というのはお前がやってくれたような、何の見返りもない状態でのプレゼントのことを言うんだ」

しかもその尻馬に乗った形で、あまり立派じゃないから恥ずかしいっていう理由で金を受け取らなかった俺だけがなんだかプロポーズと理解されているようです。


「さて、しょーもない舞台裏がわかったところで、だ」

ベッカー特務百人長が割れた壁から外を窺う。

「どうも血筋が人望の代わりってのは厄介だな。腰巾着どもが集まり始めてやがる」

「……ざっと五十人といったところか」

「まだ集まってきてやがりますぜ。どれだけいるのやら」

ディアーネさんはどうやっているのか、外の気配をベッカー特務百人長に負けない精度で読み取っているらしい。

俺を抱き締めたままなんだけど。

「さっき、ルーカスが歩兵隊２個と騎兵隊１個が指揮下にあるようなことを言ってました」

アンゼロスが報告すると、ベッカー特務百人長が頷いてから微妙に視線を逸らす。

「そうか。……アンゼロス十人長、お前、美人だったんだなあ」

「別に顔が変わったわけじゃありません」

「ま、まあそうだが。……目に毒だ、着とけ」

まだ胸元裂いた鎧下ひとつでいるアンゼロスに、ばさっと上着をかける。

くそ、ちょっとカッコイイ。俺も脱いで渡せるような上着持ってればやったのに。

「……特務百人長の服、腕長すぎです」

「袖まくっとけ。腹は縛れ」

しかも体大きいと得だよなあ。あそこキュンとくるポイントだよなあ。


結局この館でウダウダしていても仕方がない、ということで、表立って立ちふさがる気配はまだ見せていない多人数の人影を気にしつつ、俺たちはのこのこ出て行くことにした。

一応セレンの手で俺とセレンには幻影隠蔽をかけるが、要は蜃気楼が動いているようなもんで不自然極まりなく、気休め程度のものらしい。

「っと。その前に」

セレンは館を出る前にポンと手を叩き、ぐったりと倒れているルーカスのもとにぺとぺと走っていった。

「私もちょっとアンディさんの分のお返しを忘れてました」

「あ、あんまり手荒なことはするなよ」

もう勝ったのに、これ以上痛めつけても意味はない。セレンのことだから刺して90度捻りかねないので心配して言うと、

「アンディさんて優しいですよね。足切り落とされたのに。こっちも切り落とし返しちゃったっていいんじゃないですか？」

「お前本気で怖いことをそんな笑顔で言うなよ」

「えへへー♪」

笑って誤魔化した。

そして。

「それじゃ失礼して……えい」

踏んだ。

いや、そりゃもう失礼してとかいうレベルじゃなく。床が木だったら踏み抜くぐらいの勢いで、思いっきり踏んだ。

ぶちっと。

「AHHHHHHHHHHHHHHHHHHHHHHHHHHHH!!!」

ルーカスの絶叫が響き渡る。

……どこを踏んだかはなんか思い浮かべるだけで痛いからあえて言わない。

「セレン、お前なんてことを……」

「んー、本当はそれこそ五体バラバラにして色々抉って色々詰めてもまだ足りないくらい憎たらしいんですけど」

「い、いや、落ち着けセレン」

「落ち着いてますよ？　ちゃんと時間かからないで済むことだけで許してあげたじゃないですか」

にっこり笑うセレン。

ベッカー特務百人長と俺は、白目を剥いてガクガク震え続けるルーカスを見やり、なんとなく顔を見合わせておずおずと頷き合う。

セレンはもっとも敵に回しちゃいけないタイプの女だ。


で、とりあえず俺はセレンに肩を貸され、他の面々は武器を鞘に収めつつもゆっくりと表通りに出て行くと、道幅いっぱいの歩兵と、その向こうに十何騎かの騎兵が出迎える。

例の精鋭兵とやらだろう。ベッカー特務百人長が口笛を吹いた。

「往来の邪魔だな。どいてもらえないか」

「ダークエルフが偉そうに言うものだな」

歩兵の一人がいかにも馬鹿にした口調で言う。こいつは人間だ。ルーカスの血統主義に何かの理由で心酔しているのだろうか。

「将軍宅で誰かが暴れているという通報があってな。……貴様らか」

通報したのは……執事エルフだろうか。まあドラゴンスレイヤーの一撃とかアホな一幕もあったことだし、ご近所さんがびっくりしてもおかしくはないが。

「暴れたのは将軍だ。酔っていたんじゃないか」

「とぼけてくれる。どちらにしろ貴様らが悪いのだ。将軍は常に正しく、我々は常に正しい」

「宗教はエルフの分野じゃないと聞いていたがね。こりゃ厄介だ」

特務百人長が肩をすくめると、歩兵たちが殺気立つ。

「やっちまいましょう」

「待て。ジーク・ベッカーだぞ、あいつは」

「エースナイトか」

「なに、エースナイトならこちらにもいる」

「残り二人は女だ。奴ら、何であんなに余裕なんだ？」

口々に囁かれる言葉。ベッカー特務百人長って特別諜報旅団のくせに随分有名なんだな……。

で、アンゼロスとディアーネさんは全然知られていない。まあアンゼロスは色々と複雑だからしょうがないにしても、ディアーネさんも知られてないもんだなあ。

「はいはい。お前さんがたが上司に忠実なのはわかったからどいてくれや。せっかくのクラベスの夜だ。ふかふかのベッドでゆっくりさせてくれ」

特務百人長がひらひらと手を振る。さらに殺気立つ歩兵たち。

その中から一人の槍を持った兵士が進み出る。エルフの青年だ。

「我々が栄えある南方第二歩兵隊と知って愚弄《ぐろう》しますか、ジーク・ベッカー」

「愚弄は別にしてないと思うがな。しかし、栄えあるって割には顔ぶれが随分変わったもんだ」

「!!」

「西の第三歩兵隊、南の第二歩兵隊と言われた時分にはもっと骨のあるジジイが何人もいたと思ったが。なんだ、準兵正兵とエルフばっかりじゃねーか」

「ろ、老兵にしがみついて強さを保つことなどできるものか！　時代は常に流れ、若き力が老いた者を駆逐するのだ！」

「じゃあ栄えあるとか先人の旗を掲げるなよ。あれはあのジジイたちが貰った評判だ」

「く……どこまでも生意気な」

青年エルフが槍を構える。

特務百人長がニヤついて身構え……る、その前にディアーネさんが手で制する。

「味方に槍を構えるのか」

「貴様らは味方か。味方が将軍を害するのか」

ディアーネさんの問いかけに殺気立った青年エルフが即答。

ディアーネさんは静かに目を伏せる。

「そうか、味方じゃないのか。……私は敵は殺すぞ」

「殺せるものなら！　このエースナイトたる私を……」

言葉を継ぐ前に、青年エルフはディアーネさんに蹴り上げられて8メートルもの高さに飛んでいた。

がらん、と折れた槍が地に転がる。

「今の私は気が立っている。……どこからでもかかって来い。全部殺してやる」

ディアーネさんから本気の殺気が燃え上がる。

ライラと戦った時でさえ見せなかった、本気の本気の殺意。

静かな口調に込められた、弾ける寸前の破壊衝動。

「あーあ。……お前らとっとと逃げた方がいいぞ。今の隊長本気でヤバイ。エースナイト十人でも止められないから」

「そ……そんなことがあるか!!」

「我ら一騎当千の第二歩兵隊！　ナイトクラスもなきダークエルフ一人に……」

「うるさいうるさいうるさい！　御託はいい、かかってこい！　私の男を傷つけた罪は貴様ら全員の命でもまだ足りん!!」

ゴウウッ!!

ディアーネさんが蹴りを宙空に放つ。それだけで歩兵が

二、三十人跳ね飛んで、木々や地面に叩きつけられた。
アンゼロスが手刀で打ってみせた衝撃波、それをディアーネさんは蹴りで出せる。いや、その気になれば手でもきっと出せる。どんな武器でも。

それほどの威力の手足が本気でブチ込まれたら、どれだけの戦士が耐えられるのか。

ディアーネさんは武器を持たないのではない。持つ意味がないのだ。

今ならわかる。

ルーカスとは違う。この人は本物の最強だ。

『しかしディアーネと言ったか。無手のダークエルフにしては大したものじゃのう。往時のドラゴンスレイヤーにも近いものを感じたぞ』

というライラのセリフが脳裏に蘇る。

……もしディアーネさんにドラゴンスレイヤーを持たせたらどうなってしまうんだ。

それこそドラゴン級の災害生物になってしまうんではないだろうか。

「どうした‼　威勢がいいのは口だけか‼　かかってこい、かかってこい！　そして死ね‼　どこからでもかかってこいと言っている‼」

一人いきり立つディアーネさんに、さすがの歩兵隊改めエルフ信奉者たちも恐れをなす。

だが、そのディアーネさんを木々の闇の中から矢が狙った。

「あぶなっ……‼」

声を上げようとする俺の口を、慌ててセレンが押さえる。声を上げると周囲の認識力が集中し、幻影が解けてしまう。

が、ディアーネさんには矢など物の数ではなかった。

「ふん」

もういない。

ルーカスと互角かそれ以上。目にも留まらない速度で既に移動している。いるであろうとわかっている弓手など、彼女には何の役にも立たなかった。

数秒後にはあちこちの木からエルフの弓手が落ちてくる。一様にディアーネさんに気絶させられていた。

「ば、化け物だ……」

「あんなの勝てるか……」

腰を抜かした兵士たちが口々に弱気を見せ始める。特務百人長が溜め息をついた。

「は、マスターナイトはみんな化け物だっての。何だと思ってたんだ」

周囲は阿鼻叫喚の巷。

あまりのディアーネさんの修羅っぷりに這って逃げる者

が続出している。

「く……逃げるな逃げるな!!　お前らそれでも誇り高きエルフ領の守護者か！」

十人長クラスだろう、雑魚っぽいのがそれでも味方を鼓舞しようとしている。

が、その彼の口元を剣で塞ぎ、優雅に赤毛のエルフが進み出た。

「負けです。引き際を知りなさい、ドーバー十人長」

「……お、オーロラ様」

「強者とはいたずらに戦力を減らさないものです。戦術目標をしっかり把握し、必要な時だけ力を発揮するものです。ただの無目的な突撃玉砕は品がないわ」

「ひ、品って……」

「……ごきげんよう、『斬風剣』のアンゼロス。『白昼夢』ジーク・ベッカー。そして『戦神』ディアーネ様」

「『戦神』……」

「もしかして、あのトロット戦争の……」

「貴方たち、知らずに挑んだのですか。情けない」

どうやらディアーネさんにも、なんかかっこいい二つ名があったらしい。オーロラはその手のマニアなのかもしれない。

つーか斬風剣と戦神はともかく白昼夢ってなんだ特務百人長。

「そして、スマイソンさん。……と知らないお方」

微笑みかけられた。バレてる。

オーロラは優雅に、あくまで優雅に、悲鳴と絶望の響き渡る緑の道に跪《ひざまず》く。そしてディアーネさんに許しを乞う。

「本日は、兄の無礼をお許しください。わたくしの名にかけて、償えるものは償いましょう」

「………」

ディアーネさんはゆっくりと拳を解く。ようやく恐怖の大立ち回りが終わり、震えていた兵士たちも隠れていた一般市民エルフもホッと一息ついた。

奇跡的に、ディアーネさんの大立ち回りで死者は出ていなかった。

「別に死んでも構わないつもりで殴っていたんだがな」

ディアーネさんはお茶を飲みながら真顔で言い切った。怖い。

「他ならぬアンディが死にかけたんだ。……もしライラがいたらクラベスはなくなっていたぞ」

「あー」

「……確かに」

セレンとアンゼロスが頷く。ベッカー特務百人長とオーロラは「？」という顔をしていた。

ホテルの一室。セレンとディアーネさんの部屋。

3室取ってあって、俺と特務百人長で一室、あとアンゼロスが一室。

んで、和解の証にとりあえず挨拶をしようということになって、オーロラを招いて夜のお茶会を開いている。

ちなみに俺はディアーネさんのベッドの上だ。手当てのし直しでさっきまでは大変だった。

「スマイソンさんは本当に人望がおありですのね。あの戦神ディアーネ様にそれほどまで大事にされているなんて」

「その、様っていうのはやめてくれないか。据わりが悪い」

ディアーネさんは居心地悪そうな顔をする。

「わたくしの一番の憧れの方ですわ。最強にして謙虚、天才にして努力家、カリスマにして人情家」

確かにその通りなんだが。こうして言葉にしてみると本当に信じられない生き物だなディアーネさんって。

「わたくし、昼間にスマイソンさんと同じ刻紋の体験学習を取っておりまして。……これまで剣にのみ生きてきた身、何か他にも嗜《たしな》むものがあれば、と思い立って受講したその日に、あれだけの紋を刻むスマイソンさんと出会い、思った以上に楽しく学びました」

視線が痛い。みんな俺に注目しないで。なんだよその「またか」って目は。

「ですがそれより何よりわたくしが運命を感じたのは、閉講後のこと。わたくしが幼稚なプライドに駆られてアンゼロスさんを侮辱しかけた時、スマイソンさんはセレスタという国を学べと、そう仰《おっしゃ》いました。あれからずっと考え、わたくし、あまりにも自らの世界が狭すぎることに気づきました。人間に、短命の人間に世界の広さを教わるなんて……と思いつつ、やはりわたくしは何につけても誰かを見下す蓄積などないと気づきました。何と反抗しようにも、わたくしの完敗でした。……ただの人間に、それも剣で比べたわけでもないただの人に、ここまで心揺さぶられるとは思っておりませんでした」

「あの、俺、そこまで色々考えて言ったわけでは……」

「しかもそのスマイソンさんが、その日のうちにあの兄に勝つだなんて。あの短慮で好色で脳内お花畑でキザで外見ばかり気にするどうしようもない俗物だけれど戦いだけは誰にも負けなかったあの兄に、スマイソンさんが勝ってみせるなんて。世界の広さを、人間の可能性を、改めて感じました」

「いや、別に俺がルーカス将軍に勝ったわけでは……」

「わたくし、これでもあの男の妹です。今となっては意味のないことですが、この血筋だけは、この街で誰も無視することはできません。今後兄の手の者を避けるためにも、わたくしがしばらくご同行させていただくのが最善だと思いますの。もちろんわたくし自身の遊学も兼ねますけれど」

なんだかどんどんいつものパターンになってるぞ。

みんなそんな目で見てないであいつ止めてくれ。

これぱっかりは俺のせいじゃないよ。さっきアンゼロス助ける時にかっこいい決意したけど、これは俺のせいじゃないよ？

『……はあ』

特務百人長とオーロラ以外が同時に溜め息をついた。

「ま、確かに彼女の言うことも筋は通ってる」

「正直スマイソンの介助を考えると、今後人手が欲しいのは確かだ」

「うぅ……でも私ちょっと複雑ですよぅ」

介助、と言われて自分がもう片足がないことを改めて思い知らされてげんなりする。

「……しかしアンディの足だが、できればちゃんと手術しなくてはな。きちんと処置しないと太腿も危ない」

「なんとか治せませんかね。……そ、その、治らなかったら治らなかったで、僕が責任もってずっと介助するけど」

「うー、私がするのに……ていうか、多分ポルカに帰ればこんなのすぐ治っちゃうのに……」

てれてれしていたアンゼロスと、考え込んでいたディアーネさんが、ぴたり、と止まる。

数秒ほど宙に視線をさまよわせて、がたんと二人で立ち上がって、同時にセレンを指差す。

『それだ！』

ベッカー特務百人長とオーロラは、紅茶飲みかけの同じようなポーズできょとんとしていた。

第四章　砂漠の復路

ルーカス邸での騒動から数日が過ぎた。

「ふっ‼」

「せいっ！　やっ‼」

ホテルの裏庭で、アンゼロスとオーロラの剣が幾度となく交錯し、火花を散らす。

両者とも刃を落とした模造剣だ。

アンゼロスとオーロラはわりと実力が近い同士、こうして朝晩と試合を繰り返すのを日課としつつあった。

「はぁ……はぁ……やりますわね」

「君もな。自慢するだけのことはあるけど」

兄同様、細身の長剣を操るオーロラと、いつも通りショートソードのアンゼロス。背丈に10㎝近く差があり、また腕のリーチも短いだけあってアンゼロスがいかにも不利に見えるが、長時間打ち合うとオーロラの弱点が露呈してくる。

すぐに振りが鈍くなるのだ。対してアンゼロスはその気になれば同じ調子で2時間は打ちまくれる。

スタミナと、握力不足だ。

「そんなのじゃ短期決戦の練習試合や強襲作戦ならともかく、防御作戦は辛いぞ。どうやって岩神迷宮を突破したんだ」

「り、両手で交互に持ち替えてなんとか持たせましたわ。武器も業物でしたから長引くことはありませんでしたし」

「……兄貴よりは努力家なんだな」

ルーカス将軍は左手で剣を使うことに全く慣れていなかった。そのおかげでアンゼロスでも勝てたというのがアンゼロスと俺の共通見解だ。

「兄はあんな性格ですが、こと剣に関しては天才です。一芸でもって何もかもを制することができましたもの。わたくしにあの真似はできないとは理解しておりますから、その分は手広くレパートリーをと」

「いい心がけだ。君が相手なら僕は勝ちを拾えなかったかもな」

再びアンゼロスが突進する。オーロラは剣を持ち替えて応戦。

剣戟が続く。しかしあんなことを言っても、アンゼロスの攻撃は決して力衰えることはない。すぐにオーロラは打ち負け始める。

「くっ」

オーロラがたまらず距離を取ると、アンゼロスは咄嗟《とっさ》に衝撃波を打って追撃。

「きゃああっ⁉」

オーロラが空に舞い上がり、練習服の前垂れがメチャクチャに巻き上がってぱんつ見えた。

「よし」

「うむ」

見ていた俺とベッカー特務百人長が同時に頷いて、ちょっとした連帯感に握手。

直後に二人揃ってディアーネさんに拳骨《げんこつ》を食らう。

『痛っ⁉』

「何をやっているんだお前らは」

「いやほら、俺暇ですし」

「はっはっは、まあ可愛い後輩どもの成長をですね」

同時に言い訳をする俺と特務百人長。ディアーネさんは溜め息をつく。


あの後、戦後処理というかなんというか、後始末をいくつかせざるを得なかった。

まずルーカス。

あいつのことに関しては「単に女を襲おうとして正当防衛でやられた」ということで処理。こっちにお咎《とが》めがなかったのは幸いだが、俺やアンゼロスがただの旅人としてしか身元を申告しなかった関係で、パワーハラスメントおよび北方軍団への侮辱として処理することはできなかった。

セレスタの地方自治体は治外法権の色が強い。特に亜人種コロニーが主体となっている場所では、風習への無理解からトラブルが絶えないが、そういう場合には大体旅人の方が悪いことにされやすい。

そういう風潮なので、旅人への危害はあまり罪に問われない傾向がある。やらかしたことの割にはルーカスは軽いお咎めで済みそうだ。

……オーロラの話では少なくとも片玉は駄目だったらしいが。うん、これだけでも充分キツいお仕置きかもしれない。

ちなみにドラゴンスレイヤーはさすがにお目こぼしにはあずかれなかったようで、飛龍便で首都に回収されていった。


次に南方軍団の自称精鋭三百人。

これに関してはベッカー特務百人長が裏で手を回しているらしく、おそらくは解散の上でそれぞれ別の部隊に再編制されるそうだ。

あまりにルーカスの色に染まりすぎているが、かといってルーカスに食い取られた南方軍団は現在人員不足も著しい。無闇に切るわけにもいかないのでそういう処置らしい。

「まあ、ディアーネ隊長にやっつけられて、ルーカスなんぞまだまだ井の中の蛙と気づいた兵士も少なくなさそうだしな。やっぱ世界が狭いのはよくねえよ」

とは特務百人長の弁。それぞれ健全にセレスタの守りに復帰してくれるといいけど。


それで俺。というか俺の足。

ルーカス邸に転がっていた膝から下の切れっぱしは、いつの間にかディアーネさんが回収してきてくれた。

それであの翌日に、近くの病院で手術。

ディアーネさんが執刀した。なんでも、成人して一番最初になった職業は医者だそうで。

「上から3番目と22番目の兄と9番目の姉が医者だったのでな。まあ百何十年も前の医術だ、繋げることは繋げるがそんなに期待はするな」

と言いつつ、炭化した部分を切り取って足を繋げ、足りない肉と骨は……なんかシカだかカモシカだかから移植したらしい。その移植技術はクラベスの先端魔法技術で補ったんだそうだ。

でも繋がっただけ。

残念ながら感覚は全然ないし、いくら頑張っても動きもしない。ぶらんぶらん。

そうなること自体は手術前からわかってたんだそうだ。

「触覚だけを復活させることは幻影魔法を使えばできなくはないんだが、動かすのはちょっと難しい。今の医術でもここまでが限界のようだ。……やっぱりポルカの霊泉の力が必要だな」

ということで、俺は予備役入りしてでもポルカに向かうことは確定。このままだと俺は軍人としても全然役に立たない。確実に退役だし。

ちなみに排便の世話はセレンがやたら嬉しそうに手伝ってくれている。


で、アンゼロスとオーロラについて。

アンゼロスは鎧がもうバッキバキにブッ壊されてしまったので、いい機会だから男装をやめることにしたらしい。

となると、どんな恰好をするかという問題が持ち上がり、セレンのように動きやすい北方エルフ風短衣にするか、ディアーネさんのような砂漠民族風の最低限の布面積で構成された服にするか、トロットの町娘風の膝丈スカートにするか、などいくつもの案が持ち上がって女連中の間で半日ほど盛り上がっていた。

が、最終的には手堅く、スリットの深いスカートとシンプルなシャツの上から矢避け用に刻紋の入ったベストを着るというスタイルに落ち着いた。

わりと活動的とはいえ、素直に女の子っぽい服装をしているアンゼロスは新鮮だ。

その上、あのルーカス騒動の最中に微妙に告白しあったような恰好になっているので最近ちょっと落ち着かない。

ちなみに髪に関しては毎日セレンに遊ばれている。今日は三つ編みだがポニーテールとかツインテールの日もある。

で、オーロラは当面、特務百人長預かりということで特別諜報旅団が身柄を引き受けつつ、さらにそこからの出向という形で俺たちについてくるつもりらしい。

アンゼロスというライバルを得て、元々なんだか競争好きらしい彼女は燃えているようだ。


そして、今後の予定。

俺たちはこういった諸事情のために今日までクラベスに逗留していたが、午後にはまた折り返しオアシスに向けて発つ。

ヘリコン経由でまずはディアーネさんの出身地であるオアシスコロニー「タルク」に向けて旅をする。

そこでディアーネさんの姉の一人であるヒルダさんという人を拾ってからライラのドラゴンパレスに行き、ライラにポルカまで連れて行ってもらおうという計画らしい。


「そのヒルダさんて何者なんですか」

「医者だ。魔法医学を専攻している、はず」

「はず、って」

「もう20年近く会ってないんだからしょうがないだろう。父上の話ではまだ医者を続けていると思うが」

「その人に治してもらえるんならポルカまで行かなくて済む……あれ？　拾うってことは連れて行くってことですよね」

「言っただろう。今の医学では正攻法でお前を治すのは無理だ」

「…………」

「だけど、確かポルカにはお前の他にもセレスタ先端の医者が必要な奴がいるって話だったと思ったが」

「……あ、そうか」

アップルのための要員として、わざわざお姉さんについてきてもらうということらしい。

わざわざ俺の他の女のためにそんな手配まで考えてくれるディアーネさんの真面目さがありがたくて愛しい。


「よし、忘れ物はないな」

「ありません」

「僕も大丈夫です」

「私はアンディさんがいればなんにも問題ありませんよー」

「他国への旅など初めてです。ワクワクしますわね」

馬車に乗り、クラベスを後にする。

数分してから、ベッカー特務百人長が走って馬車に追いついてきた。

「おい！　おい隊長！　わざとか！　わざと俺を置いていきやがったのか！　おい！」

両手に小さな酒樽を持っていた。

もしかして出発直前に急に買いに行かせたりしたのか。

「ちっ」

「おい！　隊長！　ちょっと！　シャレになんねーぞおい！」

……もしかしてディアーネさん、クラベスにいる間、特務百人長が邪魔で夜這いかけられなかったのを恨んでるのか。


それから一週間ほどして、森林領を抜け、砂漠を望む街ヘリコンに到着する。

そして呆然。

ヘリコンの目抜き通りの門に「ドラゴンの街ヘリコンへようこそ」と書かれた横断幕がかけられていた。

「……ディアーネさん」

「言うな。大体予想はついているだろうが」

「いや、でもさあ」

「アイツなら別に不思議でもなんでもないだろう」

グリグリとこめかみを揉みほぐすディアーネさん。呆れ笑いのセレン。溜め息をつくアンゼロス。

「そういや、隊長たちが発つ前の晩にドラゴン見たとかって騒ぎがあったな。あれで町おこしする気かよ」

「ドラゴンなんて。この近くにドラゴンパレスがあるなんて聞いたこともありませんわ」

ライラのことを知らずに、なんとなくついてきている特務百人長とオーロラは平和な感想を漏らす。

俺たちはしばらく門を見て脱力した後、事の真相を確かめるために目抜き通りを歩き出した。


そして、俺とディアーネさんの大体の予想通り、目抜き通りの真ん中あたりで昼間から酒盛りしているライラとその他一般市民の集いを発見した。

「……ほ？　おお、坊や。ディアーネもよう戻ってきた」

「おお、ライラ様のお知り合いか。ほれほれ一杯」

「よーっしゃ、ライラ様のお知り合いが来たぞー！　酒だ酒だもっと持ってこーい！」

「記念じゃ記念じゃー！　今日も記念日じゃー!!」

もうめっちゃノリノリの一般市民たち。

「こんなに景気のいい街だったっけ？」

「ほ。なんぞ我の噂を聞きつけて、近くにあったトカゲどものコロニーが一気に交易ルートを開いたらしくての。以来なんだか皆の衆大喜びでのう」

「……なるほど」

ディアーネさんが納得顔をする。

「どういうことです？」

「リザードマンは伝統的にドラゴンを主君に戴こうとする習慣があると聞いたことがある。この辺ではドラゴンは火竜戦争以来いなくなったことになっていたから、ライラの噂を聞いてリザードマンたちがみんなご機嫌伺いに交流を求めて来たんだろう」

「ああ……そうか」

リザードマンは優秀な商人が多いという。そのコロニーと友好的な交易ができるとなれば、そりゃ景気もよくなるだろう。

と、納得していたところで、後ろからあーっという声が聞こえてきた。

「十人長だー!!」

「うおっ!?」


松葉杖をついているので、背後を振り返るのも困難な俺。首をめぐらせると、背後からジャンヌが思いっきり飛びついてきて、ただでさえパワーのあるドワーフ娘のタックルに踏ん張れない俺が耐え切れるわけもなく、あっさりと地面に押し倒されてどざーっと滑る。

「あははは っ!!　十人長相変わらずひ弱だなー！」

「い、いや、今はちょっとマジでその」

「……な、なんだ？　どうして杖なんかついてるだ？　怪我しただか？」

「足ちょん切られて死にかけたんだよ！」

「なっ!?」

「いやほんと大変で。後で話してやるからちょっとどいてくれ、マジで動けない」

慌ててジャンヌが俺の上からどく。感覚のない左足から血が出ていないか、骨折とかしていないか確かめつつ、セレンに手を貸されて苦労して立つ……と、ジョッキを置いたライラがなんだかマジ顔で俺の目の前に仁王立ちしていた。

「坊や、どういうことじゃ」

「い、いや、ちょいとキッツい戦いがあって。その辺の武勇伝はあとで話すからその、な？」

茶化して愛想笑いしてなんとか場の空気を壊さないよう

にしようとしたが、ちょっと遅かったようだ。

ライラはいきなり服を脱ぎ捨てた。というか脱ぐなよ。

「森林領と言っていたか。……我の飼い主に牙剥くとは。明日から荒野領にしてくれようか」

「待て！　ライラちょっと！」

一瞬、意識がぶれる。

次の瞬間、ライラの姿が消え、広めの目抜き通りに全長50m超の黒いドラゴン出現。

「ちょいと待っておれ。焼き尽くしてくる」

「待て！　待てったら！」

怒り狂って空に火を噴くライラ。雲がいくつか吹き消える。

「な、なん、なん、なんですのあれはっ⁉」

「……お、おいおい、嘘だろ、マジでドラゴンかよ⁉　俺も初めて見るぞ」

さすがにパニックするオーロラと特務百人長。

「うおおお！　ライラ様がご出発じゃあ！」

「ライラ様、お帰りをお待ちしておりますぞ‼」

「ラ・イ・ラ！　ラ・イ・ラ！」

そしてノリノリの一般市民。乗せるな。

というか一番先頭に立って煽ってるの憲兵隊じゃねーか。

「やめろーっ‼」


危うく大惨事になるところだった。

「ふむ。権勢を駆ったマスターナイトか。我も無理にもついていけばよかったのう」

「あー……」

「それもドラゴンスレイヤーの器を隠し持っていたとはな。……許せぬ。ますます行けなかったことが口惜しい」

よかった。連れて行かなくて本当によかった。

こいつを連れて行ったら俺の足が壊れない代わりにクラベスが本当に灰になっていたかもしれない。


晩。

酒盛り場の近くにある豪邸（この辺の豪商の邸宅だったらしいがライラに献上されたらしい）に招かれ、なるべく軽く、面白おかしくルーカスとの戦いをジャンヌとライラに語ったのだが、目を輝かせるジャンヌとは裏腹に、ライラは憤懣《ふんまん》やるかたないといった顔で歯を噛み締めた。

「ま、まあ、結局俺は助かったわけだし。アンゼロスなんか大金星だし。ライラに借りた息吹の封石はその……勝手に使っちゃったけどさ」

「ほ。あんなもの、その気になれば百個単位で作れるから気にせんでもええ。しかし、そんな使い方をするとはの。書く時の力の入れようによっては手元で暴発していたかもしれんから、次からは物書きに使うでないぞえ」

「……はい」

よかった暴発しなくて。俺マジでラッキー。

「して、次は北の地か」

「その前にディアーネさんのお姉さん迎えに行かないといけない。アップルっていう、胸撃たれて以来眠りっぱなしのハーフエルフがいてさ」

「ほ。なるほどの。例の雌奴隷一号か」

「……うん」

「連れて行くにやぶさかでないがの。しかし大所帯じゃのう。背嚢《リュック》でも作ったほうが良いかもしれんの」

人間入りリュック背負ったドラゴン北の地へ、か。

……凄い絵ヅラかもしれない。

「うむ、わかった。この街も名残惜しいが、他ならぬ飼い主のためじゃ。行くとしようかの」

「ありがとう、ライラ」

「ほ。礼は熱き子種で良いぞ♪」

「お、おい、ライラ」

ジャンヌがいるのにあんまり生々しい話はしたくない。

と思ったら、ジャンヌはちょっと頬を紅潮させているが、別にわかってないって顔はしていない。

……というか、そういやジャンヌって俺と同い年だっけ。


「ふふ。我らとて二十日近くも何もしておらなんだわけではないぞえ？」

「わ、我ら？」

ライラはにーっと笑う。ジャンヌは視線を落とした。


この豪邸、屋上に浴槽がある。

水を運び上げなくてはいけないので、普通に考えたらやたら面倒だが、そこはそれ、屋上まで水を汲み上げる風車式の機械がついていて簡単らしい。さすが元金持ちの家。

で、その浴槽で、ジャンヌとライラの二人に手伝われて軽く汗を流してから、俺は洗い場の上に寝かされる。

砂漠近くで見る星はやたらと綺麗だった。

「さてと。まあ予想はついておるとは思うが。……今日はジャンヌからじゃ」

「……い、いいのかジャンヌ」

「うう……今さらそったらこと言うでないだよ、十人長」

ライラに着ていた薄布を剥ぎ取られて、ジャンヌの裸体が星空の下であらわになる。

ぺったんこの胸、可愛らしいお尻。ただし、淡い茂みだけはあるのがちょっとだけ目新しい。というか俺がいつも相手してるハーフエルフやダークエルフには種族的に陰毛が生えないだけなんだけど。

「ドラゴンパレスに戻ってから数晩、みっちりとジャンヌの性は開発しておいた。交わるということの心地よさもしっかりと幻影で擬似体験させておいた。今のジャンヌは完璧じゃぞ？」

「で、でも、お手柔らかに頼むだよ？」

ライラに股を開かされ、しーしーさせられるポーズで頬を染める幼い体。

そして、俺はライラの完璧な裸体とジャンヌの幼い裸体とのギャップに妙に興奮して、夜気に随分ガチガチになったちんこを晒し続けていた。

「ほ。やる気満々じゃの、坊や」

「ロリコンじゃないって言ってたから不安だっただよ」

「……そ、その」

ロリコンじゃあない。それは確かだ。

確かなはずだ。

しかし、いざしっかりと犯した豊満な女がそこにいて、その延長で、同じ舞台にこの小さく幼い性器が晒され、俺のちんこを待っていると言われると、不思議とそれにも興奮してしまう。

普段だったらきっと、そんなこと夢にも思わない。

しかし、犯されたがりで精欲しがりのマゾ女の性器の縦並びに、その小さく未熟で未使用の性器を並べられてしまえば、どうしたって想像してしまう。

その中はどれだけキツいのだろうか、とか。

男に蹂躙されてどれだけ痛がり、どれだけ悦ぶのだろう、とか。

この幼く軽い体がどれだけ性に狂っていくのだろう、とか。

夜空の下で、俺は否が応にもそれを思い浮かべて猛ってしまう。

「あはっ……十人長、アタシのここにちんちん入れたいだな？　アタシにハーフドワーフ産ませたいだな？　……ひ弱なくせに、鬼畜ぅ」

「お、おい」

「ええだよ。アタシもま○こに十人長を呑みこみたいだよ。十人長の精子で毎日入り口から奥までぐちょぐちょにかき混ぜられて、人間ハーフ孕んで、産みたいよ。アタシも変態だ」

「ほ。良いぞ良いぞ。よほど我の見せた幻影が気に入ったと見えるの♪」

「えへへ。……ライラ姉様、あんなことアタシに秘密で十人長としてたなんでずるいだよ」

「だそうじゃ。仲間に入れてやれ、我が飼い主殿♪」

「……お、おう」

どうも意図したのかしてないのか、ライラと同ベクトルの変態性欲に目覚めかけている気がする。まだ未経験なのに。

とはいえ、今の俺はそれを拒むことはできない。欲望的にも、肉体的にも。

変態マゾ女が自らの網に捕らえ、落としてくる、堕としてくる無垢な少女を、いきり立った分身で受け止めることしかできない。

「ん、くぅぅ……っ‼」

「うあ……」

にちゅ、と性器と性器が接触し、自分の手で固定して、突き刺さるように誘導するジャンヌ。そのままどんどんライラに押し落とされ、処女膜を息つく間もなく失ってゆく。

「くああっ……あぐ、うっ‼」

「じ、ジャンヌ、無理は……」

「無理、するだよ……もっと無理にアタシを犯すだよ。痛い方が、いいだよ」

ジャンヌが微笑む。本格的にライラと同調してしまったか。

「へへ……十人長が本当は強い男だってこと、アタシ知ってるだよ。ここぞって時に前に走れる男だって知ってるだよ。……今は十人長、アタシを犯せないから、我慢できなくてアタシから犯されるけど、でも十人長に犯されたいだよ。強い男に犯されるのが、いいだよ」

「……ジャンヌ」

「だからいっぱい痛くなるだよ。十人長気持ちよくするためにいっぱい痛くなるだよ。前借りするだ。十人長の猛り狂った牡の本能、前借りしてぶち込まれるだ。アタシ、そんなエッチ求めてるだよ。痛がってたって十人長が気にやむことない、アタシがそんな体験したいだけだ。さあ、いっぱいアタシのま○こ感じるだよ」

「……ったく、この変態娘」

「だな♪」

「ほ。全くじゃ♪」

染まるってことはその素養がある。

悦ぶってことはそれでいい。

処女だとか、幼いとか、関係ない。それで納得してるからそれでいいんだ。

だから、痛がりながら悦ぶ幼い体のドMドワーフ少女と、それを羨みながらグイグイ揺する変態ドラゴン女と、ちんこ立ててるだけの鬼畜男は、それでいて何一つ、誰一人理不尽を感じないまま、溶け合うようにセックスを完成させる。

「あは、痛い……痛い、だよ、十人長……！　アタシのま

○こめくれてる、だよ……十人長のおっきいちんこで広がってめくれてギチギチいってるだよ‼」
「ほほほ、ジャンヌはすけべじゃのう。実に良い表情じゃ」

「いい顔してるぜ、ジャンヌ……！」

「えへ、えへへ、そう、か？　アタシ、十人長、コーフンする顔、してる、だか？」

痛みに涙を流しながら、欲情に舌を突き出しながら、それでも幼い腰を決して引かず、引かせてもらえずに押し付けられ続けるジャンヌ。

その涙を長い舌で舐めながら絶賛するライラ。

美しい女二人との倒錯した露天セックスは、しばらく射精していなかった俺を容易に頂点に押し上げて、ジャンヌの幼い子宮にありったけの精子を暴発させる。

「ひぎゃあっ♪　じ、十人長、なんか、今、ああっ♪」

「おーお、綺麗なピンク色の汁じゃ。しかもこんなに大量に……」

「ひ、久々だったから……」

「あ、あはっ、こんな、こんな、あっ♪　……すご、い、ライラ姉様が、十人長にいっぺんで、夢中になるわけ、わかる、だよ……」

ビクンビクンと脈動に合わせて痙攣する、ジャンヌの細い体。ちょっと心配になる。

が、射精が終わるまで後ろから抱き締めて押し付け続けるライラによって、ジャンヌは子宮に最後の一滴まで受け止めることを余儀なくされる。

そして、最後の一滴を搾ると同時に、カクンと白目を剥いて気絶してしまった。

「お、おい、ライラ、ジャンヌが」

「ほほ。大丈夫じゃ、しばらくすれば目も覚めよう」

そのジャンヌを寝かせて布をかけ、今度はライラが俺のちんこにまたがる。

「全く、我ときたら失敗ばかりじゃ。こんな特濃の精が出るのなら我が先に坊やの餌食になるんじゃった」

「餌食になるってそんな変な言い方」

「ほ、じゃあどう言うと良いかの？　先にお主の逸物に刺されるべきじゃった、かのう。それとも先にオナニー穴になるべきじゃった、でも良いかの」

「どうしても俺がなんか物騒な犯し方したような言い方になるんだな」

「好みの問題じゃ、気にせんでええ」

「じゃあ、そうだな……」

そびえ立つようなライラの乳を見ながら、俺はちょっとだけ悪役な自分を引きずり出す。

「ライラ。俺のチンポを早くお前の穴で綺麗にするんだ。

早く子宮で吸い取れ」

「それじゃ。ふふ、動けないなりに我をいじめてくれろ♪」

「それがいいならな。さあ、俺の上で踊ってみせろ。身体中の穴をチンポに捧げて、俺の精液に自分から溺れてみろ」

「……はい、我が飼い主殿♪　我の穴という穴、どんどんチンポで埋めて精液塗って、尻穴でも口でも妊娠させて♪」

「お前がやるんだよ、穴女！」

「っ♪　はあっ、そう……もっと我を精子袋として使って……射精用の肉穴家畜に貶めてっ♪」

「いいから動け」

尻を叩く。そのたびにライラは悦んだ。

俺はライラの乳首を捻り上げながら、躍動するライラの膣穴の中に勝手に1回目の射精をぶちまけて、それでもライラに止まることを許さずに次を要求する。

マゾシチュ好きなライラにしかかけないチンピラじみた言葉を連発しながら、それに嬉々として従うライラを楽しむ。

「ほら、次は尻で楽しませろ。まだまだ俺は満足してないからな！」

「はあ……坊や、いや、我が主人……。あいわかった、我の尻穴、楽しんで……♪」


しばらくぶりに射精しまくって。

両方の穴からゴポゴポと精液を溢れさせて俺に添い寝するライラを撫でながら、俺は星を見上げて溜め息をつく。

「女と寝ている最中に溜め息とは失敬な奴じゃ」

「いや、俺、随分甘ったれてるなーって」

調子こいて怪我して、ディアーネさんに頼ってセレンに頼ってアンゼロスに助けてもらって、ライラを当てにして。

「馬鹿者。……甘えろ。その分我にも甘えさせてくれるなら、いくらでも甘えろ」

「でも……」

「お主が本当に異種族の女を惹きつけるものがあるとするなら、それはお主が甘えていることじゃ。お主が相手の価値を認め、頼ってくれることじゃ。そしてその弱さを受け入れて、我らの甘えを許してくれるなら、我らとていくらでもお主を許そう」

「……なんかイマイチわかんねえ。それでいいのかな」

「ほ。……悩め悩め。それもまたお主の男を磨くことになろう」

ライラは俺の首筋にキスをして、再び俺にまたがった。

◇◇◇

「ど、ドラゴン犯してる……あいつ実はスゲェ……？」

「……特務百人長。そのうち覗きが元で死にますよ」

「あ、アンゼロス十人長こそ何やってんだ」

「……た、たまたまスマイソン探してたら、こんな場面で」

「……お前も大変だな」

「ほっといてください」

◇◇◇

「おいライラ！　アンディは来ているか⁉」

朝方、ライラの邸宅にディアーネさんが飛び込んできた。

そしてベッドに絡まり転がっている俺とライラとジャンヌ。

「……ほ。ディアーネではないか」

「ほ、じゃない！　……よかった。アンディ」

寝惚け顔の俺を心底ほっとした顔で抱き締めるディアーネさん。

「今のお前では子供にだって襲われたら手も足も出ないからな。夜歩きして夜盗にでも絡まれたかと心配した」

「す、すみません」

よく考えたらディアーネさんに断らずに出てきてしまっていた。そのまま外泊は確かにまずかったか。

「ん。次からは気をつけろ」

ぽんぽん、と背中を優しく叩かれる。

と、その優しい抱擁の下で、裸の下半身をぺちょぺちょと舐める舌の感覚。

ディアーネさんが苦い顔をして俺から身を離し、確認する。股間にライラが顔を埋めていた。

「……この色ボケ竜」

「ほ？　別に発情しているは我ではないぞえ？　坊やのこが朝から女を欲しておるから慰めておっただけじゃろが」

ぬけぬけと言うライラ。ちょっと頭が痛い。

「ライラ。それは発情じゃなくて生理現象なんだ」

「野暮を言うでないわ。どうあれ勃ったら女に入れる、あれだけ女を飼ってまだそれが男の甲斐性と気づかぬかえ？」

「それは何か違うと思うぞ多分」

そんなのが甲斐性だったら街はただのレイプ地獄だ。

「大体ライラ、お前は昨日散々アンディとしたんだろうがずるいぞ」

「いやディアーネさん、そこで話をややこしくしないで」

「黙れ。私はベッカーの馬鹿が来てから二週間近く禁欲状態だというのに。もう我慢できない、とりあえず1回私にもシロ」

「え、あ、ちょっ⁉」

押し倒される。

ディアーネさんが手早く服を脱ぎ捨て、俺にまたがったその時、また玄関が開いて誰かが入ってきた。

「ごめんくださいな。スマイソンさんはこちらに……」

オーロラだった。

寝室に入ってきて絶句する。むせ返る性臭と、裸の幼女と、美女と、ディアーネさんと俺と合体シーン。

「……き、きゃあああああああああっ⁉」

一瞬で真っ赤になったオーロラは顔を押さえて脱兎の如く。

それを見送ったディアーネさんは、やれやれ、と溜め息をついて。

「続けよう」

「追わないんですか⁉」

「別にこの現場を見て想像することの何一つ、誤解というわけでもあるまい」

「ぐふ」

確かにそうだけど開き直りはよくないよ。多分。


青空の下、例の酒盛り場。

とりあえず旅の仲間一同、顔を揃えて朝食タイム。

「……朝食時に聞くことではありませんが」

こほん、とオーロラが咳払いをする。

「す、スマイソンさんの恋人はアンゼロスさんではありませんでしたの？」

「ち、違っ……いや、その」

アンゼロスが一瞬で真っ赤になって俯く。今日はポニーテールだ。

が、アンゼロスが俯いたのを見てオーロラはこっちに視線を向ける。

「その……まあそこは微妙な……」

アンゼロスとは距離感を掴みかねている。いきなり愛を囁くような関係になるわけでもなく、かといって今までの関係に戻れるわけでもなく。

極限状態だったとはいえ、少なくともあの時俺はアンゼロスを誰にもやらない、と言ってしまい、アンゼロスで俺の好意を受け入れるようなことを言ってしまった。その事実をどう扱っていいのか、お互いにもてあましている状態なのだ。

が、その辺のことは特に関係なく、セレンは隣から俺の腕を抱き締めた。

「誰が恋人でも私はアンディさんの雌奴隷ですから♪」

「なっ」

真っ赤になるオーロラ。そういえばオーロラは、ここに至るまでセレンが何者なのか、どうして俺にくっついてきているのかわかってなかったのか。説明した覚えないし。

「わ、私は……少なくともアンディとは添い遂げるつもりでいるぞ？」

少し恥ずかしそうにしながらも言い切るディアーネさん。

「そして我は今後飼われる予定じゃ」

「じ、十人長はすごい男だよ！　女の四人や五人ぐらい余裕だよ！」

「ちょ、ちょっとお待ちになって！」

オーロラは両手の人差し指でこめかみを揉み解しながらしばらく目を閉じて黙考。

「……こ、この中でスマイソンさんと、その、関係を持った方は……？」

セレンとディアーネさんとライラとジャンヌがパッと手を上げる。愕然《がくぜん》とするオーロラ。

「……ど、どういう……」

「俺も、その、ちょっと、えーと……」

「ほ、まどろっこしい。シンプルに白状せんか。みんな俺の女じゃ、責任持って孕ませてやると」

「…………み、みんな俺の女だから、責任もってはらま……ええと、とにかくそんな感じになったみたいよ？」

俺のチキンハートをどれだけ搾ってもそこまでしか出てこないんだけど。

「アンディ、もっとシャンとしろ」

「そーですよー、そんなんじゃ私たち不安になっちゃいますよ？」

ブーイング。不安になってるのは俺の方だ。

「……それでみなさん、納得……されて、るん、ですのね」

「納得……とは言いがたいが、まあアンディだからな」

「アンディさんじゃしょうがないですよねぇ」

「ほ。坊やは良い男じゃからの」

「だな♪」

くらくらとテーブルに肘をついて頭を抱えるオーロラ。

複雑な顔のアンゼロス。

よく考えたら微妙な距離感と言ってもアンゼロスは決して俺に近づこうとしているわけじゃないし、こんなだらしなく関係広げてる俺にはもう幻滅してるのかもしれない。

ちょっと凹んだ。

「……なあスマイソン、そうやって美人ばっかり引っかけるコツ教えてくんね？」

「と、特務百人長は素で引っかけられるんじゃないですか。顔はいいんだし」

「なんかテメーに言われるとムカつくな」

俺にどうしろと。

それはそれとして、俺の足の療養やアップルの治療、そして原隊復帰など、今後のことを考えると出発は早ければ早いほどいいということで、ライラはヘリコンの街のみんなにお別れ会だ。

「うおおん、ライラ様、行かないでくだされ」

「我々一同ライラ様を心よりお慕い申し上げます、是非とも連れて行ってくだされええ！」

「とは言うてものう。ここも良い街じゃ、寂れてしまうのは忍びない。たまに遊びに来るから、今後もここで待っていてはくれんか」

「なんとありがたきお言葉」

「そのお言葉だけで我々生涯をここの守りに費やしても悔いはありませぬ」

主にヒートアップしているのが憲兵隊の連中だというのがまたアレだ。

しかし一般市民も、リザードマンの行商人も集まってきて別れを惜しんでいるところを見るに、ただの変態憲兵のパフォーマンスでもなさそうではある。

「ドラゴンの加護は何より心強い話だからな。それで人をとって食うわけでもなし。いや、ことによっては二、三人生贄を捧げてでも、ドラゴンのお気に入りの街になれるなら安いと思われているだろう」

ディアーネさんはそう解説してくれる。

確かに治安の良くないセレスタ、そして砂漠と森林領との境目にある、いつはぐれた魔物などとの戦いに巻き込まれてもおかしくないヘリコンだ。強い君主が欲しいというのは市民みんなの想いなのだろう。

「心配せんでもよい。竜の翼ならたとえ砂漠の向こうからでもヘリコンなどすぐじゃ。どこにいようとも遠くなどない」

「おお、ライラ様……！」

「そうだ。今回はライラ様との別れではない。ライラ様の旅立ちなのだ」

「う、うむ、我々は見捨てられたわけではない、ライラ様のお帰りを待つ大任を命ぜられたのだ！」

「そうだ！　ライラ様万歳！」

「ラ・イ・ラ！　ラ・イ・ラ！」

ポジティブだなあ。

「というわけで、別れの杯を酌み交わす暇をくれんか。なあに、日が傾いてからでも１００㎞程度なら夜までには着くからの」

「あ、ああ、いいよ」

やっぱり別れでも酒だ酒だ、なヘリコン市民。ある意味、すごい楽しい街かもしれない。

ちょっとだけ暇ができたので、今のうちに道具の買い足し。

俺たちがライラの知り合いだということは知れ渡ったので、色々な店でオマケや値引きをしてくれる。ちょっとセコいが、俺も裕福なわけではないので今は利用させてもらおう。

「お、火打石……これはよさそうだ、とと」

商品を手に取ろうとして、松葉杖から重心が脱落してよろめく俺を慌てて支えるセレンとジャンヌ。

「はは、いいね兄ちゃん、両手に花で、しかもライラ様のお気に入りか」

「ハハ。で、これ、火の出はいいの？」

「悪いのなんて置かねえよ。ほくちもサービスするぜ」

「お、景気いいね。買った」

ほくちとは火打石と一緒に持って火花で引火させる綿だ。消耗品なので助かる。

と、そこで懐かしいデザインの小ビンを発見。

「あ、これ」

「おお、昨日入ったんだよ。トロット教会印の祝福の塩」

流通量は少なそうだが、しっかりここまで届いているらしい。懐かしいトロットの食卓のお供だ。

「安くしとくよ、どうだ」

「ふた瓶もらえる？」

「あいよっ」

一緒に包んでもらう。

ひと瓶はアンゼロス用だ。こないだ砂漠迷宮で分けてもらったし、ここのところ世話にもなってる。安いお返しではあるけど、今の微妙な距離感で、誠意と感謝を少しでも見せられるタネがあるならいいだろう。

その瓶を持って、宿の周りでアンゼロスを探す。

少しでも喜んでくれるといいな。

と、ぴょこたんぴょこたん松葉杖で大股歩きしていると、宿の裏手にあった広場でアンゼロスを発見。木々の向こうでよく見えないが、剣の練習をしているようだ。

手の中の塩瓶を確かめて、近づこうとする。が、その視界の中で、アンゼロスがいきなり消えた。

「!?」

驚いて塩瓶を落とす。それを拾おうと慌てて、そして思ったより近くで金属のぶつかり合う音がしたのでさらに慌てる。

顔を上げると、目の前ほんの３ｍのところでアンゼロスと特務百人長が鍔《つば》迫り合い。それも一瞬のことで、すぐに飛び離れて消える。

上空で、遠くで、近くで、明後日の方向で、目の前で。

次々と場所を変えながらアンゼロスと特務百人長が剣戟を重ねる。

一瞬ずつ見えるアンゼロスの目は真剣そのもの。対する特務百人長はまだまだ余裕という感じだ。武器もアンゼロスに合わせてショートソードだし、力の差を感じる光景だった。

「っだあああぁぁぁあああっ!!」

ブンブンブン、ガン、ギン、ガン、ブンブン、ガギンッ!!

空振りの豪快な音と、打ち合う音が不規則にあちこちで鳴らされる。

アンゼロスの雄叫びも、遠く近く。

いつもならズンと構えて後の先を取るのがアンゼロスの戦法だが、この動きはルーカス戦で見せた新しいものだ。本当は、重い鎧をつけないアンゼロスにはこれだけの動きを見せる力があったのだ。

その華麗さに見とれる。

そして、特務百人長はそのことごとくをかわし、捌き、いなして外し、最低限度の力でアンゼロスの突撃を処理してのける。

やっぱりこの人は、強い。


「ほい、よっ、と!」

「っく!?」

アンゼロスが大振りした隙を狙って特務百人長は足払い。勢い込んだアンゼロスは豪快に転び、体で芝生の上を削っていく。

特務百人長はそのアンゼロスにすぐ追いついて、アンゼロスの持つ剣を踏みつけ、首筋をトンと自分の剣の柄でつつく。

「ほれ、俺の勝ち」

「うぐ……」

「参りました、は?」

「……参りました」

ぺとん、うつぶせに地面に伸びるアンゼロス。

「アンゼロス十人長は高速戦になると途端に攻めが強引かつ単調になるな。なんだ、まだ長時間の機動戦闘は体がついていかなかったりするのか」

「いえ、そんなことは……」

「まずは落ち着け。相手が走り回り始めたからって惑わされるな。見えていればいつでも追いつける。……それにあの『斬風剣』をうまく使えよ。ドラゴンはどうだか知らんが、普通は誰だって空は歩けない。一度引っかけちまえば数秒間、行動の選択肢をメチャクチャ限定できるんだ。相手を問答無用で吹っ飛ばせるのはすげえアドバンテージだと思うぜ」

「はい」

アンゼロスはやっぱり剣士なんだなあ、と思う。

最初は悔しそうだったけれど、特務百人長の講評を聞いているうちにどんどん素直に、真剣に、ワクワクした表情になっていくのがわかる。

やっぱり剣士、前衛同士にしか通じ合えない部分が存在するのだろう。あんな顔は俺に見せてくれたことはない。

「……あとさ、俺のことをいちいち特務百人長って呼ぶのやめねえ？」

「はい？」

「呼びにくいだろ。ジークとかベッカーとか、普通に名前で読んでくれ」

「え、えっと……じ、ジーク……特務百人長」

「それじゃ余計長いだけだろうが！」

「は、はい。その……ジーク、さん」

「よしよし。代わりにお前のことはアンゼロスでいいか？」

「え、ええ、それは構いませんが」

………………。

なんだか、見てはいけないものを見ている気がしてきた。

いや、見られていたってアンゼロスや特務百人長は気にもしないだろうけど。俺が見てはいけないものな気がしてきた。

「……戻る、か」

草の上に転げた塩瓶を見て、取るのは諦めて。

そのまま、そっと宿に去る。


そういや、そうだ。

特務百人長は俺よりもハンサムで強くて結構気さくで、アンゼロスにはいろいろと好感度高い。上着貸したりとかもしてたし。

俺は俺で、ディアーネさんやセレンやライラやジャンヌと好き放題乱交しまくっといて、アンゼロス自身には何もまともに話しかけられない体《てい》たらくだ。

アンゼロスから見たらどう見える。

アンゼロスにしたらどう思う。

……大体、あの時俺はアンゼロスを助けようとして結局アンゼロスに守ってもらった、ただのドジっ子じゃねーか。

ちょっと気のある素振り見せられたからって舞い上がるほどのものか？

むしろ、成り行きとはいえ女をこれだけ引っかけて、まだアンゼロスまで欲張ろうなんて、これじゃルーカスと何が違うってんだ。

「うあー……」

自惚《うぬぼ》れてた。

なんでアンゼロスと特務百人長が絶対くっつかないなんて思えたんだ？

なんであのまま、悠長に関係改善した末にそのうち俺とくっつくなんて都合のいいこと考えられたんだ？

アンゼロスは可愛いし、真面目で気立てもいい。特務百人長はアンゼロスより年上だが、元々異種族、どうせ俺もちょっとしたらすぐに老いて長寿の彼女たちより先にぽっくり逝くんだ。歳の差なんて関係ないっちゃ関係ない。

なんだよ。完璧じゃんか。

「……でもダメージでけえー……」

チェックアウト直前のベッドの上で、俺はゴロゴロ転がる……と感覚のない足を知らずに傷めるかもしれないので、ただグデーンと伸びたままに一人で唸る。

うん。何もかも自業自得の自意識過剰。誰にも文句なんか言えない。

だからもう、とりあえず一人で唸る。いいじゃんこれぐらい許してくれ。

と、そこでコンコン、と軽やかにドアが叩かれた。

「誰？」

一瞬アンゼロスかと思って、どんな顔をしようかと胸の中にとっ散らかったグチャグチャを無理矢理整理しようとする。

が、返ってきたのは、別人の声。

「オーロラですわ」

不謹慎にも安心してしまった。とりあえず不機嫌でも反応が鈍くても、付き合いの浅いオーロラになら「ちょっと疲れてるから」とでも言えば誤魔化せる。

「いいよ。入って」

「失礼いたします」

オーロラはドアを開けて優雅に一礼。ドアを閉めて鍵をかけ、そして伸びている俺のベッドまで、静かな足音を立ててゆったりと進んでくる。

「何？」

「それはこちらのセリフ……というべきなのでしょうか」

「？」

「いえ、まあ、お気遣いなく。全てわかっておりますから」

何を言ってるんだオーロラは。

と思って首をもたげる。

そしてびっくりした。

なに午前中の日の高いうちからスケスケの薄布のネグリジェ着てるんだ。

「ふふ。つまり、要はルール無用の寵愛争いということですのね？」

「お前は何を言っているんだ」

「本来、殿方のお誘いもないうち、女の方から色仕掛けなど品性の欠片もないと切って捨てるところですが……今回ばかりは悠長なことを言っているような事態ではないと、ようやく理解しましたわ」

「いや、だから何。なんでそうなるの」

「スマイソンさん。……わたくしも寵愛をいただきたく思います」

「は？」

「わたくし、ライバルはアンゼロスさんと存じておりました。そしてスマイソンさんは人間の世の倣い通り、一人の女性だけ愛することを道義と心得ているものと、今朝まで思っておりました」

しっとりと俺にしなだれかかりながら、目を覗き込むようにしてうっすら微笑むオーロラ。いつもの凛とした雰囲気からは想像しにくい表情だ。

「ですが、あのセレンという混ざり……いえ、ハーフエルフはともかく、ディアーネ様やあのドラゴン、そしてドワーフまでをも既に夜の序列に加えているとなれば話は違います。……わたくしは、貴方とじっくり恋を育て、いずれはエルフと人の世の掛け橋となる愛を、と悠長に考えておりました。ですが、私は貴方にとって唯一の姫たること叶わず、また貴方は王でも貴族でもなく、世継ぎを多く残す必然もない。自らを磨いて待っているだけで男性に誘われる夢を見られる、社交の世界の恋とは根本的に違うと悟りました」

「いや、そこで縁がなかったと諦めて他にいくのが普通じゃ……ほら仰る通り俺貴族でもなんでもないし」

「わたくしに負けを認めろと仰いますか」

「何と戦ってるんだお前は」

こいつ、態度はちょっと変だけど本当はわりと常識人だと思ってたら、やっぱ根っから変だ。

「わたくし、一度決めたことは決して諦めないのが身上ですの。他に敵がいるというただそれだけで、初恋を諦めるなど言語道断ですわ」

初恋は実らないものとかそういう言葉はエルフにはないらしい。

「……略奪愛もまた華麗な愛のひとつの形。わたくしの実力で、ディアーネ様よりも貴方の寵愛を多く奪ってみせましょう」

「い、いや、初恋ってのはわりと別の衝撃を勘違いしてるのが多いって言うからホラ。軽々しく体の関係持ったりしたら後で絶対後悔すると思うし」

自分で言ってて白々しいが、オーロラは今までで一番勘違いっぽい。

「ご心配なく、人間よりもわたくしたちの時間は有り余っています。死が二人を分かつその時まで添い遂げてなお、熱情を恥じるには若すぎるくらいですわ」

そして世の中には勘違いを突き抜けるまで押し通して生きてる奴も多い。オーロラは多分そのタイプだ。

「だ、だって俺浮気者だぞ？　寵愛とか言って調子に乗せてるとルーカスみたいに勘違いしちゃうぞ？　いくら一番取ったってそれで落ち着くとは限らないし」

「それでも構いませんわ。幾度でも貴方の一番となってみせましょう。さあ、貴方の寵愛を下さいな」

最後の抵抗も潰される。

今の俺はダッシュで逃げようったって逃げられる体じゃない。

半ば失恋した直後だけに、その熱情と温もりはひどく心地いいけど。

……ああ、俺って駄目人間だ。駄目人間なのに。

「んっ♪」

オーロラは興奮した舌使いのキスで俺を侵略する。

くそ。もう知らないぞ。あとでアンゼロスみたいに幻滅したって責任取らないぞ。


薄布のネグリジェを引き解く。

「あんっ……」

「さすが、お嬢様だけあって綺麗な体だな」

「ふふ……とくとご賞味あれ。貴方の数多の女の中で、これから誰よりも多く使うことになる体ですわ」

自信満々だ。これから初体験だっていうのにこの肝の据わり方は結構すごい。

「……胸薄いけど」

「な、何を仰います!!　これからですわ、これから成長いたしますのよ!?」

気にしていたらしい。胸のことにふれた途端、真っ赤になって逆上した。

「……純血エルフが成長する頃には俺の10代先の孫が枯れてそうだけど」

「ち、違います！　わたくしまだ成長期です！」

待て。

「確かディアーネさんに前聞いた話だと、エルフの成長期って18あたりで止まってそれから800年くらい鈍化するって」

「で、ですからわたくしまだ17です！　あと10ヶ月ありますわ！」

……落ち着け。

落ち着け俺。

「……何お前ハタチいってないの？」

「いけませんか？」

「いやその」

じ、17って大丈夫だよな？　トロットでも16から結婚大丈夫だったもんな？

ジャンヌと違った意味で「いいのかなあ」って展開だ。まさかエルフを相手に歳の心配するハメになるとは思いも寄らなかった。

「ここまで来て、わたくしの肌を隅々まで見ておいて、今さら『できません』はナシですわよ？」

「……わ、わかった」

確かにそうだ。もう知らん。ハラを括ろう。

……ああ、何度俺は「知らないぞ」とか思ってるんだ。こないだの自分の独占欲もエゴも認めようって決意はなんだったんだ。

駄目だ駄目だ。自分の肉欲を満たしている時ぐらい、人のせいにせず自分の中のそういう欲深くて醜い部分をきちんと見つめよう。認めよう。

そうじゃなきゃ、抱かれた相手からしたって情けないじゃないか。

「や、んっ……そんな、乳首っ……」

「俺が死ぬまでこの体、味わわせ続けるんだろ？　こんな序の口だ。俺に好きにやらせておくと、毎日穴という穴使って中出しして、それだけじゃない、この乳首にも背中にも手のひらにも顔にも耳にも、ありとあらゆるところにちんこと精液なすりつけるぞ」

「ん、ふふ……そうですわね。ワクワクしますわ」

「いい度胸だ」

「殿方がこんなに私の全てに欲望を示すなんて、初めてですもの。顔や剣腕、血筋に興味を示した方は……あんっ……お、多くいましたが……わたくしの身体全てに、そこまで雌としての価値を見出すなんて。それが恋しい貴方だと思うと、否が応にも疼きますわ♪」

「本当に据わってんなあ……」

ほとんど脅すような、彼女のもっとも嫌がりそうな汚らわしい表現でこれからすることを囁いたというのに、その挑戦的で陶酔的な眼差しは変わらない。

こいつは本当に大物かもしれない。ルーカスをいずれ排し、クラベスの女王となる器かもしれない。

そんな女が、俺の手指で、舌で感じ、喘いでいると思うと余計に興奮する。

チクチクと、アンゼロスのことで胸が疼く。

アンゼロスと特務百人長がこんなことしてたら、と思うと脳髄に嫌な音が響くが、今は無視。

どうせ、俺はそれを否定できない。ルーカスと違って特務百人長は文句のつけようもない。だから俺にできることは、それから目を逸らすことだけ。

このしなやかな少女の肉体に溺れて、目を瞑ってやり過ごすことだけだ。


「そろそろ、入れるぞ」

「は、はあっ……はぁっ……はいっ……」

赤い髪を振り乱し、オーロラは俺の言葉にこくりと頷く。処女をこれから失うという、その重大さをさっぱり感じていない、まるで聞き流すかのような頷き。

そのまま突き破ってしまっても、オーロラはきっと何事もなかったように気にしないのだろう。そういう豪胆さをこの娘からは感じる。

だが、俺はそれでも強く自覚させたかった。俺の上で初めてを失うということを。

「さあ、オーロラ。ねだってみろ」

「……え?」

「『エルフの姫であるわたくしの処女膜を、人間平民チンポでブチブチ引き裂いて子宮にくっつけて射精して孕ませてください』とねだってみろ」

「……はあ……はあ……」

息を荒らげつつ、ぼんやりするオーロラ。

自分がしていることを、自分の立場を、相手の正体をしっかり自覚して、それで取り返しのつかないことをしようとしていると、自覚させながらじゃないといけない気がしていた。

オーロラはうっすら笑う。

「アンディさんはそういう趣向がお好みですの?」

そうして、俺の上にまたがり、ゆっくりと小陰唇を開いて、ちんこにキスさせながら、オーロラはしっかりした口調で言う。

「さあ、今から誇り高いエルフの尊い血統、クラベスの姫であるわたくしの処女膜をアンディさんの人間族の平民の極太チンポで残らず引き裂いて、血まみれの膣をずぽずぽして子宮に直接ドクドク射精して、しっかりハーフエルフを妊娠させてボテ腹にしてくださらないと承知いたしませんわよ?」

「……アレンジ入れすぎ」

「繰り返しましょうか?」

「もういいよ」

やっぱこいつは役者が上だ。全部わかってて、自分の優雅さ、上品さを意図的に貶められているのを理解した上でそれさえ呑み込む器だ。

俺の負け。

そう思いながら、俺は亀頭と陰唇をキスさせているオーロラの細い腰を掴んで、引き降ろす。

「あ、……ぎ、あ、う、ああっ!!」

さすがに痛いらしい。強引に押し付けられる腰と腰の間で、突き上げるちんこに処女膜が音を立てて引き裂かれ、オーロラが目を見開いて痛がる。

「い、痛っ……こ、んな……」

「ほら、まだ入っただけだぞ？　俺動けないんだから、お前が動かないと終わらないんだぞ」

細く引き締まった太腿をパシンと叩く。ふるふると震えて痛みに耐えていたオーロラは、ビクンと震えてから、涙を浮かべつつむくれた。

「せ、せっかくの処女喪失ですのに……もう少し浸る気はないのですか」

「痛いの長引くと困るのお前だろ。大体夕方までには身づくろいも終えてないといけないんだぞ」

「もう。雰囲気のないお方」

「わざとだ」

「つれないお人……♪」

そう言いつつも、突き刺さったちんこを腹の上から愛しそうにひと撫でする。

「ですが、勝負を降りるのは主義に反しますわ」

「いや勝負って」

「ふふ……わたくしの一人勝負。貴方に努力できる場所はありません。宣言通り、貴方を射精に導くことがわたくしの勝利ですわ♪」

「痛いぞ？」

「どうさせたいのですか、貴方は……まあ、どちらでも同じですわ♪」

くい、くい、とオーロラが小刻みに腰を動かし始める。

まだ痛いはずなのに、それを押し殺し、俺のちんこを喜ばせる動きを模索し始める。

それは決して容易なことではないはずなのに、オーロラは脂汗を流しながらあくまで優雅な笑みを浮かべて腰を振った。

「す、すげ……」

「ふふ。見直しましたか？」

「……し、処女がこれだけ腰振るなんて……できないぞ、普通っ……」

「これでも天才と呼ばれた器ですもの」

「それ、剣だろ……」

「何事においてもわたくしは負けませんわ」

「エロの天才と言われて嬉しいのか……？」

「貴方に言われる分には……♪」

駄目だ。こんな切羽詰まってるのにこいつに言い勝てる気がしない。

その情熱的な腰の動きと、強情な熱意に、俺はちんこの先から白旗を揚げる。

「あ、はぁ……っ♪」

オーロラはのけぞる。窓から差し込む、よく晴れた青い空の光の中で、その赤い髪がやはり優雅に踊った。


軽く濡れ手ぬぐいで身づくろいをした後、アンゼロスのことをやっぱり思い出しつつ、宿の一階の水浴び場に向かおうとする。

と、ドアを開けたところでアンゼロスと鉢合わせた。

「あ……」

「……す、スマイソン……？」

一瞬真っ白になる。

アンゼロスもしばらく口をパクつかせて、何も言うことが思いつかなかったのか、パッと踵《きびす》を返して
「あ、後でっ！」

と叫んで走り去っていった。

ポニーテールが角の向こうに消えてから、下に何かが転がっていることに気づく。

……泥と草が少しついた、祝福の塩。

「……気づいてた、のか？」

だとしたら、ちょっとは俺を気にしてた……？

そして、ふと振り返って、部屋の中ではオーロラが気だるそうに首をもたげて……ああ、これ見たよな。

「……うあああああ」

最悪。

どんどんアンゼロスに不信感持たれる方にばかり転がってる。

駄目すぎる。


「さて、そろそろ行こうかのう。皆の衆、達者での。また来るぞえ」

「ライラ様ぁぁぁ」

「お待ちしておりますぞー!!」

たくさんの人々に見守られながらライラ、全裸になってからドラゴン体に変身。

ここまで毎回全裸を貫かれると、本当に全裸にならなくてはいけない理由でもあるんじゃなかろうかと思えてくる。

「ほれ、全員乗れ乗れ」

軽々とジャンプで背中に飛び乗るベッカー特務百人長とディアーネさん。セレンはまるで足に糊か何かついてるんじゃないかという器用さで軽々と駆け上がり、オーロラも器用に、優雅に続く。ジャンヌは背に一列生えているトゲトゲを利用して猿のようにひょいひょい登り、そして俺は……ええと？

「どうやって登ろう」

「……世話の焼ける奴」

最後まで順番を待っていたアンゼロスが肩を貸そうと、俺の腕を取る。

「い、いや、いい」

「……スマイソン？」

さっきの釈明もまだなのに、それでも何事もなかったように手を貸してくれるのは嬉しいけど。

でもそれも、半ば自分のせいで俺の足が駄目になったことに対する負い目からで、もう心はベッカー特務百人長に傾きかけてるんだろうと思うと、なんだか変な動悸がきてアンゼロスに触れない。

「おい、何を……って、そうか」

上から俺の状態を見て取ったディアーネさんが、飛び降りて俺の松葉杖を奪い取り、ライラの背の上に向かってぽいぽい投げ上げる。

「ベッカー、死ぬ気で取れ。壊れたらお前徒歩な」

「ちょっ⁉」

慌ててそれをキャッチするベッカー特務百人長。

そして俺を横抱きにして、ジャンプ一発、ライラの背の上に軽く着地。

「アンゼロスも急げ」

「は、はいっ」

それを呆然と見ていたアンゼロスだったが、よじ登ろうとしてスカートなことに赤面し、しばらく考えて、意を決してディアーネさんのようにジャンプ。

でもスカートが舞い上がるのは避けられず、ライラの背に着地してから、しばらく俯いて一人で恥じ入る。こういう時耳が突き出しているエルフ族は読みやすいことこの上ない。

「白か」

ベッカー特務百人長が真面目に呟いて、直後にアンゼロスの斬風チョップでブッ飛ばされる。

「え、うわ、おいここ高ぇんだぞ、アンゼロス、うわあああ⁉」

そのままライラの背から地面に落っこちて……と思いきや、背びれのひとつにちゃっかり命綱をつけていて地面激突だけは避けているあたり特務百人長は強い。

が、ライラはそれを知ってか知らずか。

「ほ、全員乗ったな。では行くぞえ」

そのまま離陸。

「え、うわあああああ⁉」

ばっさばっさと羽ばたく翼に煽られ、肩から前にぶら下がった特務百人長が登ってこれない。

「お、おい、ちょっと、ドラゴン姉ちゃん、待て、待てって‼」

叫び声がぶらんぶらんと振り回されて聞いている方が不安になる。

「……ほ。どうしたものかの」

「まあ奴にはちょっといい薬になるだろう。女の恥ずかしいところは見た者勝ちだ、という奴の性根は、一度正しておかねばならないと思っていた」

「ふむ。まあせいぜい数十分じゃ、ちょぃいと眺めを楽しんでおれ」

「隊長ぉぉぉ⁉」

そのままぶら下がり飛行確定。

「あー……」

アンゼロスが微妙に気まずい顔をする。あれでいいんですのよ、ええだええだ、とオーロラ&ジャンヌから肩を叩かれる。

「……ていうかベッカーさんっておいしい人ですよねえ、いろいろ」

セレンはちょっと意味のわからないことを言っていた。

夕日を追いかけるように西に進むこと数十分。

すぐに眼下に大きなオアシスとその周りに広がる街が見えてきた。

「今度はちゃんと幻影つけてるだろうな」

「ほ。二度も三度も同じことはせんわ」

ばっさばっさばっさ。

街の近くの荒れ地にゆっくりと近づく。

と、その途中で特務百人長のギャーという叫び声とともに、垂れ下がっていた綱がプラーンとテンションを失った。

「……落ちた？」

「途中でヤシにでも引っかかったんだろう。なに、ベッカーだ死にはしない」

酷い扱いだったが、後ろを見たらディアーネさんの言う通りにヤシのてっぺんにしがみ付いていた。

そして、着陸。

「ふう。平和な着陸って素晴らしいのう」

「そう思うなら二度とやるなよ」

「わかっておるわい」

　パッと俺を抱いて飛び降りるディアーネさん。松葉杖はセレンが担いで駆け下りる。そのどちらも手伝おうとして、結局仕事を取られて困った顔をするアンゼロスがなんだか痛々しい。

「…………うぅ」

「あ、アンゼロス。別にそんな無理に手伝わなくてもいいから」

「でも……」

　責任感の強いアンゼロスのことだから、そう言われてハイそうですかとも言えないのだろうが。

　うう、なんだかモヤモヤする。


　オアシスの街・タルク。

　このあたりで一番の巨大オアシスを中心に発展した街で、ダークエルフコロニーにしてオーガコロニーでもある。この街だけでなんと一万人のダークエルフと八千人のオーガが住んでいるそうだ。

　エルフにしろオーガにしろ、せいぜい数百人程度のコロニーしか見たことがなかった俺にはほとんど異世界だった。

「周辺の小さい集落を含めると、このあたりのオアシス地帯全体では七万のダークエルフがいると言われている」

「へえ……」

　街の中を歩きながら説明される。まあ人間の街ならトロット王都は10万都市だし、クイーカなんてそれ以上だけど。ダークエルフがそんなにいるということ自体、ちょっと想像の範疇を超えていた。

　もっとこぢんまりした、せいぜいこの十分の一くらいのコロニーだと思っていた。

「ダークエルフは随分せせこましい街を作りますのね。まるで人間の街のよう」

　日干しレンガで作られたタルクの街を見回しながら、オーロラが言う。

　ディアーネさんは苦笑した。

「まあ、森エルフと比べてくれるな。我々には緑豊かな恵みの森はないから、どうしても他種族と仲良くしなくてはならないし、森エルフに比べて家族意識も強い。寄り集まって暮らした方がメリットが大きいんだ」

「ふぅん……」

　道ゆく人、みなダークエルフ。時々オーガ。

　そんな街を興味深げに眺めるオーロラ。一応エースナイト試験のために首都クイーカは訪れていることだろうが、人間以外の他種族のコロニーなんて初めてなのだろう。

　……17歳といったら俺だとトロット戦争直前か。やっぱりポルカと王都以外知らなかったんだよなぁ、その頃。

「それより今夜はどこに宿を定めるのじゃ？　さすがにこの一行じゃと奇異の目が痛いのう」

ライラがぼやく。それは手ぬぐい二枚で乳と腰だけ覆って歩いているお前の恰好にも問題があると思うんだが。なんであのまま服置いてくるんだよ。

「……ま、確かにな」

「森エルフにハーフエルフ二人、人間二人にドワーフにドラゴ……むぐぐ」

数え上げようとしたらディアーネさんに口を塞がれた。

「アンディ。……ライラがせっかくうまいこと潜り込んでこれたのに、わざわざ往来で正体口にしてどうするんだ」

「す、すみません」

うっかりしていた。

「とにかく変な一行なのには変わりないよな」

「クラベスほどじゃないけど、人目を集めているのは感じますしね」

特務百人長とアンゼロスも同意する。

「そうだな。宿は私の家を使おう。なに、客の七人八人で困るようなところじゃないから安心しろ」

ディアーネさんが歩き出すのに従い、ぞろぞろと続く俺たち。


思えば大所帯になったもんだ。

このコロニーから政治家が選出されているということは、その政治家は少なくともコロニーリーダー級の人物であるわけで。

「ようこそタルクへ。当コロニーのリーダーで、ディアーネの兄のカルロスと申します。妹がお世話になっております」

「……お、お世話になります」

ディアーネさんの父が大臣なら、コロニーリーダーは彼の息子ということらしい。

カルロスさんはディアーネさんの九十二人の兄弟の次男で、柔和な雰囲気の眼鏡の青年だった。青年といっても見た感じで既に俺より年食ってるわけで、しかもあの１００0歳のアシュトン第六大臣の次男だから、なかなかの年齢と思われる。

「７３０歳だ」

俺の疑問を聞き取ったかのように、ディアーネさんが呟く。

「７２８歳です」

「変わらんだろう」

「いいかいディアーネ。そういうドンブリ勘定は君のような荒い仕事では通じるんだろうが商売の世界では致命的なんだよ？　うっかりお釣りを渡し間違えてお客を帰してみろ、それまでどれだけ誠実に商売していても『あの店は釣り銭詐欺をやる店だ』と言われたらそれでもう積み上げた信頼なんて地に落ちるんだ。いつも言っているがね、腕力で動くものは所詮腕力で奪われるものでしかないんだよ？　その世界の大雑把な感覚で物事を断じてもらっては困るんだ。お金のやり取りは所詮セコい打算とハッタリでしかないと思うだろうが、長い目で見るとやはりこれは積み重ねた信頼と親愛で繋がる世界なんだ。いい加減ディアーネも腰を落ち着けてタルク商工会の仕事を覚えてだね」

「……客を立たせて身内に説教というのは勘弁してくれないか、兄上」

「……こ、これは失礼」

ダークエルフだけあって若く見えるがそこはそれ、やはり年寄りということか。

でもなんとなく自分の仕事に誇りがあるのは見て取れる。いい人なのだろう。

俺たちはカルロスさんの邸宅の庭にある離れを貸し与えられた。

離れといっても三階建ての石造建築、広さは並の宿屋を軽く凌駕するくらいある。ディアーネさんを入れて八人分の宿には充分すぎる大きさだ。

「部屋は自由に使ってくださって構いません。知っての通り大家族でして、いざという時の泊まり部屋には苦労しないようにしているのですが、皆飛び回るタチでして。この敷地内で実際に使われている部屋は三割もない有様で」

「ま、そういうことだ。多少大きい声を出しても心配ないぞ……？」

ディアーネさんが俺に囁くと、耳をピンと立てたカルロスさんが目を吊り上げて振り返る。反応の速さからして、そっちのことも気にはしていたらしい。

「ディ、ディディディアーネっ⁉　ま、まさかその、その、そんな、そんな人間とまさかっ⁉」

「そんなとは何だ。……まあ、剣を貰った仲ではあるがな」

「お、おおおおおにーちゃんはそんなの知らないよ⁉　今初めて聞いたよ⁉」

「言ってないからな。……紹介しとこう。彼が私の恋人で人間族のアンディ・スマイソン。トロット人で優しくて気が利いて手先が器用で、父上に負けないほど夜に強いんだ」

「ストーーーップ！　な、何、今どこまで進んでるの⁉　A？B？　夜に強いとかなんだよ⁉」

「無論、運がよければもう子供ができていてもおかしくないところまで」

「ノオオオウ‼」

カルロスさん。あなたの家系の男は取り乱すと面白い人ばかりですか。

「うわーん！　ディアーネのばかー‼　おにーちゃんもう知らないかんなー‼　畜生滅び去れヒューマン‼」

泣きながら走り去った。愛されてるなぁディアーネさん。

「……しかしなんか物騒なこと言ってますが」

「いいんだ。兄はああいう奴だから」

数秒して戻ってきた。

「言い忘れてたけど朝ご飯は８時に僕んちの方の食堂だかんなー‼」

また走り去った。

「……いい人ですね」

「うん。それは間違いない」


急な訪問で、カルロスさんちも夕食八人分も余計に用意するのは時間がかかるという。

さすがにそれは悪いので辞退し、夕食はとりあえずタルクの街の屋台料理を楽しむことにした。

「私は姉上の所在を確かめてくる」

ディアーネさんはそう言って離脱。まあそうかからずに戻ってくるだろう。

で、ライラが気勢を上げる。

「よし。呑むぞえ！」

「待て、お前さっきまで呑みまくってたろーが！」

「ほ。古来竜には酒と相場が決まっておろう。我を酔い潰すに、たったあれだけで済むと思うのかえ？」

この色々な意味で底抜け竜は。

「ふ。……俺もお供しますぜ」

特務百人長がライラの背後にかしずいた。……ああ、そういや酒かなり好きそうだなこの人。

「十人長、アタシも呑んでくるだよ」

ドワーフはいくら呑んでもまず正気は失わない飲酒特化種族だからいいとして。

……その三人がいきなり目に付いた酒場に突入するのを呆然と見送り。

「スマイソンはいいのか？　お前も酒好きだろう」

「……いや、今はちょっとな」

足が健在でディアーネさんがいるならともかく、今外で正気を失うのは危険すぎる。

本当はかなり呑みたいんだけど、昨日の今日でまたディアーネさんに心配をかけるわけにはいかない。

アンゼロスと顔を見合わせて。

……見合わせる瞬間にズクンと、特務百人長に見せていたあの顔が、レリーフのように焼き付いているあの顔が胸で疼いて。

俺はアンゼロスの顔を見つめずにスルーして、松葉杖で大股に歩き出す。

「お、おいっ」

「……お前も、特務百人長についていかなくていいのか？」

「何だよそれ……」

一人で屋台を当たりにいく俺。何故かついてくるアンゼロス。

……そういえばオーロラとセレン、どうしたんだろ。

一通り、串焼きや薄焼きパンなどの屋台料理で腹を満たして。

ちょっとだけ酒場を覗いて、やっぱり酒場の中心で酔っ払いどものアイドルになって呑みまくっているライラとその他二名を確認。

そして、宿である離れに戻る。

「なあスマイソン」

「……何」

「何がそんなに気に食わないんだ」

「……別に」

カツン、カツンと杖を使って寝室に向かう俺に、ついてくるアンゼロス。

多分、俺をほっとけないっていう義務感がそうさせているんだろうが、辛いのでやめてほしいという想いと、それでも俺に構ってくれるのが嬉しい、という情けない心がせめぎあう。

なんとも言えないまま、俺は素っ気なく振る舞ってしまう。

「僕が悪いのか？」

「なんにも悪くないよ」

「嘘だ」

「お前は俺を充分守ってくれた。何の恨みも不満も出るわけないだろ」

「…………」

……言えるか。

そんな覇気のない俺を心配しているのか。アンゼロスは問い詰めるように俺に異常の原因を吐かせようとする。

お前が特務百人長と仲良くしてるのを見て嫉妬した、なんて。

「……もう寝室だ。また明日な」

さすがに寝室は全員分、相部屋にならずに割り当てられるだけある。そのうちのひとつの戸を開けて、俺はアンゼロスに、努めて平静を装って振り返る。

と、アンゼロスが俯いていた。耳は……しょげかえっているかのように、へろっと下を向いている。

「……なんだよそれ……」

「アンゼロス？」

「……オーロラがいるから僕はいらない、って、そう言いたいのか？」

「お、おい、何言ってる」

アンゼロスは下を向いたまま。表情は見えない。耳でもよくわからない。

「本物のエルフのオーロラが手に入ったから、ハーフの僕なんかもう必要ないから、だからもうまとわりつくなっていうのか？」

「なっ……そんなわけないだろ」

「だってっ!!」

アンゼロスが顔を上げた。

……涙でぐしゃぐしゃになっていた。

「だって、さっきオーロラとシたんだろ!? それからおかしいよお前っ!! まるで僕が邪魔みたいだ!!」

「そ、それは関係ねーよっ！ ただ、なんかお前が……」

「僕が何だっ!!」

「………」

「言えよぉっ!!」

こんな、泣き言みたいな、嫉妬のことなんて言うべきなのか、迷う。

迷うが、アンゼロスはもう泣き言どころか本気で泣いている。なんでだかわからないが、俺に素っ気なくされたのをすごく悲しんでいる。

その迫力に押された。

「……ベッカー特務百人長と仲良くしてたから、やっぱり特務百人長のほうがいいのかなって思っちまって、……特務百人長に何一つ勝てるものないなって、自分で納得しちまって」

「このっ……大馬鹿スマイソンっっ!!」

アンゼロスにほっぺた張られた。

「僕はっ!! ちゃんと言っただろ!! あの時お前が、ルーカスになんか可愛いお前を渡さないって言ったから!! ちゃんと責任取れって言っただろ!!」

「……う、うん」

「なんで……なんでそこから迷うんだよぉっ……なんで、僕にだけ躊躇するんだよぉ……！」

アンゼロスは泣いたまま、ゆっくりと、本当におずおずと……俺の胸に顔を埋めた。

「……僕は、ずっと……っ、ずっと、お前と一緒にいたんだぞ……いくら特務百人長が強いからって、なんでお前への想いにかなうと思うんだよ……！」

「……アンゼロス」

アンゼロスは、胸の中で、今まで聞いたこともないような鼻声で。

恨めしそうに、俺への思いをちょっとずつ吐露する。

「……僕だって、ハーフエルフ、なんだからな……一度好きになっちゃったら止まらない生き物なんだからな……」

「……悪かった」

「悪かったと思うなら……抱き締めろ。もうやだ。僕のこと避けるなんて、許さない」

「……畜生、可愛いことばっか……でも、俺は今一人じゃ立てない。立ったままお前を抱き締めてはやれない体なんだけど」

「う……」

立ったままで駄目なら寝るしかない。

そしてここは寝室前。

寝ながら抱き合うとなったら、もうやることやるしかない。

さすがにそれに対してはアンゼロスも尻込みした。

うん。これが普通の女の子の反応だな。ちょっと安心。が。


空間から滲《にじ》み出るように、ひょこっとセレンとオーロラの顔がすぐ近くに現れる。

「!!」

ビクッとする俺。アンゼロスが涙目のまま不思議そうに顔を上げ、ぐしっと鼻を鳴らす。

空間指定の幻影から全身を現した二人は。一方ニンマリ、一方は赤面して渋い顔。

「立ったままじゃ駄目なら寝てするしかないですよねー」

「う……ほ、本当にこんな場面になるとは。ちょっと驚きですわ」

「お前ら」

なんというタイミングで。

「な、ななっ……な、にゃんでっ」

「えへへー。……なんかアンディさんとアンゼロスさんが微妙な雰囲気だったので、二人でほっといたら面白いことになるかなーと」

「あ、悪趣味ですわ」

「本当にな」

「ど、どうする気だ！　僕は……僕は、やだぞ！　もう邪魔されたって、スマイソンから離れるなんてやだからな！」

アンゼロスが俺の体をぎゅっと抱き締めて猛抗議する。

嬉しいけどちょっと痛い。

「んふふー。……そんなことしませんよー。ただちょーっと、私も溜まり気味なんで混ぜてほしいかなーって」

「……ま、毎日……この私に中出しするとか、全部の穴犯すとか、豪語なさいましたわよね？」

「………………」

「……スマイソン」

ジト目のアンゼロス。

言ったことは事実だ。事実に相違ありません。

でもここで言うことないだろオーロラ。品がないぞ。

でも。

「んっ……僕が先だ」

アンゼロスは背伸びして俺にキスして、まだちょっと鼻声でそう主張した。

「はーい、アンディさん、今日のオードブルですよー」

「お、オードブルとか言うなっ！　人の初めてを！」

例によってベッドでマグロの俺の上に、セレンによって素っ裸にひん剥かれたアンゼロスが引っ張ってこられる。

「ま、最初はオードブルですわよね。先だ、って主張なさったのはアンゼロスさんですもの」

「うぅ……ムードの欠片もない……」

ちなみにセレンとオーロラはもう開き直ったもので、アンゼロスより先にその裸体をさっさと俺の前に晒している。セレンの巨乳、アンゼロスの華奢な魅力、オーロラのすらっとした体の美しさはそれぞれに違う味があり、俺のちんこは何もされていなくてもしっかりと屹立していた。

「……ほ、ほんと、こんな状況でもしっかり勃つんだな、スマイソン」

「……ちょっと前まで童貞だったんで」

「そういやそうだったな」

溜め息をつくアンゼロス。

「ほらほら、アンゼロスさんもちゃんと準備……って、あらら」

セレンがアンゼロスの股間に手をやると、もういきなりねっとりした粘液が指に絡みついた。

「……本当に濡れやすいんですねぇ、アンゼロスさん」

「ま、はしたない」

「う、ううう、うるさいなっ！　僕に聞こえるところで毎日毎日派手にエッチしてるのが悪いんだろう！　想像するなっていうのが無理だよ！」

「……まあ早く済んでくれた方が私の番が早くなるんで」

「そういう考え方もありますか。なるほど。アンゼロスさん、素晴らしい素質ですわ」

「……スマイソン、できるだけ長く持たせろよ。絶対な」

「努力する」

なんで処女に真剣な顔でそんなこと要求されてるんだ俺。

「でも、多分痛いぞ」

「痛いのは慣れてる」

「慣れるような痛さじゃないと思うけどなあ……」

「耳切り落とすのよりは多分痛くないだろ」

「切り落とすとか言うな」

リアルに自分の体の一部切り落とした記憶が蘇るじゃないか。

「あ、あー……アンディさんのおちんちんが元気なくなってますね」

「スマイソンーっ！」

「しょうがないだろっ！」

ほんとグダグダにも程がある。

「し、しょうがないな……もう」

アンゼロスはしゃがみこむ。そして俺のちんこにおずおずと口をつけた。

「アンゼロス？」

「ぺちゅ……ん、ちゅっ……ったく、処女にこんなことさせるな……ん、ちゅるっ」

「あーっ、私がやるからいいですよぅっ！」

「セレンに、任せるとっ……先に、射精、するまで……んちゅっ、離さなさそうだから、駄目っ……ん、ちゅるっ」

「……初めての割には堂に入ってますわね」

「たった半日でっ、んちゅ、うっ……先輩ヅラ、するなよっ……ちゅっ、僕は、スマイソンが、童貞切った頃からずっと……ん、れるっ……見せつけられて、きたん、だからなっ……」

門前の小僧習わぬマラを吸う。

……なんて締まらない初体験だ。

「……勃って、きたっ……♪　本当は、ずっと、舐めたかった……ずっとスマイソンに、犯されること、想像してたんだ……♪　なのに、スマイソン、気づいてくれないしっ……んっ♪」

「アンゼロス……」

無茶言うな。エースナイトをそうそう犯せるもんか。

「……もう、いけるよな？」

「……うん」

アンゼロスが、ゆっくりとまたがる。

そして、さっきよりさらにぐっちょりと濡れた処女地を、自ら体重をかけて俺のちんこに破らせていく。

「ん、ぐ……っ……は、あっ！」

ブチブチと、アンゼロスの中を侵略していく音がする。

アンゼロスの狭い膣の中に、俺の性欲が潜っていく感覚。

凛々しくて可愛らしくていじらしくて頼もしいアンゼロスの「女性」の領域を、俺が独占していく感覚。

諦めかけていたこの少女が、自ら俺にそれを捧げていく、激しくももどかしい僅かな時間。

「ん……く、はぁっ……‼」

「入った……な」

「うん……た、確かに……痛い、な」

「……早く終わらせよう」

「駄目。早く終わらせたらこれから一生お前をお漏らし小僧って呼んでやる」

「痛いんだろ！」

「痛いよ！　でも僕をおざなりにしてセレンやオーロラにとっとと移られると思うと許せないに決まってるだろ！」

こいつもこいつで負けず嫌いにも程がある。

「だから……そうだ、こうして入れたまま2回射精しろ。そしたら許してあげる」

「……お前ドマゾだな」

「ちょっと自覚はある。お前みたいなの好きになっちゃったこととか」

「……俺そんなにSかな」

「少なくとも処女を奪ってくれるのを安心して待ってられる男じゃないな」

よほど奪われたかったらしい。でも無茶言うな。お前の方が百倍強いだろ。

「……くそ」

ぐいぐいと、アンゼロスの軽い体を両手で持ち上げ、腰を動かさせ始める。

一応股関節は問題ないので腰を跳ね上げること自体はできるものの、足先がどうなっているのか全くわからない。だからアンゼロス側に動いてもらわないとどうにもならない。って。

「……そっか、膝から先をベッドの下に下ろせば」

「う、うわっ？」

ずりずりと体を動かして、体勢を変えて。

この体勢なら腰を振っても多分大丈夫。とはいっても、こんな中途半端なブリッジでは動かせる高さも限られるんだけど。

それでも処女で小柄なアンゼロスには結構シャレにならない突き上げで、目に見えて苦しがり始める。

「っ、ぐ、う、あぅ、うっ……‼」

それでも。

それでもアンゼロスは、腰にかかった俺の手を振り払おうとはしない。

俺の上に降りることを拒んで、膝に力を入れたりはしない。

まるで、少しでも子宮から離れたら永遠の迷子になってしまうとでも言うかのように、痛いだろうに深々と刺さるちんこから腰を逃がそうとなんて絶対しない。

それが、俺に相手にされないだけで泣いてしまうほどの想いの深さそのものに思えて、愛しくて、俺は夢中でちんこの先でアンゼロスの子宮口をまさぐり、突き上げ、こじ開け、睦み続ける。

アンゼロスも必死にそれに応えて腰を押し付け続ける。

そして、やがて限界が来た。

「アンゼロス……イくぞ……イくぞ……っ！」

「うんっ……うんっ、きて……僕に、僕で、射精してっ……僕の子宮で、イッてっ……!!」

「う、うあぁっ……!!」

射精。

アンゼロスの腰を思い切り引き付け、その華奢な腰を握り締め、ぷっくりと膨れた乳首と、涙の跡も鮮やかなままひたすらに淫らな顔をするアンゼロスの顔を見つめたままに、その体の奥を子種で汚染する。

そうして、アンゼロスは耐えるようにブルブルと震える。

射精の勢いに負けて、滲むように血と白濁が隙間から漏れる。

「っく……ふ、うっ……。さあ、もう一度な」

「ほ、ホントに連発するの？　処女だろ」

「もう処女じゃないもん」

「屁理屈だ」

「でも、もっとスマイソンに愛されたい。僕も愛してるから、たくさん愛して」

「……うぐ」

畜生。アンゼロスの顔のままアンゼロスが可愛いこと言うんじゃねーよ。何言ってんだか自分でもわからんけど畜生。

「……俺のこと、名前で呼んだら続けてやる」

「……いいよ。簡単だ」

アンゼロスはすーっと息を吸い込み、

「ア」

そして真っ赤になって止まり、アン、アン……とまるで商売女の棒読み演技みたいにアンアン繰り返し。

「……アンディ」

「よし。敬称つけなかったから俺の勝ち」

「……特務百人長にそんなに勝ちたかったのか」

「うん」

「……負けたことなんて一度もないよ。僕の中では」

「でもな」

「だから僕を愛して。もう1回と言わず何度でもいいから、このままずっと朝昼晩でも外でも隊舎でも誰の前でもいいから」

「それは駄目ですよアンゼロスさん」

「わたくしたちの番もありますのよ」

「うるさいうるさい、漬け物どもはまだ後、後！」

『つ、つけもの……』

ガーンと後ずさるセレンとオーロラ。オードブル呼ばわりに対する逆襲らしい。

「よし、続きだ。……僕をこれだけ焦らしたんだ、ただで済むと思うな、アンディ……♪」

「か、代わりなさいっ！」

「私もしますーっ！」

◇◇◇

「にゃはははは、ダークエルフの酒もうまいだなー！」

「うむうむ。これが本場のオーガキラーか。実に美味」

「お、おい、二人とも金持って……」

「おいそこの人間。……勘定、逃げんなよ」

「…………」

◇◇◇

「ただいまー」

玄関からディアーネさんの声が聞こえる。


アンゼロスの初体験が結局三連発してようやく終わり（アンゼロスが子宮から全く亀頭を離したがらないので時間がかかった）、やっと出番が、と俺のちんこにセレンとオーロラが飛びついて我先にと舌を伸ばしたところで、びっくりして三人でピタッと止まる。

「…………」

「…………」

目だけを見合わせるセレンとオーロラ。

数秒見つめあい、そのまま両側からペロペロと舌の動きを再開する。

「ノーリアクションかよ！」

「私は別にディアーネさんに遠慮する謂れはないですしー」

「いい機会です。このままディアーネ様に宣戦布告といきますわ」

ベッドの上では血と精液でドロドロの尻を晒したアンゼロスが突っ伏してうつらうつら。その隣ではマグロ気味にベッドに寝そべった人間男、そしてその汚れたちんこをペロペロする全裸のエルフとハーフエルフの娘たち。

うーん。なんか今朝方オーロラに見せてパニックさせた風景とホントに大差ないんだけどどうしたもんか。ディアーネさんだからいいのか？

「アンディ、ここか？　姉上を連れて……」

そして引き戸をカラリと開けて現れたのはディアーネさん……ともう一人。

「……きた、けど、……とうとうアンゼロスにまで手を出したのかお前……」

「あらあら。本当に絶倫さんなのねぇ」

ディアーネさんの隣に立っていたのは、ディアーネさんより若干背が高くて、医者らしく清潔な印象の女性だった。

見た感じは俺と同い年くらい。

って。ディアーネさんのお姉さんにいきなりちんこ丸出しでご挨拶ってありえなさすぎるだろ。

「う、うわ、あのっ」

「あーあー無理しない無理しない。フェラチオの途中で暴れて陰茎に傷がついたら嫌でしょ？」

「……あ、ええ、まあ」

飛び起きようとしたらにこやかに注意されてしまった。

というか出くわした現場が現場な割に落ち着いてるにも程がある。

「……すごいですねぇ」

「わたくしでしたらドン引きですわね」

「そう思うならお前らも離れるなり服着る努力なりしろよ」

「やー、せめてアンディさんのおちんちん綺麗にしないことには」

「セレンさんより先に逃げるなどもってのほかですわ」

股間に顔を寄せる二人はあくまで自分から引く気はないっぽい。

「……オーロラまで。アンディ、いつの間にお前」

「ちょ、ちょっとヘリコン出発前に押し倒されまして」

呆れるディアーネさん。そしてあくまで頬に手をやったままにこやかに微笑んでいる姉上。

「ライバル、何人って言ってたかしら」

「三人。……誤算だった。五人に増えていた」

「いるのねぇ。こういう子」

「アンディに言ってるのか、アンディに群がっている娘たちに言っているのか、どっちだ姉上」

「両方☆」

揶揄するような外野に構わず、俺のちんこを舐め続けるオーロラとセレン。

そしてダークエルフ姉妹の見ている前で、オーロラたちの顔に盛大に射精。

「きゃっ」

「あはっ♪」

吹き出る精液に一瞬怯み、慌てて舌を伸ばす白の二人。

ほう、と息を吐く黒の二人。

「さて、それじゃお話いいかしら？」

微塵《みじん》も動じていない姉上はそう言って場を取り仕切る。

なんか今までとは違う意味で大物が出てきたぞ。

「はい、それでは皆さんはじめまして。ディアーネのお姉ちゃんで、ここのちょっと西の小コロニーでお医者さんやってます、ヒルダっていいます。よろしくお願いしますね」

マイペース全開なヒルダさんに毒気を抜かれる森エルフ＆ハーフエルフ組。

思いっきり種付け乱交の最中に入ってきておいてこんな余裕はなかなかない。やはりダークエルフ、年の功という奴だろうか。

ちなみにみんな半裸および全裸のまま。オーロラは一応体にシーツを纏い、アンゼロスは毛布を被り、俺はオーロラのシーツの端っこで一応股間だけ隠させてもらっている。セレンは裸に首輪一丁で平然としたものだ。

「それでー、まあとりあえず、一応、念のためって感じだけど、アンディ君の足の怪我、見せてもらえるかな？」

「あ、はい……って、今の医療じゃ治らないって聞いてますけど」

「もしかしたらちょっとぐらいはなんとかできる可能性もあるかもしれないし。ディアーネちゃん、お医者さん辞めて130年だっけ？　さすがにそんな昔の技術じゃ、もうお医者さん『ごっこ』になっちゃうわよ」

「……む、面目ない。一応クラベスの医者とも見解は一致したんだがな」

「だから一応、ね。はい伸ばしてー」

「伸ばせません」

「気合でー」

「気合!?」

意外と無茶を言う。

「…………。やっぱ無理っす」

「痛いとかは？」

「全然。たまに繋ぎ目が疼く程度で」

「うーん。やっぱり焼いちゃったのはキツかったかしら。ナイトクラス持ちの剣技でやられた人だと、たまに快復できたりするんだけど」

「接合手術まで時間を置いたのも悪かったかもしれないな。一応遅延系の魔法で腐敗などは防いだんだが」

「うーん。そこはなんとも言えないわね。兵隊さんなディアーネちゃんがその辺でヘマはしないでしょうし……それにしてもクラベスの移植魔術ってすごいわねえ。シカの腿肉でこれ？」

「うむ。それは私も驚いた」

ペタペタと嬉しそうに俺の足の傷を触るヒルダさんとディアーネさん。

「んー。えーとね。やっぱり無理」

「……そうですか」

いじくり回され始めて30分くらい。

ヒルダさんはあっさり言い切った。

まあ、期待はしてなかったからあまり……う、うん、ちょっとしか残念じゃないぞ。

まだ俺にはポルカの霊泉があるし。

「あとはポルカの霊泉頼みか」

「こういうケガにどこまで効いてくれるのかしらねえ。確かに有名だけど、神経繋がってない系のケガはケガとして認識されるのかしら」

「俺の心をナチュラルに折りにこないでください」

考えないようにしていたのに。

「ま、まあ、スマイソン、もし駄目だったら僕も退役して一生介助してあげるから」

「……スマイソン？」

「…………あ、アンディ」

「よし」


アンゼロスに呼び直してもらってちょっと気力が回復した。俺超安い。

「まあ私は最初から一生介助する気ですけど♪」

「ふふふ、わたくしに対する挑戦ですのね」

「待てオーロラ。だからお前は何と戦ってるんだ」

わいわいと話を混ぜっ返してくれる三人。ああ、気分がダウンしそうな今はとってもありがたい。

「はいはい、ちょっとストーップ。まあ確かに治せないんですけど、でもそこで終わらないのがヒルダ先生です」

ちっちっち、と指を振るヒルダさん。

「だって魔法のお医者さんですもの」

「何が言いたい、姉上」

「アンディ君、ちょっと頑張ってもう一度足伸ばしてー」

「む、無理ですけど」

「ＫＩＡＩで」

「……はい」

物腰柔らかいけど意外と強引だこの人。

「――――、はい、気合っ」

「んぐ……お、おおっ⁉」

膝が、スルッと上に伸びた。

超久しぶりの感覚にびっくりする。

「やったー、成功ー♪　ディアーネちゃんハイタッチー」

「あ、ああ……な、何をしたんだ姉上」

「え、ちょっとシカ肉部分に紋様仕込んで、幻影系の魔法を第四型の変形構文で仕込んでみただけよ？」

「……な、なるほど」

「どういうことですか？」

「つまり、腱と神経の切れてる部分同士を幻影で騙して、『互いに繋がっている』と認識させたんだ。まあ、一種のイカサマだな」

「イカサマでもなんでも動くんなら……!!」

立ち上がってみる。飛び跳ねてみる。

すごい。全く斬られる前のままだ。

歩けるって、五体満足ってこんなに素晴らしいものだったんだ。ヒャッホウ。

「すげえー!!　ヒルダさんありがとう！」

「あー、でもその術、ちょっと問題があってね」

「？」

「どれだけ完璧にかけても30分しか効かないの。これ以上延長コール入れると、下手したら足がまたポロッと取れちゃうと思う。次かけるにしても30分は置かないと危険かも」

「…………」

ぬかよろこびだ。

「30分……行軍訓練もできねえ……」

「まあ、そのままじゃ退役確定だな」

重々しく頷くアンゼロス。でも、その場合でも俺と一緒に一生過ごすと言い切ったからか、心なしかちょっと嬉しそう。

「まあ30分って言ったら……そうね、せいぜいセックスの時に使うのが関の山かしらねー」

「…………」

この女医さんは全く照れるでもなくシモの話に持っていくな。ナチュラルすぎてこっちが恥ずかしい。

「エロいことのためにこんな魔法使ってもらうのもなぁ……」

「何を言うアンディ。セックスに魔法は全然恥ずかしいことじゃないぞ」

「そうですか？」

「まあウチの一族じゃ基本だものねえ」

にこにこしているヒルダさん。……その視線の先は。

「あ」

オーロラのシーツから飛び出して跳ね回ったために何の隠蔽もない俺のちんこ。周りを半裸女性（一部全裸）に囲まれているおかげで、あれだけ射精したけどまだ半勃ち。

「はぁ……ね、ヒルダ先生にもちょっと、先っちょだけ食べさせてくんないかな、アンディ君」

「ヒルダさん⁉」

「ウチの旦那さん、もう10年以上も東方山地に貿易に行ったまま帰ってこなくて溜まってるのよねー」

「既婚者ですか⁉」

「うん☆」

これまでの超余裕にも納得。納得だけどさすがに既婚者はマズかろう。

「ちょ、ちょっとお待ちくださいな！　わたくし、未だアンディさんから抱かれたことがありません！　その機会をお譲りください！」

「ま、待って！　僕だってアンディに犯されたい！」

「私だって久しぶりにアンディさんとケダモノみたいに腰ぶつけ合いたいですーっ！」

「……お前らなぁ」

俄然やる気を見せ出した白系エルフ軍団にディアーネさんは眉をハの字にして呆れる。ヒルダさんも口を尖らせて口論を始めようとする。

「そこまでそこまで！　……もういい、全員ベッドに上がれ！」

ディアーネさんの一喝にみんなが一瞬黙る。

ディアーネさんは彼女らを見渡してから、自分の服をゆっくり脱ぎ落としつつ俺を振り向いた。

「限られた時間を無駄にするのも馬鹿らしいだろう。それにアンディは自分で動けるんだ、自分の裁量で好きな女に入れればいい」

「それもそうですね」

「むー……あ、アンディっ。ちゃんと僕を愛して」

「わ、わたくしとてクラベスの姫、抱かれる側に回っても最高の快楽をご提供いたしますわ！」

「ヒルダ先生がいないとこんなことできないんだぞー？　恩返しするのが筋じゃないかしらー？」

いそいそとベッドに上がり、それぞれに誘惑してくるエルフ系美女五人。

「……どうしよう」

途方に暮れる。でも途方に暮れる暇さえ許されない。あと二十何分だ。

とりあえず最初はディアーネさんに入れる。

「ふふっ……やっぱり私の膣が恋しかったか？」

「少し。ディアーネさんってイジメるといい顔しますし」

「そうか……今は嬉しいな、そう言われるのっ……！」

ズプリ、とディアーネさんのお尻を掴んで一息に奥に挿入する。

俺だけのために極上の体を差し出してくれる、国家的英雄の褐色の肌は今日もとても美しい。蝋燭のか細い光の中で、その芸術的な素肌は惜しげもなくプルプルと揺れる。

その柔らかくも引き締まった肢体は、俺が触れるそばから熱を帯びてじっとりと汗ばんでいくようだった。

「最初から全開でいきますよ」

「うん……来てっ……久々に、アンディの全力の種付けレイプ、してっ……♪」

「うんっ……!!」

本格的にその膣の中を蹂躙する。

立っていればあれだけの存在感を誇るディアーネさんだが、俺に抱かれてしまえばやはり女性相応の小さな肢体。

そして、その巨乳は俺に揉みしだかれるのを常に待ち構え、尻の穴さえ俺に侵略されるのを待っている。

俺のピストンを受けて合わせる、その健気な腰の動きに、そんな基本的で致命的なまでに熱い事実を実感しつつ、俺はガンガンと彼女の膣をこそぎ、その奥の子宮にガツガツと貪るような突きを入れまくる。

「んっ……これ、これぇっ……アンディ、好きっ……アンディの女にされるの、子作りされるの、好きぃっ!!」

「あらあら、ディアーネちゃんってば……恋人の前ではこんなに素直になっちゃうのね♪」

「うん、だって、アンディ、鈍いからっ……いつだって全力で愛してないと、愛されてるってわかってくれないからっ……だから、私は、隠さないのっ……♪」

「確かに……」

「わ、わかってるんですのね、ディアーネ様」

横でアンゼロスとオーロラが苦い顔で頷く。俺に心を気づかれて抱かれるのを、犯されるのを待とうとした過去を思っているのか。

ごめん。というか俺今でもあんまり好かれる理由よくわからない。

「じゃあ、そんなディアーネちゃんに、ご褒美」

「っ!?」

ディアーネさんのクリトリスを捻り上げつつ、俺の股間に、というかタマに手を伸ばすヒルダさん。

揉んでくるのかと思いきや、そのまま軽く掴んで。

「──────!」

何か呟いているのが、自分とディアーネさんの息づかいの合間に聞こえた。

次の瞬間、何か恐ろしいほどのエネルギーのようなものが下半身からみぞおちに駆け上がり、そこからちんこに駆け下りていくような異様な感覚が走る。

「くぁっ……!?」

「ひあ、あ、あああぁ!!」

そして、耐える間もなく、ディアーネさんはクリトリスへの強烈な刺激でイッてしまい、俺はディアーネさんの子宮口に押し付けて盛大に射精。

ドクン！

ドクン、ドクン、ドクン、ドクン、ドクン……ドクン、ドクン、ドプ、ドプッ、ドプッ……。

「……う、うわ、止まらないっ⁉」

「我が一族の秘伝魔法、通称精子地獄よ☆　……本当は本人が使わないといけない魔法なんだけど、改良しちゃった♪」

いつまでもいつまでも、射精が止まらない。

どこから出ているんだと自分でも恐怖するような量が、立て続けにディアーネさんの絶頂中の締まった膣に流れ込む。

その射精でぽっこりと下腹部が膨れたディアーネさんが、悲鳴のような声を上げてイキ狂う。

「あ、が、ああ、こんな、こんなに、い、ああああああっ⁉」

そして、ようやく最後の脈動が終わり。

引きつけていたお尻を押して、ディアーネさんからモノを抜き取ると、股間から精液がブシャッと吹き出した。

……ブシャッて。ドロリじゃなくてブシャッて。

「は、あ、あっ……」

そのまま息も絶え絶えのディアーネさん。その髪を撫でるヒルダさんと、それを羨ましそうに見るほかの三人。

「……あんなに、射精されるなんて……」

「あれだけ入ったら、間違いなく子宮は満タンだ」

「あぁ……壊れてしまいそう……♪」

俺としてはちょっと怖いくらいの現象なんだけど、誰一人として恐れるどころか自分も、と思っていそうなところがまた怖い。

「次、私っ！」

「セレンはいっぱいしてるだろうっ⁉　僕にも1回アンディの腰使いを」

「それはわたくしもですっ」

「はいはい、みんな仲良くねー。争ってるとアンディ君の膝の魔法、切れちゃうわよー？」

そう言いながら俺の股間にしゃぶりつき、太腿まで垂れた返り血ならぬ返り精液を舐め取るヒルダさん。……さすがに人妻だけあって結構慣れた舌使い。

「じゃ、次はヒルダ先生にお願いねー？」

「……ホントにいいんですか？」

「大丈夫大丈夫。魔法のお医者さんを信じなさい♪」

「……うぅ、そういう問題じゃないんだけど」

それでも人妻を犯すという、犯していいと誘われている
という誘惑に、どうしても勝てない弱い俺。
なんだか背徳感に脳の芯をやられながら、股間から白い
溶岩流を垂れ流して転がっているディアーネさんに並んで
裸でお尻を振る美しい人妻ダークエルフにちんこを埋めて
いく。
「ん、ふ……あぁっ♪」
「く、キツ……っ」
「ふふ……ご無沙汰だったからねー♪」
「不倫、ですよね、これ……」
「ほっとく旦那さんが悪いのよ。最初の頃はあんなにガツ
ガツしてたくせに、子供も仕込まないうちに仕事に夢中に
なっちゃうんだもん……っ」
この人もこの人で寂しいんだろうなぁ。
だからって、俺は俺の周りの彼女たちが誰か別の男と寝
るなんて絶対想像もしたくないけど。
それなのに、ヒルダさんを抱いている。
その勝手な価値観と、それに起因する背徳感が俺の脳を
焼き焦がす。
「やん、すごっ……さすが、ディアーネちゃんの彼氏、す
ごいっ……ゴリゴリ、ガツガツくるっ……!!」
ヒルダさんは、乱れる時の顔はディアーネさんによく似
ていて。
俺は横で薄目を開けて呆けているディアーネさんと、ヒ
ルダさんの顔を見比べつつ、感触だけは随分違う膣の中を
存分に楽しみ。
「ふふ……出る？　出ちゃうっ……？」
「はい……！」
「……出しちゃ、えっ!!」
ビュクッ!!
ビュ、ビュ、ビュ、ビュルルッ！　トプ、トプ、トプ、
ビュルルッ！
……また、何十秒も止まらない脈動を、膣の中で爆発さ
せる。
「は、あぁっ……いいわぁ……っ、確かに、これは、満足
しちゃうかもっ……」
抜く。
自分の精液で股間が逆流汁まみれになっている、美しい
ダークエルフ二人。
なんだか脈絡のない夢のような風景で。
「……やっちゃっ、た」
なんとなく、呟いてしまう。
ライラ（マゾドラゴン）。ジャンヌ（見た感じ幼女）。ア
ンゼロス（ちょっと前まで男として友達付き合いしていた

同僚）。オーロラ（森エルフのお姫様17歳）。

……なんかちょっとありえない相手ばっかり犯しまくってたけど、ついに不倫までしてしまった。

……よくねぇなあ。今回だけはなんか駄目な気がする。

だが、そんな俺の手を引き、休ませない残りの三人の尻。

「早く早く、腰が動かせるうちにいっぱい犯してくださいよぅっ」

「ぼ、僕も、犯してっ……僕、お前に野獣みたいに、セレンたちにしてたみたいに突きまくられるの、夢、なんだっ……！」

「わたくしも……早くこのお腹、スマイソンさんの精をねじ込んで膨らませてほしいですわ♪」

「…………」

魔法の効果時間、あと何分あるかなあ。

◇◇◇

「やー、呑んだ呑んだ」

「済まぬのう。人の世の通貨は持ち合わせがなくての」

「く、俺の西方大陸ジュエルナイフ……立て替えただけッスからね、あれが流れたらいくら俺でも泣きますからね！　北西平原に４本しかないレア武器なんですよ!?」

「まあまあ。形あるものいつか壊れるだよ」

「小娘ェ!?　それなんのフォローにもなってねえよ!!」

「酔っ払いの言うことだよ。気にするでないだよ」

「ちっとも酔ってないくせに……アンタら俺いじるの楽しんでるだろ……」

「まったくそげなことないだよ」

「のう」

「畜生!!　スマイソンどこ行った！　飼い主なら首輪つけとけよ!!」

「……あ、そうだ。首輪」

「そういえばつけてもらってないの。あやつめ、楽しおって」

「そういう意味じゃねえよ！　うわーん!!」

◇◇◇

朝になる。

タルクの朝はとても早い。ダークエルフ系商工会の本拠だけあり商業はとても盛んで、連日朝市が立つ。

そんな沸き返るような活気が、通りから結構離れているはずのカルロスさんちの離れにも届いてきて、俺はゆっくりと目を開く。

目の前には乳首。呼吸に合わせて規則正しく上下していて、ちょっと視線を上げるとそれがセレンだとわかった。

「？」

状況を思い出そうと半身を起こしてギョッとする。

ベッドの上で俺以外に五人の女性が一人残らずマッパで雑魚寝している。ものすごい性臭だった。

「……な、なんだこりゃ」

セレンとディアーネさんはともかくあとの三人は……アンゼロスとオーロラとあとダークエルフの美女はなんだってこんなところで。

と、寝惚けた頭で考えて、事情をようやくじんわり思い出す。

昨日の午前中オーロラに逆レイプされて、夜にアンゼロスに告白し直されて三連射して、その上ディアーネさんの姉上にもえーと、そうだ。

やっちゃった。

不倫。

「…………」

ちょっと凹んでブッ倒れると、寄り添うような体勢で寝ていたセレンがパチッと目を覚ました。

「あ、……アンディさん、おはようございますっ」

「おはよう」

「朝……ですね」

「うん」

セレンは指で髪を梳きながら起き上がり、俺と同じように周囲を見回して苦笑い。なんというカオスだ、と思ったに違いない。

「でも……早起きは三文の得、です♪」

そしてそのまま俺の股間に体を倒して、朝勃ちちんこにチュッとキス。

「おはようのキスなら先に顔にしてほしかった」

「あ、あはは……そういえば、そうですね」

ちょっと気まずそうに笑いながら、やわやわとその豊満なおっぱいで俺のちんこを挟むセレン。何の気負いも抵抗もなく、恋人同士だから腕を組む、というのと同じ調子で自然にパイズリを始めるあたり、セレンも相当根っからの好き者だ、とか思った。

「……こんな朝からするのか?」

「しないんですか?」

「……い、いや、してもいいけどさ」

「じゃあしましょう。継続は力なりって言うじゃないですか」

「それは何かが違う」

とは言いつつもセレンのパイズリでぐんぐん大きくなる俺のちんこ。ツッコミと裏腹の正直な下半身に、にへら、と笑ってセレンがフェラチオを始める。

「ん……ちゅ、んむ……っ」

ちゅぷちゅぷと浅く、リズミカルに顔を前後させるセレン。

されるがままの俺。

どうせなら立ち上がってセレンを押し倒したいな、と思ったところで、ヒルダさんが目を覚ました。

「ん、んー……ちゅっ」

「‼」

寝惚け顔で顔を上げて、目の前にフェラをするセレンを認めたかと思うと、目も開ききらずに俺のタマにキスするヒルダさん。この人もかなり本物だ。

「……んー……くさぁい……昨日からずっとお汁まみれのタマタマ……」

「…………」

しょうがないとはわかっていても「くさーい」とか言われるとちょっと凹む。

それでもヒルダさんは寝惚けたまま俺の足を抱き締め、股間から顔を離さない。ゆるい吸引力でちゅーっとだらしなくタマを吸い、そして小動物のようにペロペロと舌を出してみたりもする。

セレンの奉仕とは趣の違う、どちらかというと本能、習性一辺倒で性器に吸い付いている感じだ。気持ちいいかは置いておいて、根っからのスケベという感じの所作が実にエロエロ人妻という感じでたまらない。


「セレン……出、る……っ」

「んふー。いはは ひふぁーふ♪」

いただきまーす、だろうか。嬉しそうに何事かを言ったセレンの口の中に、射精。

「んぐ……ん、んっ……ごきゅっ……んぐうっ⁉」

ドクッ、ドクッ……と、何度も何度もセレンの口の中で痙攣を続ける俺のちんこ。

そろそろ大人しくなる頃合いかと思ってもなかなか射精が収まらず、セレンの口からでろでろと精液が零れ落ちる。

「ん……あらあら」

それを片手で受け止め、滴る糸を舌で辿り、セレンの口元までペロペロと舐め上げる、まだ目が半開きのヒルダさん。

……ああ、もしかして昨日の精子地獄の魔法、意外と効果時間長いのだろうか。

このだらしない大量射精はそのせいか。

「んー……おいし♪」

「や、やら、かえひれぇっ」

「あらあら、欲張りさんね。お口に入ってる分を飲み込んだら?」

「うぅーっ……」

恨めしそうにヒルダさんを見ながら、ごくごくと喉に絡まる精液を飲み下すセレン。

「この分の栄養でアンディさんに今日も元気にいってもらうはずなんですよぅ」

「……え、栄養？」

きょとんとするヒルダさん。こくんと頷いたセレンが医療光術で俺にエネルギーを返す。

「医療光術……？」

「そうですよ？」

「ザーメンでやってる人は初めて見たわ」

「アンディさんは元々体よりおちんちんのほうが元気な人ですから」

「ある意味珍しいわねえ」

珍しいのか？

「でも、それなら尚更……どっちにしろアンディ君は腰振れないし」

「あっ」

そうだ。俺はどっちにしろ、例の幻影魔法を足にかけてもらわないと満足には動けない。無駄骨だ。

「じゃ、じゃあ今かけてくださいよ、あの魔法っ。もう随分時間が経ってるから大丈夫でしょう？」

「ま、そうだけど。こんな朝から大丈夫？　こんなにエッチばっかりして飽きちゃわない、アンディ君？」

「いや飽きるとかは滅相もないですが。それより早く身づくろいしないと朝ご飯の時間に間に合わないんじゃ」

「冷静ですねぇ」

「それでいておちんちんはとってもスケベで正直……。ディアーネちゃんもいい人見つけたわね」

「褒められてるのか皮肉られてるのかわからない」

「褒めてるのよ？」

「褒め言葉に決まってるじゃないですか」

二人して不思議そうな顔をする。彼女らの価値観が微妙にわからない。


とりあえず他のみんなを起こし、近くの水浴び用のオアシスに向かうことにした。

朝食までちょっと時間があったし、さすがにみんな大量の射精を食らって相当匂う状態だったのだ。

で、タルクには独特の風習がある。

水浴び場では混浴上等、裸を恥ずかしがらないのがマナー……らしい。

もちろんそれは露出の肯定、ヌーディストの推奨ということではない。

水浴び中はルールが違う、というだけのことであり、道を裸に近い恰好で歩いたら奇異な目で見られること自体は変わらない。

この辺のルールは余所者にはよくわからない部分ではあるが。

「天国だ」

「天国っスね」

いくつもある広い広い水浴び用オアシスのひとつで、俺とベッカー特務百人長は同時に呟いて、遠くはしゃぐダークエルフ娘やオーガ娘たちの裸体を思う存分鑑賞しながら、目を動かさずに握手していた。

本当はお義理でも頷き合うべきなんだろうが、この素晴らしい光景から目を離すのは神への冒涜だ。多分。

「あらあら、本当に男の子ねえ」

「ベッカー……ここで見る分には許すが、気に入った娘を見つけたとしても、くれぐれも着替えやトイレなんか覗きに行くなよ。お前はやりかねんから心配だ」

ヒルダさんとディアーネさんが近くにザバザバやって来る。二人ともその素晴らしい裸体も陰部も全く隠していない。

というか、ディアーネさんの風呂での羞恥心の薄さはここから来ているんだろうか。

「素晴らしい風習としか言いようがありませんな。いや、確かに着替えやトイレも乙なもんですが合法的に見られる場所があるなら無茶はしませんぜ」

「そう願うぞ。さすがにここでやらかして、もし見つかったらかばい立てしたくない」

「地元だからですか」

「そうだ」

頷いて、俺の隣に座るディアーネさん。そのディアーネさんの隣で暢気《のんき》に鼻歌歌っているヒルダさん。

さすがにダークエルフの慣習に付き合って裸を衆目に大公開するのは気が引ける、ジャンヌやオーロラ、アンゼロスらは観光客用の屋内水浴び場に行った。そういうのも一応あるらしい。

ちなみに男用の屋内水浴び場は閑古鳥だった。

「自分のちんこを見せたくないからといって女体パラダイスに出ない奴は男じゃない」

「全くです」

「アンディ、ベッカー……まあ悪いとは言わんが」

呆れるディアーネさん。

止めないでいただきたい。ここには男の夢と書いてロマンとふりがなを振って「いきざま」と読むべき何かがあるのだ。

「まあアンディさんはエッチでいいですよー。それでこそ受け止め甲斐があるってもんです」

「……セ、セレンちゃん。いや君たちが肉体関係にあるのは知ってるけどおじさんの前ではちょっと自重してくれないか」

「？」

ベッカー特務百人長は、おおまかには男性の領分（混浴とはいえ気兼ねのない距離とテリトリーというのはなんとなくできてしまうものである）であるにもかかわらず、べったり俺にくっついてニコニコしているセレン（とディアーネさん姉妹）に少したじろぐ。

まあセレンのプロポーションは完璧に近いし、至近距離で夜の生活を匂わせながら俺にベタベタしているのを見ると色々と悔しいのだろう。ちょっと優越感。

……まあ一人じゃ満足に歩けもしない俺を介助するっていう名目があるんだけど。まさか松葉杖でもってオアシスの水の中を歩くわけにもいかない。

「ほ。まあお主は向こうのダークエルフやオーガ娘をじっくり鑑賞しているがいい。我らは坊やと子作りするゆえな。ま、邪魔せねば見ても構わん」

ザバザバとあとから近づいてきたのはライラ。見事に巨乳組がこっちに勢ぞろいだ。

「ライラ、オアシス内での性行為は禁止されている」

「なんじゃつまらん。我の受胎の様を衆目に見せつけてやろうかと思うておったのに」

ディアーネさんに諫《いさ》められて、本当につまらなそうに溜め息をつきつつ、俺の頭にその巨乳を乗せるライラ。セレンとディアーネさんもくっついて、なんか水の泉にもかかわらず肉布団状態だ。

つーか現時点で超目立ってる。

「……ほ。我のおらんうちに匂いがまた複雑になっておるの、坊や？」

「え？」

「昨夜のうちに……さらに新しい女、三人ほど抱いたな？」

ライラがニヤついた声で乳の上から言うと、特務百人長がざざっと後ずさった。

「三人⁉　お前どんな性生活を」

「……まあいろいろありまして」

「いろいろってなんだよ！　詳しく！　つーか俺に一人ぐらい紹介しろよ！」

「黙れベッカー。お前は自称ハンサムなんだから自分でなんとかしろ」

「隊長ー⁉」

ああ、騒がしい。というかちゃんと向こうのパラダイス見ろよ特務百人長。

朝食時。

特務百人長がいちにーさんしーごーろくなな、と、席に着いた女性陣を眺めて数え上げる。

「昨日の朝の時点で隊長とセレンちゃんとドラゴン姐さんとドワーフっ娘がお手つき」

「朝飯時なんだから朝飯食いましょうよ。ほらもぎたてフルーツマジ美味いっすよ」

「……ようスマイソン。まさかたった一晩のうちに……いやなんでもない」

特務百人長。多分あなたは正解に近づいている。

でもこうなった理由は俺にもわからないので今はそっとしておいてほしい。

「ところで兄上ー？」

「なんだいヒルダ」

「私もアンディ君と付き合うことにしたから」

一瞬の間。

「じゃない、アンディ君『に』付き合うことに……」

「ヒヒヒヒヒルダァァァァ!?」

カルロスさん錯乱。椅子ごと倒れてメガネ割れた。

「おおおおおおにーちゃん聞いてないっていうかちょっと待てちょっと待て落ち着こうぜみんな。こういう時は手のひらにヒューマンって書いてからｋｉｌｌって３回書いて飲むと落ち着くんだ」

「兄上ー。あんまり取り乱すとハゲちゃうわよ？」

「ｋｉｌｌ、ｋｉｌｌ、ジェノサーイド。よし僕は冷静だ。うんヒルダ。あんまり困った冗談は感心しないなＨＡＨＡＨＡ」

「うん落ち着いて兄上。まあ半分くらいは正解だけどそういうこと言いたかったんじゃなくて。アンディ君の故郷に病人がいるから」

「ストップヒルダ。半分くらいってどういうことだい。君は71年前にオーリンズ君とこに嫁にいったと記憶してるんだ僕」

「そうね。でもタルクの条例だと下手すると死亡手続き出されてもおかしくないくらい長いこと帰ってこないのよね、うちの旦那さん」

「オーリンズ君が出発してからたったの11年と8ヶ月と1週間じゃないか！」

「んー、そんなに一人寝してるとちょっと手が滑っちゃうこともあるのよ？　兄上も気をつけないと義姉上が逃げちゃうかもよ」

ヒルダさん笑顔で怖いこと言わないでください。

というか、まあ間男なのは否定しづらいけど、ここでカルロスさん焚きつけてどうするんだ。

「ううう、うわーん！　僕の妹たちをどうする気だ君は!!」

「い、いえその、ディアーネさんは下さい」

勢いで何を言ってるんだ俺は。

「ヒルダはいらねえ座ってろっていうのか！　ブッ殺すよ!?」

「どっちなんですか!!」

この人もこの人で何言ってるんだ。

「んー、アンディ君、ヒルダ先生そんなに良くなかった？　まだまだいろいろ必殺技持ってるんだけどなー☆」

「あんた楽しんでるでしょう!!」

「うん♪　てゆーか欲求不満の人妻の前であんなの見せた君が悪い♪」

「あんなのってなんだよヒルダ!?　何したんだよヒューマン!?　こん畜生!!　君のお昼はグリンピースとピーマンとキャベツだけだかんな!!　もちろん塩もドレッシングも禁止」

カルロスさん……。

食事が終わってから食堂を出際に、特務百人長がくるりと振り返った。その背後には俺とアンゼロスとオーロラ。

「うほん。えー……と。つまりスマイソンは昨日のうちに隊長のお姉さんに手を出したってことでOKだな？」

「え、ええ」

特務百人長、ジト目。

「どう思うアンゼロス、オーロラ十人長」

どうやら犯りすぎの俺に対する抵抗勢力を作るつもりのようだ。

……一日遅かった。

「おっほん」

アンゼロス、今日はツインテール。

「……まあ、僕のことも可愛がってくれるみたいなんで、いいかな、と」

「アンゼロス!?」

「えーと、特務百人長。別に秘密にしてたわけじゃないんですが。……僕、アンディのこと、好きです」

「………………」

愕然とする特務百人長。

「わたくしもアンディさんに今後毎日種付けしていただく運びになりまして」

「オーロラ十人長までかよ!?」

「待てオーロラ。段々お前下品になってるからそろそろ注意だ」

「あら、ごめんあそばせ。アンゼロスさんより踏み込んだ関係であること、明確にしておきたく存じまして」

「……スマイソン。つーこた結局全員お手つきかよ！　お前本当に何やったんだ⁉」

「少なくともこの二人にはあんまり何もしてません‼」

「嘘つき。……命がけでかっこいいとこ見せたくせに」

「わたくしをああまで言い負かしておいて何もした覚えがない、とは。底知れぬお方ですこと」

お前ら恋愛的にトリガー軽いにも程があるよ。

「畜生！　なんでお前ばっかり美人にモテるんだよ！　ちょっとでも仲間だと思った俺が馬鹿だった！　お前の覗き魔の素質は評価してたのに！」

「……慧眼だとは思いますがこっちくんな」

「うおおん‼」

ベッカー特務百人長はダッシュで飛び出していった。アホのように速い。というか砂煙しか見えない。

……行き先は、方角からして水浴びオアシスか。

「……アンディ、ちゃんと言ったぞ。もう疑ってないよな？」

照れた顔でアンゼロスが傍に近づいてくる。

「……あ、ああ」

「そうか。……なら、ご褒美に、昨日の続き、してくれるか？」

「昨日の？」

「……ま、まだ昼間だから駄目、かな？」

照れきっているアンゼロス。

昨日の続き、ということは……結構本気だったんだろうか。

朝昼晩でもどこでも誰の前でもいいから、という、アンゼロスの欲求。

「今後の予定次第だけどな。時間あったら、……うん」

「そ、そうだな。時間次第だよな」

股間がつっぱらかって恥ずかしいが、今の俺は安直に襲いかかることが物理的に不可能だし、ディアーネさんやライラの出発予定も確認しないとならない。

……と、オーロラが膨れっ面で割り込む。

「……わ、わたくしとてアンディさん一筋ですわ。アンゼロスさんに下さるならわたくしにもお情けを」

「お情けって」

俺は一体どれだけ偉い人みたいになってるんだ。

……と。

「おー、坊や。ちょうどよかった」

「ライラ」

ライラとジャンヌがてぺてぺと近づいてきた。

何故かジャンヌがセレンの首根っこ、というか首輪を掴んで引っ張っていて、セレンがちょっと苦しそう。

「言い忘れておったわ。……我らの分の首輪、とっとと作らんか」

「首輪……？」

「こんなに立派なのをこの小娘にはつけているくせに。我らにはナシというのは納得いかぬ」

セレンの首の、砂漠トカゲの革製の首輪。

これはセレンがアップルの首輪を借りていたから、その代わりの「雌奴隷の印」なんだけど。

「これは……まだ俺が女の子のこと、幼稚な独占欲でしか見られなかったからというか……あの当時はそういう方法でしか約束できなくて、それでセレンたちが納得しちゃったからそうしたわけで」

「そーですっ！　私とアップルは、アンディさんの雌奴隷だから、絶対的に所有物ですから、その印なんですよぅっ！　普通にお嫁さんになる気の人は普通のので我慢してください！」

何で得意げなんだセレン。

「ほ。我が嫁などと人間のような枠に収まると思うかえ？」

ライラもなんでそんなに自信満々にわけわからんことを。

「アタシは十人長の弟子だけど、弟子兼雌奴隷でも……いいだよ？」

ジャンヌも勢いっぽい。

そして、アンゼロスも、何故かきゅっと俺の袖を引く。

「…………」

「何だよ」

「…………」

訴えかけるような目。

「……欲しいの？」

「……うん」

「雌奴隷の印だけど」

「……それでお前が僕のことを、いつでも自分のものだって確信してくれるなら、所有物でも雌奴隷でもペットでもいい」

上目遣いでまた可愛いことを。

「どっか工房みたいなとこ、あるかな」

「敷地の東の方に使われていない工房があるぞ」

ディアーネさんがやれやれという顔で教えてくれる。

砂漠トカゲの革は、タルクでは随分安かった。

オフィクレードやバッソンで買うのの半額ぐらいだ。

そして首輪の素材にする分には、あまり大量に必要なわけでもない。

「ジャンヌと、ライラと、あとえーと……いる人？」

アンゼロスとオーロラとヒルダさんが手を上げる。

「二人ね」

ヒルダさんはあえて無視。

いやちょっと待て。

「……オーロラもいるのかよ⁉」

「わたくしがその程度の儀式に怖気づくと仰いますか？」

「いい加減見えないものと戦わないでくれ。つーかこれは本人たちの趣味だから。つけてないからって不都合とかないから」

「つけていても貴方にとって不都合でないなら、わたくしが尻込みする理由はありませんわ。この身が一人の男性のものと証すことに、何を恐れることがありましょう」

「……いや、まあ飽きたら外していいけどさ」

あの突撃エルフはいろんな意味で手がつけられなさ過ぎる。

諦めて4本作ることにした。

「だーかーらー、ヒルダ先生も入れて5本ー」

「なんで昨日会ったばかりの人妻にまで雌奴隷の印つけなきゃいけないんですか‼」

「人妻奴隷って燃えない？」

「燃えるけどそれとこれとは別です‼」

「わーい、認めたー」

「認めたなアンディ」

「アンディさん……」

みんなの白い視線が突き刺さる。

「とにかくヒルダさんは駄目！」

「けちー」


二枚に重ねて、しっかり縫って。

焼き印で「アンディ・スマイソン」と押す。

それを四本。

「できた」

足とかはあまり関係ない作業だったので、まあそこそこに手早く不都合もなく出来上がる。

「さてと、ライラ……って」

ライラからつけてやろうと呼んだら、何故かライラは全裸になり（これはいつも通りと言えばいつも通りの奇行だが）、椅子に座った俺の前に跪いている。

その表情は、いつものちょっとふざけた表情でなく、ひたすらに真剣で、ちょっとビビる。

「ライラ？」

「アンディ・スマイソン。さあ、我に、臣下の証を」

「臣下⁉」

ライラが俺を見つめる。うっすらと笑う。それはやはり悪意や茶目っ気の欠片もない、なんだか透明な笑顔。

「ライラ姉様?」

「ライラ……?」

ジャンヌやディアーネさんも、ライラの雰囲気の変化に訝《いぶか》しげな顔をしている。

「なんだか、お前、変じゃないか?」

「いいや。至極真面目じゃ」

「真面目って……」

「アンディ・スマイソン。よいか。心してこの黒竜ライラに首輪を嵌《は》めよ」

ライラはその真剣な瞳で、俺をしっかりと射貫く。

「お主を愛していない竜に、首輪を嵌めるのだ。心せよ」

何が言いたいのかわからなくて、俺は動くことも逃げることもできず、ただ、その赤い瞳をじっと見つめた。

世界各地の言い伝えに、ドラゴンライダーと呼ばれる種類の伝説がある。

それはドラゴンを御する者。巨大なドラゴンを自在に乗りこなし、ある時は国々の隙間の巨悪を、ある時は怒り狂った邪悪な竜を、またある時は天災を相手に戦うという、人やエルフやドワーフの勇者の物語。

実に絵になる伝説なので、それを題材にした絵画や歌曲も多い。

が、その存在に関しては、知識人の間では懐疑論が多数派らしい。

ドラゴンが乗り手など必要とするものか、という単純な疑問があるのだ。

これが一般に飛龍と呼ばれる、5mサイズの翼竜ならまだわかる。彼らの知能はよくて家畜程度、しつければ乗り手の手綱捌き以外にいくつかの口頭命令は聞く、というのが限界だ。彼らは乗り手がいて初めて戦術行動が可能になる。

しかしドラゴンは人間以上の知力と魔法知識を持ち、冗談のように強くて、なおかつ人界の騒乱に対して静かに中立を堅持する、一種の神仙のような存在だ。戯れに街や国家の守護獣となることはあったとしても、人間一人の意思に押さえつけられる理由が全く考えられない。

その彼らにただの人間やエルフ、ドワーフが手綱をつけ、乗り回して人界の脅威を除くなど、現実的に見て考えづらい。

だからドラゴンライダーはあくまで伝説の存在だ。

遺跡文明の時代になんらかの手段でドラゴンより上に立った人間はいたかもしれない、と言われてはいるが単なる想像の域を出ず、現実にはありえないというのが知識人たちの出した結論だった。

「竜に首輪を嵌めるということは、ドラゴンライダーとなることじゃ」

「……えっ？」

「お主の故郷にもひとつくらいはあろう。ドラゴンに乗って天空を駆けた小さき者たちの物語。我に所有の証をつけるということは、その責を担うということを、心せよ」

ライラは真剣な顔で言う。

こんなに静かで、感情の凪いだライラの顔を見るのは初めてだった。

「……だって、お前……お前からこの首輪を作れって」

「…………」

ライラがしばらくじっとこちらを見て、ふうっと溜め息をつく。

「そうじゃったな。お主は人間、しっかり認識していたつもりじゃったがまだ少々我らの感覚で言っておった。……我らにとっての、そういった所有の証とは、笑い話で済まされるものではないというのを先に話すべきじゃったの」

「？」

ライラは視線の圧力を緩めた。

部屋全体の緊張感が抜け、スッと軽くなる。

「最初から説明してくれ。我々にはドラゴンの風習などわからない。というか、アンディはまたやらかしたのか」

「またってなんですか」

「私に剣を贈ったような、思わせぶりな行動だ。種族限定の」

「…………」

あれはわりとディアーネさんが思いつめすぎだったと思うわけですが。なんで俺がそんな風習を理解してると思ったんだろう。

「まだ、坊やは何もしておらぬ。まだな」

ライラは腕を組み、微笑んだ。

「まず、……そうじゃな。我らにとって、交尾がお主らほど重大な行動でない、というところから話を始めなくてはならんか」

「は？」

「人にとって、交尾は最大の愛情表現であろうし、最愛の相手に限って取るべき重要なものであるということは我も知っておる。じゃが竜は……まあ誰が相手でもよい、というほど野放図な者はあまりおらんが、ただそれだけならば年ごとに相手を変えてもあまり問題視されぬ程度のものであることは知っておいてほしい」

「そ、そうなのか」

牛オーガコロニーみたいなもんだろうか。争奪戦上等、みたいな。

「我らにはそもそも人の世における婚姻のようなものはない。胎に子を詰めておっても、竜を害せる外敵はほとんどおらぬし、子も子で親がなくとも勝手に成長できるくらいには強い。生殖を理由にそこまで縛り合う必要は何もないのじゃ」

「……なるほど」

「じゃが、それでも婚姻に相当する、生涯を懸けるに値する誓いというのは存在する」

一息。

緩んだ視線をまた引き締め、俺にしっかりと合わせるライラ。

「竜とは力の塊。それも、破壊することに尖りきった力じゃ。その気になれば、ただの一夜で山を湖に変えることすらできるが、反して創造することに関しては人と大差ない。多少魔法に長けておっても、ディアーネのような才能ある者なれば手の届く範囲にすぎん。半端に知恵をつけた我らは、その不均衡を恐れておる。恐れながら、それでもどこか、自らの力を腐らせたくないという本能もある」

「……？」

「竜の価値観はシンプルじゃ。善と悪を定めるはただひとつ。心にて力を御するを善、力にて心を御するを悪と言う。力余る我らにとってどちらが易きかは明白。じゃからこそ、我らは求める。力を御する心を。否、我らの力の責を負う者を」

わかって、きた。

つまり。

「性愛より生殖より我らを強く縛るは、この力を御する心の契約。我らにとって、人の婚姻に相当するは、この力を所有し全ての責を負うという、その誓いじゃ」

ライラはそこまで言って、もう一度俺を試すように声色を低くした。

「今までもいくらか戯れに力を貸してきたが、アンディ・スマイソン、我が力を専有するつもりはあるか？　それとも我の気まぐれに任せるまま、力を借りたい時に気が向かなくとも不運と割り切り、我の機嫌に怯えるままに、今のままの間柄を続けるか？」

「ちょっと、待て」

確かにそれは重大な話かもしれないが。

話がうますぎやしないか。

「俺はお前の力を専有する。それはいいとして、そこに何か悪いことがあるのか？」

心せよ心せよと言う割に、俺にどんな覚悟を求めているのかがわからない。

なんだかいいことずくめで気持ち悪いのだ。

「ほ」

ライラは、いたずらっぽい目つきになる。

しかしいつも俺にスケベないたずらを仕掛ける時とは微妙に違う。挑発的で、邪悪な雰囲気の微笑だった。

「見た方が早い。ほれ」

ライラがこちらに手を伸ばす。

一瞬、意識が歪んだ。


――我はお主を愛してはおらぬ。

――その気性、好んではおるが、それだけじゃ。

――当然じゃろう？

――我とお主は未だ知り合って幾月とは経っておらぬ。

――愛を語るにはまだ時が少なかろう。

――誰かを好きになることとは、顔や気性、移ろうやも知れぬ相手の美点に自らの想いの懸けどころを見つけるということ。

――誰かを愛するということは、その移ろいをも許す境地に達するということじゃ。

――お主の美点を我は好んでおる。子を産む程度なら是非にと思えるくらいにはな。

――じゃが、お主でさえあれば何をも許すというところには至っておらぬ。

――そんな相手に、絶大なまでに力余りながらそんな程度の繋がりの相手に、気を許すとどうなるか、わからぬかえ？


血の赤。

引きちぎれた上半身。腕。飛び散った内臓。

僅かに霞みがかった視界は、薄暗い。

なんとか読み取れるこの光景の背景は……砂漠大迷宮だろうか。

『う、うっ……うあ、あ……ガリィっ……うあああっ……!!』

耳に、涙声が響く。

ライラが号泣している。今まで聞いたこともない、ライラの心底からの哀しみの声。

いつまでもいつまでも、亡骸《なきがら》を前に、固まった血を舐めるように伏して、泣き続けている。

——思えば、我はガリィを愛することはできておらなんだ。

——あれだけ、我はあの男が好きだったんじゃがな。

——正体を打ち明ければ、単純なあの男がどうするかなど、わかっておったろうに。

——竜は絶対悪、一頭狩れば千人が助かると誰もが信じて疑わなんだ時代じゃ。

——それでも、我は、我を愛してもらえるという一縷の望みを捨てきれなんだ。

——それでいながら、あの男が首を取りにきた時、その行動さえも許せる境地に至ってはおらなんだ。

——この首ひとつであやつは英雄になれたじゃろう。きっと幸せになったことじゃろう。火竜戦争の終息まで何年もなかったにせよ、あやつはきっとそれまでは幸せに生きられたことじゃろう。

——自らの全てを許して、愛して欲しいと思いながら、結局我はあやつの正義を許してやれなんだ。自分から打ち明けておきながら、想いはその程度でしかなかった。

——我はお主を愛しておらぬ。

——力の契約をするということは、そんな我をすぐ傍に置くということ。いつ噴き上げるかもわからぬ火口の傍に身を置くということじゃ。

——お主が気に食わぬ真似をしたとあらば、いつその身をガリィのように細切れにしてしまうともわからぬ。

——お主だけではない。もしかしたらいつか嫉妬に駆られ、セレンやディアーネやアンゼロス、ジャンヌさえあんな肉塊にしてしまうやもしれぬ。我にとっては草を千切るのと大差ないのじゃ。

——その責を負う覚悟があるのか。

——それでも我を捕まえ、お主のものとして傍らに置くことができるのか。

——無理にとは言わぬ。我は適当で、気楽な女じゃ。もし契約をせずとも、気が変わるまでならお主を手助けもしよう。抱かれもしよう。

——心せよ、アンディ・スマイソン。

——我は黒竜。何もかもを焼き尽くす炎を身に秘める、黒竜じゃ。


「っ」

幻影から目覚める。

その幻影は一瞬でしかなかったのだろう。誰の位置も表情も変わっていない。

そして、俺はライラの伸ばした手をとっ捕まえ、引っ張って無理矢理胸に引きずり込んだ。

「なっ……⁉　ぼ、坊や、幻影が見えておらなんだのかえ⁉」

「動くなバカドラゴン」

そして、ちゃっちゃと首輪をつけてしまった。

「う……こ、後悔……するかもしれんぞ」

「俺は、ドラゴンライダーなんて興味ない」

「坊や！」

「坊やじゃねえよ。今からお前のご主人様だ」

ライラの面食らった顔を両手で捕まえ、唇を突き出せばキスできそうな距離でじっと見据える。

「お前、そんなに寂しそうな顔して自分を適当だから気楽だから竜だからってペラペラうるさいんだよ。そんなに予防線張りまくらないと甘えることもできないのか。あの晩には甘えさせろって言ったくせに」

「……アンディ」

「言っとくけど俺はお前の力を使うような場面を持ってる男じゃない。勝たなきゃいけない相手も、倒さなきゃいけない悪魔も思いつかない。……だけど、今さらお前にビビってやるほどお人よしでもない。知ってるぞ、お前はただの寂しがりやでドMで露出狂でおっぱいでかくて美人のバカだ。あとちょっと空も飛べて火も吹ける」

「どこが『ただの』じゃ……」

「俺に比べりゃここにいる奴みんなスゲェんだよ。手がつけられないくらい。だから強いってだけじゃ今さら俺をヒかせるなんて無理だぞ」

「……弱っちいことを自慢するでない。頼りないご主人様じゃのう」

「気に食わないなら首輪外して返せ。こうなったらヒルダさんにつけてやる」

「嫌じゃ」

ライラは笑った。

そして、力を緩めた手からするりと逃れ、目の前で優雅に跪いて、はっきりと宣言した。

「アンディ・スマイソン。そなたを我が主、我が乗り手と定めよう。その命尽きても、子々孫々までも、我が力はそなたの下《もと》に。我が心はそなたの胸に」

「いいけど常識の範囲でな」

「ほ。無粋な奴じゃのう。……とりあえずベッドの上は常識の範囲じゃろ？」

「まーな。乗りまくってやる」

「楽しみにしておくぞえ」

いつものライラの不敵な笑みが戻ってきた。

続いて、ジャンヌ、アンゼロス、オーロラに首輪をつけてやる。

「これでアタシも正式に十人長んちの子だ♪」

「お前俺と同い年だろ……」

変な喜び方をしているジャンヌ。

「……ちょっと夢だった」

「隊舎では外せよ。頼むから」

「丸首シャツ着るからいいだろ」

「……そこまでしてつけてたいか」

「うん」

妙にてれてれしながら首輪を大事そうに撫でるアンゼロス。

「ふふふ。誰かの所有物というのも悪くありませんわね」

「ホント飽きたら外してくれよ。というかルーカス将軍に知れたら今度こそ俺片足じゃ済まない」

「あんな男のことなど気にすることはありませんわ」

「やだよ！　超怖ぇよ！」

兄に辛辣なオーロラと、さすがにトラウマが抜けない俺。

希望者全員に首輪をつけ終わると、首輪仲間同士できゃいきゃいと騒ぎ始めた。

「これでアンディさんの雌奴隷が一気に六人ですねー」

「六人ですの？　ここでは五人に見えますけど」

「……なんでもアンディの出身地にまだ一人残してきているらしい」

「さすが十人長だ」

「こりゃあ曜日で分担かのう」

そしてそれをちょっと羨ましそうに見ているダークエルフ姉妹。

「いいなー。ディアーネちゃんは欲しくないの？」

「わ、私は正々堂々とアンディの妻になる気だからいいんだ」

「むー。でもあんな調子じゃ奥さんになっても月3回ぐらいしか回ってきそうにないわよ？」

「……ちょっと待て姉上。もしかしてあなたも勘定に入っているのか」

「入れてくんないのー？　ウチの旦那さん全然帰ってきそうにないし、しばらく入れてよー。どうせ誰か産休になったらアンディ君のカラダも空くし」

「姉上、そういう浮気性は人間には嫌われるぞ？」

「うー。でも別に離婚したいほどオーリンズさんのこと嫌いなわけじゃないんだもん」

複雑な人だ。

「はいはい、それよりカルロスさんがお昼用意してくれてるだろ？　みんなそろそろ母屋に戻ろうぜ」

手を叩いてそう言うと、みんなが一瞬きょとんとした。

「まだ10時の鐘鳴ったばかりでしょ？」

「今時間見てきます」

そして庭に設置された日時計盤をセレンが見てくる。

「まだお昼まで1時間半はありますよー」

「時間は充分余っていますわね」

「んだんだ」

「まったく、みんな……姉上」

「はいはい♪」

やれやれ、と溜め息をついたディアーネさんに促され、ヒルダさんが俺の足に取り付く。

「―――――！　はい動かしてー」

「お」

足が動く。

動くけど。

「……どうせなら泊まり部屋でかけたほうがよかったんじゃ」

「ほ。甘いぞ、アンディ」

ライラがスルッと間合いに入ってきて、胸元で科《しな》を作った。

さっきから全裸のままなのでそのおっぱいに耐性はついていたつもりだったが、それでも色香を出すような動作をすると途端にドキンとする。さすがにお色気に関してはライラはツワモノだ。

「こんな不似合いな場所だからこその情緒というのもあろう。鉄を打ち革を切り縫う工房で、職人が息抜きに女を並べて孕ませる……というのも乙なものではないかえ？」

「息抜きって。もう作業終わったし」

「ほ。そういうプレイということじゃ」

その辺から麻袋や垂れ布を引っ張ってきて、作業台の上に広げるヒルダさん。

その上に寝そべり、片足を上げて誘うライラと、おずおずとハーフパンツとショーツを下ろして尻を向けるジャンヌ。

「ほれほれ、親方。膣は熱い内に打て、とな♪」

「こっちにもお仕事あるだよ、親方ー♪」

親方と来たか。

……確かにいつかそう呼ばれるのは夢だけど。

「ずーるーいーでーすー！」

「親方ぁ、ちょっと留め具が外れちゃってぇ。ハメ直しお願いしますぅ♪」

作業台に上半身飛び乗るセレンと、スカートを上げてお尻を振るヒルダさん。

「僕らも混ざった方がいいのかな……」

「さ、さすがに下品……ですけど、わたくしとてアンディさんの女……」

ふらふらと作業台に近づくアンゼロスとオーロラをディアーネさんが止める。

「お前たちは一応エースナイトとしての自覚を持て。あと時間的にこれ以上は無理」

「ディアーネさん」

冷静なディアーネさんがちょっと頼もしい。

「1時間半あるから私たちは次の回まで待つべきだ」

「……次の回？」

「駄目か？」

……無茶言われているのはわかってるけど。

でも、数週間もしていなかったのだ。昨日だけでは全然足りない。

「やります」

「やった♪」

無邪気に喜ばれると引くに引けない。

……頑張れ俺。

◇◇◇

（言いつけてやる……アシュトンの親父さんに言いつけてやる……）

「ベッカー特務百人長、そんな熱筆するほどの報告事項が……？」

「凄く重要なことだ！　できれば飛龍便でクイーカに頼む！」

「り、了解しました！」

◇◇◇

まずは、手近にいたライラからのしかかる。

「ふふ。言葉責めされながら奉仕するも良いが、そなたの思うままに乗られる方がやはり燃えるの」

「どうせチンポさえ突っ込んでもらえればなんでもいいんだろ、この淫乱ドラゴン」

「ほほ、否定はせん。お主のマラならば昼となく夜となく、いかなる手段でどこに突き込まれようとも構わぬ」

「俺のじゃなくてもいいくせに」

首輪を正面から掴んで引っ張り、広げたマ○コ穴の中に人差し指を突っ込みながら言う。

半分くらいはライラ好みの乱暴なプレイだったが、もう半分はさっき聞いたドラゴンの性生活の話に対してのちょっとした反感だった。

わりととっかえひっかえでも、誰でもいい。

性関係と束縛に関係はない。

そんなライラの、ドラゴンのセックス観に対する……まあ要は意地汚い独占欲と、誰にともわからない嫉妬心だ。

だが、ライラはガクンと首輪に引かれて苦しい目に遭いながらも、俺のそんな偏狭さを見透かし、心底愉快そうに笑って、囁いた。

「ついさっき、誰でもよくはなくなったぞえ？」

「あ？」

「交尾で我らは縛れぬ。ただそれだけじゃ。逆ではない。我が主よ、そなたが我が体を望む限り、いつでもこの身、全て差し出そう。そなた以外の誰にも抱かせはせぬ。たった今からそなたがこの世にある限り、そなただけのチンポを磨き、精を吸い、子を孕んで産むが我が胎の役目じゃ。ああ、我の乗り手よ、いつでもどこでも好きなだけ、勝手放題独占し、陵辱し、蹂躙して便所にするが良い♪」

「……ったく」

ただでさえ抱き甲斐があるエロい体だってのに、そこまで熱望されたら困る。

「望み通り、お前の穴が拡がって締まらなくなるくらいチンポ突っ込んでやるっ。いくらお前でもチンポの形に拡がった穴を晒して表は歩けないだろっ⁉」

「ふふふ、侮るな、チンポ咥えたまま、絶え間なく種付けを繰り返されながら大通りを闊歩《かっぽ》しても構わぬぞ？　なんと言っても我が自慢の主殿じゃ♪」

そういえばタダ見上等のド変態だった。

「お前ら私の故郷でどれだけ無茶する気だ」

「すみません」

ディアーネさんに怒られた。

「ほ、強気な親方様もディアーネには頭が上がらぬか」

「うるさいなあ」

「うるさく思うなら早うそのチンポで黙らせてくれ。何も言えぬくらい子宮をいじめてくれれば良い♪」

「言ったな」

何の予告もなく、ライラの足をひっ捕まえ、腰を押さえつけてちんこを突っ込んだ。

「はあああっ♪」

「びしょ濡れだな変態女っ‼」

「はあ、はあっ……当然じゃ、これからいつでもチンポに備えてオナニーしながら待っているからっ……どんな時でも我の顔を見たら黙ってチンポを出せば良い、いつでも、尻を突き出して……あぁっ♪」

「うるせえド変態、そんなことしたら俺の立場がなくなんだろが！」

「う、あっ、そんなっ……でも、あ、ううっ……でも、いつでも、チンポ欲しいっ‼　孕まされたいのっ‼」

「俺がいいって言うまでお預けだ!!」

「あぁんっ……そんなっ……」

「そのかわり、我慢できたら……ほらっ！」

グッチャグッチャと、その酷く熱い膣の中で暴れまくって、勝手に射精。

ライラはその熱さに、長い舌を突き出して悦ぶ。

「♪♪♪」

「はあ、はあっ……どうだ？」

「……や、やらしい飼い主じゃ……我を発情させることばかりっ……♪」

「お前が変態なのが悪い」

「ふふっ……し、しかし、随分と……うぐっ♪」

喋りながら、放出の快感が長く持続する。絶え間なくとめどなく、ドクドクとライラの腹の中にドロドロの精液を流し込み続けている。

……まだ例の精子地獄魔法が続いているらしい。

「ぐぅっ……ほ、ほれ、見ぃっ……胎がこんなにポコッと……あぁっ♪」

その詳細を知らずながら、精液に内から膨らまされる腹を見てうっとりしているタフな変態女。

「抜くぞ……」

ズルッとライラの膣からちんこを引き抜くと、作業台の上に敷いた麻袋の上にドポッと精液が吹き出して広がる。

毎度ながら恐ろしい光景だ。

「い、いつの間にこんなに絶倫になったのかえ……？」

「さあ……昨日あたりから」

ふと、隣で座って順番待ちをしているヒルダさんに聞いてみる。

「いつまでコレの効果続くんですか」

「100時間くらいかな。ヒルダ先生すごいでしょー♪」

「……」

100時間って、えーと、確か一日が24時間だっけ。……4日以上？

「その効果時間で俺の足が動いてくれれば……」

「あん、もう。簡単な魔法だからこそ長持ちさせられるんだってば」

ちょっとがっくりした俺の袖を、さっきからお尻出して待っているジャンヌがくいくいと引いてせがむ。

「十人長、アタシのおま○こ突っ込むだよー。アタシ、十人長にレイプされたかっただよ。こないだのは前借りだ、返すだよー」

「お前もお前で……ったく、変態が」

「変態だ♪　十人長、変態ドワーフにおしおきだよ♪」

おもむろにジャンヌの後ろに立ち、その小さな腰を掴ん

で持ち上げる。

やたらと軽い。いくらパワーがあるとはいえ、やはり重さは見た目通り幼い女の子だった。

「やっ……そ、そんなのでするだか？」

「おしおきだからな」

どこぞの地方には鶏の尻穴や子山羊の膣穴にちんこ突っ込んでオナニーする習俗があるという。

鶏というにはちょっと大きいし山羊というには小さいが、そんな勝手に性欲を満たすオナニー行為と大差ないな、と思いながら。

俺はジャンヌの体を持ち上げてその小さな膣にちんこを突っ込み、リズムよく腰とジャンヌの体を揺すり始めた。

「あ、うぁっ……ひ、ぎぅっ、すご、い、だよっ……!!」

「さすがに、キツっ……!!」

不安定な体勢だから、どうしてもジャンヌの体は強張り、それは膣にまで伝播して必要以上の締め上げとなる。

だが、上半身をぐらぐらと不安定に揺らしながらもジャンヌは俺の顔を必死に振り返り、楽しそうな笑みを浮かべた。

「こ、こう、してるとっ……んぅ、あ、アタシ、本当に……十人長の、チンポ穴、だな♪」

「お前も……っ、き、気軽に首輪、つけちゃったけど……男の所有物って、そういうことだぞっ⁉ いつこうしてパンツ剥かれて、勝手にチンポ擦るための穴扱いされるか、わかんないぞ……⁉」

「あぁっ……ワクワクするだな♪」

こいつもライラ直系のド変態だった。そういえば。

「アタシ、十人長のチンポ穴っ♪ いつでも射精道具に、されるだっ……するだよっ……♪」

小さな体をブルブル震わせながら、チンポを幼い膣の奥底まで押し込まれながら、その小さな手を俺の乱暴な手に重ねるようにして、誓うように歌うように言うドワーフの美少女。

そのキュウキュウと締まる膣に、俺はまたもや射精。

「んがぁっ……は、あぁっ……!!」

最初からジャンヌの小さな膣には、大量の精子の入りきるスペースなんてどこにもない。

一瞬圧迫するようにボコッという感触がしたあと、ちんこが押し出されるように少し後退させられ、膣を限界まで押し広げるちんことヒダの隙間から、ブシュッと精液と愛液のブレンド品が飛び散る。

「……ぐ、はっ……十人長、しゃせー、まで、男前過ぎるだよっ……」

ライラの隣にそっと寝かせてやる。荒い息をつきながら、ライラに頭を撫でられ手を握られ、ジャンヌはやりとげたという爽やかな表情で目を閉じる。

　さて次は。

「アンディさーん……」

「……セレン、いくか」

「はい……」

　セレンのスカートをまくり、パンツをスルスルと下ろす。下ろしながらセレンの表情を窺うと、セレンもセレンでこちらをまじまじと見つめていた。

「な、なんだよ？」

「……さっきからなんだかアンディさん、Sっぽいなーって」

「………………」

「い、いえ、別に悪くはないんですけど……私以外としてるときって、全然違う犯し方するんだなーって、不思議だったので」

「……い、言われてみれば」

　ライラとジャンヌはある意味別枠だ。

　彼女らの好みに合わせ、俺の中のチンピラっぽいところを最大限呼び覚ましてようやくあんな感じ……だった、はずなんだが、なんだか段々そんな振る舞いに慣れ始めている自分がちょっと怖い。

「あ、あの態度はあいつらの趣味だから……戻そう戻そう」

「あ、や、だめっ」

「……？」

「……あ」

　セレンは大声を出してしまい、しまった、という顔をした。

　しかし、誤魔化すように微笑み、言葉を継ぐ。

「……で、できれば私もそんな風に意地悪く責められてみたいです」

「……お前も？」

「はい。こう……この淫乱ハーフエルフ、ぴしゃーん！　とかされたりとか」

　ちょっと頬を紅潮させて、興奮気味に囁くセレン。

　なんだかなぁ。

「今回だけな」

「は、はいっ♪」

「この淫乱！　スケベ女！」

　ぴしゃーん、とセレンの尻を引っぱたく。

　音はよく鳴るように、でもなるべく痛くないように。

「んはあっ!!」

　セレンが悶える。でも痛いというより、やっぱり気分的な感じで。

去年のクロスボウ隊の忘年会に向けて宴会芸仕込んでる時にアイザックを張り倒す役を貰い、ちょっとスナップの利かせ方や手のひらへの空気の入れ方を工夫したのがこんなところで役に立つとは。

「お前はっ！　こんなスケベなデカっ尻で男を誘ってっ!!」

ぴしゃーん、ぴしゃーん、と尻を再度張る。

「猥褻が服着て歩いてるようなもんだぜ、このチンポ奴隷っ!!」

「は、はいぃっ!!　私、私はっ、スケベで淫乱でアンディさんのチンポに夢中な最低の猥褻メス奴隷ですぅっ!!」

「謝れっ!!」

「ごめんなさいっ！　スケベでごめんなさいぃっ!!」

「違うっ！　俺のちんこに謝るんだよ、奴隷っ!!」

「は、はいっ、勃起させちゃってごめんなさいっ!!　勃起させちゃうのにおま○こいれてあげないでごめんなさいぃっ！　射精させてあげるの遅れて本当にごめんなさいっ!!」

「このグズ女っ!!　謝るより先にマ○コ開け!!」

「は、はいっ！　この猥褻ま○こにお入りくださいっ!!　おちんちん射精させるしか能のない淫乱雌奴隷をどうか見捨てないでっ！　おちんちん奥まで突っ込んでお好きなだけ射精してくださいい!!」

ノリノリだ。

その尻をもう一発だけ張り、そしてライラとジャンヌに出入りしたばかりのちんこをそのまま膣奥へぶち込む。

「はぁぁぁっ♪」

「反省してないな、この雌豚っ！　反省したフリして本当は自分が妊娠したいだけだろう!?」

「はっ……はい、ごめんなさい、ごめんなさいっ……そうです、妊娠したいですっ……一刻も早く妊娠して赤ちゃん産んで次の赤ちゃん妊娠したいですぅっ!!」

「本当に猥褻な女だな……どこに出しても恥ずかしい立派な低俗女だ！　お前みたいな女、俺が飼ってたなんて世間に知れたらたまったもんじゃねえ、一生俺のチンポで飼い殺すしかないぜ！」

「♪♪　はい、一生アンディさんのチンポしゃぶって過ごしますっ！　全身アンディさんの精液でドロドロになって過ごしたいです、それが私みたいなオマ○コ奴隷の最高の幸せですっ!!　本当は一日中でもアンディさんのおチンポにすがりついていたいんです！　服なんていらない、一日中アンディさんのおちんちんを私の口で隠して、おマ○コで隠して、おっぱいで、お尻の穴で隠して、アンディさんの人間パンツみたいな生活したいんですぅっ!!」

「何考えてんだこの猥褻物がっ！」

あんまりにもセレンの妄想が激しいので俺もテンション上がってきた。

「そんなことしなくてもお前の腹は俺のチンポで妊娠するって決まってんだよ！　とっとと孕め！　受精しちまえ！　いっぱい子供産ませて絶対俺から離れられなくしてやるっ！」

「はいっ!!　頑張って妊娠します!!　妊娠したいですからっ!!　だから、この淫乱雌奴隷をどんどん犯して、毎日腰が立たないくらいレイプしてぇっ!!」

もうどこまでがツクリでどこからが本音なんだか。

いじめてる俺も自分でわからないし、セレンの言葉なんてもっとさっぱりだ。

だけど、躊躇いなど微塵もない被虐の言葉と嗜虐の言葉が絡み合い、俺とセレンはシンクロするようにどんどん腰の動きを速めていく。

……ああ、俺、この子と相性がいいな、と思う。

どれだけ酷い言葉をぶつけても、全然意味のわからない哀願の言葉を聞いても、まるで幻聴のように、何か伝えあっている感覚がある。

睦みあっている実感がある。

血が出そうなくらい強く肩を掴み、腕を引いて、がむしゃらに腰を押して引いても。

呼吸が互いにゼーゼーと荒くなって、それでも許さず苛み続けても。

それでも、セレンは全身で「愛してます」って伝えてくる。

俺も愛しくてたまらなくて、心ではセレンをギュウッと抱き締めているのが伝わっているような実感がある。

そんな不思議な、わけのわからないごっこ遊び。

その末に。

「くっ……出る、出るぞ、しっかり子宮開いて受精しろ、雌豚っ!!」

「はひっ、どうぞ、私の、私の卵子犯して、おなかの奥で犯してぇぇっ!!」

ドクン、ドクン、ドクン、ドクンッ……。

射精が始まる。

作業台に体を押し付け、互いにビクンビクンと性感に震え、涎を垂らしながら、俺の子供で腹を占拠してやろうと大量の子種が子宮に直接流れ込み、溢れ返るのがひどくしっかり実感できる。

「あ、あ……う、ああっ……」

「……セレン？」

そして、セレンが失神しかけていた。

慌ててセレンの頬を叩く。

「お、おい、セレンっ⁉　大丈夫か⁉」

やりすぎたか。

数秒してセレンの目の焦点が合う。

「……も、もう、アンディさんってば。詰めが甘いですーっ」

「詰め？」

「そこは、水でも顔にばしゃーってして、ほら続きだケツ穴広げろ、とか」

「…………」

「……ライラさん相手ならやるでしょう？」

「やるかもしれない」

「もう、優しいんだからぁっ。……でもそんなとこも大好きです」

ああもう。

「うう……まだ僕はあの世界は作れない……」

「や、やりますわねセレンさん」

「伊達に自分から雌奴隷って言って押しかけてきたわけではない、ということだな」

後ろの方で待機組が感嘆している。


そして、前半組の最後。

ヒルダさんに向き直ろうとしたら、ヒルダさんがそこにいない。

「あれ？」

いいのかな、と思った次の瞬間、俺は後ろからぎゅっと抱えられて逆に作業台に押し倒されていた。

「どーん」

「うおっ⁉」

ばふ、と麻袋と垂れ布の塊の上にうつぶせにぶっ倒れる俺。

「いてて……ヒルダさん？」

「えへー。……あと大体1分半しかないわね」

「え？」

「魔法の効果時間。……私にはわかるのよー、魔力の残り具合とかで」

「そ、そうなんですか」

「だからこれ以上は危険。急に力が抜けて転んじゃうと、こんな鍛冶場じゃ大怪我しちゃうわ。タイムアップね」

なんかほえほえと適当な人に見えていたが、やっぱり医者。欲求より怪我や病気への心配を優先してくれるようだ。

「……はい」

意気込んでいた全身の力を抜く。柔らかいおっぱいと、ほのかな花の香水の香りが、なんだかひどく安心させてくれる。

「ここからは私のターン」

「……はい？」

「ヒルダ先生の108の必殺技・夜の部、ちょっとだけ披露しちゃおっかなー、みたいな♪」

「夜の部⁉」

「昼の部は医術、夜の部は房中術なの♪」

仰向けにさせた俺の上に、ヒルダさんがのっしりとのしかかって来る。

前言撤回。ちゃんと医者だけどやっぱり欲求も優先するようだ。

「あ、姉上⁉」

「だーってー。どうせ次に足動かす魔法かけられるまで30分あるしー。私どっちかというとマグロな人をメロメロにする方が専門なの♪」

「……そういえば義兄上も元は患者だったと聞いたが、まさか……」

「んー、その辺はヒ・ミ・ツ♪」

……今。

なんか見えたぞ。

患者として動けないところで性的にメロメロにされた旦那さんが、結婚後もあまりに激しい夜の生活に耐えかねて、遠い空へ旅立とうとしているカスカスの後ろ姿が。

「さーて、どれから行こうかな？　どんなのがいい？」

ヒルダさんが妖しく笑った。

……オオウ。もしかしたら勢いで凄い人に手を出しちゃったんじゃないか俺。

それこそマスターナイト級に。

「早く希望言わないと大変だぞー？　先生、その気になったら30分あれば10回は絞っちゃうんだから」

「ヒィ⁉」

「さて、そろそろ時間切れねー。それじゃとっておきの30分にしてあげる☆」

「ちょ、ちょっ、ヒルダさん⁉」

「姉上⁉　私たちの分をなくすようなことは許さんぞ⁉」

ディアーネさん、気持ちはわかるけどもっと純粋に心配してほしいんだ。３分一発なんてペースで抜き続けられたら死んじゃう。

「大丈夫よぉ、ヒルダ先生をなんだと思ってるの？」

口を尖らせつつ服を脱ぎ、俺のちんこを両手で包むヒルダさん。

「ええと……」

目をさまよわせディアーネさん。

そして伸びているライラとセレンが代弁する。

「欲求不満の淫魔じゃな」

「砂漠で行き倒れかけたところにチンポ差し出された旅人ですかね」

ライラはともかくセレンのその例えはどうなんだ。

「ちーがーうー。これでも魔法のお医者さんなのー」

子供っぽく言いながらも手はスナップを利かせて高速でちんこを刺激する。射精直前まで頑張らせてあとは舐めるなり入れるなりという、前戯としての手コキではない。もう最初っから抜きにきている、熟練した容赦ない動きだった。

「うあ、ちょ、そんなっ……⁉」

「ヒルダ先生にかかれば、たとえ一晩ケモノのよーに子作りしたおちんちんだって……よい、しょっ、と。

――――‼」

いきなりタマをむんずと掴まれ、呪文を唱えられる。高められていた快感がヒルダさんの手のひらから一気に加速し、そして、

「うが、あああああっ⁉」

びゅるるるっ、と射精。

精子地獄魔法の影響でまるで小便のような量が吹き出す。

まるで噴水だ、と他人事のように思う。

そして、少し弱まった射精が持続……って。

止まらない。1分経っても止まらない。

「え、えええ⁉」

「ヒルダ先生の１０８の必殺技のひとつ。バルブクラッシャー♪」

「どういうことですかっ⁉」

「これから10分くらい射精が止まんないのでよろしくー♪」

「ま、待って、死んじゃう、って、うぐあっ」

「大丈夫よぉ、わんわんとおんなじように射精と同じ勢いで精子ができちゃうだけだから」

だけって。なにが「だけ」なんだ。

「じゃ、いくわよー？」

そして、あろうことかそのびゅっくびゅっくと泉のように射精を続けるちんこを自分の膣に容赦なく呑みこむヒルダさん。

「う、お、あっ⁉」

「えへー……こ、これ、たまんないでしょ？　ずーっと射精しながらおま○こで絞られちゃうの」

ヒルダさんは、ただ奥底まで迎え入れて、それだけでは済まさない。

子宮口まで亀頭を入れさせ、絶え間なく種付けさせせながら、さらに膣道を巧みに操って乳搾りのようにギュッギュッとちんこを下から上へと三段締めで搾り上げる。

「はぁっ……たまん、ないっ……♪　おなかが、妊娠汁でいっぱいになってくぅっ……♪」

「ま、待っ、これ、シャレんならな、うああっ⁉」

ただでさえ頭がクラクラするような快楽が、持続する。

視界が霞む。

ちんこ、きもちいい。

ま○こ、さいこう。

…………。


「……ーい。おーい、アンディくーん」

「‼」

ハッと目が覚めた。いや、目は閉じていなかった。

目を開けたまま気絶しかけていた。

「あ、やっぱりこれ、初めてだと難易度高かった？」

「え、えっ……？」

射精は……止まっている。

止まっているが、それでも相変わらず、ヒルダさんが腰を上下させるたびに奥から精子がぶちゅっ、ぶちゅっと溢れて腰に流れ落ちてくる。

「無茶しすぎだ姉上」

「うー、これでもちょっと手加減してたんだけどなー」

「こ、これで……手加減？」

「うちの旦那さんにはもうひと手間、快感が鋭くなっちゃう幻影魔法かけたりしてたんだけど」

「……気ぃ狂うんじゃないですかそれ……」

「大丈夫よぅ、そうならないギリギリを見極めるの得意だもん」

悪魔だ。大悪魔がいる。

気が狂うギリギリで、それでも狂えないという快楽に毎晩翻弄され続けた旦那さんの心中やいかに。

一種の拷問じゃないだろうか。

「次の必殺技しちゃう？」

「駄目です」

「えー」

これは矯正しないといけない。

窓から数秒、抜けるような砂漠の青空を見た。見たことのないヒルダさんの旦那さんの人のよさげな笑顔が見えた気がした。

そこに誓う。あなたが帰ってこれるようにせめてもの忠言をかけておきます。

「ヒルダさん」

「？」

「ちょっと座ってください。いや俺の上じゃなくて。そこ。正座」

「⁉」

ヒルダさんを作業台の上に正座させる。流れ込みまくった精液が見る間にその腰の下に広がっていくが、それは見ないことにして。

「気持ちよければいいってもんじゃありません」

「でも気持ちいい方がステキでしょ？　セックスなんだから」

「あなたは気持ちいい方がいいでしょうが男は気持ちいい以外にもセックスの楽しみがあるんです」

「……そうなの？」

「そうなんです」

この人、セックスで限界ギリギリの快楽を与えることを追い求めるようになって長いんだろう。

その快楽の拷問を加えることに全く疑問を感じていない。

「いいですか。……セックスが気持ちいいことはもちろん必要ですが、相手を自分の手で気持ちよくさせることにも楽しみがあるんです」

「あるわねぇ」

「ヒルダさんのそれはあなたばっかり気持ちいい！」

「……え、でもアンディ君だって気持ちよかったでしょ？」

「そうじゃなくて、男の方の頑張りが全く入る余地がない！」

「精液いっぱい出されて、ぶっといおちんちんでゴリゴリされてすっごく気持ちいいけど？」

「それは体の反応が勝手にヒルダさんの快感に繋がってるだけで男の征服欲はちっとも満たされてないんです！」

「せ、征服……欲？　や、やだなぁアンディ君、ヒルダ先生のこと征服したくなっちゃった？　でも先生アンディ君だけにってわけには」

うん。やっぱりこの人、ちょっと勝手すぎることを自分で理解できてない。

なまじっか凄い技を持って、相手への奉仕に自信があるせいで、相手のプライドを根こそぎ奪っちゃってることをまだ気づけてない。

過度の奉仕はそのままサド行為だ。

そしてサドもマゾも、相手の欲望と折り合わなければ愛情交歓にならない。

「あえて言います。……ヒルダさん、もうエッチで必殺技禁止」

「え、えー？　なに、気持ちよくなかった？」

「違います。もっと相手を思いやってください」

「思いやるって言っても……でも、気持ちよくないんじゃしょうがないもん……」

「気持ちいいだけなら商売女で充分です。そして俺は商売女が必要なほど女に困ってません」

うわー。我ながら超いけ好かねえ発言。

でも言わなきゃ。

「愛が欲しいなら変な見栄はやめてください。俺はただセックスのうまい人としたいんじゃなくて、ヒルダさんと、どうせならラブラブでエロエロなエッチがしたいんです」

「…………」

ヒルダさんが、ポーッと赤くなった。

ディアーネさんが咳払いをして、ライラがくっくっくっと肩を震わせ、顔を上げたセレンがぶくーっとむくれる。

「なんだよ」

「アンディ。……本気でウチの姉を落としにかかるな」

「全くもって、ズバズバ直球で女の見栄を剥ぎ落としにかかる悪いご主人様じゃの」

「もーっ……本気で人妻奴隷にする気ですかっ⁉」

いやそこまでアレのつもりじゃ。

ただこのままじゃヒルダさん、いつまで経ってもセックスうまくいきそうにないし。

「……う、うんっ……じゃあ、必殺技、封印する」

「わかってくれましたか」

「……そしたら、らぶらぶでえろえろなえっち、してくれるんだよね、アンディ君」

「します。きっとできます」

俺だけじゃなくて旦那さんもきっと。

「……らぶらぶ、えろえろ……」

ヒルダさんはしばらく真っ赤になって呟き続けて、急に恥ずかしそうに体を隠し、そして。

「……えと、あの、……じゃあ、ちょっと待ってね、仕切り直しね。10分待って」

その辺から服をかき集めて、たたた、と出て行く。

「……な、なんか、様子が変、かな」

俺の独り言を聞きつけて、ディアーネさんが本日何度目かもわからない呆れ顔。

「アホ。……恥ずかしくもなるさ、ノリだけでエッチしていた……というか、射精させて楽しんでいただけの女がそんな真剣に求められたら」

「身づくろいかのう」

「私ならそうしますね」

「……十人長、底なしだ」

「僕らの番は……」

「そ、そうですわ。今のうちにお情けを」

「まあまあ、姉上を少し待ってやってくれ」

きっかり10分ほどして、ヒルダさんがまた現れた。ちゃんと濡れ布か何かで身づくろいをし、爽やかな香りの香水を掛け直して、まるで別人のように緊張して。

そしてまず、時間がくるのを確認してから、足に幻影魔法をかけて動けるようにしてもらう。

「……そ、それじゃあ、お願い、します」

「ヒルダさん、そんな緊張しないで」

「でも」

「……いいから」

ヒルダさんの髪を軽く撫で、スッと軽いキスをして落ち着かせる。

「っ……！」

落ち着かせるつもりが、ちょっと硬さが増してしまった気もするがまあいいとして。

服を一枚ずつ脱がして、さっきまで見ていたはずの肌を、ゆっくりとはだけさせていく。

「んっ……」

その肌は、少し緊張して恥じらいがあるだけで、何か別物に見えた。

あれほどあっけらかんと見せてくれていたはずなのに、なんだか酷くいけないものを見ているような錯覚。

いや見てはいけないもので合ってるんだってば。人妻だし。

「……いいですか？」

「……うん」

その肌にキスをする。

ダークエルフの若々しい肌を、舌でゆっくり舐め上げる。

それは、直接的な快楽を引き出すことに長けていたヒルダさんとしては物足りない限りだろう。

だが、それでいい。

全開で快楽を貪るばかりじゃ駄目だ。期待して、期待させて、欲して、与え、そして与えられる。互いにそのプロセスを踏まないと味気ない。

「こ、んなっ……そんなとこ、舐めないでっ……」

「舐めたい」

「アンディ君っ……」

「おっぱいがいいですか？」

「……うん」

「ちゃんと言って」

「……おっぱい舐めて、吸って……揉んでぇっ……」

言う通りにする。

やっときた望みの快楽に、ヒルダさんはうっとりと身を任せる。

その間に体を揉み、脇腹を撫で、太腿、そして股間へ。

オーソドックスに、ノーマルに。普通の恋人同士のような愛撫を続ける。

「……こんな、じれったいの、初めてかも……」

「いきなりメインディッシュばかりがっついたって嫌になっちゃいますよ。らぶらぶってヤツはもっとじっくり、気長に、優しく甘くやるもんです」

「……そっ、か」

「まあ俺もセレンにそう仕込まれて半年も経ってませんけど……あたっ」

「らぶらぶしてる最中に他の女の話しないのー」

こんな他の女の環視の中でやってるのに。

「……でも、ちょっといいかも」

俺を叩いたその手で優しく撫でる。

時に乳首に絡みつくように、時に食らうように動く俺の舌と唇に、ようやく自然に身を委ねてくれる。

「よく考えたら子供作ることばっかりのセックスが最後で途切れちゃってたから、こんなに悠長に体を任せるなんて……ずっとしてなかったよ。旦那さん、私の体に飽きちゃったのかなって思ってたけど……飽きちゃったのは私の方だったのかな」

自嘲するように言う。

確かに旦那さんだって飽きていたかもしれない。というか辛かったのだろう。

でも、この人だってきっと努力の末に手に入れた技だった。

せめてどっちかに、ブレーキだって愛なんだ、ということを思いつく余地があったら、まだずっと仲睦まじくできていたかもしれない。

……でも、エルフは、ダークエルフは、人と比べて「変わらない」生き物。

わりと、なんでそこで立ち戻れないんだろうってところで引っかかったまま時間を過ごしてしまう傾向がある。

そのひとつの典型例なのかもしれない。

「じゃあ……改めて、お邪魔します」

「……うん。頑張って」

「頑張ります」

何を頑張るのかイマイチよくわからないが、すっかり開いたヒルダさんの膣に、俺はズブズブと進入していく。

「つう……くっ」

何の小細工もなしに、ただ期待感に潤みきった膣穴は、やはり熱くて狭かった。

「はあっ……」

「さっきまで中に射精してたんですよね、ここの……」

「そうね……」

「でも、男は女に『中出し』したいだけじゃない……やっぱり『犯したい』んですよ。子供を仕込むのだって興奮しますけど、やっぱりこのちんこで、自分の意志で相手の大事なとこ、味わいたいんです」

「……ん。ごめんね、中出しだけさせちゃって」

「今、ツケを払ってもらいますから」

ぐちゅ、と腰を動かす。

「んぅ……」

ねっとりと絡みつく膣。まだヒダヒダの間には俺がさっき残した精液が残っていることだろう。

だが俺はようやく、じっくり味わわせてもらう、ようやくただの精液噴射機ではなく男性器として入れてもらう、人妻の膣の感触に酔いしれていた。

背徳感は相変わらず抜けない。

この膣は、この子宮は、本来他の男のもの。

だが、それを今、うっとりとじっくりとヒルダさんは俺に開き、受け入れてくれている。

今俺は、この人妻の体を横取りしている。

それを事実だけでなく実感として味わえることが、ゾクゾクするほど心地いい。


「……ヒルダさんっ……」

「ね、アンディくんっ……キスして、キスしながら、おっぱい揉みながら抱いてっ」

「はいっ……」

ぐちゅ、ぐちゅっ、ぐちゅっ、ぐちゅっ……。

段々腰の動きがリズミカルになる。

そして、その動きに合わせてぎゅむっぎゅむっと柔らかいおっぱいを揉みしだき、ディープキスで互いの舌を愛撫しあう。

高まる。

快楽とともに愛しさが高まる。

……ごめんなさい旦那さん。今この時だけは、ヒルダさん、いただきます。

「ん、ぐ、んぐぅ……♪」

「れるっ……んぶ、んぐぐ……」

腰の動きが最高潮に達して、俺はヒルダさんの乳房から手を離し、ぎゅうっと抱き締める。

ヒルダさんも俺の腰に足をかけ、思いっきり引き寄せ、腕にも力を込めて、逃がさないようにする。

そして、中にどっぷり射精。

「ん――っ♪」

「ん……んっ」

吹き出す。

またもや小便のように汁が吹き出し、ヒルダさんの子宮を満たし膨らまそうとする。

「んは、はっ……はぁっ……はぁっ……」

「ぷ、ふぅっ……」

ヒルダさんが唇を離し、満足そうに俺に微笑みかけた。

「……あはっ……初体験、みたい、だった……♪」

「光栄です」

絡みついた足はまだ放してくれない。

「……えへへっ……そうだねぇ……こういうエッチで子供できるんなら……愛の結晶、って……言っちゃうわよね……」

ふと。

「……ところでヒルダさん、俺ずっと中出ししてるけど、なんか避妊手段とかあるんでしょ？」

真顔で首を傾げられた。

「ないよ？　ていうか、あるけど使ってないわよ？」

「……あの、魔法のお医者さん？」

「……大丈夫、大丈夫」

ぽんぽん、と安心させるようにヒルダさんは俺の背中を指で叩いた。

「どうせ今できても生まれるまでに旦那さん帰ってこないから、ないしょで産んでディアーネちゃんの子供ってことに」

「姉上ー⁉」

ディアーネさんが叫ぶのも無理はない。

というかやっぱこの人いろいろ凄すぎる。旦那さんマジごめん。


考えてみれば足をやる前、1回全力で腰振っただけでへたばっていた俺。

ここまで頑張れたのはいわゆる一種の脳内麻薬とか鍛冶場いや火事場の馬鹿力と言える。

「ぐはー……」

そして難敵といえるヒルダさんの番をようやくこなしたことで俺の中で糸が切れていた。

「だ……大丈夫か、アンディ？」

「ま、まあ、もうちょっとだけ休ませてくれればなんとか」

痩せ我慢全開。

もうちょっとで済むはずがない。本当なら数時間は休みが欲しいところだ。

が、時間もアレだし、最近他に遠慮して号令役に回っているディアーネさんや、子犬のような目で見つめるアンゼロス、そして地味に一番若くて処女喪失からの日も浅く、エロについて刷り込み時期のオーロラに対してギブアップするのは好ましくない。

意地でなんとかしなきゃ、と思う。と。

「んー……ちょっとだけご協力くださいねー……♪」

「な、何をするんじゃ……ひあ⁉」

セレンが唐突にライラの上にシックスナインの体勢で覆い被さり、その秘部に口をつけていた。

「んちゅー……ずずずっ」

「や、やめんかぁっ……ひう、あっ⁉」

そして、あろうことか中に溜まっていた精液を吸い上げて飲む。

まああれだけの量を出したとはいえ、ヒルダさんが時間取ったおかげで精液を注入してから数十分が経過している。あまり残ってはいない。

「ん。ごちそさま。……ジャンヌちゃんは……いいか」

「な、なんだ？　なにがいいだ？」

「だっておま○こ小さすぎて全部締め出しちゃってそうだもの」

「ちゃ、ちゃんと子宮には残ってるだよ⁉　十人長のちんぽ汁ちゃんとキープしてるだよ⁉」

「子宮まで口突っ込むわけにいかないですしー」


「だ、だから貴様は何をしているのじゃ、せっかくの子種を吸い出しおって」

……ああ、この人たちは知らないのか。セレンの変態的医療光術。

「……なーるほど。セレンちゃん、こっちこっちー」

「はいはーい♪」

裸のセレンがにこやかに誘うヒルダさんによいしょっと乗っかり、ま○こ穴に口をつけて吸う。

今さっき出したばかりなので大量に精が残っている。それを心持ちうっとりとしながら吸い出される人妻ダークエルフ。

「ん……っ♪」

「ちゅる……ん、ぶっ……んぐ、んぐ、んぐっ……ぷは、いっぱい♪」

「ふふふー」

絡み合って精を融通しあう白と黒の二人のエロ乳エルフ。

……うわなんかすごく卑猥な風景。

「ん、いっぱいエネルギーいただきました。ごちそうさま」

「はい、お粗末さま」

暢気な挨拶を交わしてヒルダさんの股間から起き上がる。

そして、セレンはそれを魔法の光に変えて、俺に生命力として譲り渡す。

「う……た、助かった、セレン」

「いえいえー。お礼なんて。今度でいいですよ」

いらないとは言わないのね。

魔法で戻ってきた体力が手足の末端まで馴染むのを待ち、俺は勢いをつけて起き上がる。

「よっし、いけますっ！」

股間もまたビンビン。

室内は線を引いたように、半裸全裸のこちら側と着衣のディアーネさんたちの側がくっきり分かれているわけで、堂々と立ち上がってちんこ晒した俺を向こう側の三人がまじまじと見ている構図を意識した瞬間、ちょっとしまったかな、と思う。

冷静に見るとこの光景はちょっと馬鹿っぽくて恥ずかしい。

が。

「……ぼ、僕からでっ」

「わたくしにもっ」

ぺた乳白エルフ組二人はいそいそと服を脱ぎ始める。ディアーネさんは肩をすくめて二人に譲る。

「ディアーネさん？」

いいんですか？　と目を向けると、ディアーネさんは手を軽く上げた。

「ま、昨日一番に抱いてもらったしな。……それに、魔法の効果時間も少ない。私も姉上にならってマグロなお前とすることにしよう」

「それでいいんですか？」

「いい。それにそっちに慣れた方が、今後もお前とゆっくり楽しめる気がするしな」

足が動く時はこうして時間の取り合いになる。

そして動かすにはヒルダさんの協力が必要で、その都合上どうしてもヒルダさんに幾分か譲らざるを得ず、ゆっくり楽しむ時間は取りにくい。

となると、マグロ状態の俺と楽しむすべを研究した方が実がある。それがディアーネさんの算段だ。

……譲っているようで意外に欲張り。損して得取れ、急がば回れの精神だ。

さすが戦いの天才。

「あ、アンディ、早くっ」

「わたくしはいつでも準備できております……っ」

そしてその辺まで気が回らない若い二人のエルフは、服を脱ぎ捨ててこちらに尻を揃えて向け、誘う。

「二人とも昨日処女捨てたばっかりとは思えないな」

「うっ……」

「は、はしたない女はお嫌いですか……？」

「嫌いじゃないけど、な！」

ずぶ、とオーロラの膣に遠慮なく押し込む。

さすがにまだ経験が少なく、若くてぷりぷりつるつるしたヒダが俺のちんこを若干緊張しながら迎える。

「つっ!!」

押し込まれたオーロラの方も白い背筋をしならせて、遠慮も情緒のへったくれもない侵入者に戦慄する。

が、それも束の間のこと。

「っ……く、アンディさん、遠慮はいりませんわっ……さあ、お好きに動かしてくださいませっ」

「あんま無理するなよ？」

「ふふ、今この時は記念なのです。わたくしが貴方のものになった、その誓いの、契りの儀式。お忘れですか、我が飼い主様♪」

「……いやいやいや」

便宜上ペットなのはライラだけであって、君らは飼われているという立場じゃないはずなのだけど。

「というか本当に、その、ええと……雌奴隷とか名乗っちゃうの？　恋人とか嫁とかせめて愛人とかじゃなくて？」

「貴方が他人に対してわたくしをどういう存在と表現しようと、それは自由です。社会的立場というものがわからないほど子供ではないつもりですわ」

「あ、ああ」

「しかしわたくしの想いは、あの雌竜やセレンさんと同じく。いつどこで貴方に抱かれようと、欲望のままに服を千切られ犯されようと、便器の如く扱われようと構いません。貴方が望むのであれば親兄弟の前で、はしたなく股を広げておねだりすることも厭《いと》わぬ所存ですわ」

「の、望まない望まないっ！」

今度こそ首が飛ばされる。

「つれないお方。……ですが、わたくしの心はわかっていただけますね？」

「何がお前をそこに駆り立てるんだ」

「愛ですわ」

「愛」

何か違うぞそれは。

と言いたいが、この自信満々の貴族エルフに言い切られるとちょっと自分に自信がなくなる不思議。

「わたくしを初めて心底から、それもいかなる武器も使わずその才能と言葉のみで屈服させた男性。その男性の猛りがわたくしの女の部分を求めるのならば、ねじ伏せられた者の矜持《きょうじ》としてそれに応じぬことは許されません。そしてこのわたくしが、他の女にできてこのわたくしが貴方の欲望に応えられぬというのもまた、誇りが許しません」

「お前のプライドも複雑怪奇だな……」

「いいえ、簡単なことですわ。わたくしは貴方の一番の女でありたい。それだけですのよ」

「…………」

「誰でもない、貴方の。この私の心を初めて奪った貴方の、一番自慢できる女であり、一番居心地のいい女であり、一番使える性の捌《は》け口《ぐち》でありたい。この身のなせる全ての意味で、貴方の一番でありたい。それだけなのです」

「…………」

凄く嬉しいけど。

奥までいったちんこを引き、抜き去って、少し不満そうな顔をするオーロラを背中から抱きながら、溜め息とともに白状する。

「お前は勘違いで屈服して、間違えて惚れてるって思うことはないのか？」

「アンディさん？」

「……ていうか、間違いなくそうなんだけど。二度も三度もちんこ突っ込んどいてこんなこと言うのも卑怯だけどさ。……お前は思い込みが激しいから、多分かなり勘違いしてる」

「…………」

ぎゅむーっと。

オーロラにほっぺた引っ張られた。そして同時に逆側からアンゼロスにも引っ張られた。

「いでででで⁉」

「そんなこと、とっくに気づいております。それでも好きなのだから仕方ないではないですか！」

「いちいちグジグジと他人と比べて自信喪失するのがお前の悪い癖だ、アンディ。こないだは特務百人長と比べて、今度は何だ？　ルーカス将軍か？」

「わたくしが首輪など求めるのもそのせいです！　貴方が自信なさげに、わたくしに相応しくないなどとすぐに尻込みしたがるからです！」

「な、なっ⁉」

「お前にとっては、僕やオーロラのことなんか手を離しても構わない、軽い存在なのかもしれないけど。僕たちにとっては、メチャクチャに壊れるほどでもいいから、他のものを捨てさせられたって構わないから、離さないでいて欲しい、自信を持って自分の物だって思っていて欲しいんだよっ」

「その通りです！　……もっと良い他のものでいくらでも代えが利くなら、道ならぬ恋など古今東西あるはずがないでしょう！　恋というのはそういうものですっ！　貴方は！　代えの利かない人なのだと！　自覚してくださいませ！」

　ばちん、と両方から掴んだ手を引き切られる。

「いててっ……」

「わかったら、早くわたくしに印をつけてくださいませ！　貴方のものであるという何よりの印を！」

「……って」

　ぐいっと、尻を押し付けられる。

　アンゼロスとオーロラ、両方の尻に挟まれる俺のちんこ。

「……見ての通り、俺って誘惑に弱いし浮気性だし」

「そして絶倫で女殺しですわね」

「説明しなきゃわからない仲じゃないだろ」

「…………」

　勘違いしてたのは俺の方かもしれないな。

　それは波に乗っただけで本物の感情じゃない、って、二人の熱情を疑って。

　首輪が欲しいなんて、所有者の銘が欲しいなんて、ただのノリだって思ってて。

　二人とも、そう思ってほしくないからどんどんエスカレートしていたのだろう。

「わたくしは、貴方のものです」

「僕は、おまえの女だ。お前がいつでも抱いていい、子供を産ませていい、それを望んでる女だ」

　噛んで含めるような二人の言葉を、俺はようやく受け入れて。

「んなこと言って誘惑してると、本気でお前らママにするからな？」

「ふふっ。ようやくその気になりましたか」

「僕は最初っから冗談でそんなこと頼まないよ」

　二人の腰の間からちんこを引き抜き、二人の尻を両手で鷲掴みにして、あっちにズブズブ、こっちにズポズポと交互に犯し始めた。

「っ、こ、こらあっ、せめてどっちかにっ！」

「はぁん、く、ううっ……欲張りなお方ですわねっ‼」

「二人してグイグイとケツ突き出すのが悪いっ！　目移りしちまうじゃねーかっ！」

「目移りどころか……っくあ、実際に移ってどうするんだよっ！　もっとじっくりしないと気持ちよくないだろ⁉」

「ふふ、それも良いですわぁっ……わたくしの、こと、こんな風にも、使って、構いませんっ……こんな形でも、愛して、いただけるならっ‼」

「う、ううぅっ……ぼ、僕だっていいけどっ……アンディ、疲れるだろっ……⁉」

「好きでやってんだからほっとけっ！　……くそ、お前の尻が可愛いのが悪い！」

「………ばかっ」

そのまま、あっちでグチャグチャ、こっちでブチュブチュ。

二人のぬかるんだ膣を贅沢に犯して、味わっていく。

可愛らしい二人の貧乳エルフ娘は、大人しくそこに尻を突き出して、長い耳をてろんと垂らして恭順し。

「ん、う、あぅっ、く、ひうっ……」

「アンディ、アンディっ……射精して、射精してよっ……僕のおなか、精子で漬けてっ!!」

「く、そろそろっ……くぅあっ!!」

ビュルル、ビュク、ビュルルッ!!

射精をする。

相変わらずヒルダさんの魔法で増量された精液は、アンゼロスの膣を満たし、二人の尻の上に振り撒きながら、オーロラの膣を強引に射精しながらこじ開け掘り進み子宮を穿《うが》ち、まだ余裕をもって射液を続ける。

「んく、うっ……すご、い……」

「はあぁ……熱、うっ……」

二人とも、絶頂までは届かなかったようだが、ザーメンでベットベトにされ、腹の奥まで満たされて満足そうに微笑み。


そして、俺はぱったりと倒れた。

「……あ、アンディ？」

「アンディさん？」

「……魔法切れた……」

左膝に力が入らない。

二人の可愛い尻肉の隙間から、息に合わせて吹き出す精液を見上げながら、俺はぜいぜいと息をついた。

「さて。お疲れ様、アンディ」

「……すんません」

ちょっとぐらいディアーネさんにも自分からするつもりだったのに、結局効果時間内に間に合わなかった。

「謝るな。……私は慌ててない。別に私にとっては首輪記念日でもなし。お前の足が治ってからでもいい」

微笑んで俺の汁だくちんこを丁寧に舐めてくれる。

治ってからすごいことさせられそうで怖いな。

「……ん、んちゅっ……れるっ……」

「あう……やべ、出したばっかりなんで、今キツ……っ」

快楽が行き過ぎてちょっとした刺激でちんこが跳ねる。

しかしそんな暴れん坊のちんこをディアーネさんは熱心に舐めて掃除し、そして芯の残り汁も吸って抜き取る。

「午前中だけで何回出したんだかな」

「数える気にもなれません」

「全くだ。……それでも萎えないというのはもう怪奇現象だな」

「みんながエロい体晒しっぱなしな上にディアーネさんがそんな欲情した顔して舐めるからです」

「……そうか。私は、欲情してるか……」

「はい」

もう、これに貫かれたい、またがって腰を振りたくりたいという熱情がありありと浮かんだいやらしい目をしている。口調だけは冷静だが、下半身にぺったりと乗せた体は熱病にかかったように熱くなっていた。

「……じゃあ、私も……いいな？」

「もちろんです」

ただ一人、首輪なんて形のある契約を決して欲しがらないディアーネさん。

あくまで俺と対等の立場、あるいは少し上から甘えさせてくれる立場を維持して、その上で俺を愛してくれる人。

この人にとっては多分、俺との絆はもう確認することではないのだろう。

セレンと同じかそれ以上。俺との将来を確信しきった目をしている、その存在感が心地いい。

「前に、私にもアンゼロスたちと同じような泣き言を言ったことがあったな？」

「……はい」

「もう言わないのか？」

「ディアーネさんは……もう、俺なしじゃいられませんから」

間違いだって思い知って、二度も三度も繰り返すことはない。

だから逆に、ちょっと自信過剰なことを言ってみる。

ディアーネさんは自分からちんこに串刺しにされつつ、それを聞いてにっこりと微笑んだ。

「あってる」

「俺のチンポが元気の源でしょ」

「その通りだ」

「いつも種付けされてめちゃくちゃ幸せそうですもんね」

「幸せすぎる」

「お互いスケベにも程がありますね」

「全くだ」

ともすれば貶めるような言葉にもよどみなく答えるディアーネさん。

もうその声音は、まあちんこの上で腰を振り始めているってこともあるけど、とにかく上から下まで愛しくて仕方ないという、睦言の声音だ。

「もう、お前のスケベチンポに犯されないと生きていけないんだっ……犯されると幸せになっちゃうっ……ここのところ全然入れてくれなかったから、乾いた土のような感覚だったんだ……‼」

「昨日から……もう腰振りまくりですもんね……！」

「うんっ……私は、アンディのチンポに潤されてるっ……お前のチンポに雨乞いの踊り、しちゃってるっ……恵みよ来い、恵みよ来いって、こんなに夢中になってて……ん、ああっ……‼」

「あげますっ……今、あげますからっ‼」

「来てっ‼　私のココに、オマ○コに恵みの雨、降らせてっ‼」

グチャ、グチャッ、と縦にディアーネさんが腰を振りたくる。

テクではない。もうただひたすら愛情だけ。

全身からラブを振り撒きながらディアーネさんの腰振り雨乞いダンスが最高潮を迎え、俺はその激しい快楽の中で微妙に腰を突き上げ、ディアーネさんの中に子種汁をぶちまける。

「んは、あああっっ‼　あう、あ、あがっっ♪」

「ぐ……ううっ……‼」

ディアーネさんの膣の中は瞬く間にいっぱいになり、見る間に下腹部が張ってくる。

俺の精液で満タンだ。それをディアーネさんは涙目で悦びながら、そっと撫でる。

「……はぁ……はぁ……はあっ……」

「はーっ……はーっ……はーっ……」

ディアーネさんが膣口の力を緩めると、まるで粗相をしたようにちんこと陰唇の間から白濁が漏れる。

幾度も幾度も出したのに。魔法の効果とわかっているけど、その元気な射精が妙に痛快で。

俺とディアーネさんは繋がって息を切らせたまま、なんだかわからない笑いを交わしていた。


鍛冶場での大乱交を午前中にやらかしたその日は、もう午後や夜もエッチは自重ムードになっていた。

「確かに精子地獄の魔法だとやたらといっぱい出るけどねー、根本的にとんでもないところから精子を呼んで来る魔法とかじゃなくて、タマタマの精子の作精能力を激しくブーストする魔法だから……うん、やりすぎるとあんまりよくないわよ？　脱水症状とか」

ヒルダさんのそのアドバイスが効いている。

まあつまるところ俺から水分とか栄養とかいろいろ抜けているのは間違いないわけで。どーりでなんか根本的に頭とか手足とか重くなったと思った。

そしてそこにカルロスさんの青野菜の刑が実行されたのでたまらない。

「さあ食べろヒューマン！　さあどうぞ！　塩もドレッシングもあげないからな‼」

「兄上ー、許してあげてよー。午前中からアンディ君いっぱい頑張ったんだから」

「頑張ったって何をだよ⁉　というか何ツヤツヤしてるんだよヒルダ‼」

「えー、それはもう……♪」

「畜生この腐れヒューマン！　ほうれんそうも追加してやる！　もちろん茹でてなんかあげないかんな‼」

ヒルダさんわざとやってませんか。

……気分は芋虫だ。


というわけでその日は一日休養日となり、翌朝。

どっかに行っていたベッカー特務百人長が朝食の席に姿を現すなり、ぼんやりとした顔で言った。

「隊長。……俺そろそろクイーカにいったん戻ります」

「そうか」

予想していた、という風に頷くディアーネさん。

「父上によろしくな」

「了解。……はぁ」

昨日にも増して元気がない。

……いや別に俺悪くないんだけど、なんだかえらく罪悪感を覚えてしまう。

「はぁ……くそう……」

「特務百人長」

「ああ……スマイソン。お前のその無鉄砲さが本当羨ましい」

「は、はあ」

「畜生……なんなんだよ……何やってんだよ俺……あそこでこう、逃げずにめげずにガーッと押し切れば……でもなぁ」

ブツブツと朝食のフルーツをつつきながら一人反省会を続ける特務百人長。

ディアーネさんのことだろうか。アンゼロスとのことだろうか。

と、そこでライラがポンと手を打った。

「そういえばお主に立て替えさせておったの」

「あ、ああ……うん、それはまあ、……うん」

「なんじゃ、妙な顔をして。……ほれ、お主ならそれを何とか金に替えられるじゃろ」

パチンと指を鳴らして、虚空から取り出した透明な玉をベッカー特務百人長に放り投げるライラ。

「……何これ」

「龍の宝玉とか言われておる秘宝じゃな。なんでも人界では高く売れるという話じゃったが」

金目のもの持ってるなら最初から出しておけよ。

と、横で見ていた俺は思ったが、特務百人長、ええーっと気が進まない声を上げる。

「……ドラゴンの秘宝なんてどーしろってんですかい」

「そこはほれ、お主ならウラルートやヤミルートのひとつふたつ、知っておるじゃろう？」

……そういえばドラゴンの秘宝は事実上ドラゴンパレスへの侵入の証だから、ご禁制の品のようなものだった。

「……一応アシュトンの旦那への証拠品としてもらっときます」

「むぅ。他の秘宝の方がよいかえ？　頑張れば遺跡の発掘品と誤魔化せそうなものもあるかもしれんが」

そういえばライラの財源は一応全部ドラゴンの秘宝扱いになってしまうわけか。

金になるものは多そうだが、実際に金にするのは大変そうだ。

……などと考えていたら、カルロスさんが慌てて横から入ってきた。

「ちょ、ちょちょちょっ!?　あ、あなたたち何をこんなところで!?」

「何って秘宝じゃが」

「秘宝です」

怪訝そうな顔のライラと特務百人長。

カルロスさんはゴクリと唾を飲み込んで、声を落とす。

「ええと、ディアーネのお客様にこんなことは言いたくありませんが……ドラゴンの秘宝は賞金首のネタですよ？　一応僕もコロニーリーダーという立場ですから、もしも人前でそんなものをやり取りするとあれば立場上逮捕に動かざるを得ません。というかお嬢さん、そんな雰囲気ではないですけど冒険家なんですか？」

「ほ。お嬢さんと呼ばれてしまったわい」

ライラがおかしそうにコロコロと笑う。

そして中庭への出入り口に歩いていき、着ていたローブをバサッと脱ぐ。

というか脱ぐなバカ。

「申し遅れた。我が名はライラ」

脳が一瞬、揺さぶられる感覚。

そして、緑広がる中庭にドーンと現れる全長50ｍ超のブラックドラゴン。

「そこなアンディ・スマイソンの乗騎、黒竜ライラじゃ」

「ひ、ひぃぃぃ⁉」

腰を抜かすカルロスさん。そりゃ普通ビビるよなあ。

「家壊すなよ」

「ヤシ倒すな」

ガクガク震えているカルロスさんと恐慌しているメイドさんたちを落ち着かせようと努力しつつ言う俺とディアーネさん。

「わかっておる」

素直に爪先立ちして、なるべく周りのものを破壊しないように翼や尻尾も持ち上げるライラ。

「い、いやああああ‼」

「死ぬ、殺される――――っ⁉」

さらに恐慌するメイドさんたち。ああ、確かにちょっと威嚇してる風に見えなくもない。

「……ていうか戻れ」

「その方がよさそうじゃな」

ライラがスッと裸の女に戻る。

「というわけで別に盗品ではない。そうカリカリするな、兄上殿」

コロコロと笑いながらローブを着直すライラ。

カルロスさんは震えを抑えるように腕を掴みつつ、バッと俺に振り返る。

「き、ききき君はなんなんだい⁉　ものすごい弱そうに見えるのはフェイクで実はオーバーナイトとかだったりするのかい⁉」

「いえ実際ものすごく弱いです」

言ってて悲しくなってきた。

「でもアレはドラゴンです」

「なんでだよ⁉」

「なんでと言われても」

説明しにくいことこの上ない。

「ちなみにその龍の宝玉な。たとえ盗まれてもほとんどの竜は怒りはせんと思うぞ」

「そうなの？」

「うむ。……なんというか、胆石のようなものなのじゃ。10年ぐらいでドラゴン体の腹の中にできてしまう」

衝撃の事実。

……確かボイドはそれ貰ったせいで仲間に殺されかけたのに。

「あ、あーあー、そういえば去年ライラ姉様のおなかの中に入って取ってきただな！　あれ磨くとああなるだか‼」

「うむ。しかし削って矢じりにでも使えるならともかく、我らでも加工の仕方が思いつかぬでのう。一応飾りの種として持っておる竜も多いが、まあそんなに大事なものでもない」

うわー。夢壊れるなぁ。

なんとかカルロスさんに納得してもらい、逮捕は勘弁してもらって離れに戻る。

「ベッカーも行くことだし、我々もそろそろ発たなくてはな」

「ですね」

このタルクは居心地がいい（特に水浴びオアシス）が、ここにいつまでも逗留しているわけにもいかない。というかヒルダさんと会ったのはHするためじゃなくてポルカに向かう時のためだ。

「ライラ、地図を渡す。飛行計画を作っておいてくれ」

ディアーネさんがセレスタ全図とトロットの地図を渡す。

ライラは変な顔をした。

「そんなもの適当に勘で飛べばよい」

「現状トロットはセレスタの属国とはいえ、我々は他国人だからな。あとあと面倒を起こさないために、トロット軍団司令部のあるトロットの王都には寄って貰わなくてはならん」

「面倒じゃのう」

「それにお前の翼でも日はまたぐだろうし、途中で野営するくらいならどこかの街で宿を取る方がいいだろう。あと、ルート上の町の位置を知っていれば、幻影をかけるべきタイミングも掴める」

「むむ」

確かに俺たち今まで行き当たりばったりで適当に進み過ぎてたって気もする。ディアーネさんの考え方は実に合理的だった。

「それとアンゼロス、セレン、私についてきてくれ。旅の荷物の買い足しをする」

「わかりました」

「はいはーい」

……手持ち無沙汰の俺とジャンヌとオーロラ。

「……どうしてようか」

「酒でも飲むだか？」

「却下」

「観光でもいたしましょうか」

「それも今さらだ」

よく考えるとそれぞれ別の意味で世間知らずのジャンヌとオーロラ、そして足の駄目な俺は、ことここに至ってやれることなどほとんどない。

「じゃあー……そうね、水浴びでもしましょ♪」

横から出てきたヒルダさんに変な形で仕切られる。

「……俺は嬉しいんですが、いいのかなぁ」

「まっ」

「十人長ー……本当スケベだなや」

オーロラとジャンヌ、ちょっとジト目。

この二人は屋内水浴び場で済ませていたはずだが、俺と特務百人長が他の水浴びしてる女の子をガン見してたという事実は、どこからか漏れているらしい。

「い、いいじゃんか、ここの風習なんだからっ!」

「いけないとは申しませんが」

「まあ十人長だからなぁ」

「……じ、じゃあディアーネさんたちが戻ってくるまでぼんやりしてるか?」

どっちでもいいんだけど。

「いえ、よろしいですわ。水浴びに参りましょう。……要はわたくしたちが負けなければよいのです」

「だな」

「だから何故いちいち戦いに持っていく」

そして。

結局水浴びに来ている俺とオーロラとジャンヌ。あとヒルダさん。


「……気持ちええだなー」

「ま、まあな」

雲ひとつない、抜けるような青い空。

白い砂と、キラキラ光る水。

乾いた風に揺れるヤシの木。

遠く南には緩やかな山脈。

そして北には広大無辺のラッセル砂漠。岩山がポチポチ。

そんなオアシスで、人目を気にせず水浴びを続けるオーガやダークエルフの女の子、時々人間など異種族。堂々と裸を晒している女の子は大体が地元の住民で、他の土地出身の種族はほぼ全員が男ばかり。

というわかりやすい光景だった。遠景的には。

「ん、んふっ……ちょっとドキドキするだ」

「ちょっとどころで済むのかオイ……」

俺の傍には、ここではいろんな意味でミスマッチな二人の異種族、ドワーフとエルフの女の子。

二人とも初々しく胸を隠したりしているのがちょっとイイ。

位置的には俺と背中合わせに座っているオーロラと、隣でごろにゃんと甘えているヒルダさん。

そして、膝の上に座っているジャンヌ。

遠目から見たら幼い子供か妹を膝に乗せている図に見え

なくもないかもしれない。実際そんなオーガのパパさんを見たことがある。

が、ジャンヌはしっかりと俺のちんこを、水面の下でくわえ込んでいた。

「ここ確かエッチは禁止でしたよね、ヒルダさん」

「まーねー。見つかったら怒られちゃうわね」

「罰金とかは？」

「んー、取られたっていうのは聞いたことないわね。でもエッチ以外のスキンシップは見逃しOKだし、夕方とかにはたまにいるわよ、ホントにしちゃってるカップル」

「……超真っ昼間です……」

「大丈夫大丈夫、アタシ童顔だで、よっぽどでない限り入れてるなんて思うわけないだよ♪」

童顔どころか全体的にパーフェクトに幼いんだけど。

それでもジャンヌは小さな肩を震わせ、薄い腰を地味にぐりぐりと回して俺のちんこを刺激する。激しいピストンは波が立ってしまうのでナシだが、それでなくてもジャンヌの肉穴は締め付けがきつくて、ちょっとした動きで充分な刺激になった。

「気持ちいい……だな……っ♪」

「や、やばい……出そう」

「遠慮なく出すだよ……♪」

きゅきゅっと締めて、ジャンヌは俺の顔を肩越しに引っ張ってキスしながら俺の快感にトドメを刺す。

「っぐ……！」

キスしながら、ジャンヌの小さな膣にドプドプと射精。

例の魔法がまだ効果時間内なので、見た感じにもだんだんと下腹部が膨らんでいって冷や汗だ。

「お、おい……バレちゃうんじゃないか……？」

「ふふ……っ、ステキだな……アタシが子宮いっぱいに子種ぶち込まれて妊娠させられてるとこ、みんなみんな、お天道様にもダークエルフ女たちにも、あっちのオーガのおっちゃんにも見物されてるだな……♪」

「う、うん」

「はあ……っ♪」

膨らんだ下腹部を撫でながら、うっとりと幸せそうに蕩けた顔で俺にちゅっちゅっとキスを繰り返すジャンヌ。

ライラ直系のド変態としてもう露出まで含めて出来上がってしまっているっぽい。

「十人長ーっ……十人長、今妊娠してるだよ？　アタシのミニま○こ、今十人長のちんぽでゴクゴク妊娠してるだよ？　気持ちええだか？　もっともっとガスガス孕ませるだよ……♪」

「……………」

肩の後ろで、オーロラがジャンヌの幸せそうなぶっ壊れエロ発言を聞いてフルフルと肩を震わせている。

「オーロラ？」

「……ふ、不公平ですわ」

「い、いや、その、な？」

「わたくしの方が年下なのに……っ、胸だって、あのドラゴンやディアーネ様には全くかなわないのに……その上、ここでできるほどでもないなんて、わたくしだけまるで損ではありませんかっ！」

「お前は何に対して怒っているんだ」

くるりとオーロラが振り向き、俺の背中に抱きついて、拗ねた声で耳元で囁く。

「そのドワーフ娘が小さいから、と、この場で抱いていただけるのでしたら、わたくしの胸が小さい分はここで抱いていただけてもよろしいのではなくて？」

「いやお前ちゃんと体は大人だから！　お前が乗ったら普通にバレるから！」

「飼い主ならばなんとかしてください」

存在を誇示するように俺の首に首輪を擦り付けるオーロラ。

オーロラもジャンヌもまるで見せつけるように首輪だけは外していない。

確かにそれを意識すると興奮が加速し、この場でオーロラも孕ませてしまっていいかも、という気になる。誰一人服を着ていない、まるでエロ絵巻の中の後宮のような風景なので気が大きくなっているというのもあるだろうが。

「んー……幻影かけて本当にしちゃう？」

「煽らないでくださいヒルダさん」

「ぜひお願いしますわヒルダさん」

俺のせめてもの理性による声と、オーロラの発情しきった声が重なる。

「………むっ」

俺が反対したことに対して不満をあらわにし、オーロラは俺の首っ玉にぎゅーとしがみつく、というか締め上げる。

ちょっと苦しい。

「せっかく、本当ならばアンディさん以外に見せることもおぞましいのに、こうして肌を衆目に晒しているのです。ここでアンディさんが他人に目移りする隙を与えては元も子もありません。アンディさんはわたくしにこそ欲情し、耽溺《たんでき》するべきなのです！」

「ぐぎぎ」

「あらあら。もー、必死ねえ」

くすくすとヒルダさんが笑い、えいっ、と指を振る。

「はい、空間指定幻影完成ー。ついでに、えいっ」

俺の膝を撫で回しながらさらに数秒呪文を唱えて、俺の足を復活させる。

「感謝しますわ」

「いーのよー。セーシュンしてて可愛いし☆」

「さあ、ここでわたくしを愛してくださいませ。……ふふ、お望みならばわたくしを犯しながら幻影を出ても構いませんのよ？　どうせ今日去る土地ですもの」

「お前までライラの変態度に染まらなくていいの」

「つれないんですのね」

俺に腰を押し付けたままふにゃふにゃしているジャンヌをヒルダさんに預け、俺はオーロラの腰を抱いて立ち上がる。

あのクラベスの凛々しい騎士姫が、俺の名前の首輪をつけ、こうして人前でのエッチも積極的にねだることになるなんて夢にも思わなかったが。

「早く……っ、早く、このわたくしの……エルフの姫のさもしいオマ○コを、貴方の、人間チンポでずっぷり犯して生理を止めてくださいませ。貴方の一番新しい奴隷を、もっともっと貴方専用マ○コに躾けてくださいませ」

「……こ、興奮するけど、その、お前まで淫乱マゾドラゴンの真似しなくていいんだよ？」

「ふふふ、あのセレンさんにも淫らなことを言わせているくせに。わたくしだけ浅く済む傷で済ませようなんて甘すぎますわ」

キラキラと朝日を肌の露で照り返しながら、そのしなやかな裸体を押し付けるオーロラ。

「どうせなら徹底的に貴方の精液便器に仕立ててくださる方が嬉しいのに……♪」

「……く、くそうっ……この変態エルフ小娘っ」

「あぁん♪」

片足を抱えて、一気に挿入。

ここ数日の派手なセックスですっかり目覚めた性器は、俺のちんこを難なく呑み込む。そしてそれに、薄く舌を出してゾクゾクと感じてみせるオーロラはひどくいやらし可愛い。

あくまで育ちのよさを根底に持ちながら、一度思い込んだ恋のために全身全霊で俺に染まりたがるその姿勢は、あとのことを考えるとちょっと怖いけれどやっぱりひどく嬉しくて愛しい。

その引き締まった太腿をいやらしく撫でまわし、小さいけれど形のいい、綺麗なお尻を遠慮なく揉み、アナルに第一関節さえ突っ込みながら、公衆の面前で容赦なく犯しまくる。

「ん、あ、あふ、んんっ……いあぁっ……♪」

「う、ぐうっ……っく、あっ」

瑞々しい、若いぷりぷりした膣の感触が、健気に受け止める腰の動きが、しっかり俺の肩にかかって離さないその手が、全開で俺への劣情を伝えてくる。

へろっと下がった耳と、うっとりしたその表情が、俺に孕まされたいという陶酔を如実に表現している。

このまま、犯したまま前に進んでしまおうか。

幻影から出て、膣内射精、種付けの様をこの場の全ての男女にまざまざと見せつけてしまおうか。

この美しいエルフの姫が喜んで俺の子を妊娠しているその瞬間を、オーガにもダークエルフにも自慢してしまおうか。

そんな危険な欲望が鎌首をもたげる。

──いや、駄目だ。何を考えている。

何が駄目なんだ。この娘は潮吹いて喜ぶに決まっている。

──そんなあさましさに、下劣な自己顕示欲に身を委ねてはいけない。

この娘は俺に染められたがっているんだ。染めて、戻れなくして何が悪い。

「……いいん、ですのよ?」

「!!」

「わたくしはっ……あなたを満たす……最高の女になりたいのですっ……さあ、お好きにわたくしを犯してください……あなた専用の最高のマ○コ奴隷を、自慢してくださいな……っ!!」

「んぐ……おおっ!?」

一瞬、針が一気に傾いた。

このまま腰を跳ね上げて幻影から抜け出たいと、強く思った。

が、その寸前に快楽がピークに達し、射精が始まる。

「ん、あ、あああっ……!!!」

「うう……っ」

連続して幾度も幾度も吐き出される大量の精液。

それを一滴もこぼすまいと、いっそう強く俺にしがみ付くオーロラ。

ジャンヌ同様、どんどん下腹部が膨れていく。

「何をしてるんだお前たちは」

「!!」

オーロラと俺はビクッと顔を上げた。

結局幻影から出なかったことで安心していたので、まさか声をかけられてしまうとは思っていなかった。一瞬安心したところでドーンとくるびっくりは心臓に悪い。

二人してくるくると見回すと、すぐ横で呆れ顔をしている褐色の豊満な裸体。

「ディアーネさん!?」

「……買い物が終わったので戻ったら、ライラにここだと聞いてな。……姉上、なんだこの気合の入っていない幻影は。魔法のできないオーガには消えて見えるだろうが、ダークエルフには薄布同然じゃないか。わざとか？」

「えへっ♪」

……なんか知らないけど本当に露出プレイになってたようですよ？

「な、ななな……」

「オーロラ、あまり姉上を信用するな。悪戯者だぞ、姉上は」

「……なんというっ！」

俺にしがみ付いたまま、立った耳から火が吹きそうな赤面を見せるオーロラ。

やっぱりいざとなると恥ずかしいんだ。ちょっと安心。

さすがにちょっと場所を変えて。

「……タルクの水浴びオアシスもこれでしばらく見納めか。少し寂しいな」

「ディアーネさんでもそう思うんですか？」

俺みたいな男連中なら天国だけど、女性としても名残惜しいものだろうか。意外とディアーネさんも見せて楽しむ人なんだろうか。

「よそでは水浴びも風呂も隠し通しで寂しい限りだからな。風呂《オアシス》は本音で語り合う場所、というのが私の持論なのだが」

「……なるほど」

ディアーネさんが風呂に入ってくると、クロスボウ隊の新任準兵はたいていギョッとして縮こまり、時間をズラして入ろうとする。最初から堂々とガン見できる肝の太い奴は半分もいない。

ディアーネさんとしては性的なことは別として、隠し事のない大らかな時間を作ろうとしての行動なのだろう。

「でも誰とでも一緒にお風呂できるのはやっぱりここでもあんまりいないわよ。私も一人ではちょっと嫌だし」

「そうか？」

「父上は大きくなった娘にちょっとやらしい目をするしねー。あの性豪な父上のことだから、ふとした拍子に妊娠させられちゃいそうで」

……第六大臣。あなた子供になんてこと言われてるんですか。

「そんな絶倫なんですか」

「上は1000歳ちょっとから下は52歳まで十人お嫁さん

がいて、この間九十三人目の子供生まれたのよ？」

「…………」

確かに凄ぇ。

「ディアーネちゃんぐらいよ、ハタチ過ぎても堂々と父上と二人きりで水浴びできる子って」

「……気にしすぎじゃないかと思うんだがな」

「アンディ君も自分の子供にだけは欲情しちゃ駄目よー。さすがに親子レイプはちょっと卑怯だからね、力関係として」

「あなたたち俺をどんな目で」


そして、夕方。

「それでは全員乗ったか」

ドラゴン体のライラが声をかける。

今回は背中ではない。

さすがに長く飛ぶには居住性が悪いので、大きめの乗り合い馬車の車体を購入し（ライラの秘宝の中でカルロスさんの商会でも扱えるのがあったらしい）、それにみんなを乗せてライラが両手で掴んで飛んでいくことになったのだった。

「全員いまーす」

窓からセレンが手を振る。

御者台の向こう、ライラの正面あたりにはカルロスさんが見送りに立っていた。

「いつでも戻ってきていいからね、ディアーネ、ヒルダ。特にヒルダ、用が済んだら妊娠しないうちに戻ってこないとお兄ちゃん泣くかんな」

「えへへー。行ってきまーす♪」

パカン、と観音開きの扉を閉めてしまうヒルダさん。

……まあ飛び始めたら風が入らないように確かに閉めなきゃいけないんだけど。そんな急いで閉めなくても。

「行ってくれ、ライラ」

横窓からディアーネさんが声をかけるが、ライラは動かない。

ディアーネさんはちょっと顔をしかめて、ちょいちょいと俺を呼んだ。

「お前に号令かけてほしいみたいだぞ」

「ほほ。どうあれ、そなたが我の乗り手なのじゃ。命じるがよい」

まったくもう。

……でも尊重してもらえて、ちょっと嬉しい。

「ライラ、飛べ！」

「ほ。行くぞえ‼」

ばっさばっさばっさ。

夕空に、ライラの羽音が響き渡る。

……ついに、またトロットに向かう日が来たんだ。


夜の砂漠の上を飛ぶ馬車。

というか馬車を掴んだドラゴン。

……シュール極まりない光景だろうが馬車の中の俺たちはあまり関係ない。

「セレン、明かり、つけられない？」

「結構上下に揺れますからねえ。蝋燭じゃ危ないいんじゃないですか」

「ランタンはないか？」

「うーん……ないです。たいまつならあるみたいですけど。盲点でしたねえ」

馬が引くよりはるかにダイナミックに揺れる（というより傾く）馬車の中では、いくら受け皿があるとはいえ蝋燭じゃ危なっかしく、たいまつなんて論外だ。

「見えないというのは大変だな」

「んだんだ」

闇でも平気で見通せるダークエルフのディアーネさんとドワーフのジャンヌが気の毒そうに呟く。まあ確かにあなたたちには必要ないんでしょうが。

「まあ夜も更けてきた。適当なところで泊まるとしようかの」

座席の背もたれの上にちょこんと立つ、ライラ……の、手のひらサイズの幻影。

さすがに抱えた馬車の中に向けて、いちいち喋るのは骨だということで会話用に作った幻像だ。

ライラのくせにちまちましてて可愛い。全裸だけど。

「泊まると言ったって砂漠の真ん中だ。サンドワームは馬車くらいなら丸ごと食らうというし、危ないのではないか」

ディアーネさんの言葉を聞いて肩をすくめるライラの幻像。

「ラッセル砂漠は我の庭ぞ。どこに泊まるにちょうどいい土地があるかなど、調べるまでもないわ」

「そうか」

「近くに猫獣人のコロニーがある。あと15分ほどじゃ」

ライラの言葉とともに少し車体が傾き、進路が変わったことが体でわかる。

「……っと」

「あ、悪い」

隣に座っていたアンゼロスに軽く覆い被さる形になってしまい、謝る。

水平に戻るとともに体勢を戻したが、アンゼロスはそのままくっついて俺に引っ張られるように体を倒してくる。

「……アンゼロス」

「……い、いいだろ」

「うん……まあいいけど」

エッチしてからこういう細かい部分で俺に甘え始めたアンゼロス。これまたちょっと可愛い。

が。

「ずるいぞー、アンゼちゃん」

「そーですーっ、私だってアンディさんとくっつきたいですーっ」

ヒルダさんがそれを目ざとく見て取り、セレンも便乗する。

たちまち座席の上で三人に抱きつかれる、というか組み付かれて固定される恰好になる。

「お前ら、ちょっと落ち着け馬鹿ーっ！」

「ほ。羨ましいことしおって。我も参加してしまおうか」

「お前はとにかくちゃんと飛べーー！」

ばっさばっさばっさ、どずーん、と、ライラの着地する音。

そしてゆっくりと馬車が下ろされ、地に馴染む感触がする。

「到着じゃ。猫獣人コロニーはこの岩山の下になる」


「なるほどな」

往々にしてコロニーがあるところの近所は、魔物は現れづらい。そういう立地こそ集落に選ばれるのと、魔物を住人が自力で駆逐して安全を確保している場合が多いのと両方が理由だ。

そして岩場の上なら、魔物の出る確率はさらに低くなる。

ここなら安心して眠れるだろう。

「日の出から飛んだとして、砂漠から抜けるのはいつ頃になる？」

「ここからなら昼前にはオフィクレードとかいう街の近くに行くじゃろう。少し夕暮れを過ぎてよいのなら、トロット王都とやらも明日のうちに着く」

「そうか。……まあ日程にも余裕はあるし、トイレ休憩もそこそこ入れてくれ。我慢させるのは忍びない」

「ほ。そういえばそうじゃな」

ガタッ、と御者台の扉が開き、ライラの人間体が馬車の中に入ってきて、幻像が消える。

「では明日は国境を越えるところまで、というところか。ゆっくり行くとしようか」

「……ホント、すげえ時間感覚だ」

ライラにロープを投げつつ感嘆する。

馬車で何週間の旅が一日だ。

馬車というのは、一日にそう長時間走り続けられるものではない。馬だって疲れるし、そもそも怪我をしやすい生き物なのだ。余裕を持った距離だけ走って宿場に着き、次の日まで待って運行再開となる。

歩くよりは速いが、健脚の人に比べて倍とはいかない、という程度しか進めない。

そんな時間感覚が一気にすっ飛ぶこの高速性。飛龍便が大事にされるわけがちょっとわかる。

「ほ、そなたは我の乗り手なのじゃ。望みとあらばいつでもどこでもこの速さで進めるのじゃぞ？　少しは我をありがたく思うかえ？」

「……超ありがたいですハイ」

少なくともこの速さでポルカにカッ飛べば1ヶ月以上は療養できる。それでちゃんと治れば軍もやめなくて済む。

ライラがいなければ確実に退役ののち、無職でとぼとぼとポルカに向かうことになっていただろうと思うと感謝してもしきれない。

「感謝しておるのなら……今夜の伽は我じゃろう？」

「……え、そういう話？」

「ほ。どういう話じゃと思っておった。そなたの感謝の気持ちが他の形で表せるのかえ？」

「…………」

そういやそうだ。よく考えたら俺ってセックス以外、ライラの喜ぶものは全く提供できない。

「……うわー超ヒモっぽい」

悩む俺を、ぽんぽん、とアンゼロスが撫でる。

「ヒモじゃない。ご主人様だろ」

「……アンゼロス」

「ついでに、飼ってる女が一人じゃないことも忘れるなよ？」

「…………」

喉元を見せ、トントン、と指で首輪を叩くアンゼロス。

どういうプレッシャーのかけ方だ。

「ほ。嬢ちゃんも一緒するかの」

「い、いいだろ」

「……まあ、我らのご主人様じゃ。一発二発で音は上げまい」

逃げ道はないっぽい。

外の岩場は砂岩というのか、蹴飛ばせば削れるような脆い岩の集まりで、ちょっと探せば砂溜まりもあった。

そこに分厚い布を敷けばちょっとした寝床の出来上がり。

「……はあ」

「ほほ、夜に外で脱ぐのは初めてかえ？」

「い、いや、別に……隊舎にいた時は水浴びとか内緒でしてたから、そうでもないけど……」

ゆっくりと下着を脱いで、裸身を月明かりの下に晒したアンゼロスは、熱っぽい視線で俺を見る。ちなみに足の方はちゃんと魔法がかかっているので大丈夫。

「こうして抱かれるために外で裸になるのは初めてなんだ」

一糸纏わぬアンゼロス。本当に一糸すら、髪を縛る紐の一本すら打ち捨てたアンゼロスは、やっぱり美しい。胸は小さいけれど、すらっとしたその小さな裸身が俺のちんこに犯されるために自ら晒されているのだと思うと、俺の興奮は否が応にも高まる。

「ほほ、いずれこの男が一城の主ともなれば、こうして女全てに裸で一日過ごさせるような趣向もあろう。いつでも気ままに組み敷かれて孕まされるのじゃ。楽しみじゃな、その爛れた日々が」

「……うん」

「うん、じゃねーだろよ」

どこからそんな発想が出てくる。

「そもそも俺が城持つなんて発想がどこから」

「野心のない男じゃのう。ドラゴンを手足と扱えるともなれば、将軍だろうとなんだろうと思いのままじゃろうに」

「俺はお前を使って人殺しも権力争いもする気はない。そんなのご褒美に女とイチャつくなんていやだ。せいぜいそのうち大陸中を旅行したいとか思ってる程度だよ」

ライラは幸せそうに笑う。

「楽しみじゃな」

アンゼロスは俺にゆっくり近づき、俺の腰の前に跪きながら、真っ赤になってぼそぼそと。

「……僕はお前が自分の家を持つって意味だと思ってた」

ああ。なるほど。

自分の家を持つ、自分の店を持つ、自分の工房を持つ。そういうのを「一城の主」という場合もある。

「俺が家を持って、お前やセレンやディアーネさんやライラや、みんな裸にして一日中発情して過ごすような休日?」

「うん」

できなくはないけど。たまにそれっぽい状態になって乱交しちゃったりもするけど。

「俺の意志でそんなエロいことしてくれるかなあ。みんな」

「お前結構Hの最中ぼんやりしてる?」

「なんだよ」

アンゼロスは呆れたような溜め息を吐きつつ俺のズボンを下ろし、ちんこに口をつける。それを裸で咥えることは自分の仕事とでもいうように、なんの躊躇いもなかった。

「ん、ちゅっ……れるっ……んちゅうっ……。僕たち、何度も言ってるだろ？」

「？」

「お前が……んちゅっ……もし、したくなったら……いつでもどこでも、僕らを、思いのままにひん剥いて……何の同意も得ようとせずにいきなりコレ突っ込んで、思うさま種付けしたって……んちゅうっ、ん、んっ……誰一人、嫌がらないよ、きっと」

「ほほ。少なくとも我はいつでもそなたの寵愛、待っておるぞ？」

Hの最中、セレンやディアーネさん、ライラが熱に浮かされたように口にする妄想。それに倣うように他の子も似たようなことを口にしてはいるが、本気と思うにはちょっと現実離れしすぎている情景。

「……そのうち本当にやるぞ？」

「ずっと待ってるのに」

「……アンゼロス？」

「……僕は、ずっと待ってたんだぞ……そのうちお前が僕も女だって思い出して……ん、ちゅるっ……ふぐ……ん、んっ……んんっ……っ、ぷはっ、性欲が止まらなくなって、いきなり押し倒されて犯されたら、どうしようって……どんなに気持ちいいかなって、ずっと思ってたんだからなっ……ん、んくっ」

そういえばこいつも相当精神的マゾだった。

「だから本当に、していいからっ……いつでも僕を、おま○こだって思っていいから……おま○こだけ使っていいから、好きな時にしてほしい……乱暴に、無理矢理に、僕をお前のチンポ用の家畜だって思い知らせてほしい……っ♪」

「……エスカレートしすぎ」

ちんこ咥えて、舐めて、先走りを啜りながら、段々と自分が俺の性欲にメチャクチャにされる妄想を熱弁しだすアンゼロス。

歳以上に、ともすればオーロラより幼く見える、美しい少女の外見をした裸のアンゼロスがそんなことをうっとりと語る、星空の砂漠。

いろんな意味でミスマッチ。だからこそ燃える。燃えてしまう。

「ほほ、我もおるぞえ。忘れずに犯してくれろ♪」

ライラも布の上に四つん這いになって尻を振る。トロトロに融けた股間からダラダラと涎を垂らして俺を誘っている。

ゴクリと唾を飲み込んで、まずはライラから犯そうとして……。

次の瞬間、いきなり目の前に裸の女の子が二人増えて、俺は目を瞬いた。

「？」

「んなっ⁉」

ライラとアンゼロスも突然の出来事に目を丸くする。

俺はそのまま突然現れた二人の女の子にタックルされ、恐ろしい速度でさらわれる。

「お、おい、なんだお前ら⁉」

「！」

「♪」

二人は答えない。


そのまま、俺は同じ岩山のどこか別の場所に担いでいかれてしまった。

「な、なんだよ⁉　俺に何かっ……」

「アンタ誰」

「……いやそれを聞いてるのは俺」

ザアザアと小さな滝になっている、小川のほとり。いくらかの下草が生えていて、腰を下ろすと柔らかい。

そこに俺は連れて行かれて、どさっと投げ出される。

突然現れて俺をさらった女の子は、一人は銀色の髪、一人は金に近い茶色の髪の、ややワイルドな風貌の……あ、耳と尻尾が。

「猫獣人？」

「ここ、あたしたちのコロニー。アンタ誰」

「俺は……」

「やっぱりどうでもいい」

「ええ⁉」

何、会話してくれないの？

「どうでもいいから交尾しろ」

「いやマジで説明を」

「あとで」

いきなり銀色の方が俺にまたがってきた。

なす術もなく、俺は逆レイプされ……って。

「んぐうっ‼」

ブチリ、と。

いきなり処女を奪う感覚。

急展開にも程がありすぎる。

「え、ええっ⁉　処女⁉」

「悪いかヤリチン」

銀色が涙目で俺を睨む。今さら気づいたけど結構おっぱいでかい。

茶色はそれを発情した目で見ながら、俺のどこかをどうにか触ろうとぺとぺとと手を回して、最終的に銀色の尻の下から横向きに頭を突っ込んで、俺の玉のあたりを無理矢理ペロペロしだす。

「な、なんなんだよ……どういうことか教えろっ‼」

「別に知らなくてもちんちん勃ててれば済む。黙って交尾しろ」

「おいこら！」

そのまま銀色はぐちゅぐちゅと腰を動かしだす。茶色はそれをキラキラした目で見つめる。

と、そこでツカツカと近づいてきて、銀色の頭を木の杖でゴチンと殴る誰か。

「何やっとるアホウ！」

続いて茶色も殴られる。

……ちなみに俺はアンゼロスに結構高められた後だったので、銀色が殴られた拍子にギュッと締めた瞬間、我慢できずに銀色に中出ししていた。

「痛い」

「にゅー」

「……ほらほら、降りろ馬鹿娘ども！　ったく、なんてことだい」

銀色と茶色が渋々どくと、そこにはゆったりしたローブを着た猫獣人の老婆。

「……説明していただけますかご老体」

「カッ、ったく、そういう時はウソでもお姉さんとお言い」

老婆はちょっとだけ威嚇すると、ぶつぶつ言いながら指笛を咥え、ぴーっと鳴らす。

すると、1分ほどでライラやディアーネさん、そしてアンゼロスやセレン、オーロラが集まってきた。

「ほ、見つかったか」

「見つかったか、じゃないよこの馬鹿女。満月の夜にウチのコロニー近くで交尾なんざ、どういうつもりだい」

「ほほ、まさかそのようなことになっているとは思わなんだでな」

ライラを無造作に罵倒しているあたり、付き合いがあるらしい。

その老婆は、銀色と茶色を正座させ、俺がセレンとアンゼロスに助け起こされる（魔法切れた）のを見て、嘆息しながら。

「アタシはドナ。ドナ・バジル。ここのコロニーリーダーだよ」

「は、はぁ。俺はセレスタ北方軍団クロスボ」

「どうでもいいよ」

「…………」

このコロニーは人の名前を聞いたら死ぬとかそういう言い伝えでもあるのか。

「……んでお兄さんよ。……セックスには自信あるかい？」

「はい？」

獣人は、満月になると変調する体質の者が少なくない。猫獣人もご多分に漏れない、そんな種族のひとつだ。で、大体が発情する。

発情する上に感覚精度が向上する。ただでさえ人間やエルフの数十倍といわれる嗅覚が特に鋭敏化されてしまう。

んで風に乗って運ばれてきたのがライラやアンゼロスの発情フェロモン、そして俺の性臭。

特に山に近い場所に住んでいた二人が、満月に当てられてレズっていたそのままの恰好で本能的に飛び出し、俺を見つけてそのまま連れ去って発情のままに一発やろうとした、とそういうことらしい。

「……すげえ嗅覚。というかコロニーで誰かがチーズ切ったらその匂いでみんな腹鳴らしそう」

「満月の夜だけじゃがな」

ドナ婆さんはやれやれと首を振る。

「それでな。……ウチのコロニーには今、男がおらん」

「はい？」

「気の流れが悪かったのか、しばらく男が生まれない時期が続いての。それで娘っ子ばかり増えてしまったんじゃが、男とあらば子供から老人まで吸い尽くされる状態が続いて、何人も枯れてしもうての。残り少なかった男を守るために、男を持った家族が軒並み引っ越してしまった」

「………………」

戦争や狩りで男が減って、牛オーガコロニーみたいに争奪戦する例もあれば、人間のようにそれでもつつましく一夫一婦を続けていく例もある。

が、ここのように女から襲っていいとなると、多少人口比が崩れただけで大惨事らしい。

「元々百人やそこらしかいないコロニーじゃがの、男手ナシでは都会に出てもままならん。出るに出れない、男もいないから子供も増えない。そんな状態なんじゃ」

「はあ」

「遠慮はいらん。好き放題種付けして回ってええ。どうせこのままじゃ女が腐るばかりじゃ、生まれるのがハーフでもなんでも構わん。……どうじゃ」

「………………どうじゃと言われても」

「可哀相な話よねぇ」

涙ぐむヒルダさん。……なんで。

「だってこれじゃあ滅びるしかないじゃない。女の子同士っていうのも楽しいけどね、それだけで済む人なんてそういないわ。やっぱり子供が欲しいって欲求は誰にもあるものよ」

「……はぁ」

「こうなったら頑張ろうアンディ君。先生応援しちゃう」

ぐっと拳を握るヒルダさん。溜め息をつく残りの面々。

「姉上」

「大丈夫、アンディ君ならできるわ」

「……いや無理だ。コロニー全体に30分おきでは、いくら少ないとはいえ荷が勝つ。というか何日滞在する気だ」

「魔法のお医者さんに任せなさいっ」

ヒルダさんがウインクした。


一軒の、大きいとはいえない木造の家。

そこに俺は重い足取りで入っていく。

……中は猫獣人の少女で一杯。みんな発情してレズっている。

そして俺は下半身丸出しのまま。先走りをぽたぽた垂らしながら村の中を歩いてここに来た。

その俺を見てギョッとしつつ、逆らえないようにふらふらと寄ってくる猫獣人たち。

猫獣人の女の子の一人が、ぼんやりした目でちんこの先に口をつけた途端、俺は耐え切れずに射精した。

「にゃっ!?」

「ひあぁっ!!」

「……す、すごっ……」

「やあっ……なにこの……においぃっ……!!」

えらい勢いで飛んだ精液を、みんなびっくりしたようなことを言いながら舐めあう。

……そして、1分もしたらもう完全に全員、俺のちんこに狙いが定まっていた。

「…………」

ヒルダさん。無茶すぎです。


「今の私の技術をもってすれば射精量や射精までの閾値、感覚力も自在にコントロールできるわ」

「本当ろくでもない技術力だな姉上」

「シャラップ。……要は30分で種付け完了しちゃえばいいのよ。もう突っ込んで種付け突っ込んで種付けってノンストップでできちゃうならワケないわ」

「……気持ちよくはなさそうだ」

アンゼロスがぼそっと言う。

「いいのよ。一度子供作っちゃえば後は自力で何とかできるでしょ」

「なるほどの。……とはいえ、えげつないな、お医者殿」

「ほほほ」

ドナ婆さんとヒルダさんがニコニコ笑いあう。二人の腹の中に何が渦巻いているのかは今の俺にはよくわからない。

「それじゃ、もう30分経ってるみたいだから……えいっ☆」

ヒルダさんが次々魔法をかけていく。

「……しかし呼んだとて出てくるとは限らない娘もおる。お医者殿、どうする」

「そっちは私でなんとかするから。はい、施術おわり。このままいっちゃいなさい、どうせパンツはいても汚れるだけだから」

俺のズボンとパンツを奪い取ってヒルダさんが手を振る。

「……街だったらマジで俺捕まります」

「どうせここじゃあ捕まえるのも男に飢えた小娘ばかりじゃ。子種だけ捕まえさせてやれ」

カオスすぎる作戦……。


とはいえ、ヒルダさんの思惑通り。

「にゃっ……にゃああっ！　にゃああっ!!」

「くっ……っ、次っ!!」

争って尻を突き出してくる猫獣人を次々に犯し、というか処女膜ブチ破りながらその衝撃で射精して、子宮いっぱいにしたら次の尻に移る、というような、まさに「犯り捨て」のような種付けが順調に進んでいる。

「にゃううっ……もっと、もっとおっ……♪」

「人間ちんちんっ……人間ちんちん、きもちいい……にゃううっ」

しかしもう満タンにしているにもかかわらず、さらに尻をすり寄せてくる者、アナルを広げてくる者、舌を伸ばしてくる者、おっぱい擦り付けようとしてくる者と俺への誘惑は後を絶たない。

そして俺はどうせすぐに射精してしまうほど感度が上がっているので次々にリクエストのままにちんこを突っ込んで即射精を繰り返してしまう。

「ひにゃああっ♪　いく、いっちゃううっ!!」

「いれてぇーっ……いれて、もっと出してぇーっ」

「おちんちん、おちんちん、アタシにもおちんちん入れるにゃーっ！」

「く、そっ……ほら、飲め、孕め、こんちくしょーっ！」

次々尻を突き出してくる女の中に、さっきの銀色と茶色の娘もいた。

「……このヤリチン」

「アタシも……子供、産ませて……？」

俺は頷いて、二人の中にも射精する。

……もう、ひたすら、目に入る穴という穴にちんこを突っ込み、白濁で汚す。

そんな天国のような地獄のような30分を、俺は全力で乗り切った。

そして、足が動かなくなってからも散々乗りまくられて、ようやく大半が満足したところでセレンに救出されてドナ婆さんの家に戻ると、衝撃的な光景が待っていた。

「あ、アンディ君、ミッションお疲れ様ー」

ヒルダさんが振り返る。その下半身に、黒々とした立派なちんこが生えていた。

「……ヒルダさん？」

「これからドナちゃん公認で、残りの子をレイプしに行くの♪」

「…………」

マジですかオイ。

「まあ全員やらなくても大部分は種付けされたのじゃからええと思うんじゃが」

「まあまあ。毒くらわば皿までっていうじゃない♪」

「……トラウマにならなければええが」

そして、ヒルダさんが犯しに行ったところをライラの魔法による透視と幻影で見せてもらった。

……直接見に行きたかったけどさすがにもういろいろ、こう、水分とか栄養とか。無理だった。

『……はーい……今夜の猫獣人コロニーはエッチの宴ですよー……♪』

『……にゃっ……⁉　あ、あなた一体っ……？』

『トロット生まれの異種族女殺し、アンディ・スマイソン君……の代理でヒルダさんでーす』

俺の名前を奇態な冠詞付きで名乗らないでください。

『……というわけで、アンディ君のおちんちん借りてきましたー』

「貸してない貸してない」

突っ込むと、同じ幻影を見ていたアンゼロスとオーロラが気まずそうに答える。

「……あれアンディのチンポと同じなんだよ。大きさとか」

「ええ……出る精子の味まで同じでしたわ」

「待てい」

というか飲んだのかオーロラ。

『お、おちんちん……借り……⁉』

『はい☆　私お医者さんなんでそういうのできるんです。……というわけで、アンディ君の代わりにあなたと交尾したいと思うんですが』

『…………』

悩んでる悩んでる。

というかあなたと交尾したいって。いくら発情が止まらない猫獣人とはいえ冷静さには個人差もあるだろうに。

『……お、お願い……します……』

『うんうん。素直が一番よ♪』

全然冷静じゃなかった。

「……あの娘は人一倍ムッツリスケベじゃからのう」

ドナ婆さんがうんうんと頷く。駄目だこのコロニー。

その間にも幻影では状況が進んでいく。

脱いだヒルダさんがまだ寝乱れた寝巻きの猫娘をいやらしく触り、胸を揉み、尻を撫でて大きな耳を舌で弄び、尻尾をしゅるしゅるしごく。

『や……っ、そんな、私っ……おちんちんだけでっ……』

『やーよー。おちんちんばかりが全てじゃないでしょ？もっと楽しみましょう……っていうか楽しませて♪』

……あなた、俺にはちんこというか射精だけの乱交させておいて何を。

『ひ、や、やめて耳の中いやあぁっ！』

『ふふふー。獅子獣人の女の子診たことあるけど、その時と同じ反応ね。猫系種族みんなこうなの？』

『し、しりませんようっ！　にゃうう……』

『尻尾も感度いいわよねえ……んふふー。……えいっ』

『ひ、にゃあああ⁉』


ヒルダさんは猫娘の尻尾を弄んでいたかと思うと、その尻尾をいきなり猫娘自身のま○こにあてがい……魔法ちんこで一緒に押し込んだ。

『にゃ、にゃあああっ⁉　にゃにをするんですかっ‼』

『ふふふ、いい締まりっ……どう、チンポといっしょに自分の尻尾に犯される感覚……‼』

『いや、いやあっ……こんな、いやっ……』

『そうでもないわよっ……体はこんなに悦んでる……ほら、おっぱいの先もクリちゃんもこんなに元気』

『や、やめ、らめぇえ』

『そんなこと、ない、で、しょっ？』

ズコズコと抜き差ししながらヒルダさんは囁き続ける。

俺ならこの辺でちょっと心配になるところだがヒルダさん全く容赦しない。

「ほんにえげつないのう……」

「姉上……」

「うむ、えげつない」

ドナ婆さんとディアーネさんが遠い目をし、ライラがくすくすと笑う。

『ふふふ……この淫乱ちゃんってば。嫌がってるくせに……尻尾がおま○このなかでおちんちんに絡みついてるわよっ⁉』

『ひあぁっ……やぁあっ……ほんら、いやぁ』

『いけない淫乱ちゃんは、早くお母さんになって、落ち着かないと、ねっ♪』

さらに激しく腰を動かすヒルダさん。乳首を指で揉み潰し、引っ張りながら、尻尾が逃げないように押さえつけて一緒にま○こに押し込み続ける。

そして、凄い勢いで腰を叩きつけて、停止。

『……♪』

『にゃああああぁっ!!』

どんどん下腹部が膨らんでいく。ちんこ生やした上、さらに精子地獄までかけてるらしい。

『……ふう。種付け完了っと。……あれれ？　寝ちゃった？』

『かひゅー……かひゅーっ』

気絶してるんだよ。って、ヒルダさんにわからないはずはないか。

そしてヒルダさんはちんこを消し、下着を穿いて、そっと蝋燭の火を消して部屋を出る。

『ふふー。できるといいわね。……羨ましいわ』

……そして部屋が真っ暗になったところで、ライラが幻影を終わらせる。

「……あのお医者殿も、子供が欲しいのかのう」

「姉上は人一倍、子供を欲しがっていたからな。旦那に飛んでいかれてから相当フラストレーションが溜まっているんだろう」

「……むう」

ある意味考えさせられるな。

もしかしたらヒルダさんは、こういう風にでもいいから、とにかく子供が欲しいというほどの強力な母親願望持ちなのかもしれない。

そんな人妻に度々エッチを迫られる俺としてはどうすればいい。

……できれば旦那さんが帰ってきてあげるのが一番なんだけど。なんとか心の負担を軽くしてあげる方向に少しは何か考えるべきなのかも——

「アンディ君、また複雑な顔してるー。……多分不正解よ？」

「うわっ」

いきなり、白衣にパンツだけという恰好のヒルダさんが戻ってきて俺に駄目出ししていた。

「何がですか」

「えへへー。私が羨ましいって言ったのは、アンディ君の子供、産めることだもん♪」

「どこまで俺の脳読んでるんですか!?　魔法ですか!?」

「違うよー？　……でもアンディ君、女の子に子供産ませる妄想してる時もっと幸せそうな顔してるし」

「何をどうやってそんな分析してるんですかあなたは」

「ふふー。……でも合ってたでしょ？」

……食えない。この人は食えない。


夜明けとともに、俺たちは発つことにした。

……驚いたことにジャンヌだけは、着陸から離陸までずっとグースカ寝ていた。

窓の外を見ると、飛び立とうとするライラの足元に猫獣人が数人見送りにきていた。

「！」

ちょっとびっくりした。例の銀色の子もいた。

「……人間っ！」

「な、何？」

「……名前、言え。本当はどうでもいいけど」

「…………」

セックスの時に名前を聞かないのは、風習なのだと聞いた。

男が少なくなった頃に自然とできた風習。誰の子かなんて関係ない、必要ない、欲しいのは子供だけだから、という。

「アンディ・スマイソン。ポルカのアンディ・スマイソンだ」

「……私はルナ・バジル。……そのうちお前を子供が探しにいくかもしれない」

「……その前に見に来る」

「ほ。この色男が」

ライラのちび幻像が茶化した。

そして、次の瞬間、羽ばたきが始まって俺たちは窓を閉めた。


数時間飛んで。

「ところでライラ。あの婆さん、どういう知り合いなんだ」

「ほ？」

ちびライラに問いかけると、遠く、楽しそうな目をした。

「……ジャンヌと同じ。むかーしむかし、迷宮で会って、しばらく遊んでおった」

「なるほど……」

「この砂漠は我の庭じゃ。……ご主人様、時々は遊びに来てくれろ？」

「そうだな」

北の砂漠端が見えてきた。

しばらくはこの砂漠ともお別れだ。

第五章　守るべき絆

砂漠を離れて数度の休憩着陸を挟み、日の傾く頃にはトロット南部の都市シュランツに到着する。

シュランツはトロット王都、西部のフォルクローレに続くトロット王国第三の都会で、歴史だけなら王都と並ぶ古都のひとつ。

俺自身は一度も来たことはないが、古い建築様式の教会や美しい城、砦など、史跡がやたらとあることで知られている。

鍛冶でも剣や槍といったスマートなものでなく、ハンマーや斧、モールやフレイルといった、オーガやドワーフ好きのする実戦的な戦争武器なら、王都よりシュランツの鍛冶技術の方が本場と言われる。

「えらく古臭い街じゃのう」

「市制施行、確か600年だったたっけかな？　俺が工房に入ってしばらくして、そういう祭り関係の噂が流れてきた気がする」

「僕が12歳の時だから今から12年前だな。母上が商機だって張り切っていた」

街を見下ろす丘の上で、ライラが人間体に戻るのを待ってから幻影を解く。

この近くには打ち捨てられた砦しかなく、丘の反対側は広い麦畑と果樹園。農家が近くにないのも確認済み。

多分木陰に隠して簡単な幻影でもかけておけば、馬車を見咎められて面倒なことにもならないだろう。

「それで、どうするディアーネ。宿でも取るかの？」

「そうだな。それにセレスタで手に入る情報だけでは、さすがに街の様子もわからない。アンディ……は無理か、アンゼロスと……あと、ジャンヌ。街の様子を見てきて、ついでに宿の空き部屋を確認してきてくれ」

「はい」

「ええだよ」

さすがに何かの拍子で宿という宿が満杯となったら馬車で寝るしかないが、一度街に降りてしまうと戻ってくるのは骨が折れる。

なら街に直降りしてしまえばいいんじゃや、と思ったが、どうやらデカい幻影隠蔽はそれだけ周りの人間に与える違和感も大きくなるそうで。あまり近づくと、それこそ勘のいい人にはちょと意識集中しただけでライラの巨体が見られてしまう可能性があるのだそうだ。

カルロスさんちほど広い無人領域があればいいが、シュランツには金持ちの知り合いがいるわけもなく、そうもいかない。

「やれやれ、お忍びの旅というのも骨じゃの」

ライラが溜め息。

大きめの帽子をかぶったアンゼロスと、物騒な金属防具やハンマーを置いているジャンヌを見つつ、ディアーネさんも頷いた。

「こういう時にベッカーがいると便利なんだがな。人間だからどこでも馴染むし戦闘能力に万一の心配もない、足も速いし隠れるのと情報収集は得意中の得意だ」

「なるほど」

ベッカー特務百人長ってどんな状況でも頼れる人材だなあ。

「アンゼロス、持っていけ」

ディアーネさんは馬車の荷物の中にあった俺のクロスボウからストックを外し、アンゼロスに投げ渡す。

ストックはディアーネさんの魔法を特別効きやすくする紋が刻んである。そしてディアーネさんに直接声を届ける力もある。

「宿が取れそうだったらそれに話しかけろ。私は返事できんが、聞こえているからすぐに追う」

「わかりました」

大事に懐にしまうアンゼロス。

「いってきます」

「任せるだよー」

古都シュランツ、一応セレスタに屈したとはいえどんな種族差別が残っているかわからない。

だが耳を隠せば普通に美少女で、トロットの勝手がわかっているアンゼロスと、トロットでは比較的多いドワーフ族のジャンヌなら、完璧とはいえないが多分大丈夫。

エルフな上に世間知らずで気位の高いオーロラや、ダークエルフのディアーネさん姉妹、そしていろんな意味で危険なライラを先行させるよりははるかに安全だろう。二人ともそこそこ強いし。

「私が行ってもいいんですけどね」

セレンがちょっと不満そう。

「まあ大人数で行くことでもないし、セレン元々外国人だろ」

「そうですけど。でもアンディさん探しであちこち歩き回ったし、アンゼロスさんよりは世間の荒波に揉まれてるんだけどなー」

「まあ、な」

ちょっと足元危ない地元民と慣れてるけど生粋の旅人。

ディアーネさんの判断としてはどっちでもいいけど、ハーフエルフ二人組で飛ばすよりは片方ドワーフの方が出目は悪く出にくい、といったところか。

二人から連絡がくるまでに、馬車をセレンとライラが幻影隠蔽。

ヒルダさんが鼻歌混じりに俺の足に復活の呪文をかけてくれて。

ディアーネさんとオーロラが「砦跡を見たい」というので同行してみる。

「トロット式の砦は通路が狭いな」

「トロットではあまりオーガ兵を使わないと聞きます。使ってても工兵や破城槌の駆動要員などで、あまり出世もできないとか」

「だがそれでも強かった。それどころか剣聖旅団を擁し、北西平原の覇者ともなりかけた。良くも悪くも、誇り高き伝統の国というところか」

「寿命が短い分人口も増えやすく、技術研鑽と新風による型破りへのサイクルも早いですからね。それにこうして種族を限定すれば技術の融通もしやすく、こちらの最大の突破力であるオーガが動きにくい施設を不自由なく扱うこともできる。種族にこだわるのもあながち間違いではないということですか」

「この世で行われている以上、どんなことにも利はある。それだけだ。我々にも我々のやり方がある。……が、目を背けることでもない。見習えるところは見習えばいい」

「わかっております」

ディアーネさんとオーロラが真剣に軍事について語り合っている。

俺は二人ほど大局観なんかないので、それを聞いて頭の体操をするので精一杯だ。

……実際、オーロラはまだ若く伸び盛りで血筋もよく、誰からも注目される人材だ。いずれマスターナイトになり一軍を率いる器だろう。

ディアーネさんは本当の戦争の英雄だ。

……そんなところに俺がいるのが場違いってもんなんだろう。

でも、ちょっと置いてきぼりで悔しい俺。

そこに、昨夜のアンゼロスの睦言が、いたずらをそそのかしてくる。

『お前がもし、したくなったら……いつでもどこでも、僕らを、思いのままにひん剥いて……何の同意も得ようとせずにいきなりコレ突っ込んで、思うさま種付けしたって、誰一人嫌がらないよ、きっと』

…………すごいドキドキしてきた。

このまま後ろからディアーネさんに襲いかかって、ボロボロの石壁に押し付けて。

あの左右の開いたスカート、というか腰垂れを引き下ろし、パンツをひん剥いていきなりちんこ突っ込んで。

ディアーネさんの制止の声も無視し、子宮にくっつけて射精する。

そしてそのまま呆然としているオーロラも押し倒して……。

「…………」

多分超だらしない顔をしている俺を、ディアーネさんは怪訝そうな顔で見た。

「どうしたアンディ」

「……あ、い、いや、なんでもないです」

「そうか？　妙にだらしのない顔をしていたような」

ディアーネさんが俺をまじまじと見る。ちょっと顔を引き締めて誤魔化す俺。

……しかし多分、ここでやらせて、と言うと困った顔をしつつも結局体を許してくれそうなのがディアーネさんだ。

それに対して、オーロラはどうだろう。

ここでいきなり犯したら、反射的に激しく抵抗しそうだ。

ディアーネさんだって突然オーロラに俺が襲いかかったら慌てて止めそうではある。

……だからこそ、なんだかとてもやってみたい気がしてきた。

アンゼロスが言った通り、彼女らの言葉は額面通りなのか。

それとも、興奮した上でのうわ言に過ぎないのか。

慣れの度合いが一番低いオーロラで試したい。

自分でも最低だと思うが、そういう衝動が腹の底から急激にせり上がって来る。

そして、一瞬の躊躇を残して、溢れた。

……やっちゃおう。

「ですがディアーネ様、わたくしはどうしても解《げ》せません。何故……えっ」

ディアーネさんとの議論をしているオーロラの尻を、ガッと掴んでみる。

普通に知らない人だったら間違いなくここで首が飛んでる。

「あ、アンディ……さん？」

しかしオーロラは不思議そうな顔で振り返るだけ。

……よし。やっちゃおう。全力でやっちゃおう。

気が大きくなって、少し呆然としているディアーネさんを横目に、いきなりオーロラの着ていた服を強く掴み、ビーッと引きちぎってしまう。

「きゃ、っ!?」

次から次へ、掴んではちぎって捨てる。お嬢様に見合った上等な服を役に立たない布クズにして、あっという間にオーロラを下着だけにしてしまう。

「あ、アンディさんっ⁉　こ、こんなっ⁉」

身を掻き抱き、信じられない、という顔で俺を見るオーロラ。

そのパンツに容赦なく手をかけ、引っ張ってオーロラの体を引き寄せ、そして密着したところで力をさらに入れて引きちぎる。

「……お前、徹底的に精液便器にされたいって言ってたよな」

「え……」

「今してやる……っ！」

もう身を守る服が一切なくなったオーロラをグイッと向こうに向かせ、いきなりちんこを突っ込む。

「い、痛っ……‼」

ほとんど濡れていない膣は、俺の先走りでは全く潤滑が足りず、亀頭だけしか入らない。それ以上を無理に突っ込もうとするとこっちが痛い。

だから、俺は反動をつけ、ぐいっぐいっと、少しずつ奥に打ち込んでいく。

エルフの美姫を文字通りひん剥き、廃墟でレイプする。

「あ、アンディさん、やっ……そんな、そんなっ……⁉」

ここまで沈黙している、何もしないディアーネさんをちょっと意識しつつ、直視する勇気がなくて俺はオーロラへのレイプに没頭する。

正直肝が冷えている。勢いで始めてしまったが、これで何もかも失ってしまうかもしれないと思うと、後悔が脳を占拠しようとする。

が、ここまでしてしまったのだから止まれない。止まったら本当に意味がない。

興奮に任せて出た先汁と、防衛本能なのか分泌され始めた愛液で、オーロラの膣をめいっぱい乱暴にレイプする。

「あ、ああ、あうっ……ん、く、うう、はああっ‼」

押さえつけられて抵抗もしないオーロラは、俺が調子よく腰を振り出すにいたって、混乱しながらも意味ある言葉を紡ぐのを放棄し、そのまま犯されるに任せ始める。

終わったらビンタで済めばいいけどな、と思いながら俺はオーロラのぷりぷりした若い膣をじゅぷじゅぷと味わう。

「う、あ、あうっ……はああ、あああっ……んあっ」

「フフフ……っ、お前、犯されるとすごくエロい顔するな……？」

ズボズボと腰を振りながら、後ろから表情を覗き込んで舌なめずりする俺。悪役っぽいというかライラたちを相手にしている時のモードだが、実際本当に思ったのだからしようがない。

普段強気の姫様は、実にソソる顔をして身を揺らしていた。

が。

「……そう、ですか……？」

その、困ったような辛いような表情のまま、オーロラは俺に目を合わせる。

そして、困り笑いを作って。

「ならば、いつでも……ご自由に、犯してくださいませっ♪」

「…………」

……やっぱりこいつは一枚上手だった。

まだ日のあるうちに、勝手のわからない廃墟の上でビリビリ服を破られて犯されているのに、それを歓迎してしまう。

いつも言っていたことは嘘でもなんでもない。そう。一番慣れていないオーロラでさえ、突然俺にレイプされるのを本当に待っていた。

となれば。

「……アンディ、私も、そんな風に乱暴に抱いてくれるんだろうな？」

ディアーネさんは言うまでもない。

初めてその顔を直視して、俺は理解した。

服の胸元をつまんで俺たちを艶っぽい視線で見つめるディアーネさんも、発情している。おそらく俺がオーロラを犯し始めた最初から。

「抱くんじゃありません。……いや、抱くんじゃない。レイプだ」

「うん」

ゾクリとディアーネさんは肩を震わせる。今現在犯しているオーロラも肩を縮め、ぎゅっと目を閉じて息を吐く。

「……もうっ……本当に難儀なお方、なんだからっ……♪」

「私たち以外を、話の途中でいきなり犯したら……怒られてしまうぞ♪」

「し、知るかっ！　このスケベ女どもがっ！」

せっかく一世一代の勇気ある変態行為もあっさりとペースを取られて悔しい俺。悪人モードのまま負け犬の遠吠え。

「ふふっ……スケベ女ではないでしょう？」

「さっき言ったじゃないか、アンディ」

組み伏せられたオーロラと、立ったまま身をぎゅっと抱いて待つディアーネさんは目を見合わせて。

『精液便器っ……』

「こ、このおっ」

俺は我慢の限界を超える。

一度目の射精。オーロラの膣の奥底に直接、精液を押し込み、なすりつけ。

「今度は、こっちで排便だっ！」

「あんっ」

オーロラが震えて絶頂し、俺のちんこを食い締めている途中から、ディアーネさんの服を引っ張って横に跪かせ、服をビリビリと同じく布切れにする。

「ああっ……♪」

そんな風に乱暴にひん剥かれながら、ディアーネさんは嬉しくて仕方がなさそうに微笑む。

「アンディ、早く、早くレイプっ……♪」

「おおおっ‼」

そのディアーネさんを勢いのまま押し倒し、オーロラの中で愛液と精液をドロドロにかき混ぜて湯気を立てるちんこをそのままディアーネさんのマ〇コ穴に挿入。

「は、あああっ‼」

ディアーネさんは俺の首っ玉を抱き締めながらそれを受け入れる。

……そんな犯人抱き締めるレイプなんかあるかって思うけど。

「グチョグチョに濡らして待ってたか、この淫乱便器っ‼」

「うんっ……アンディにレイプしてもらえると思ったら、もう、止まらなくてぇっ……♪」

「してもらえるとかどこまで変態なんだ、このっ！」

「やあっ♪」

ヌルヌルドロドロの膣の中、喜んで腰を振りたくって迎えるディアーネさんを、俺は精一杯乱暴に犯す。ディアーネさんはひたすら悦ぶだけだけど、意地。

「こんな廃墟でっ……こんな昼間っから裸にされて、思いっきり種付けされて……便器呼ばわりされて喜ぶ変態ダークエルフ便器がっ！」

「うんっ……本当、私、変態っ……アンディ、アンディっ……こんな変態女、好きっ……⁉」

「大好きだよ畜生っ‼」

「知ってる♪」

ああもう。

自分のチンケさがひどくよくわかる。

この人を俺が嫌いになれるわけないし、この人がこの程度で動じるわけないじゃないか。

全部わかってるのに服とか無駄にしてもう俺の馬鹿。

「……く、うおおっ……‼」

「ん……ああっ‼　来た、来てるぅっ……‼」

ディアーネさんの膣奥に、射精。

射精しながら膝が滑り、俺はディアーネさんの上にブッ倒れる。

……膝、時間切れ。

「……ふふ、たまにはこういうのもいいな。誰の入れ知恵だ？」

「ステキ、でしたわ……♪」

「あ……あんたらパンツまでビリビリのボロクズにされてるのわかってますか……？」

「そういえば、そうだな」

「いいえ、わたくしには何より頼もしい着衣が残っておりますわ」

首輪をつつくオーロラ。

「……これがある限り、わたくしはただの露出狂でなく、アンディさんが自分専用に調教中の露出狂奴隷ですもの♪」

そんなこと言われて俺みたいな小心者が真顔でいられるか。

「……ごめん服取って来るから待っててください」

……本当に一枚も二枚も上手だ。

杖を突き突き、苦労しながら馬車に戻り、幻影を緩めてもらって（ついでにセレンやライラにいじられつつ）二人のもとに戻ると、布切れの中でしどけなく寝そべるオーロラと、身を起こしてぴこぴこと耳を動かしているディアーネさんの姿があった。

「アンゼロスの連絡ですか」

「……いや、ストックはアンゼロスの懐《ふところ》の中だ」

さすがに報告をするつもりなら懐から出して使うだろう。

ということはまだ連絡はしていないのか。

「……何やら面倒なことにはなっているみたいだがな」

「はい？」

二人に服を渡しつつ、デイアーネさんの次の言葉を待つ。

「……誰かに捕まっている……のか？」

「捕まった!?」

「何か口論をしているのが聞こえる。……くそ、聞き取りづらい。少し骨だが、行ってみるか」

「はい」

ディアーネさんに率いられ、居残り組も丘を降りる。

さすがに市街ではエルフにダークエルフにハーフエルフと多彩な顔ぶれは目を引いたが、だからといって難癖をつけられるわけでもなくホッとする。まあ難癖つけられたところでライラとディアーネさんがいるからあまり意味はないんだけど。

そしてアンゼロスたちを見つけると、ちょうど宿屋の前でストックを取り出しているところだった。

「あ、みんな。宿屋は取れた」

「アンゼロス、無事か」

「あ、ああ……無事って何が」

アンゼロスはきょとんとしている。

……帽子がないのに、その時気づいた。

「なんか誰かに捕まってるかもって、ディアーネさんが察知して。……帽子取られたのか」

「あ、ああ、そういえば……取られたっきりだな。文句言っておかなきゃ」

「アンゼロス？」

帽子をもぎ取られるということは、トロットでは賎民同然の扱いを受けかねないことであって、大事件なのだ。

それなのにアンゼロスは、疲れた風ではあるがあまり気にもしておらず、ちょっとなんかちぐはぐな印象を受ける。

「……何があったんだ？」

ディアーネさんが静かに聞くと、アンゼロスはちょっと詰まってから溜め息。

「……大したことじゃないですよ」

「アンゼロス」

「……昔、家にいた使用人に声を掛けられただけです。人違いで通そうとしたら帽子むしられて、ってお前」

「むしられた、ってお前」

「……ほっといたら母に伝わるでしょう。僕がトロットに帰ってきてるってこと。……面倒臭いことになりそうだ……」

はぁ、と溜め息をつくアンゼロス。

みんな顔を見合わせる。

……そういや、アンゼロスの生い立ちを知っているのは俺とセレンぐらいだっけ。

「ええと、僕の実家は……トロットではちょっと名の知れた、シルフィード商会ってところで」

「シルフィードといったら食料品流通や国外貿易の最大手と聞くが」

「はい。……セレスタに出たっきり随分音沙汰なかったので、ちょっとややこしい事態になるかもしれません」

「ややこしい事態？」

「僕が言うのもなんですが、母は随分過保護なので……」

◇◇◇

――会長へ。ご無沙汰しております。

急ぎの報告があり筆を執りました。

今日、シュランツの大通りにてお嬢様をお見かけしました。

ハーフエルフだけあり、あの頃と変わらず、否、いっそう美しくなられた姿で。私めも感激いたしました。

しばらくはお嬢様だということをひた隠しにしておられましたが、あのお耳を指摘すると根負けしたようにお認めになられました。

セレスタの地でお達者でいてくださったという、ただそれだけでもう涙が止まりませんでした。


しかし、少し気になることがございます。

お嬢様は剣士としてセレスタに渡られたはず。

しかし、何やらそぐわぬものを身に付けておられました。

奴隷の如き首輪です。

向こうで流行りのアクセサリーかとも思いましたが、刻んであった名はお嬢様の名でもなんでもなく。

アンディ・スマイソンと読めました。

セレスタは魑魅魍魎《ちみもうりょう》の跋扈《ばっこ》する血も涙もなき銭勘定の地。

お嬢様は、何かに巻き込まれておられるのではないでしょうか。

◇◇◇

アンゼロスが取った宿はシュランツでも中堅クラスのホテル。

まあ観光資源のある古都ともなると、中堅とは言ってもなかなか上等だ。

「あまり長逗留はできんな」

宿賃の表を見たディアーネさんがちょっと苦い顔をする程度には高かった。

「すみません。でもエルフ込みでこの人数となると、安いところでは……」

「さすがに断られるか」

「……はい」

アンゼロスが気まずい感じで愛想笑いする。

確かに飛び込みで八人、そのうち半分以上がエルフ族となると、大半の宿では渋い顔をされるだろう。

いくらトロットがセレスタに降《くだ》ったとはいえ、エルフが依然としてトロット人にとって歓迎される存在でないのは変わりなく、経営者の偏見を差し引いても、そこにいるだけで他の客との揉め事の種になる。

そこを呑んであくまで客は客として捌きつつ、万一のことにも対処できる宿となると、三流どころではとても務まらない。

「ほ。まあよいではないか、いずれ明日には王都とやらに発つのじゃ。この街は行き道にすぎぬ」

「……確かにそうだな。本格的に逗留する必要があるのはここではない、か」

そりゃそうなんだけど、ちょっと残念に思う俺がいる。

「ちょっとぐらい観光していきたかったかもしれない」

「んだな」

ジャンヌも同意してくれた。

「これだけ立派な鍛冶屋の並んでる街は初めて見るだよ。工房とかゆっくり眺めたかっただなー」

「……鍛冶に興味あるのか、ジャンヌ？」

「ないドワーフの方が少ないだよ？」

ドワーフの鍛冶師といえば煤だらけのマッチョなおっさんを反射的に想像するが、言われてみればあまり男女差別をしないドワーフのこと、女の子でも鍛冶の素養があってもおかしくない。

「いずれ俺が軍をやめたら、お前が右腕になるかもな」

「十人長も鍛冶屋になるだか？」

「……言ってなかったっけ。俺、鍛冶屋の息子だから。……まあしばらくは兵士続けるけど、折を見て鍛冶修業し直して鍛冶屋継ごうと思ってるんだ」

あまり深くは考えていなかったけれど、ポルカに帰るということは、否が応でも俺が気まずくて避けてきた故郷と向き合うことになる。

親父はセレスタ軍に溶け込んだ俺を駄目なコウモリ息子と怒るかもしれないが、もし継がせてくれるなら、というかそのためにまた鍛冶屋修業をしろと言ってくれるなら、編制の時期になったらその道に戻るつもりでいる。

「十人長は根っからの軍人かと思ってただ」

「どこをどう見たらそうなる。そういうのはアンゼロスみたいなのを言うんだ」

アンゼロスがちょっと憮然とした。

「確かに剣ぐらいしか取り柄はないけど、それほど兵隊向きなわけでもない」

「ええー？」

アンゼロスを指して、クロスボウ隊の誰が「兵隊向きじゃない」なんて言うだろう。

「じゃあナニ向きなんだ？　お前の主観として」

「……う、ううん」

悩み始めた。

「……け、剣士……」

「兵隊じゃない剣士って」

むぐ、と詰まるアンゼロス。

迷宮冒険家や用心棒など、軍とは関係ない剣士も少なくはないが、アンゼロスがそういったものに向いているとはとても思えなかった。

「……じゃあ、その……ええと、メイド？」

「…………っっ」

「何笑ってる」

想像したら意外と似合っていたのでつい吹いてしまった。

メイド。メイドか。

最近ようやく、女の子らしい所作に違和感を覚えなくなってきたところだ。フリフリミニでお掃除するアンゼロスも悪くないかもしれない。

でも。

「お前家事得意なの？」

「……そ、その……必要になったら覚える」

「それ、向き不向きと違うじゃん」

「うぅ」

ちょっと凹んだ。

「……だ、だったら僕に何してろって言うんだ」

「？」

「お前が軍やめるなら僕だってやめるんだぞ。その後、ぼんやり引き篭もるわけにもいかないんだから」

「……そ、そうか」

……いやちょっと待て。

「それとこれとは関係あるようでないと思うぞ」

「まあまあ。別にその時になって考えてもいいじゃないか」

ディアーネさんが割って入る。

「百人長はどうするんですか」

「私か。……そうだな、また医者でもやるか」

「だーめー。それは私のお仕事ー」

「姉上はタルクに自分の診療所があるだろう」

「ディアーネちゃんってば、意地悪。……用が済んだらポイするの、アンディ君？」

「あの、いえ、ポイとかそういう問題ではなく。真面目に旦那さんの帰りを待ってあげた方がいいんじゃないかと思います」

「ぶー」

「その点、私は安泰ですねー。ポルカで薬草農園作ってましたしっ」

「ほ。我はたまに飛龍便とやらの真似事でもするかえ？」

ワイワイと近い将来の転職話に花を咲かせる。

そんな中、オーロラだけが頭を抱えていた。

「……わ、わたくしも剣以外に取り柄が……」

が、頑張れ若人。

翌日、夜明けとともにえっさほいさと丘を登り、また馬車に乗り込む。

金色の夜明けの光の中、丘から眺める古都と、その周りの見渡す限りの畑と果樹園はまた格別に綺麗だった。

「こうして見ると豊かだな。砂漠や山地が多い我がセレスタにはなかなかない景色だ」

馬車の入り口から豊穣の大地を眺め、ディアーネさんが目を細める。

「平和に貿易できていればよかったのだがな……」

「え？」

「元来セレスタの民は土着意識が強い。本来はトロットの土地などにあまり興味はないんだ。前回のトロット戦争はひとえにトロットの工業力がどうしても急務として必要だったに過ぎない。領土は倍近いセレスタ全土に、ドワーフ鉱山の数はたったの8山。対してトロットは33山。その工業力が、どうしてもアフィルムとの戦いで必要だったんだ。だがトロットは当面の敵を我々と目し、国交を遮断した」

「だから戦争でこじ開けた……」

「まあトロットは剣聖とパラディンを交換留学させたくらいだ、アフィルムとの関係が悪くはなかったし、自慢の剣聖旅団があったからな。たとえどちらから攻められたとしても凌ぎきれる公算もあったんだろう。倒してしまったが。……アンディ。何故我々がトロット王家を放逐せず、トロット王国を破壊せず、属国という形で維持しているか、わかるか」

「…………」

「我々が欲したものを提供する、トロットの商業能力を再構成する労力が惜しいからだ。国家の枠組みを破壊すると少なからぬ間、その地域の商業能力は低下する。我々は決して弱い国ではないが、そうして壊れた国を建て直す力も、無力な難民を養う力も充分とは言えない。無責任な話だが、セレスタ商国はトロット王国に上得意でいてほしいだけだ。今後も完全に領土化することはないだろう」

「……そうですか」

それは、俺はこれからも自分で故郷を完全に捨てて帰化しようとしない限り、セレスタ人になれないことを意味する。

もし俺が、俺たちが、ともにいることを願い、次の生活を始めるとすれば、そのことはいずれ大きな壁になるだろう。

ディアーネさんは、説明だけして黙ってしまったが、真意はきっとそこにあるのだろう。

「ほ。そろそろ飛んでよいか？」

「……ああ」

ディアーネさんが扉を閉める。

「頼む、ライラ。行ってくれ」

俺が馬車内に現れたちびライラに頼むと、外から羽ばたきがばっさばっさと聞こえてくる。

「行くぞえ」

段々と、俺たちは俺たちの未来の欠片へと近づいていく。

そのことに少しずつ恐れを抱きながら。


それから数時間ほどで王都近くへと到着した。

トロット王都は周囲に三つのドワーフ鉱山を有する人口10万の大都市だ。

ドワーフ鉱山とはその名の通り、ドワーフのいる鉱山。正確には山に限らず、大規模ドワーフコロニーを兼ねた鉱脈のことを言う。

彼らの鉱脈探知能力は魔法をも超越する奇跡的なものがあり、希少金属であればあるほど、大鉱脈であればあるほどドワーフが集まる。

それが一定以上の規模になるとドワーフ鉱山と呼ばれる。

これがひとつでもなかなか大したものだというのに、三つもあるあたりがこの王都の特色であり、工業大国の首都たる貫禄だ。

無論鍛冶の本場中の本場であり、大剣聖の全力使用に100回耐えられる剣は王都でしか鍛えられない、というのが鍛冶業界の定説だ。


「ここから見る分には変わってないな……」

遠目に王都を眺めると、懐かしさと同時にちょっとした怖さが胸に沸き起こる。

最後にあそこにいたのはトロット戦争終結直前。徴兵されて基礎訓練を受けるまでだ。それからしばらくして国境近くの陣地で実戦訓練を受けている最中に戦争が終わり、そのままセレスタに引っ張られた。もう7年前だ。

セレスタの属国としての王都はどうなっているのだろう。

俺のいたスリード工房は、俺の借りていた下宿は、いつも食っていた食堂は、よくぼんやり空を眺めた公園は、どうなっているのだろう。跡形なく壊れてしまっていないだろうか。

そんなことを考えていると、アンゼロスにぽむぽむと背中を叩かれた。

「行こう」

「……あ、ああ」

王都から南数km、乗り合い馬車の駅近く。

ここにまた俺たちの馬車を隠し、王都に入るのだ。

「とりあえず、オーロラは私と司令部に来てくれ。それから……ライラもだ」

「ほ？」

ライラが意外そうな顔をする。

そりゃライラの存在は今まで秘密の秘密で通してきたのだ。意外だろう。

「一応これからトロット国内活動の承諾を得に行くんだが、名目上は『ライラのドラゴンパレス間移動と、偶然それを知った私たちが監視で付き添い』ということにする」

「隠さずに言ってしまえばよかろう」

「それでもいいんだがな。下手すると今後一生アンディに監視の影が付きまとうことになりかねない」

……そういえば確かにそうだ。

ドラゴンは未だ人類にとってアンタッチャブルの存在。どういう理由があるにしろ、それを乗り回す奴がいたら軍隊としては普通放ってはおけないだろう。

「鬱陶しいのう。こう、プチッとしてしまいそうじゃ」

「やめてくれ。……いや、そういう態度でいくか。お前は尊大で横暴で人間やエルフなんかどうでもいいドラゴンの一匹、私の説得に応じて顔見せに行くが邪魔をしたら食ってしまうぞ、という態度でいい」

「ほ。言っておくが、人間は噛み殺すことはあっても、食用にするにはマズくてドラゴン間では不人気なんじゃぞ。牛や馬の方がよほど美味じゃ」

「そんなことはそれこそどうでもいい」

「……まあそうじゃの」


あっさり流せるディアーネさん。やはり強者の余裕だ。

「セレンと姉上たちは私たちの防寒用の服を見繕っておいてくれ」

「……確かに今から行くとポルカは雪の中ですねぇ」

ぽむ、と手を叩くセレン。

言われてみればそうだ。バッソンは滅多に雪など降らないから、ここ数年全く気にしていなかった。

「僕とアンディは……王都の中を少し見て回ってもいいでしょうか」

「うむ。まあ気をつけてな、アンゼロスは心配ないだろうが、アンディはゴロツキに絡まれでもしたらひとたまりもないからな」

「わかっています」

アンゼロスが拳を胸につけて敬礼。

気は緩めません、という意思表示なのだろうが、黒い鎧がなくなってから久しくしていなかったので、薄い服の胸に拳をつけてもちょっと締まらない感じがする。

「ま、気張りすぎることもないだろ。気楽に行こうぜ、アンゼロス」

「う、うん」

軽くアンゼロスの肩を叩いて力を抜かせ、俺たちは乗り合い馬車の停車駅へ向かう。

王都の市街地は、はっきり言って本当に7年前のままだった。

変わったことといえば、ちらほらとエルフ系の種族が、うちの仲間以外にも見受けられることくらいだ。

「……すげえなあ」

「うん」

昔の王都を知っている俺とアンゼロスはそれだけでびっくりしてしまう。

昔はハーフエルフ（知らない人にはエルフと見分けがつかない）が耳を隠さないで歩こうものなら、大人は汚いものを見るような目で遠巻きに歩き、ジジイは杖を振り上げて威嚇し、子供は面白半分に石を投げるのが常だった。

エルフはひたすら、招かれざる客だったのだ。

「しかし……どこのエルフなんだ？」

「え？」

俺は疑問に思ったことを口にする。

「セレスタの白エルフっつったら森林領の住人くらいだろ？　でも森林領出身の兵士が出たのはここ数年。森林領の外に出たエルフは、まだほとんど数はいないはずだし」

「言われてみれば……まさかアフィルム帝国の？」

「小競り合いは続いてるんだろうに、そんな馬鹿な」

まさかわざわざ聞きに行くわけにもいかず、俺とアンゼロスは遠目に彼らを見ながら考え込む。

「北方エルフ領の住人ですよ。セレスタの積極貿易政策で少しずつですが交渉が始まったんです」

「え」

「!?」

俺がびっくりして首をめぐらせ、アンゼロスがまるで絵をめくったような速度で身構える。

背後に、綺麗なブレストプレートを着た若い兵士の姿があった。

「ようこそ王都へ。セレスタからの旅行ですか？」

アンゼロスに睨まれているというのに、彼は全く気にした風でもなく軽く手を上げて挨拶をする。

目の細い、なんとも穏やかな顔つきの男だった。俺より若そうだ。

「誰だ君は」

「あはは、ちょっと驚かせすぎましたか。茶目っ気だったんですが」

若い兵士はコツコツとブレストプレートの胸を親指で叩いてみせた。

「トロット王国軍・王命剣聖旅団第48隊隊員……っていうとカッコよかったんですがねえ」

溜め息。

胸の徽章《きしょう》は、セレスタ軍のもの。

「今はセレスタ軍トロット軍団、第7歩兵隊の、エクター・ランドール……十人長ってことになりますかねえ」

「剣聖旅団……」

「はい、これでも剣聖です。ちょっと自慢です。いえセレスタ式にはエースナイトでしたっけ。剣聖の方がかっこいいんでついそう言っちゃうんですよねえ、なった時には剣聖でしたし」

あっはっはっ、と糸目の男は笑う。

「剣聖って、その歳で……？」

少し驚いたようにアンゼロスが呟く。

トロット軍団に限り、トロット式の剣聖試験は今も続けられているが、今は形だけで叙任称号はエースナイトのはずだ。

「はい。実は私、最後の剣聖試験合格者でして。ああドンジリとか言わないでください」

「言ってない」

「あはは、すみませんちょっとそれでイジメられてトラウマでして」

どんな剣聖だよ。

「………」

アンゼロスは身構えるのをやめ、背筋を伸ばす。こいつがとりあえず危害を加えるような奴ではないと判断したか。

「僕らはトロット出身のセレスタ北方軍団団員だ。ちょっと里帰りついでに、ポルカの霊泉で彼の足を治そうってことになってね」

「へえ。こんな可愛い女の子が」

「軽い奴だなあ。でもお前みたいなの嫌いじゃないぞ」

なんかアンゼロスが言おうとしたが、俺は態度で制する。実際可愛いんだから、可愛いと言われて喧嘩腰になっちゃ損だ。

「俺はポルカのアンディ・スマイソン」

「……僕は」

アンゼロスは数瞬迷って。

「……アンジェリナ・ノイマンだ」

妙な名前を名乗った。

「アンゼロス？」

「……セレスタでは男の恰好してたからそう名乗ってるけど、トロットに住んでる間はこの名だった」

衝撃の新事実だ。

というかクラベスの刻紋の先生、あなた実はなにげに超能力者ですか。

「ノイマン」

糸目の男エクターはそう呟いて首を捻る。

「エルフさんで、ノイマン？」

「……もういいだろ。僕と彼はちょっと急いでるから」

「あっ」

俺を引っ張り、歩き出そうとしたアンゼロスを、エクターはパッと肩を掴んで追いすがる。

「思い出した」

「何を思い出したか知らないけどまた今度な」

「あなたシルフィードのノイマン会長の娘さんじゃあ」

「違わないけどまた今度な」

「ええっ⁉　ちょっとちょっと待ってくださいよ」

エクターはどったどったと追いすがった。

「私の許婚《いいなずけ》じゃないですか！」

「え」

「は？」

アンゼロスとびっくりして顔を見合わせる。

エクターは俺たちが止まったのを見て、安心したように溜め息をついて。

「いえ、そうなるかもしれないという話で……」

「どういうことだ」

「……？　まだノイマン会長に聞いてませんか？」

エクターは不思議そうな顔をした。


……どうなってるんだ？

トロット王国はその名の通り王を専制君主として戴き、公侯伯子男の五爵の貴族をもって全土を統治する伝統的な封建制国家だ。

セレスタに敗れて属国となった現在も基本的な枠組みは変わらないが、特別諜報旅団による内偵調査を経て、あまりに劣悪な統治能力しか持たない貴族はその爵位を強制的に剥奪され、土地に見合った商業能力へ回復させる代行統治が施されている。

意外と腐った部分は多かったらしい。全土の三分の一にメスが入り、その首が挿《す》げ替えられる事態となった。

後任の貴族には土地の豪農や豪商を据えた。これだけ聞くとまるでセレスタの功績はトロットにとって全くの福音、慈善事業のようだが、要はセレスタ人がトロットに住みたがらないだけだったりもする。

土地に根付いた意識は変えられるものではない。街という街がほとんど人間族ばかりのトロットは、多くの種族が入り乱れるセレスタ人の意識に対して抵抗が強い。

かといって強引な統治に打って出て、彼らとの関係をこじらせても意味がない。戦ってまで手に入れたかったのは土地でなく、一時的な財産でもなく、彼ら民衆の持つ優秀な工業力なのだから。

その改革の中でランドール侯爵家は、領地経営能力はトップランクに位置付けられている。

つまりセレスタお墨付きの安泰の貴族。その上、ここ50年で剣聖を十八人も出している、文武両道そのものの名家だ。

「そのランドールとウチが許婚になる理由が思い当たらない」

アンゼロスは憮然とした表情で言った。

「シルフィード商会だって大商会なんだろ？」

「でも、所詮はただの商人だ。一夫一婦が基本のトロットで、貴族の長男の嫁に欲しがるようなものじゃないはずだ」

アンゼロスがそう言い切ると、エクターはぽりぽりと頭を掻いた。

「色々と複雑な話になってるみたいですけどね。私だって顔も見たことない女性と結婚が決められるのは乗り気じゃなかったんですが」

「じゃあいいだろ。金輪際《こんりんざい》僕と君は無関係だ」

「ちょ、ちょっと待ってくださいよ。だってこんなに綺麗な人だなんて思わなかったんです」

アンゼロスは冷たい目。

……俺の時はちょっとした言葉のアヤでも褒めると照れるのに、極端な奴。

「アンゼロス、ここはちゃんと事実関係を確認しに行った方がよくないか」

「アンディ」

「だってお前のお袋さん、すごくお前を可愛がってたんだろ？　わざわざセレスタに行かせてまで夢を叶えさせたくらいだ。それなのに結婚なんて大事な話、勝手に進めるのは変だろ」

「…………」

アンゼロスは考え込む。

そしてしばらくして、硬い顔で頷いて、俺を見つめた。

「一緒に行ってくれるか」

「もちろん」

頷いて、松葉杖を突いて歩き出す。

エクターが慌ててついてきた。

「わ、私も行きますよ」

「…………」

アンゼロスは無視した。

……エクター、なんか可哀相な奴。

王城から続く目抜き通りから一本外れた住宅街に、アンゼロスの生家があった。

「でけえ……」

「まあ、こんな王都の真ん中でハーフエルフの僕を完璧に隠し通したくらいだから」

「なるほど」

庭は騎兵隊が行進できそうな広さ。

建物に至っては、まるで城……というのは言い過ぎにしても、少なくとも平民の家と言うには無理がある。

下手すると百人隊が5つくらいは寝起きできるんじゃないだろうか。

「い、いきなり来て入れてもらえるのか?」

「帰れと言われたらそれはそれで別にいいだろ。二度と来ないだけのことだ」

「おいおい」

門番は片方が若く、アンゼロスの耳を見て怪訝そうな顔をしていたが、そいつが何かを言う前にもう片方の年配の門番が慌てて飛び出してくる。

「あ、アンジュ様!」

「カーン、久しぶり」

「お、お久しゅうございます。よくぞお戻りになられました」

門番はそれだけ言うと、急いで門を開けにかかる。

「アンジュ?」

「……親しい人や赤ん坊の頃から知ってる使用人はそう呼んでた」

「なんか出世魚みたいだ。アンジェリナ、アンジュ、アンゼロス、斬風剣」

「斬風剣は関係ないだろ」

そうこうしているうちに門が開かれ、門番たちは直立不動で俺たちを通す。

「行こう、アンディ」

「ああ」

正直ちょっと気後れするけど、アンゼロスに裾をぎゅっと握られていては引くに引けない。

まあ、それに。

「………」

アンゼロスを放す気は、もうない。

「……アンジュ! アンジュじゃないの!」

「母上、久しぶり」

「本っ当に! たまには手紙をよこしなさいって言っておいたじゃないの」

「ごめんごめん。忙しかった。……言った通り、私、エースナイトになれたよ」

「なんてこと。パーティーを開かなくちゃ」

アンゼロスの母であるシルフィード商会の会長、リンダ・ノイマンさん。

だいたい50歳くらいのエネルギッシュな感じのおばさんだ。太っているわけではないが存在感があり、やたら広くてガランとした印象だった応接間は、彼女の登場で一息に色を持った感じがする。

「それに、ランドール卿のせがれ？　せっかちだねぇ」

「ハハハ、ええその、そこで偶然娘さんにお会いしまして。美しいですねえ彼女」

エクターは例の穏やかな笑顔で挨拶する。面識はあるのか。

「……それで、彼は？」

エクターに向けた社交辞令的な笑顔を残したまま、リンダさんはアンゼロスに俺の紹介を求める。

「彼は……アンディ・スマイソン。私の同僚で……」

「ご主人様、かい？」

「!?」

アンゼロスが顔を強張らせる。俺もビクッとしてしまう。

エクターも愛想笑いのまま硬化した。

リンダさんは口元だけで笑ったまま、目は俺を射貫くような光をたたえている。

「今朝方、特急の使いでシュランツのレイノルズから手紙が届いてね」

「!!」

シュランツ。

……例の、ノイマン家の元使用人か。

「アンジュ。私はいつも言っていたはずだよね。卑屈な生き方だけはするなと。ハーフエルフだからって、人間に媚びるような背筋の曲がった女になるんじゃないよと」

「母上」

「それとも、知らないでやってるのかい？　他人の名前の入った首輪は、国によっては奴隷の印だ。彼に騙されてそんなもんつけて歩いてるのかい？」

リンダさんの目がほんの少し細まる。

……凄い威圧感だ。

けど。

「違う」

俺はアンゼロスより先に否定した。

「全部承知の上で、俺の趣味です」

「…………」

リンダさんは毒気を抜かれたようにぽかんとした。

「あ、アンディ……」

アンゼロスはこめかみをもみほぐす。ちょっとディアーネさんっぽい仕草。まるでアホな弟をどうしてくれようか、って姉の顔だ。

うん。でも間違ったことは言ってない。

俺がやらせたのとアンゼロスが自分で望んだの違いはあれど。

……ここで弱気な顔して得なんかないのは、さすがに俺も学んでる。

「アンゼロスを奴隷と言う気は無いですけどね。でも、間違いなく俺の女です。そう主張するための首輪です。……俺たちがこの家に来た目的は、その事実に邪魔が入らないか確認したくて来たんですよ」

「……はっ、このシルフィードのリンダ・ノイマンにここまで威勢よく啖呵切る若い奴なんて何年ぶりかね」

リンダさんは不敵に笑い、背を向けた。

「ついてきな。アンジュ、それにランドールの坊やも」

広い屋敷をしばらく歩き、別の応接間に入る。

そこは俺たちが最初に通された部屋よりさらに広くて、豪奢な感じの部屋だった。

その中のソファに、一人の老爺が座っている。

……どこかで見たような爺さんだった。

「待たせたね」

「……いや、それほどでもない。今日は日差しが心地いい」

ガラス工業が盛んなトロットならではのガラス張りの窓辺で、爺さんはすっかり幸せに緩んだ顔をしていた。

その顔を見て、アンゼロスは俺同様に何か引っかかった感じの顔をして、エクターは……。

「……!!」

素早く跪き、頭《こうべ》を垂れる。

そのエクターに爺さんは微笑んで立つように言いつけつつ、アンゼロスに視線を向ける。

「この子がアンジュか。リンダもこんな器量の良い子を隠しておくとは性格の悪い。それもセレスタに送ってしまうとは」

「はんっ、ハーフエルフが耳を隠さずにいられるようになったのはセレスタの連中のおかげさ。剣聖試験だって受けたのに、ハーフエルフで女のアンジュを採ったのは結局セレスタの連中だ」

「フフ。もしその時剣聖になっていれば、セレスタ戦争で生きては戻れなんだかもしれんぞ」

「どうせ評議員の連中もハーフエルフや女に剣聖号くれてやるなんて思いもしなかっただろう。たらればの話に意味なんかあるかい？」

「耳が痛い。結局セレスタに押し付けられなければ、そんなことさえ変えられなかったということじゃの。まったく、痛くなければ医者にメスを許すのは難しい」

爺さんはクックックッと笑い、アンゼロスの手を取った。

「はじめまして、アンジェリナ・ノイマン。我が名はユリシス・アーネスト・アレイクロード。今この国でもっとも役立たずな爺じゃ」

「……!!」

アンゼロスが目を見開く。

俺だって飛び上がりそうになった。

……ユリシス三世。現トロット国王だ。

「セレスタ戦争からこっち、ワシは専《もっぱ》ら式典での顔見せしかすることがなくてな。お呼びがかかることは月に何日もない。何もかもセレスタの連中がこなしてくれる。楽なものじゃ」

「だからって下々の商人の家にチェスを指しに来るのもどうかと思うけどね」

「チェスはついでじゃ。……わかっておるじゃろう」

「はん」

リンダさんは肩をすくめる。

……いくら大商人とはいえ、王侯貴族との身分差は歴然だ。これが公には階級制度のないセレスタ人ならともかく、トロット人のリンダさんがこの態度でいられるというのは正直凄い。やっていいと言われてもなかなかできない。

「娘もいることだ。ここで言ってみな。若い衆の反応次第では気が向くかもね」

「ほう」

ユリシス王は真っ白いヒゲを指で撫でながら、俺たちを横目で確認する。

そして鼻で大きく溜め息をつき、リンダさんに向き直った。

「伯爵位を受け取ってくれんか。……いや、是非受けてもらいたい」

「……だってさ」

「は?」

アンゼロスと顔を見合わせる。


領地経営能力に落第を判定されたかつての貴族は、平民への転落を余儀なくされた。

その空席に豪農や豪商が当てられ、新たな貴族として政治を動かし始めている。

……その中の伯爵領、つまり自治州をひとつノイマン家に譲ろうという話になっているらしい。

「シルフィードは国内随一の商会と言っても過言ではない。侯爵領が空いているならそれを封じても文句は出まい」

「恩賞なら一代貴族の位でいいじゃないかって言ってるんだけどね」

一代貴族は名誉称号だ。宮廷で五爵と並ぶことができるが、領地は封ぜられない。

「宮廷序列にリンダを加えるのが目的ではない。……トロット王国の国力を回復させ、より強くする方向へ導く優秀な力をリンダに期待してのことじゃ」

なるほど、それを在野に期待するなら、シルフィード商会の会長以上の適任はいないかもしれない。

「私が一代貴族でいいって言ってるのはね」

アンゼロスが指差される。

「私の子はアンジュしかいないってね。ハーフエルフのこの子しか、私は産んでない。そしてハーフエルフがピンでトロットの自治州を統治できるわけがないじゃないか。能力以前の問題だよ」

たとえいくら優秀でも、トロットで特に被差別傾向の強いエルフ系のアンゼロスを首長に戴いて、きちんと回るものかと言われると疑問符がつく。

「確かに、ハーフエルフ一人では心許ない。……じゃから、隣接するランドールの出番となる」

「つまり、ね。この爺さんは、そこのランドールの坊やとアンジュを婚約させればいいじゃないかと言ってるわけさ」

「なっ……！」

「いずれ伝統の壊れかけている今、ランドールほどの名家が後ろ盾ともなれば表向きの反抗もあるまい。国家に冠たるシルフィードが爵位をもって動くならば頼もしきことこの上ない」

「……ということだ。さあどうだい、アンジュ、それと首輪の坊や」

「………………」

何も、嫌がらせや金銭欲でこんな話が動いてるわけじゃない。それぐらいは俺にだってわかる。

ユリシス王は、純粋にトロットの未来を良い方向に動かそうとしているのだ。

……個人の色恋なんてその中で無視されるにしても。

「まあ、そんなところさ。……ランドール卿も合わせて、そんな方法もあるかもね、とかわしていたら、アンジュ、お前が変な男に引っかかって、その上、帰ってきてしまった。つまりそういうことさ」

「……そんな、勝手だ」

「ああ」

アンゼロスが頑なな表情で一歩下がる。

エクター、ちょっと傷ついた顔。たとえ俺となんとなく仲良さそうな雰囲気が感じ取れたにしろ、恋人だって言っているにしろ、だからといってエクターと結婚なんてまっぴら、とするアンゼロスの態度はエクターにとって心地いいものではないだろう。

しかし、拒絶しようとするアンゼロスにユリシス王はゆっくり追い討ちをかける。

「これは王国そのものの先行きを左右する問題じゃ。……どうしても拒絶すると言うならば、シルフィードに国家に与するところなしと判断し、商業手形を停止することも考えなくてはならぬ」

「!!」

商業手形を止められたら、もう国内での商売はできない。シルフィードは国内だけの商会ではないから、どこかよそに拠点を移すことで商売を続けることも可能だろう。しかしその場合、この街にいる多くの人々を解雇し、リンダさんは王都を永久に捨てることになる。

今、自分の恋愛と、多くの他人の生活が、アンゼロスの天秤にかかった。

「……脅すのですか、王よ」

「うむ。この国の王じゃからの」

「…………」

アンゼロスの耳が、少しずつ下を向く。

深く悩みに沈んでいる証。

「……考えさせてください」

アンゼロスは搾り出すようにそう言って、俺とエクターを省みることなく、俯いて部屋を出た。

「エクター・ランドール。……この爺の勝手な絵図に付き合わせてしまって、悪いな」

「いえ、その……あ、アンジェリナ様は、魅力的ですから」

エクターは直立不動で答えた。しばらくしてやはり気まずいのか、勝手に跪く。

ユリシス王の矛先は俺に向く。

「青年。……アンジュの、恋人か」

「そんなものです」

跪ければ間も持つだろうに、今の俺は松葉杖。カッコ悪く立ちつくしたまま、ユリシス王の言葉に憮然と答える。

「この爺が憎いか」

「それほどは」

「信じておるのか、愛を」

「…………」

どうだろう。

アンゼロスは、確かに俺にベタ惚れだ。

が、俺以外に、あの森林領のルーカスみたいな馬鹿でなく、ちゃんとアンゼロスを見てくれる、強くて優しくてかっこよくて頼りになる男が現れてしまった今。

本当に俺はアンゼロスを繋ぎ止められる根拠があるのか、ちょっと疑わしい。

それでも。

「恨むのはアンゼロスが取られてからにします」

もう何度も自分を疑い、もう何度も怒られた。

だから、俺は自信満々を装う。

「少なくとも今はアイツは俺のものですから」


夜、俺たちは王都のホテルのひとつに落ち合った。

正確にはセレスタ軍が宿舎として借り上げている宿で、特別諜報旅団員や飛龍便の伝令兵などが休むのに利用するところなんだそうだ。

「そうか。そんなことが……」

「アンゼロスさん、どうするんですかねぇ」

「親と故郷にかかる問題でしたら……正直、わかりませんわね。自分一人のわがままで皆を不幸にしてしまうのでは」

借りた部屋のひとつに閉じこもってしまったアンゼロスを、みんなが気遣う。

「ところでそっちの首尾は?」

「トロット軍団司令部への面通しか？　上々だった。ライラがなかなかいい演技をしてくれてな」

「ほ。ちょいとドラゴン体で威嚇しただけじゃがな」

可哀相に。居合わせた兵士たち、夢にドラゴン出るだろうなあ。

……と。

「……アンディ」

ドアが少しだけ開いて、アンゼロスがか細い声で呼ぶ。

俺は周囲のみんなに目配せしてから、部屋に入った。


「……正直、すごく迷ってる」

「そうか」

「…………」

アンゼロスがいきなり恨みがましい目をした。

「迷うなよ、って言ってほしかった」

「……俺だって、自分が一言言うだけで親父や故郷のみんなが失業するとなったら迷うさ」

「そうか。……うん。そりゃそうだよな」

ベッドに腰掛け、ぱたぱたと足を振りながら、アンゼロスは寂しそうな顔をする。

「そういやアンゼロスの親父さんって、エルフなんだろ？　今どうしてるんだ?」

「こっちの水が合わないみたいでね。たまにこっそり母上と僕に会いに来るけど、普段は北の森に住んでる」

「親父さんは、どう言うだろうな」

「……わからない。そもそも人間社会がほとんど理解できない人だから。僕にも母上にも、人の心がそれでいいと思うなら、それでいいんじゃないか、としか言わなかった」

「………………」

世の中色々だなあ、と思う。

しばらく、アンゼロスは足をぱたぱたさせ続けて。

ぽつりと言った。

「迷うんじゃねえよって言ってほしい」

「………………」

「お前は俺のものだって言ってほしい。他の男になんてやらないって、取られるくらいなら今から犯し壊してやるって、言われたい」

「思ってはいるぞ」

「言ってくれよ」

耳がへろへろに垂れている。意気消沈の極み。

「……なあ、アンゼロス」

「？」

「さっき、お袋さんの前では『私』っつってたな」

「う、うん。……意識して男言葉にしたの、トロット出てからだから」

「今からしばらく女言葉でいてくれないか」

「……？」

アンゼロスを同僚として見るのも悪くないけれど、女の子相手じゃないと言いにくい言葉がある。

いくら女の子らしい服装で、髪型でも、できればそれっぽい感じにしてくれないとやりにくい態度ってものがある。

「アンジュって言ってくれるなら」

「わかった。……アンジュ」

「……はい」

「愛してる」

「！」

耳がピンと跳ね上がり、アンゼロスの顔が真っ赤になった。

今までやっぱりうやむやで、勢いで流していて、結局言ってなかった気がする言葉。

俺みたいな浮気野郎が口にしたって凄く安っぽいとは思うけど。

でも、アンゼロスには今、こうしか言えない。

俺についてこい、なんて、無責任に家族と過去を捨てさせるようなことも言えないし、だからといってアイツと結婚した方がいいよなんて口が裂けても言えない。

首輪つけて所有物にしたくせに、そんな弱腰でどうする、とも思うし、俺が無理強いするようなこと言ったたって所詮腕力も歩行能力も何もかもないスッテンテンの今、アンゼロスが逆らおうと思えばいくらでも逆らえるのに変に遠慮する必要もないと思うけど。

それでも、アンゼロスに今必要なのは、俺が与えてやれる言葉はこれしか思いつかなかった。

「そ、そんなっ、い、今さら……」

「今まで言ってない。言った覚えがない。だから言う。アンジュ、愛してる」

「………………っっ」

アンゼロスはベッドにひっくり返り、シーツに顔を埋めた。

「……馬鹿っ」

「愛してる」

「嘘つき」

「嘘じゃない」

「……嘘だ」

「なんで疑う」

「疑ってるんじゃない。……行動が伴ってないって言ってるだけ」

「?」

「……あ、愛してるなら、愛してよっ」

アンゼロスはシーツに伏せたまま、くいっと腰を持ち上げた。

「……それは見解の相違というか、俺は真剣に言ってるんであってな？」

「ぼ……わ、私だって真剣に言ってるよ」

ちょっとだけ顔を上げて、アンゼロスは俺をチラリと見た。

「……最初に言われてから、子宮が疼いてる」

「おい」

「アンディの愛を直で感じたくて、体が勝手にそういうモードに入ってる。お前の愛の証拠、体の奥で感じたくなっちゃってる。そんな状態なのにしつこく言うから、腰がもう抜けちゃってる」

「こ、この変態アンジュ」

「……うん。全然反論できない」

「愛してる」

「……っっ」

じゅわ、とスカートの中で下着がみるみる濡れていくのがわかる。

「……でも、もっと愛してやりたいけど。今俺足動かないぞ」

「……う、うぅ……な、なんとかして」

「無茶を……」

と、そこで閃いた。

アンゼロスの服をひん剥いて、ベッドの周りに投げ散らし。

髪に鼻を埋めるようにして、背中から抱きつく。

そして、右半身を下にして腰を密着させる。

……いわゆる側位という奴。これなら左足が駄目でもなんとかなる。

「あはっ……アンディ、硬い……っ」

「お前がメチャクチャ可愛い顔してスケベに誘うから」

「アンディが私を言葉責めで骨抜きにしたのが悪い……っ」

「愛してるって言うのは言葉責めなのか」

「うん」

難儀な女だ。

「……入れるぞ」

「入れて……さっきから、先っちょがお尻に触るたびに頭の奥に響くぐらい欲しいっ……！」

「このド淫乱……‼」

「うんっ……ん、はあぁぁっ♪」

俺がちんこの位置を定め、押し込もうとすると、アンゼロスも腰を突き出して俺の侵入を助ける。

二人の欲望に満ちた腰の動きで、互いに意図しないほど素早く、亀頭が膣奥まで一気にずにゅるるるっと入り込んでしまった。

「あ、あぅ……んんっ、これ……これ、好きっ……アンディのおちんちん、泣きたいくらい愛しいよぅっ……‼」

「俺も……俺も、お前のマ○コ穴、朝から晩までずっと犯してたいほど愛してる」

「うあっ……ば、馬鹿ぁっ……♪　そんな嬉しいこと言うなぁっ……♪」

ほとんど涙声で俺の性欲に晒されることを喜ぶアンゼロス。

「いくぞっ……この、このっ……」

「ふあ……ふああっ……アンディ、アンディいっ……駄目、駄目ぇっ……、ちょっとコスれるだけで、頭の中、どピンクになっちゃうようっ……馬鹿ぁっ♪」

互いに体重がかからない体勢のため、あまり奥を強くイジメるということはできないが、それを補って余りある異常なまでの発情とそれに伴う敏感さが補う。

全く躊躇なく、互いの発情に飲み込まれようとする愛欲が、二人でみっともなく腰をヘコヘコぶつけあう、しつこくしつこく貪りあう芋虫のようなセックスを止めさせない。

「あぅ……あううぅっ……やだぁっ……やっぱりやだぁっ

……アンディがいい、アンディのおちんちんに一生えっちなことされたいっ……アンディに毎日、愛してるって言ってもらえる人生じゃないとやだようっ……♪」

「この変態っ！　変態エースナイトっ！　変態チビ女っ！　変態ハーフエルフ！　……メチャクチャ愛してるぞド変態っ‼　妊娠しちまえこいつっ！」

「は、あああぁっ♪」

ドクンッ！　ドクンッ！　ドクンッ！

……子宮に思いっきり精子を叩きつける。

もう精子地獄の効果時間はとっくに切れているので、普通の射精量だけど。

「ああ――……あ、あっ……あー……あぅっ」

アンゼロスは、全身を震わせて俺の射精を悦んだ。

◇◇◇

「アンディ」

「…………ぐぅ……」

「……愛してるって、言ってくれたこと、忘れない」

「……すぴー」

「その言葉で、僕は……私は、いくらでも戦えるよ」

ちゅっ。

◇◇◇

朝、目覚めるとアンゼロスはいなかった。

身の回りの品もほとんどが片付いてしまっていた。

「！」

慌てて服を着て、部屋を飛び出す。

と、ディアーネさんにぶつかりそうになった。

「うわっと」

「む。……アンディか。アンゼロスならさっき出たぞ」

「なっ……なんで起こしてくれないんですかっ。いや、そんなこと言ってる場合じゃない」

「まあ落ち着け。斥候は出してあるから」

「せ、斥候？」

「セレンだ」

はあ、とディアーネさんは溜め息をつく。

「今は幻影も使えてトロットの勝手もわかるあいつが一番斥候に向いているし、クロスボウのストックを持たせてある。何か動きがあったらすぐに飛んでいけるさ」

「でも……」

「アンゼロスを信じてやれ。……それよりお前は早く身だしなみをして朝食を取れ。成り行き次第では昼は食べられないかもしれないからな」

「うぅ」

もどかしい。

……しかし、こういう時にあまり焦りすぎるのもよくないのはわかっている。

相手は国家権力だ。はっきりした答えをアンゼロスに与えてやれなかった俺が、わけもわからず飛び出したってどうなるものでもないのは確かだった。

◇◇◇

「おはようございます、母上」

「なんだいアンジュ、かしこまって。……答えは出たのかい」

「…………」

「……出てないって顔だね」

「母上は……母上は、伯爵になりたい？」

「さあね」

「さあね、って」

「どちらでもいいことじゃないか。アンジュ、決断を私のせいにするんじゃないよ。私が別にスッテンテンになってもいいと言ったらお前はゴシュジンサマについていくのかい？　私がどうしても伯爵になりたいと言ったら、ランドールのせがれと結婚できるのかい？　その程度のことなら最初から悩むフリなんかするんじゃない」

「う……」

「大体あの男はなんなんだい？　聞けばただのド田舎の鍛冶屋の息子、剣ができるでもない頭が切れるでもない、器用さだけが売り物だって言うじゃないか。その程度の男に、なんだってそんな首輪なんかつけてまで媚びを売ってるのさ」

「ち、違うっ！」

「……どう違うんだい」

「…………」

「話ならいくらでも聞いてあげるよ。他ならぬ愛娘のためだ。時間はいくらでもかけていい。お前が私と離れている間に何があったのか、満足いくまで話してごらん」

「……うん」

「…………」

「最初にあいつと会ったのは、トロット戦争の後だった」

◇◇◇

「ふむ。……そう動いたか」

朝食を取ってから数時間。

セレンとヒルダさんの買い込んで来た防寒具を片っ端からライラに渡して幻影収納をしていたところで、ずっと黙っていたディアーネさんが耳をピコピコ動かした。

「どうしたんですか」

「……姉上とライラ、それからジャンヌは旅の支度を進めてくれ。話の転がりよう次第ではすぐに出ることになるかもしれん。オーロラ、アンディ、来い。……大闘技場に行くぞ」

「大闘技場？」

「そういう話になってきているらしい」

◇◇◇

「……なるほど。随分優しくしてもらったんだね」

「それも、私が男だと偽っていながら、それでもだよ」

「実は女だってわかってたんじゃないのかい」

「だとしても、……それでも、私にとってかけがえのない男だ」

「でもねアンジュ。優しいだけの男ならいくらでもいるさ。そんなに視野を狭く持つものじゃないよ。今のトロットならお前だって……」

「違うよ。アンディは優しいけど、腕力もないけど、強い」

「……そうかい？」

「うん。あいつは強い。……それがわかったから、私は何もかも捧げる気になった。捧げたいと思った。首輪だって本当は、あいつは乗り気じゃなかった。でも本当にあいつが私を安心して抱いてくれるなら、奴隷でもペットでもいい、だから私に名前を書いて、って強請《ねだ》ったから」

「……アンジュ。でも、エクター坊やだって強いよ。それによくできた子だ。きっと誰よりも優しくしてくれる。正直、お前のそれは勢いだとしか思えないね。今はいいとしても、来年や再来年に同じ想いを抱いているかはちょっと疑わしいね」

「……私にそんなことを言われたって、どうしようもないよ」

「ああ。……じゃあこういうのはどうだい？」

「？」

「エクター坊やのいいところを見てやるんだ。あの子は本当に強いらしい。大剣聖のお歴々だって、いずれ自分らの仲間入りだろうってお墨付きさ。お前も剣士なら見る価値はあるだろ？」

「…………」

「それからでもきっと遅くないよ」

「母上は……」

「……アンジュ？」

「私にどうさせたいの？」

「…………」

「母上」

「……シルフィードの長としては、あのジジイに脅されてる身でもある。お前の母親としても、子を売るっていうほど悪い話でもないし、不安定なお前に私の残してやれる一番のものを受け取って欲しいさ。ずっと守ってくれる領地と家っていう、ね」

「……でも」

「だがね、アンジェリナ」

「?」

「リンダ・ノイマンとしては……あの唐変木のエルフ野郎とくっついてお前を産むに至った冒険家上がりのリンダ・ノイマンとしてはね。自分の娘が世の中突っぱねて、自分自身の生き方を決めるってんなら、決して止めたくないね」

「……母上」

「自分の生き方に責任を持ちな、アンジェリナ。自分の弱気を人のせいにするんじゃないよ、私のアンジェリナ。安物を買うことにしたなら残った金を喜びな。高級品を買うのなら使った金を嘆くんじゃない。世の中うまいだけの話はない。それでも選ぶ時は選ばなきゃいけないのが人生だ。納得いくだけのものを手に入れるために納得いくだけの対価を払えばいい。そのために何かを捨てるにしたって、せめて自分の意志で捨てな。真正面から痛みを背負いな。誇り高く生きるっていうのは、そういうことだよ」

「……うん」

「さあ、どうする、アンジェリナ」

「……私は……いや、僕は」

「どうするんだい?」

◇◇◇

大闘技場。

王城を除けば、王都でも一、二を争う巨大な建造物だ。

地上には馬のレースができるような大きなグラウンドがあり、客席には王都の半分の人間が入るという。

そして地下には無数の訓練用フィールドがあって、そこは剣聖の専用修練場となっている。

剣聖がエースナイトと呼び変えられた今もそれは基本的に変わらず、この大闘技場は特別なお披露目の日以外、エースナイト称号の保持者だけが立ち入りを許されているらしい。

「……なんとかならないだろうか」

「そうは言われましてもね。エースナイトじゃない方の場合は軍団司令部からの許可書がないと通せない決まりでして」

「ぬぅ」

番兵の芳しくない答えに、ディアーネさんは渋い顔をした。

オーロラが援護射撃をする。

「この方はマスターナイトにも引けを取らない実力がおありです。セレスタでは有名ですのよ」

「そんなこと言われましても、私生まれてこの方トロットから出たこともありませんでね」

「うぅ」

今のところ、この大闘技場に出入りできるのはオーロラ一人だけだ。

司令部に押し込んで許可を貰いに行くにしても、あまりモタモタしていては入る意味がなくなってしまう。

アンゼロスがここで何かをするという、その情報が確かなら。

それまでになんとか入らなくてはいけない。

「……仕方ない。出直す。オーロラ、お前は入って、私たちが万一間に合わなくても見届けておいてくれ」

「了解いたしました」

ディアーネさんは踵を返し、オーロラは俺にも軽く頷いて、闘技場に入っていく。

俺はディアーネさんを追う。

「許可書を貰いに行くんですか」

「さすがにそこまでは待てないだろう」

ディアーネさんは小声でそう言うと、俺の肩を引いて路地裏に引きずり込む。

そして。

「よっ」

いきなり俺を横抱き。

「うわっ⁉」

「騒ぐな。……────‼」

軽く眩暈のような感覚。

「げ、幻影？」

「個人指定だ。まあ、これから飛び回るから念のためにな」

「飛び回る⁉」

「少々強引にいかせてもらう。……声を上げるなよ」

「って、もしかして外壁越えて闘技場入るんですか⁉　あそこ高さ20ｍは」

「余裕だ」

「ひぃ⁉」

ディアーネさんに抱えられて、20ｍ垂直ジャンプを体験した。

「お前の重さをちょっと甘く見ていたか。少し危なかったな」

「もう駄目かと思いました」

ちびりそうだった。

それはともかく、大闘技場に潜入することに成功した俺たちを、セレンが出迎えた。

「アンゼロスさん、もう来てますよ」

「何をするつもりなんだ、アンゼロスの奴」

「なんか、ランドールとかいう人と勝負するとか」

「……なんで？」

意味がよくわからない。

……と思っていたら、グラウンドのゲートが開き、誰かが入ってくる。

「セレン」

「はいっ。――――‼」

咄嗟にセレンとディアーネさんが共同で空間指定の幻影を張り、俺たちの姿を隠蔽する。

入ってきたのはアンゼロス。それと何故かオーロラ。

しばらくして客席のゲートも開き、リンダさんと数人の剣士が入場。剣聖だろうか。

そして、しばらくしてユリシス王も入ってきた。

「ふむ。説明してもらおうか、リンダ」

「必要かね、王様」

「あいにくとボケ老人に雰囲気で察しろというのは酷な話での」

「はん、よく言う。……見ての通り、勝負さ。ウチの『アンゼロス』と、ランドール卿のせがれのね」

「何故そうなるか聞いておる」

「セレスタ軍のエースナイト『アンゼロス』の人生と、剣聖エクター・ランドールの才覚と器。どちらが強いかだ。ウチの娘は不器用だからね。結局、真剣勝負の場でないと何かを認められないんだとさ」

「ふふ、負けず嫌いはリンダ譲りか。負けたなら『アンジェリナ・ノイマン』として運命を認める、という趣向かな？」

「運命とかお言いでないよ、爺さん。そんな安っぽい轍《わだち》を」

「ほっほっほっ」

食わせ者同士だ。

……しばらくして、アンゼロスと反対のゲートから、きちんと鎧を着込んだエクターが複雑な顔で現れた。

「アンジェリナ様」

「……エクター・ランドール。すまないね、突然」

「いえ、構いません。どちらにしろ私もここで鍛えるのが日課ですから」

「そうか。……僕も子供の頃はそういうのが夢だったな。闘技場に通い、多くの仲間のうちで腕を磨いて過ごす日々」

「今なら、王都に住めばアンジェリナ様とてなんの障害もないはずでは」

「そうだね。でも、僕は王都に住む気はないよ」

「アンジェリナ様……」

「賭け試合だ、エクター。君が勝てば嫁にでもなんでもなってやる。だが僕は、僕自身を貫きたい。貫ける力を培ったと、信じている。拡大剣聖行進会を見て剣を志してからの15年。セレスタに渡ってからの10年。僕がただの商人の娘のハーフエルフでなく、今の僕であるためにかけた時間の全て。それを凌駕してみせろ、エクター」

「……気は進みませんが、それで話がつくならば」

エクターは少し辛そうに唇を噛みつつ、剣を引き抜いて地面に立て、柄を両手で包む。剣聖式の礼だ。

アンゼロスも合わせるようにショートソードを祈るように胸の前で掲げる。

今まで黙っていたオーロラがスッと立ち位置を変え、二人の間あたりに移動する。

審判をやるつもりのようだ。

「ルールはひとつ。負けを認めるその時まで。制限時間なし、急所打ち、組み打ちあり。ただし、御前試合です。剣に恥じぬ戦いを」

「ああ」

「はい」

二人がゆっくりと構える。

そして。

「はじめ」

オーロラが手を振る。二人はザッと同時にスタンスを広げた。

まだ飛び込まない。動きのひとつひとつから互いの手の内を読もうという段階だ。

「なんだか傲慢なことを言うようで申し訳ありませんが」

「なんだ」

「私、結構強いですよ」

エクターが腰を落とし、踏み込む。

基本通りの袈裟切り一閃。アンゼロスは打ち払おうとして、若干力負けする。

「！」

「私も物心ついてから、似たような時間、鍛え続けたわけです。……こんな言い方はしたくありませんが、同じ伝統的スタイルなら、男の私の方が力があって当然」

「なるほど。同じ……か」

アンゼロスはゆっくりと構え直し、ニッと唇を吊り上げる。

「こんなのもあるぞ」

瞬間、アンゼロスが一気に加速する。

遠距離から目で追うのは難しくないが、近くで見たらおそらく爆風の如き突進。

エクターの胴をひと打ち、止まらずに抜けて背後からひと打ち。

「っ！」

エクターはなんとか両方受け止めたが、少し表情に緊張が走った。

アンゼロスの新戦法、高速機動だ。

「なるほど……でも」

エクター、深く息を吸い。

「はっ!!」

踏み込む。

そのスピードは……アンゼロスに迫る!

「なっ!」

「言ったでしょう、私も結構強いですよ!」

ガキン、ガキン、ガキン!

エクターの重い斬撃を、アンゼロスがなんとか弾きながら後退。

さすがだ。エクター・ランドール、言うだけはある。

「エクター坊やに分があるかねぇ」

リンダさんの言葉に、周りにいた剣聖たちが頷く。

「ランドール十人長の戦闘力は彼の若さとしては驚異的です」

「質実剛健、基本通りの真面目な型。ゆえに非常に隙がない」

「視野の広さも戦術の組み立ても相当なものです。戦歴を重ねれば、あと5年もあれば大剣聖……マスターナイトも夢ではないでしょう」

「なるほどね。よくわからないけどそこそこいけるってことか」

リンダさんはフンと鼻息。

……マスターナイトになれる剣士はほんの一握りだ。そこそこどころじゃない。

その間にもアンゼロスは追い詰められる。一応エクターの斬撃をきちんと凌いではいるが、押し返すには至らないようだった。

「ディアーネさん、あれじゃあ」

「よくないな。同じタイプで少し実力が上というのは、一番噛み合わせが悪い」

「やっぱりエクターの方が上……ですか」

「流れも悪いな。先に攻めて手数で押せばいけなくもないだろうが、こうも相手に攻勢を許すと勢いを盛り返しにくい」

「……アンゼロス」

アンゼロスの体格は小さい。得物も短い。同じタイプ、同じ技量ならそれは大きく響いてくる。オーロラと違ってエクターは持久力もあるようで、そのあたりにも突破口は見出せないようだった。

「ぐ……!!」

アンゼロスはどうにか距離を作ると、剣を大振りして衝撃波を放つ。

エクターは咄嗟に避ける。直撃はしなかったが体勢は崩れた。

「っちぇあああっ!!」

そこにもう一太刀、衝撃波。

うまいこと引っかけ、相手を空に舞い上げることができれば形勢はアンゼロスに転ずる。切り札だった。

しかし、エクターは体勢を崩しながらもアンゼロスの衝撃波を……同じ衝撃波で、迎撃。

「!!」

かき消す。

驚愕し、動きが止まるアンゼロス。

リンダさんの周りにいた剣聖が頷いた。

「ブラストアタックの使い手は剣聖には珍しくない。力任せ、速さ任せのセレスタ産エースナイトになら通じたのでしょうが、ランドール十人長には易い手だ」

「ち。そのようだね」

リンダさんも舌打ちする。

いくらアンゼロスが負ければ話が済むとはいえ、娘が歳下の剣士に完全に封殺されるのは見ていて面白くはなさそうだった。

「……やめましょうよ」

衝撃波を打った姿勢のまま、エクターは剣を止める。そのままアンゼロスを追撃すればおそらくは勢いで押し切れるだろうに、止まる。

「やっぱり、結婚を賭けて剣でやりあうなんておかしい気がします。どんな理由であれ、私は女性を剣でねじ伏せて思い通りにするなんて違うと思います」

「……エクター……!」

やはり、エクターはルーカス将軍とは器が違う。

彼は、精神的にも、できている。

「……アンゼロスもここまでかな」

「ディアーネさん!?」

「ここで彼がアンゼロスを素直にねじ伏せていたなら、まだアンゼロスも精神的に粘りようがある。だが、ああ言われては講和するしかないだろう?」

「…………」

ディアーネさんの言う通りだ。

もし俺がアンゼロスの立場だったら、これでもなお我を通せるだろうか。

「最悪、アンゼロスをかっさらうことも考えるしかないな。アンディ、悪者になる覚悟はあるか?」

「…………」

アンゼロスのことを考えたら……とか、そんな弱気で今さらアンゼロスを手放す気はない。もし、どうしても駄目なら、それぐらいはしたっていい。

俺は、昨日アンゼロスに愛を囁いたんだ。

それは相手の幸せを願うとかそんなオトナで迂遠なものじゃない、独占したくてたまらない幼稚な愛だ。だから、俺はもう、後先が続くかどうかはともかく、打って出ることに迷いはない。

……だけど。

「……アンゼロスっ‼」

「アンディ⁉」

ディアーネさんの制止の間もなく、俺は幻影隠蔽から飛び出してアンゼロスに叫ぶ。

松葉杖は外に置いてきて、今は満足に歩けもしない。

だが体ごと乗り出して客席の階段を転げ落ち、石の床に這いつくばりながら、俺は声を張り上げる。

「アンゼロス‼　逃げるな！　弱気になるな！　立ち向かえっ‼」

「あ……アンディ⁉　なんで……」

「技が効かないぐらいで諦めるなっ‼」

それは。

俺がこの王都で、まだ鍛冶以外の何も知らない時に聞いた言葉。

「敵が強いぐらいで諦めるな‼」

理不尽で、強引で。

「武器がなければ石を投げろ！　石がなければ砂を撒け！　諦めるな、ひとつでも多くのことをしろ！　お前は自分を貫きたいんだろう⁉」

それでも、生きてそこにいることが何よりも大きなアドバンテージだと、俺に教えてくれた誰かの言葉。

「お前はまだ負けてない、何も失っていない！　まだ何も苦労していないだろう！」

「………」

俺の叫びが、静かな闘技場に残響を残す。

それ以外はしんと静まり返っていた。

と。

「ふふふ……ははははっ……‼」

笑い声は、意外なところから聞こえてきた。

リンダさんと国王の傍。剣聖たちの一人。

「……なるほど。……君か、君がついていたのか」

「………‼」

その剣聖が、俺に瞳を向ける。

その時、気づいた。

「教官……」

「久しぶりだな、スマイソン訓練兵」

ヒゲの剣聖。俺たちに速成の兵士教育をした男。

名前は思い出せない。だが、確かに彼だった。

「なるほどなるほど。ならば、わからない」

「どういうことだい、グランツ百人長」

「失礼。私は今回のことを、ノイマン殿のお嬢さんのくだらぬわがまま、迷った末の悪あがきだと思っておりました」

「本当に失礼だね」

「ははは。だが……スマイソン訓練兵がついていたのなら、彼のもとで過ごした時間を証明するために戦うのなら、違う」

「……どう違うんだい」

「彼は栄えあるトロットの戦士だ。私が保証する。トロット王国軍の魂を、彼はああして今も持っている。ならば」

ヒゲの剣聖、グランツ百人長は笑顔で、グラウンドの二人を見た。

「その彼の強さを証すために戦う彼女も、栄えある我らの後裔だ。剣聖のなりそこないではない、王国の魂を継ぐ、剣聖だ。不器用な自らの誇りを剣として、戦うことで運命に照らす、これはそんな戦いでしょう」

「随分と自分の教育結果を持ち上げるものだね」

「それを信じられなくて、なんの剣聖、なんの誇りと言えますか。我らは継いで来たのです。そして彼と彼女はそれを継いだのです。聞いたでしょう、何もできぬ彼がなお叫んだことを」

「あんな……誇り、ね」

「無様でしょう？　ですが、戦士とは元来不器用なもの。勝ち取るまで戦い続けてこその栄光です。そのしぶとさが北西平原最大の剣聖旅団を編むに至ったのですよ」

グランツ百人長たちの会話をよそに、アンゼロスは俺を見て、頷いた。

「そうか。……お前のそれ、聞くたびに勇気付けられていたけど、そうなのか」

「ああ。でもそれだけじゃないぞ」

すうっと息を吸い込み。

……相当ブッ飛んだことを言おうとしている自分に、耳まで熱くなりつつ。

「そんなところで負けんじゃねえ！　俺んところに帰ってきたらブッ壊れるまで犯してやるから絶対勝てコンチクショウ!!」

……しーん。

「……この馬鹿」

「何故そこで言うのです……」

アンゼロスとオーロラがグラウンドで呆れ果てた顔をした。

……いや、うん。確かにそうなんだけどね。

俺がまるでグランツ百人長の言う通り、トロット王国の模範的な兵士で、セレスタに行ってからもアンゼロスの素晴らしい師匠役だったみたいで据わりが悪い。

俺は……少なくとも今のアンゼロスと俺はそういう関係で、トロットの誇りとかの繋がりじゃなく、個人同士のそういうのを一番の目的にした男女だってことを、ちゃんと明確にしておかないといけない気がした。

案の定、リンダさんも剣聖たちも、エクターもポカンとしている。

そして、アンゼロスは。

「そんなこと言われたら絶対負けられないじゃないか」

耳まで真っ赤にしてそう言った。

……うん。なんかやっちゃった気がするけど俺たち実際はこんなんだ。

「あ、アンジェリナ様……？」

「仕切り直しだ、エクター」

「ですが……」

「アレのことは気にするな。ただの個人間の趣味だ」

「は、はあ」

エクターの困惑した顔に、ちょっと申し訳なくなってくる。

だが、アンゼロスはまるで生まれ変わったような自信に満ちた顔で、背筋を伸ばして剣を構えた。

「いくぞ」

「は……」

アンゼロス、ダッシュ。

エクターは万全の姿勢で迎撃……したと思ったら、いきなり空中に吹き飛んだ。

「!?」

見ていた全員が息を呑む。

アンゼロスは……突っ込んでいない。

最初の立ち位置から動かず、剣を振り抜いた姿勢。

何がどうなってるんだ。

「……あ、アンゼロスさん、幻影を……！」

「え、アンゼロスってそんなこと……」

「できますよ！　アンゼロスさん、幻影魔法ちゃんと使えます！」

「あ」

セレンに言われて思い出した。

そうだ、アンゼロスはあのヘリコンへの行き道で初歩の幻影を作ることに成功していたじゃないか。

ドサッとエクターが背中から落ちる。

アンゼロスは剣先をゆっくりと上げて一言。

「言い忘れていたが僕は魔法もできるぞ」

こないだ初めてやれたばかり、ほんのちょっと幻覚を見せるのが限界のくせに、アンゼロスは不敵に言い放つ。

「く……」

「同じスタイルと言ったか。……悪いが僕はセレスタ商国で、ありとあらゆる種族に囲まれたエースナイトだ。トロット剣聖の枠で括れると思わない方がいい」

「……目くらましくらいで！」

エクターが劣勢を振り払うように、アンゼロスに突進。剣を振り下ろす。

だがアンゼロスはそこにはいない。エクターの真後ろに立っていた。

「ひとつでも多くのことをしろ……って、ご主人様に言われたんでな。たった今から僕はあらゆる手段で君を追い詰める。それでも僕が欲しければねじ伏せてみせろ。放っておいたら首輪を掴まれてご主人様に引きずられていくぞ？」

「そんな……」

「僕は自分より弱い奴についていく気はない」

いや俺マジ弱いんですが？

と、這いつくばりながら心の中だけでツッコミを入れる。

その俺を、セレンがそっと抱き起こす。

「くそ……あんな啖呵切って、俺の方がエクターにタイマン挑まれたらどうするんだ。俺全然強くないのに」

「アンディさんは、強いんですよ。少なくともアンゼロスさんにとっては誰よりも」

「とって、って……」

「偶然でもなんでも、とにかくアンゼロスさんはアンディさんが強くてかっこいいところを見ちゃったんです。そしてアンディさんは、今までアンゼロスさんにとって幻滅されることがなかった。それで充分なんです」

「……メッチャ勘違いだ……あのドジっ子め」

ディアーネさんも俺の傍に下りて来て、クスクス笑った。

「腕力イコール強さじゃないってことだ。強さというものがそれだけなら剣聖旅団には誰も勝てない」

「でも……」

「言葉の意味の違いだな。そういう意味の強さをアイツは求めてないわけさ。……アイツが弱った時にお前は強かった。アイツが諦めかけた時にお前は諦めなかった。充分じゃないか。お前は強い。少なくとも心は」

「そう見えるだけです」

「女にとっては、そう見えれば充分だ」

そんなことを話している間にも、アンゼロスは幻影を使ってエクターを翻弄していた。エクターはエルフのほとんどいないトロットの兵士。幻影に惑わされないようにしようにも、そう簡単に慣れることができるものではない。

「はあぁっっ！」

「そっちじゃない」

あたりをつけてエクターが放った衝撃波も、むなしく空振りが続く。

幻影に隠した衝撃波による吹き飛ばしを警戒し、突撃にしろ衝撃波にしろ、見えた時点で大きくかわしてしまい、擬似的に二面攻撃をされる形になり、吹っ飛ぶ回数が増えるエクター。

同じような技量なら、僅かな差が大きく響く。

まさに逆転。リーチの代わりに幻影という差で逆襲したアンゼロスは、エクターを本当に圧倒していた。

「こんな……っ、こんな、少し惑わされた程度で、私は」

幾度目かの衝撃波の直撃を食らい、壁に叩きつけられたエクターは、ふらふらと足をもつれさせつつ悔しそうに唇を噛む。

「ランドール十人長、幻影魔法を甘く見るな」

「……グランツ先生」

「剣聖旅団もそれに負けたのだ。戦場でもっとも有効な魔法なのだ」

「でも、こんな……こんな目くらましに負けるなんて、手も足も出ないなんて、認めたくありません」

「ふっ」

グランツ百人長は優しく笑い、次の瞬間目を吊り上げて、声を張り上げた。

「甘いぞランドール‼　戦いをなんだと思っている‼」

「！」

「教えたはずだ、戦争は、戦場は、そんなものではない‼　皆が皆、剣と弓と槍だけで戦うと思うたか‼　血泥の味を忘れたからこそ剣聖旅団は何もできずに終わったのだ‼」

「せ、先生……？」

「たかが落とし穴で騎兵は止まる。たかが火で歩兵は怖気づく。たかが足払いひとつで人は何もできなくなりもする、たかが幻影とクロスボウで剣聖旅団も壊滅する‼　甘く見るな未熟者！　戦場では貴様のような奴は決して役に立たぬのだ‼」

「っっ……」

エクターは涙目で、膝を屈する。

涼やかな顔で剣を胸の前に掲げ、祈るように目を閉じるアンゼロス。

「そこまで」

オーロラが判定を下した。

「……アンゼロスさん、あなたの勝利です」

「ふむ。面白い結果になったのう」

ユリシス王が立ち上がる。

「して、この結果ということは、ランドールとの婚約を拒み、家を見捨てるということでよいのか」

アンゼロスは剣を鞘に収めながら、王を見上げた。

「ええ。そうです」

「ふむ。……薄情な娘を持ったのう、リンダ」

リンダさんは肩をすくめた。

「はん。やっぱり私の娘だ。ロクでもない奴に引っかかって、もう」

「べ、別にいいじゃないか、どんな奴を好きになっても」

「だけど、合格だ。アンタは間違いなく孝行娘だよ、アンジュ」

リンダさんはにっこり笑った。

「孝行とは？」

「わからないかい、爺さん。……あの子は私を信じて、自分の幸せを掴みに行くのさ。いいじゃないか、元気で幸せ、最高の親孝行だ。親の財産を守るために不幸になる娘なんか、私ゃいらないよ。なあに、この大商人リンダ・ノイマン、こんな国でなくたっていくらでもやり直してみせるさ。なんならクイーカにでも移ろうかね」

「ほっほっ。それは困る。シルフィードなくして今のトロットがあるものか」

……は？

ちょっと待て、なにこの和やかな会話。

「は、母上……？」

「悪いね、王様。ウチの娘が幸せかどうか確かめるために、ちょいと利用させてもらったよ。何しろ首輪だからねえ」

「わかっておる。ランドールには悪いことをしたな」

「……はい？」

エクターが超情けない顔で王様とリンダさんを見上げる。

「昨日の朝、茶を飲みながらチェスをしていたらリンダが手紙を読んでオロオロとし始めてのう。ワシも見せてもらった」

「アンジュが元気でほっとしたけどね。大人の娘だ、正面からどういうことか聞いたってラチが明かないだろう？　もし騙されてたり弱みを握られてたりするならなおさらだ」

「少し追い詰めれば、どういう関係が見えてくるじゃろうての」

……あっ。

言われてみれば、多分俺もアンゼロスも、これ以上ないほど赤裸々に自分たちの関係を説明してしまったことになる。

「はっきりしてないならウチに帰ってくるもよし、駆け落ちするならするもよし」

「のう」

……やられた――!?

「アンゼロス……」

「……アンディ」

「くっ……お前のお袋さん最悪だな！」

「うん。今回ばかりは腹が立った」

『はっはっはっはっはっ』

腹を抱えて笑うリンダさんと王様。

どうしてくれよう。いや、どうもできないけど。

ディアーネさんとセレンも呆れた顔をした。

「性格の悪い老人だ」

「全くです。どうするんですか、アンディさん。変な約束しちゃって」

「へ、変な約束？」

結婚しよう、とかは言ってないはずだけど。

「アンゼロスさんが勝って帰ってきたら壊れるまで犯してあげるんでしょう？」

「……有効なのアレ？」

ちょっとどうなんだろうなー、と思いながら呟くと、アンゼロスはオーロラと一緒にてくてくと客席に上がってきて。

「無効だったら酷い話だぞ。タダ働きじゃないか」

「いや壊れるまでってお前」

「……まあ気絶するまでにまけてやってもいい」

まけてそれかよアンゼロス。


一応大闘技場への不法侵入については怒られたが、まぁ予想の範囲内だったということでお咎めはなかった。

そもそも別に重要なものがあるわけでなし、中にいるのはほとんどが剣聖。俺なんかが潜り込んだところで危険はないのだろうけど。

「アンディ・スマイソン。どういう趣味だろうと自由だけど、ウチの娘を捨てたら全力で潰しに行くからね」

アンゼロスを伴っての帰り際、リンダさんににこやかに脅される。

「その……アンジェリナ様。精進します。いつか、もっと強くなったら、その時は」

「ああ。また試合をしよう」

いい笑顔で機先を制されて微妙な表情をするエクター。

……もっとこう愛の告白的なものをしようとしてたと思うぞ、アンゼロス。わかってるのかわかってないのかは知らないけど。


「スマイソン訓練兵」

「……7年も訓練兵じゃないですよ。もう俺は北方軍団クロスボウ隊の十人長です」

「そうか。早いな、もう7年か」

ヒゲの剣聖、グランツ百人長が俺に声をかけてくる。

昔は俺たち徴用新兵の訓練、今はエクターたち若い剣聖の教官か。改めて凄い人に教えられたのかもなあ、と思う。

「もしかして教え子全員の名前を覚えてるんですか」

「まあな。特にあの時期は戦意旺盛なばかりじゃない子供が多くて苦労した、みんな覚えているさ」

頭脳も凄い人だ。

「クロスボウ隊か。ということは、あそこにいるのは、あの？」

「ええ。ディアーネ百人長です」

「ふ……怖いものだ」

そういや、剣聖たちの天敵でもあるのか。

ディアーネさん、逆恨みで闇討ちされなきゃいいけど。いや闇討ちでどうにかなる人じゃないか。


「いずれ機会があったら酒でも飲もう。あの頃と違って大人だ、いけるだろう？」

「はい」

ちょっと嬉しかった。


最後に、ユリシス王がゆっくりと俺に近づいてきた。

「青年よ」

「王様……」

「トロット王国を頼むぞ」

「……はい？」

なんで？

今の俺はトロット国民だがセレスタ兵だ。

義理の深いアンゼロスやエクターに言うならまだわかるけど。

「なに、若い者が元気で安心したわい」

「は、はぁ……」

よくわからない。まあ、若い相手みんなに言っているのかもしれないけど。

「ユリシス王よ」

「……何かな、ダークエルフのお嬢さん」

「北方軍団クロスボウ隊、ディアーネ百人長。貴方の三倍は生きております」

「ほっほっほっ」

ディアーネさんがユリシス王に略礼をして、問いかける。

「王、何を焦っておいでです？」

「……焦る、とな」

「街や軍団司令部で情報を集めさせていただきました。ここ最近、貴方は急に各方面の若返りを進めておいでだ。大貴族は王の勧めで代替わりを進めているし、トロット軍団の司令部も若い参謀が目立った。この度のアンゼロスとエクター・ランドールの件も無関係とは思えない」

「……エルフ族は無遠慮でいかんな」

王様は溜め息をつく。

「病んでおいでですか」

「さあな。……ワシの治世ももう40年にもなる。この身も70を過ぎた。常識で見て、特別病んでいようがいまいが、もう長持ちさせるものでもあるまい？」

「退位を？」

「それこそワシの一存ではどうにもなるまいて」

「セレスタ次第と」

「そうじゃな。……まあ、こんな国の王位、誰が継ぎたがるかという話もあるが」

ユリシス王は、寂しそうに微笑む。

「病んでおるかと言ったな。ああ、病んでおるよ。この国は、病んでおる」

「国が？」

「そうじゃ。リンダのような逞《たくま》しい商人たちの支えと、セレスタの官僚の尽力で、表向きこの国は問題もなく回りそうに見える。じゃが、この国の民は敗北したまま、今もって起き上がることもできずにいる。そう、なまじに我らは強く団結し、古く強い誇りを持っていたがゆえに、敗北から立つ術を知らぬ」

「…………」

「セレスタ商国、貴様らが悪いとは言わぬよ。むしろよく我らを活かそうとしてくれている。じゃが、それでも、この国は病んでおる。……病んでおるのじゃ」

「王……」

「済まぬ。詮なきことを喋りすぎた。だが、もしも叶うなら、よき若者たちをまたトロットの大地に帰しておくれ、美しきエルフよ。病んだこの国には気力が必要なのじゃ」

「……彼ら次第です」

再び略礼をして、ディアーネさんは背を向ける。

「……行こう」

「ディアーネさん……？」

何故かディアーネさんは、酷く厳しい顔をしていた。

駅馬車を降りて、広い平原に再び立つ。

俺たちの馬車を隠したあたりだ。

「そういえばアンゼロス、お前お袋さんに何を話したんだ？」

「？」

「いや、なんか随分あっさり折れたから。朝から相当話したんじゃないか？」

「まあね。……お前と初めて会ってから、最近女だって知られて、この間助けられて、抱かれるまで、大体全部話した」

「……お、おい、俺、お前と初めて会った時のことなんて覚えてないぞ？」

「だろうな。薄情者だし」

……ちょっと傷つく。

でも、アンゼロスは楽しげに微笑んで。

「最初にクロスボウ隊に配属された時、僕はチビで生意気で、細かいことが許せなくて、その上見慣れない白エルフ系で。みんなうるさがって相手してくれなかった」

「……そうだっけ？」

「でもお前だけはよろしくって言ってくれた。ハーフエルフが皆と一緒に頑張れるなんてセレスタはいいところだ、って笑って」

「……そんなこと、言った？」

「忘れてるだろうと思った」

気を悪くした風でもなく。

「酔っ払って、脳内嫁と間違えて僕に抱きついた時もあったな。僕はめちゃくちゃ恥ずかしくて、でもお前しつこくて。でもあの時から、護衛歩兵のみんなが僕に親しくしてくれるようになった」

「……全然思い出せない」

「うん。でも、そういうのの積み重ねだよ、僕とお前の絆は」

呆れるリンダさんの顔が目に浮かぶ。

「僕が孤独な時、助けて欲しい時、傍で何の気なしに守ってくれたのはいつもお前だった。女だってわかってても、ずっと変わらずに僕を守ってくれた。……必要のない時の腕力なんかより、必要な時のちょっとした勇気や優しさの方が、僕は大事だと思うんだ」

「ぐ、偶然ばっかりじゃん……」

「それで何か悪いのか？　ライラもジャンヌも、オーロラもディアーネさんも、セレンも、みんな偶然なしにお前を好きにはなってない」

「そりゃ……まあ、そうだけど」

「タイミングだろ、恋って」

わかったようなことを言って、アンゼロスは俺を馬車に押し込む。

そして薄闇《うすやみ》の中で、どさくさ紛れに俺に熱烈なキスをした。

「!?」

「……ふふ。大好き、アンディ」

耳をてろっと垂らして、やたらと幸せそうな笑顔。

しかし、その背後には薄闇とか問題にしない視力の人たちがいて、ブーイングする。

「……あー！　アンゼちゃん抜け駆けしてるー！」

「姉上、少しくらい許してやれ」

「十人長ー！　アタシもちゅーするだよー！」

「ほ。ここのところアンゼロスばかり気にしてからに。我への感謝を忘れたらいかんぞ、アンディ？」

乗ってそれ以外の人も。

「私も今回地味に結構走り回ったんだから労って欲しいですー！」

「わたくしとて貴方の奴隷ですわ。いつでもまたがれとお命じになって構いませんのよ？」

ああもう。

「いいから！　みんな、エッチは夜になってから!!」

みんな、一瞬シンとして。

「夜、みんなって言ったな？」

「うむ。確かに聞いた」

「んもー、ちゃんとみんなしなきゃ先生怒っちゃうぞ？」

「わたくしは毎日中出しという約束でしたわよね♪」

「私とかライラさんとか、一昨日も昨日もエッチ抜きだったから優先ですよー？」

「ほ。たまにはセレン、気が利くの」

「あ、アタシもしてないだよー!?」

「いいから飛べー!!」

◇◇◇

「王、聖地より使いが」

「ぬ？　どうした」

「ボナパルト卿の目の治療、成功したようです」

「ほう。半ば諦めておったが、それはめでたい」

「念のため、ポルカの霊泉に向かうそうです」

「ほっほっ。いよいよじゃな。……さて、よき結末を綴ろう、アーサーよ」

「…………王様。何を企んでいる?」

「ほっほっほっ。どうせ今や座ってニヤつくことしかできぬ爺じゃ。何を企もうとよいではないか、リンダ」

「…………」

特別編1　あいつらのせいだ

「あいつらのせいだ……」

薄闇の中に呪詛が響く。

傍から聞けば怪談のような声だな、と、どこか他人事のように思いながら、その声の響きで自分の正気を計っている。

そうしていないと狂った現実に取り込まれてしまいそうだった。

虫も鳴かない砂と岩の迷宮の夜。

灰色に遮断された闇に響くのは、他には忙しなく続く男女の嬌声《きょうせい》だけ。

いつまでだって続くそれに、声だけでも抗っていないと自分が保てない。

だから、黒い鎧の中に響かせるように何度でも呟くのだ。

「……あいつらのせいだ」

そういうことにしよう。あいつらのせいにしよう。

あいつらのせいだから、仕方ない。どうしようもない。

卑猥すぎる現実がすぐ隣にあるのだから、自分のカラダが反応してしまうのも仕方がないし、長い夜は退屈すぎるのだから、嬉しそうに犯されている声に感情移入してしまうのも仕方ない。

この迷宮で声が届かないほど離れるとか、聞こえないよう耳を塞ぐとか、そんな真似をすれば危険だ。どこから何が襲ってこないとも限らない。彼らを守るのがエースナイトたる自分の使命なのだから、それを放棄して安眠を取るなんてもってのほかだ。

だから。

……嬌声が収まり、声が変わる。

セレンが終わってディアーネに抱き替えたようだ。

侵入してくるペニスの感触を、素面《しらふ》では聞いたことのなかった彼女の甘い吐息が表現する。

ハーフとはいえエルフの耳はいい。だからわかる。

よく聞いていれば、その時に彼のペニスが褐色の美女の陰唇をかき分け、侵入し始めた段階なのか……それとも膣道を押し拡げていく段階なのか、あるいは彼女の膣を完全に征服し、子宮口をその先に捉えている段階なのか、声の高さや力み具合で判別もつく。

その肉槍の感触を想像してしまうのだって仕方ない。

自らの性器が反応し、淫液をじわりじわりと分泌し始めているのだって仕方ない。

全て全て、

「あいつらのせいだ……！」

呪う声の低さで、自分自身の存在を確かめ、現実との距離感を定める。

自分は破廉恥を取り締まる堅物十人長で、彼の馬鹿な乱痴気に苦言を呈するのが役目の、頼りになる護衛で親友だ、と居場所を思い出す。

それ以外に自分の居場所なんて想像できない。したこともない。

できるわけなんかない。

この社会で、ハーフエルフに居場所所は貴重だ。エルフを敵視するトロットほどに風当たりが強くはないにしろ、やはりどこでも歓迎されるというには曖昧すぎる存在だ。

例えばエルフならば魔法ができる。純粋な人間ならば仲間意識で迎えてくれる。オーガなら力があるし、獣人は機動力が高いから、扱いようはいくらでもある。

ハーフエルフには、そういう明確な立場がない。

それでも……セレンほど見目が良ければ、と羨むこともある。

自分が醜いなんて思ったことはない。だがハーフエルフの女の多くは大いにセクシャルな体型をしている。

それに比べて自分のカラダはどうだろう。

純血エルフだって、普通はもう少しくらい育つ。貧相なまま大人になってしまった自分の姿に、劣等感は当然ある。

女だと知れ渡っても男装がそう簡単に捨てられないのだって、こんなつまらないプロポーションではセレンに当然見劣りすることが目に見えているからだ。

まだ無骨な恰好で突っ張っている方がポーズの取りようがあるというもの。

……まだ、そうしている方が……彼の顔を正面から見ていられるというものだ。

だから、これは単に性欲を処理しているだけ。

届かないとわかっているものに期待しているわけじゃない。自分があの場に入ることを望んでなどいない。

そう言い訳をしながら、彼女は活発に愛液を分泌し始めたヴァギナに指を這わせる。

人間族はそこに被毛があるというが、それを直接見たことはない。母と一緒に入浴したのなんて赤ん坊の頃くらいで記憶もなく、風呂の入り方は何十人もいた侍女に教わり、濡れてもいい服を着たまま入浴を手伝ってくれたものだった。

男所帯でデリカシーに欠けるクロスボウ隊の連中のせいで、逆に男の股間はいくらでも見たことはある。

もちろん彼らは男同士だと思って隠さなかったわけで、彼女もそう振る舞っていたため「だらしない」とは言えてもそれ以上には咎められなかったのだが。

だから、彼の逸物も見たことは幾度もある。

……ディアーネが元から男たちに裸体を隠さなかったせいで、完全勃起状態のそれですら知っている。

それが今、まさにディアーネのそこに収まっているのだ。

ディアーネの甘えた吐息が耳に届く。

「あの」肉棒が女の中に侵入し、暴れている。その感触を想像する。

自分があれに貫かれている様を思い、今、自分の指で荒らしている入り口からヘソの下まで出入りする妄想を膨らませる。

まだ男を知らない彼女の性器は、それを本当に想像できはしない。それは自分でもわかっている。

だが、それでも甘い体験であることだけは間違いない。

処女膜を引きちぎられる痛みが、人によっては本当に苦痛であるという伝聞を差し引いても。

想像の中で彼の肉棒が自分の下腹を出入りする。それだけで、彼女はまるで熱い物に触れたような本能的な全身反応と、その奥から遅れて襲い来る多幸感に打ちのめされるような気持ちになる。

「……あいつらのせいだ……♪」

呪詛までが甘く染まり始めた。

そのことに気づかない振りをしながら、想像の中で彼女はディアーネになりきる。

170歳以上も年上で、強さもエースナイトでは及びもつかない彼女になりきるなんて、普段ならおこがましくて考えすらしないけれど。

今は、彼女の喘ぎ声を自分が立てているものと思い込み、先ほどの想像が脳髄を焼くたびに全身に走る電撃のような快楽に浸る。

ディアーネの味わっている快楽は、今、自分が想像で得ているものよりも大きいのだろうか。

だとしたら、毎晩セレンと競い、明け方近くまで止まらないのも納得するしかない。

この自慰よりも大きな快楽が一晩中与えられてしまったら、およそ自分が理性的な存在に戻れるとは思えない。

セレンのように自分を奴隷と貶めてでも、きっと夢中になってしまうだろう。

それに……彼はきっと、雌奴隷と呼んだとしても、その実、優しく情熱的に抱いてくれる。

それは今まで過ごした日々で確信している。そういう奴だ。

だから。

「……あ、あいつら……の……っっ♪」

呪詛はもう、完全に男装と嫌悪の色を捨て、ただの雌の甘い喘ぎとなり。

届かない遠い世界と割り切った、ただの感情移入の妄想の中で、それでもいつの間にか自分の存在が割り込んでいく。

もしも、もしも彼がディアーネでなく彼女を抱き締めたのならば、そして貫いたならば、と。

そう思った瞬間、今までの強さでさえ中毒になりそうだった快楽の波紋が、もはや衝撃というほどの強さとなって爪先まで駆ける。

「……っっっ……っ♪」

彼女は黒い鎧の内側から這わせた手を下着ごしに愛液まみれにして、気絶寸前の絶頂を味わう。

もしもその姿を見ている者がいたなら、あまりに滑稽な姿での自慰に苦笑すればいいのか、激しい痙攣に心配してやればいいのか、判断に困ったことだろう。

……ぼんやりと意識が戻り、彼女はむくりと立ち上がる。

誰も見ていないことを確かめて安心し、少し考えて鎧、そして下着をその場で脱ぐ。

無様なオナニーを彼に見られるのは耐えがたいが、半裸を見られる程度はもう気にもならなかった。

ディアーネやセレンが裸より恥ずかしい恰好で彼に迫っているのが日常になりかけているからかもしれない。

「……あいつらのせいだ」

グチャグチャになった下着から漂う匂いに顔をしかめ、彼女はまた呪詛を吐いた。

特別編2　沼と緑の途上で

　砂漠の南東端・ヘリコンの町からエルフの森林領までの間には湖沼地帯が広がる。

　いかにもエルフが出て来そうな、鬱蒼《うっそう》としつつも適度にドライな森……といった雰囲気ではなく、生ぬるくて蒸し暑い世界だ。

　なんとか街道は整備されているものの、頻繁に降る通り雨でぬかるみ、蹄の音もポックポックという具合ではなくグチャグチャと響くし、馬車の車輪も沈みがち。

　乗り合いの馬車なんて元々あまり乗り心地がいいとは言えないが、このあたりの道は特に荒れていて、揺れと停滞を繰り返し、疲れる。バッソンを出た頃に乗っていた馬車が懐かしい。

「今夜は野営かもしれんな」

　空を見ながらディアーネさんが呟く。遥か後方に日は沈み始めていた。

「こういうグチャグチャしたところでの野営は勘弁してもらいたいんですがね……」

　ディアーネさんが悪いわけではないが、つい文句のように呟いてしまう。


　天候の変化などで手間取ったせいで馬車が目的地に辿り着けない場合、途中で野営することはままある。適当な広場に火を焚き、馬を休ませるついでに乗客や御者も食事を取り、眠るわけだ。

　寝方については、狭い座席に座ったまま眠って夜明かしするか、あるいは外の火の近くに寝場所を定めて転がるか。その辺は臨機応変。

　しかし、こういう湿った土地では外に寝るのも勇気がいる。だからといって全部の乗客が馬車の中に引っ込むと、暑苦しいし狭いし息苦しい。

　ちょっと無理してでも宿場まで行ってほしいんだけどなあ。

「仕方ないさ。他の馬車もいるだろう」

　ディアーネさんが親指で後方を指す。

　合流している乗り合い馬車や荷馬車が数台あり、ちょっとしたキャラバンのようになっていた。

　どうも護衛を各個で雇うよりはこういう一団に入れてもらう方が安上がりらしく、宿場ごとに台数は増減しながらも道連れの馬車は必ずいた。そしてその数が多いほど、機動性は緩やかに下がる。

　泥にスタックしたり、あるいは乗客にトラブルが起きたり、本当に動物や魔物、野盗に襲われたり。

金を取って同行を受け入れた以上は、護衛を乗せているった。

先頭馬車もそれらを待たないというわけにはいかないのだった。

今はせいぜい4台だが、多い時は10台以上の馬車が行列することもあるという。そうなればトラブル皆無の方が珍しい。

馬車なんかより歩いた方が早いという旅人もいるくらいだ。もっとも、腕に覚えがなければそれこそ何に襲われるかわからないのが困ったところだけど。

「もどかしいもんです」

「そう急くな。ライラのおかげでだいぶ時間を節約できただろう？　こういうところでの野営だってひとつの経験だ。自慢話の種と思えば悪くない」

「ディアーネさんはこの辺歩いたことがあるんでしたよね？」

「昔な。こんな馬車ではなく徒歩だったが……色々と発見があったよ」

砂漠の南はディアーネさんの故郷。とはいってもダークエルフの領域はもっと砂漠寄りで、この近くで育ったというわけではないらしいけど。

「まあ、そんなに不安に思うことはない。何からだって守ってやる」

「そこは心配してないんですけど」

身に危険が迫らないのと快適であることは、また別の問題。

まあ、単にくっついてきてるだけの分際で俺が贅沢言うのもナンだけどね。

砂漠と違って夕食の材料には事欠かない。

急な野営を嗅ぎつけて、馬車隊の集まった広場に寄ってきたのは野盗……ではなく、近所の村に住むという農家の皆さん。

このあたりで取れるというフルーツや、仕掛けで獲った魚などを売りに来ていた。

「商魂たくましいな」

「セレスタらしいですよねえ。ありがたいですけど」

アンゼロスとセレンが彼らから食材を仕入れていた。

俺たちも一応、保存食は用意しているのだけど、なにぶん保存食だ。それだけでは味気ない。

「このあたりはリザードマンの集落も多いから、彼らが来るものだと思ったが」

来たのは人間族と猫獣人が主だった。

「リザードマンってそんなに人懐っこいものですか？」

「懐っこいと思うかは人によると思うがな。普通の種族のような表情が乏しいから不愛想にも見える。だが、情動は私たちに劣りはしないし知能も高い。商人として成功している者も珍しくない」

「へえ……」

「ただ、やはり文化が独特で、彼らの風俗は知らない者から見ると野蛮に見える。いきなりコンタクトできるようには思えなくても無理はないな」

「文化が野蛮っていうならエルフだって大概ですけどね」

セレンが愚痴のように呟く。

まあ……ポルカでは基本的に見かけたら攻撃してくる「外敵」だったしな。

そのせいで自分と親友を殺されかけた経験のあるセレンから見れば……ということだろう。

「とにかく、食事にしようか。火の扱いには気をつけろよ。湿地帯といっても火事はありえる」

ディアーネさんの号令で、俺たちは四人で食事の準備に取り掛かる。

周りでも他の乗客や御者、あるいは護衛の傭兵たちが、それぞれに調理に取り掛かっている。

夕暮れの湿地の低い空に、肉や魚を焼き、煮込む、いい香りが漂った。


夜は外で過ごすことにする。

今乗っている馬車の座席は本当に座る専用で……というか背もたれが垂直で、特にクッション性もないので寝るのには全く向いていないのだ。

座面や足元にみんな寝転がるのもちょっと無理があるしな。雨が降って来たらまあ、急いで乗り込むってことで。

「虫よけの魔術……って、そんな地味な魔法あるんですか」

「地味だが重要な魔法だぞ。こういう時に外で過ごすのはもちろん、農業にも使えるし調理の際の寄生虫駆除にも応用できる」

「意外と適用範囲広いんですね……」

「いきなり虫がパッと消えてなくなるわけではないから、あまり急ぎの状態で使えるものではないが」

野営に臨むにあたり、ディアーネさんが俺に魔法をかけてくれる。

「これで刺される心配はしなくていい」

「ありがたいです」

実は湖沼地帯に入ってからこっち、結構刺されていた。蚊だかアリだかダニだかわからないが、あちこち痒かった。

そういう心配がなくて済むのはとてもありがたい。

「野営の時の虫って本当に鬱陶しいよね……」

自分も魔法をかけてもらいながらアンゼロスが共感して

くれる。

こいつの場合、暑い時でも鎧脱がないからなー。余計に痒さがもどかしいだろう。

「ヒルとかも避けられるから、水浴び前にもいいんですよね」

セレンは自分で自分にかけている。

……水浴び。水浴びかあ。

セレンやディアーネさんの水浴びシーンを想像する。

うん。いい。

いや、二人の裸は何度も何度も見ているし、拝む以上のこともたくさんしているが、それはそれとして女の子の水浴びは素晴らしいに決まっている。

それは何度見たとしても価値が揺らぐものではない。決して。

「そうは言ってもこのあたりの沼で水浴びをする気にはならないがな……」

「それは、まあ……」

ディアーネさんの言葉に苦笑するセレン。

まあ……うん。正直ここらは美女が浸かっていて絵になる感じの水場じゃない、というのも事実なんだよな。全体的に濁ってるし。

「残念だ」

思わず本音を口にしてしまう。

アンゼロスには呆れ顔されて肘で小突かれたが、ディアーネさんとセレンは苦笑……するかと思えば、二人してわりと真剣に何かを考え込んでいる。

あれ？　裸妄想してるうちに何か聞き逃したかな？

……と思ったのはもちろん間違いで。

深夜。

「お前の期待を裏切って悪いが、ここらは水が汚い以外にも問題があってな。どこにワニや大蛇がいるかわからないんだ。不要な怪我をするのはちょっとな」

「虫よけの魔術じゃ、あまり大きい動物は止められませんしねー」

という事情を教えてくれつつも、二人は月明かりの下、見せつけるようにそっと服を脱いでいく。

俺たちの焚き火は女所帯ということで他から多少距離を取っているとはいえ、他の乗客や御者、傭兵らの焚き火から100mと離れているわけではない。せめてもの目隠しとしてマントを集めて立てた布囲いも貧相で、隙間から覗けば普通に見られてしまう。

それでも、二人は焚き火の前で踊るように脱ぎ、裸になってみせた。

「さ、さすがにちょっとサービスよすぎないかな」

「いつでもアンディさんには最高にサービスいいつもりですけど？」

「ああ。この身を惜しむつもりはない」

「いや、俺へじゃなくて他の男にサービスしすぎてない⁉」

まあ正直、セレンはともかくディアーネさんは隊舎でも気軽に男どもに裸を晒していた（主に風呂で）のでともかく、セレンは若干思い切りがよすぎないだろうか。

「アンディさんのためなら他の人の視線に遠慮なんかしません。だって雌奴隷ですし♪」

と、思ったものの。

こういう方針らしい。

ディアーネさんに視線を向ければ。

「？」

何か気になるのか？　と言わんばかりの平然顔。

ああ……うん。ディアーネさんとしてはそうなるのかな。自分の露出はいつものことなので気にならず、じゃあセレンが好き好んで裸になっているのなら、自分を差し置いてセレンだけそこに問題を感じるはずがないわけで。

モラルハザードという奴だろうか。俺は彼女らの過剰な躊躇いの捨てっぷりを指摘し、適切なバランス感覚で３Ｐを密やかに楽しむべきだろうか。

……ちょっとマント衝立の向こうの、他の連中の心情になって考えてみよう。

例えば。例えばだ。

ディアーネさんやセレンにあわよくばという感情を持った奴がいたとして。二人のこのあられもない姿を発見してしまったとしよう。どうするだろうか。

乱入？

まさかまさか。他のカップルのセックスを見て、ご配慮しつつ紳士的に近くで咳払いでもして諌めるならまだしも、いきなり「俺も混ぜろや！」といく奴はいないだろう。いたとしてもディアーネさんなら一瞬で叩き潰すし、セレンもただで触られるほど鈍くはない。

あるいは糾弾？

こいつらセックスしてますぜ馬車から放り出しちまえ！とでも？

いやいや、そんなの通るはずがない。ヘリコンでの契約の時にだって「セックス禁止」なんて言われた覚えはないし、そんな理不尽な契約破棄なんかしたら、それこそ糾弾されるべきものだろう。

だいたい、頼りない衝立とはいえ一応隠れてるんだから、覗く方が悪い、という論理も立つはずだ。

二人相手にヤるのは道徳的でないとはいえ、一応は「公然」ではない猥褻行為。うん、責められる謂れはない。

何より。

エロいことにあまり後先考えるなんて俺らしくない。

どうせ旅先だ。旅の恥は掻き捨て、ちょっと派手に弾けたって3日も経てばみんな忘れる。

よし。

「まぁいいか」

と、結論した。

エロいことの始末は終わってから考えよう。

「話を戻そう。水浴びをしてみせることはできない。だが、お前が見たいと思うものを見せることはできる」

ディアーネさんはそう言って、スゥッと手を空に掲げる。

褐色の腕が空を撫でるように伸び、そして……その手の中から唐突に、水が溢れる。

その量は決して多くはないが、しかしその肌を伝って全身を濡らしてみせるには充分な量。

「水の魔法……？」

「いや、違う。直接水を魔術で作ろうとしたら、これだけの水を作るのも結構大変だ」

ディアーネさんは苦笑して、掲げた腕から全身を伝い落ちる水を、俺の方にチャパッと振ってみせる。

思わずのけ反ってしまうが、確かに水は俺にかかったはずなのにその感触は……ない。

そうか。

「幻影……」

「安上がりな手段で申し訳ないが、お前は『見たい』というのが主だろう？」

「ふふ。異性の濡れた体が好きっていうのはわからなくもないですからね♪」

セレンもまた、手のひらから水が流れ出し、全身を水滴が覆っていく……という幻影で、俺に水浴び「風」の光景を見せてくれる。虚空から水を出現させるより、そういう風に見せた方がいいんだろうか。

……まあ、顔や髪まで濡れた風にしようとすると勝手が違ってきちゃいそうだしな。ローコストで見せられる「濡れた裸体」の幻影はこれが一番っていうことなんだろう。

これなら彼女たちの体が冷えすぎはしないかという心配もしなくていいし、足元を水浸しにすることもない。バシャバシャと水音を立て続ければ、マント衝立の外の奴らにも不審に思われてしまうしな。

さすがディアーネさんだ。俺のたった一言呟いただけのアホみたいな欲望にすら応えて、コストと効果を最良のバランスで取ってくれる。

「ふふ。理解してくれたようだな。……そんなに嬉しそうな顔をしてくれると、やっている甲斐もある……」

「好きな人を見とれさせるのは女の本懐ですからねー♪」

まるで知らない神話の双子の女神のように、二人は手のひらから流した幻の水に全身を濡らし、その豊満で魅力的な肢体を余すところなく魅せつけるためにひらりひらりと全身を翻してみせる。

伴奏も手拍子もない。ただただ、俺の視線と表情に浮かされた、舞い。

冷たい月光と熱い焚き火の光だけが演出する、たった一人だけに捧げられた裸舞。

俺は密やかなそれに対し、どういう賛辞を送ればいいのかすら思いつかない。

ただただ、きっと間抜けなスケベ面を晒しながら、黒と白の肌が振り撒く虚実の水滴に心を奪われる。

「ご満足いただけました？」

唐突にセレンが囁き、俺はトロンとしていたであろうだらしない顔をハッとさせる。

ディアーネさんは流し目で俺を見下ろしながら。

「そろそろ……褒めてくれてもいいんだぞ。カラダで……♪」

「えへへ……♪」

セレンも、いつの間にかいやらしい目つきになっている。

体を動かしているうちに欲情したのだろうか。……いや、まあ、男の性欲を煽るために全裸で野外で踊ってみせているんだし、そりゃその気にもなるよな。

「……じゃ、じゃあ……」

俺は目の前の美の競演に割り込んではいけないのではないか、という抵抗を押さえつけながら立ち上がる。

未だに煽るようにふるり、ふるりと身を翻《ひるがえ》しておっぱいやお尻の水滴を振ってみせる二人に中腰で近づいて、そっと二人のおっぱいに手を伸ばし、片乳ずつを包むように触れる。

それは濡れていないはずだったが、どちらも濡れて……汗ばんでいた。

「さあ……」

「どうします？」

あくまで、艶っぽく。

ダークエルフとハーフエルフ、二人の淫らな踊り子は、安直に触れた俺の手を逆に掴んで逃がさない。

俺はふらりと身を傾け、ディアーネさんにキス。それを羨んだセレンにも、キス。

「……どうするも何も、エッチしかないでしょう」

「♪」

「♪」

俺の愚鈍な答えこそ、彼女たちが心待ちにしていたもの。

湿地を照らす月光の下、ついに俺は女神の幻想に踏み込み、欲望を挿入する。

「…………お尻、拡げますよ」

「好きにして……」

ディアーネさんの口調が柔らかく、高くなる。

彼女も抱かれる乙女モードに入ったということか。

一糸纏わぬ褐色の裸身に手を這わせ、その突き出された尻たぶを両手でむにゅっと拡げる。

上半身では立ち木に手をつき、体を支えている。これから始まる交歓の激しさを思ってか、その体は不規則にふるふるっと震えて、そのたびに柔らかいおっぱいとお尻が強調されて俺を煽る。

もはやそれに乗らない手はない。

その背をてらてらと光らせるのは相変わらず残る幻影か、あるいは人の近い野外で男を煽ったことによる欲情と緊張で浮き出したものか。

それを確かめることに意味はもうない。だが目の前にある見事な背筋の曲線に惹かれ、最後までそれを考えながら……俺はズボンを落とし、張りつめ切ったちんこを彼女のおま○こに、突き刺す。


「ん……ぁ、んんっ……♪」

「あまり大きな声はダメですからね……」

「……じ、自信……ないっ……♪」

甘えるようなトーンのディアーネさん。

彼女の淫肉にどんどん深入りしていく感触を味わいながら、俺はまたも衝立の向こうを気にする。誰か見に来ているかな。

見られてしまったらどうだろう。いくら彼女たちから始めたこととはいえ、続けるのは無神経すぎるだろうか。

いや、むしろ。

俺はそこで「羨ましいだろう」という不敵な表情を作るのが正解なんだろうな。

堂々と二股を楽しむ男なんてどうせろくでもない。きっとふてぶてしく楽しんでしまうのが正解。セレンもそれなら雌奴隷として堂々としていられるし、ディアーネさんだって「何がいけないんだ」とばかりの態度を取る方が言い訳もしやすいだろう。もしも俺がマトモぶってオロオロしていたら、彼女たちが自分の意志だと開き直る以外にないのだから、むしろ無責任というものだ。

……できるかな。そういう自信満々のモテ男的態度。

頭の中で予行練習をしながら、ディアーネさんの膣肉の中をにゅぽっ、にゅぽっと楽しむ。

「んんぅっ……はっ……ぁぅっ……ぁ、っ……♪」

遅めのストローク。じっくりと丹念に彼女の肉体を楽しんでしまう。

快楽と緊張感が混ざり、射精が早くも近い。

いくらなんでもちょっと早すぎる、と思いはするが、この前のライラを含めてもそんなに経験が多くない俺には、ディアーネさんの挑発も、この快楽も、そして遠く酒盛りの声が聞こえてくるこのロケーションも刺激的すぎる。

少しでも気を散らそうとするが、腰を緩めつつ何か他の意識の置きどころを探す動作は、セレンには別の何かを求める動きに見えたようだ。

つまり……ディアーネさんを犯しながら、セレンの奉仕をも求めようとする贅沢に。

「アンディさん……私は、ここですよっ……んっ♪」

セレンは俺の太腿に斜め後ろから絡みつくように抱き締めてくる。

隠す気一切なしの全裸首輪、丸出しの美巨乳に腕を挟まれ、むしろ多幸感と射精欲求は増してしまう。

出したい。ダークエルフを白濁で満たしたい。

そして順番を待っているこのハーフエルフの胎内にもたらふく精子をブチ込みたい。

オスの欲求が刺激され、もっともっともたせたい、というオスの見栄は哀れにも踏み砕かれる。

「で、ディアーネ……さんっ……！」

「あ……く、んぅ……もしかして、もう……、ぅあっ……？」

彼女がその可能性に気づいた時には、射精は始まってしまった。

ドクン、ドクン、ドクン……トクン、トクン……。

ああ、まだ出ないで、と情けなく思いながら出した射精は、心なしかいつもより元気が足りない気がする。

「………」

ディアーネさんは思ったより早い射精に少し呆然としている。

うん。先にイカせるというのは傲慢にしても、もう少し盛り上げてから出したかった。

しかしセレンはその気まずい雰囲気を察しているのかいないのか。

「……はい、交代ですよ、ディアーネさん♪」

「わ、わかっている……けど」

「イキきれなかったのは回数で頑張ってもらいましょぅ♪ほら、アンディさん……私に孕ませ汁出してもまだまだ先は長いですよ、頑張って♪」

ディアーネさんの隣に白いお尻を並べ、俺に挿入を促す。

まあ……あまり引きずっても場が盛り下がるだけなので

仕方ないか。

割り切ってセレンのお尻に持ち替え、その丸いお尻を改めて手のひらで堪能。

「早く早く♪　前戯なんていいですからハメちゃってください♪」

半分振り返って横目で見返している彼女の横顔は、改めてとんでもなく美しい。

こんなに綺麗で、こんなにスケベで、こんなに明るい女の子が……嬉々として雌奴隷してくれるなんて、やはり都合のいい夢なんじゃないか、と未だに時々疑いたくなるほどに。

しかし夢なら夢で楽しむだけだ。

夢じゃないなら、やっぱり楽しむだけだ。

この娘と好きなだけセックスできるという幸福を手放すなんて、ありえない。

幾度も繰り返した感慨をまた飲み込んで、俺はセレンにも腰を振るい始める。

「はぁんっ……カタぁいっ……ん、あ、んんっ……ぅうっ……♪」

「お前もあんまり声出すなって……」

「出ちゃうん、ですようっ……覗かれたって、いいんですっ……♪　私は、アンディさんのえっちな所有物っ……それだけ、ですからぁっ♪」

「俺が困るんだって……！」

「いっそ、皆さんに……ハメたまま自慢してくれたって、いいんですよっ……？」

セレンは立ち木にすがって腰を突き出しながら、酔ったように囁く。

「そしたらっ……今からずっと、そういうものと思ってくれるかもしれませんしっ……アンディさんのエロペットっ……♪　いつでもハメられる肉便器女っ……ハメてもらうことしか頭にないから、アンディさんがそうしておくしかない、超ドスケベ奴隷って……♪」

「……他の男にも襲われそうだから駄目」

「だから……ずっと膣はアンディさんがハメて占領しておくんです……♪　そうすれば、安心ですよ……♪」

「…………」

ちょっといい考えだと思ってしまったのはきっと冷静さを失っているだけだと思う。

「ずっとハメていたら私はいつアンディにハメてもらうんだ……」

ディアーネさんが少し不満そうに呟き、俺に絡みついてキスを幾度も頬や首に押し付ける。

「ディアーネさんは、私におちんぽ入っている間はアンディさんの指をハメて貰うんです……そしてアンディさんがディアーネさんにおちんぽ入れてる時は、私の膣は指で塞いでくださいっ♪　完璧です♪」

って、これから馬車降りるまでずっと三人素っ裸で絡み合い続けるの？

……エロ絵巻みたいだ。っていうかさすがに俺も24時間は無理じゃないかなって思う。

「悪くないな……」

「いや正気に戻ってくださいディアーネさん。そんなことしてたら馬車降ろされますよさすがに。宿場で好きなだけハメてろって」

「……むう。次の宿場で本当に何日か居座って……」

思ったようにイケなかったことによる欲求不満の切迫感が、地味に彼女を追い詰めている。

「いくら日程に余裕あるからってさすがにそれは遊びすぎって言われますよ……！」

というか、セレンに集中してないからいけないんだ。ヌルいセックスしてるからセレンの突拍子もない妄想が出てきてしまうんだ。

ガンガン突く。

さすがに1回射精したのでそう簡単にはイかない。俺もこないだまで童貞だったが、セレンだって処女だったのだ。頑張れば余裕を奪うくらいはできる。

しかし、そうして集中してのセックスは、ほとんど盛り上がれなかったディアーネさん的には少々羨ましく、納得のいかないものであるようで。

「さっきはセレンに邪魔されたのだから、これくらいは私も絡んでいいよね……？」

少し甘えた口調でやはり横から抱きつかれてしまうと俺も弱い。

腰の動きを緩めてディアーネさんのキスの相手をせざるを得ず、主張の強い乳首が二の腕や背中をなぞるのが気になってしまって、ついセレンの方が疎《おろそ》かになってしまう。

「もー……っ」

セレンは腰を引いていったんちんこを抜き、ねばつく液が俺のちんこと自分の尻の間で糸を引くのも構わず、俺にくるりと向き直って足を絡め、対面立位の姿勢を取る。

立ちバックより動きにくいが、抱きつける分、男を占領できる。

「ちゃんと……ん、ちゅっ……んんっ……わたしのおま○こに……ザーメン流し込むのを、優先して……くらさいようっ……♪」

「ずるいっ……私も、キスしたいっ……♪」

ディアーネさんとセレンがぎゅうぎゅうと抱きつき、俺の唇を奪い合う。

二人の巨乳が俺の胸の上で押しのけあい、至福の感触。もちろん下半身と唇も忙しいのだけど、自分が愛されている感覚がとても心地いい。

焚き火の爆ぜる音。酒盛りの笑い声。水辺に生きるカエルか何かの鳴き声と、遠く響く猿か何かの甲高い声。

それらの彩る湖沼の夜に、二人の極上の女たちを贅沢に抱き替え、犯し替え、競わせて俺は悦に浸る。

こんな一方的な贅沢をしていていいんだろうか。

もしかして何かツケが回ってくるんじゃないか。

そんな小市民ゆえの漠然とした不安が、時おりわけもなく胸に去来するけれど。

だからといって一度許された贅沢を人は簡単には手放せない。

こうも求められ、愛されることの悦びを知ってしまえば、それを捨てずに済ませるためにどんな醜態だって見せるだろう。

いつか夢見たセレン……いや、アップルとの爛れた暮らし。そこにセレン、さらにディアーネさんを加えて、淫らに続く未来を夢想する。

……夢想しようとしたが、具体的には何も思い浮かばない。

彼女たちを手にして放さずにいるために、俺はどこでどういう仕事をし、どういう日とどういう夜を過ごすんだろう。

漠然と靄がかかっている。セレンもディアーネさんも、どこでも生きていけそうなせいか。

あるいは誰も知らない土地を探して、セレンとディアーネさんと俺、そしてまだ見ぬアップルは、土地から土地へ旅を続ける生活でもするのかもしれない。

そんなものは将来設計とは言えないけれど、それが一番しっくりくる気もした。頼りない俺と、定住できないハーフエルフたちと、誰かを愛し始めたらなんでもしてしまうディアーネさん。四人がまとまる想像がそれくらいしかなかった。

それとも、この先誰かと知り合うことで変わるんだろうか。

「ん……ん、はぷっ……んふぅっ……んちゅぅっ……♪」

「お、お前は、下半身でまぐわってるんだからっ……キスくらい譲れっ……！」

「んふふぅっ……♪　アンディさんの勝手でーすよー」

「アンディーっ……」

「じゃあ、ディアーネさんもキス……それと、腰をもっと突き出して……おま〇こかき混ぜてあげますから……」

「♪」

あるいはディアーネさんと結局結婚して、セレンたちを本当に一段下の肉便器にする？

それともディアーネさんを振って、セレンかアップルのどちらかも振って……町の隅っこでつつましい夫婦生活？

もしくは……時間とともに彼女たちの熱情が冷め、俺は今の豊かすぎる性生活の思い出を胸に、またクロスボウ隊の兵士として中年までウダウダして、そのうち少ない年金で酒をカッ食らう寂しい老後を過ごす？

……未来の可能性を突き詰めていくと、どんどん駄目な方に想像が転がる。

贅沢セックスを楽しみながら何を考えているんだ俺。でも最後の「魔法の時間」終了、という幕切れは我ながらリアルでいやだなあ。

……いや、人生なんて明日どうなるかわからない。

そう納得して、巡り来る「今」に必死で対処していくしかない。

ああ、そうだ。俺の馬鹿な頭ではセレンが追ってくることも、ディアーネさんが俺にここまでメロメロになることも、あのドラゴンのライラとセックスすることも予想なんてできなかったんだ。勝手に不安がっていてもしょうがないんだ。

改めて気合を入れ直し、セレンに叩きつける腰の勢いを上げ、ディアーネさんの膣をほじくる指の動きも激しくする。

これが今の俺の精一杯の「現実との向き合い方」だ。

求めてくる彼女たちと思い切り楽しみ、楽しませて。

もしかしたら来るかもしれない予想外の、あるいは予想通りの未来で、それでも後悔が少しでも減るように……エッチをする。

今はそれだけが俺にできることだ。

……って、本当にロクでもないなあ……。

「ん、んぁ、あっ、いいです、いいっ、イキそうっ……アンディさん、もっと強く、もっとぉっ♪」

「アンディっ……欲しい、またチンポ欲しいっ……また、中に出して、指じゃなくてチンポでイきたいっ♪」

二人の声が切羽詰まる。俺も次の射精感がムクムクと膨らんでいる。

ちらりと思い出して衝立の隙間を見ると、誰かと目が合った。知らない奴だ。

傭兵か御者か、他の馬車の乗客か。本当に覗きに来ていたらしい。

頭の中での予行練習の通りに不敵に笑い……と思ったが、特にそんなことはできず、ただ視線が合ったまま顔が硬直して、腰だけはほとんど義務感で加速して、そしてセレンがイくちょっと前に射精してしまう。

「んぁあああぁぁぁっ♪」

「あ、はぅぅっ……♪」

「う……！」

ほとんど同時イキ……と言っていいんだろうか。

というか、見られているという緊張感で一瞬真っ白になって、気持ちよさに浸るどころではなかった。

セレンは俺の首にがっちり腕をかけて膝が崩れないようにしつつビクビクッ、ビクビクビクッと痙攣。

ディアーネさんははぁはぁと息をつきながら、ふと俺の視線を辿り……覗く誰かの存在に気づき。

「…………」

俺の指をそっと押して膣から抜かせ、アンゼロスが買ってきたフルーツの種をひとつ拾って、グチャグチャの下半身を拭わぬままスッと立ち上がり。

「……一応な」

指でピンと弾いた。

いや、ピンって具合じゃなかった。

カッッ！　という感じの音が立ってマント衝立の隙間に飛び、直撃した覗き魔がドサッと倒れる音がした。

「……女があられもない姿を覗き込まれたら、これくらいする権利はあるだろう」

「ま、まあ、あるでしょうけど」

起き上がる気配がない。まさか果物の種で死ぬってことはないよな……？

俺がヒヤヒヤしていると、ディアーネさんはまた俺にスッと寄り添って。

「さて、回数をこなしてもらわないとな……♪」

「え、続けるんです？」

「あんな中途半端な一発でやめられてしまっては眠れない」

「……私もまだまだイケますよ♪」

二人は左右から頬にキスをしてきた。

……夜はまだまだ長そうだ。

まあ、夜が明けてからの馬車旅なんて座ってるしかないんだし……と、俺は気を取り直してディアーネさんの褐色の裸体を抱き直した。


翌日。

「……眠い」

「アンゼロス？　お前早くから寝てなかったっけ？」

「……ね、寝てたけどさ」

クマのできたアンゼロスに恨みがましい顔をされた。

あとがき

Q．これあんただったの⁉

A．はい。自分の仕業でした。

初めましての方は初めまして。そうでもない方はお久しぶりです。神尾丈治《かみおじょうじ》です。

本作はノクターンノベルズ以前、ある匿名画像掲示板の片隅で非常に変則的な連載を十年続けていた代物で、その掲示板の慣習上、長いこと著者名無記載でやっていた作品です。

あまりにおかしな存在だったため、ネット小説界隈でも取り扱われにくく、知らない人は全然知らないけれど、わかる人は妙にオーバーリアクションという、ある種「伝説の作品」みたいな状態だったのではないかと思います。

それがノクターンに転載を始めて人目に触れるようになり、こうして出版の機会に恵まれました。十年前なので、この序盤のあたりはラノベ書き始めるよりさらに前です。うわぁ。

素晴らしいイラストをつけてくださったサクマ伺貴《しき》さん、色々と我儘に付き合って下さった担当編集さん、そして元連載からずっと応援してくれた全ての読者の皆さんに本当に感謝です。

アイザックやベッカーらが主役の番外編もあるので、興味のある方は検索してみて下さい。

では次巻でまたお会いしましょう。予定では第一部完結です。

アンディ・スマイソン

セレン

ディアーネ
ディアーネ
アンゼロス（前半）
アンゼロス
アンゼロス（後半）

ジャンヌ

ライラ

ヒルダ

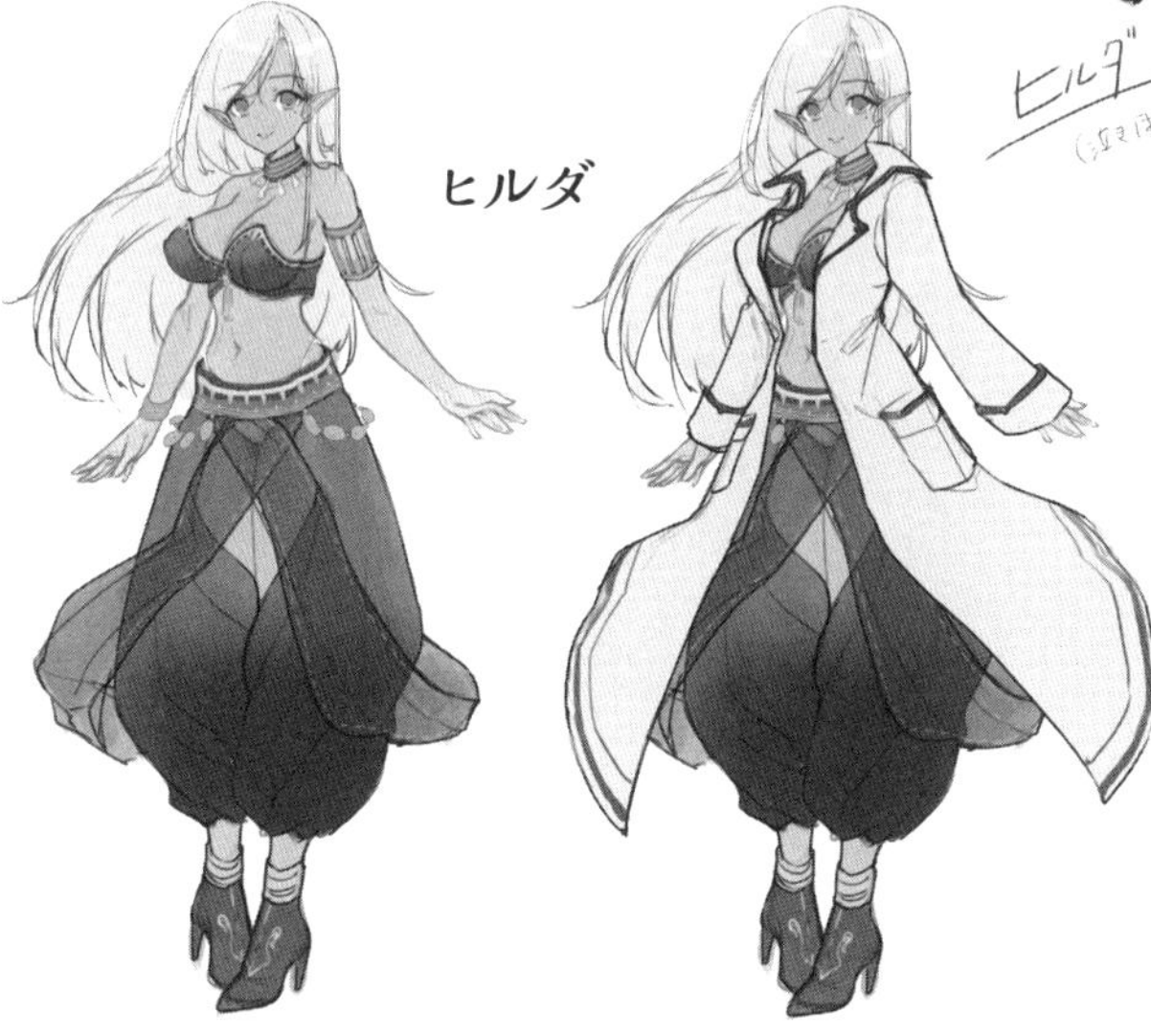

ベッカー
オーロラ
ジーク・ベッカー
オーロラ
ルーカス
ルーカス

オウル、
反抗期の娘に
ダンジョン攻略を挑まれる!?
三週間ぶりに新大陸へと戻ったオウル。だがダンジョンの化身であり、娘同然であるソフィアに彼女自らが作ったダンジョンへ吹き飛ばされてしまう。躾ける意味を含めて、オウルは娘のダンジョン攻略へと挑んでいく! ダンジョン馬鹿同士の親子喧嘩他、新たな神と契約、氷の国と砂の国への侵攻などオウル達の快進撃を収録。官能シーンもより濃くなったダンジョン奇譚最新作!
魔王の始め方 5
【小説】笑うヤカン
【イラスト】新堂アラタ

ノクターンノベルズ×オシリス文庫
第2回次世代官能小説大賞
《大賞》受賞作!
魔王軍の工作員と見なされ王国に処刑された"聖女"アルマエイラ。時を同じくして暴徒に殺された彼女の幼馴染、魔術士ヨアル。20年後、彼は冥府の底から這い上がり、人里離れた魔女の森にその姿を現わす。その目的は、魔王の手で蘇らされた元聖女——"魔女王"アルマエイラ。闇に堕ちた聖女を魔王から奪い返すため、ヨアルはすべてを利用しながらひた走る!
幼馴染は闇堕ち聖女!
【小説】きー子
【挿絵】ぼーかん

成人すると塩になる世界で生き残る話
【小説】宙乃塵屑
【挿絵】新堂アラタ
——その世界は、
未成年しか生きられないものへと
一変した。
ある夏の日、成人になると肉体が塩になって死ぬ世界となり、これまでの社会機能は麻痺し、町では不良共が欲望のままに暴れ回る。そんな中、夏休みから自宅に引きこもってゲーム三昧だった青年・祐也が、不良達の抗争に巻き込まれることとなった。
飛び交う銃弾、破壊と暴力、セックス。
突如出会った盲目の少女と偏執的な後輩少女とともに、この異常な世界を奔走していく!

KTC 編集・発行 キルタイムコミュニケーション
最新情報はオフィシャルサイトへ キルタイムコミュニケーション 検索

BEGINNING NOVELS 話題のWeb小説、続々刊行! 全国書店・通販サイトで好評発売中

惚れ症のハーフエルフさん 1

2018年3月25日　初版発行

【小説】
神尾丈治

【イラスト】
サクマ伺貴

【発行人】
岡田英健

【編集】
横山潮美

【装丁】
マイクロハウス

【印刷所】
図書印刷株式会社

【発行】
株式会社キルタイムコミュニケーション
〒104-0041　東京都中央区新富1-3-7ヨドコウビル
編集部　TEL03-3551-6147／FAX03-3551-6146
販売部　TEL03-3555-3431／FAX03-3551-1208

禁無断転載　ISBN978-4-7992-1126-7　C0093

本書は小説投稿サイト「ノクターンノベルズ」(http://noc.syosetu.com/)に掲載されていたものを、
加筆の上書籍化したものです。
乱丁、落丁本はお取り替えいたします。

本作品のご意見、ご感想をお待ちしております

本作品のご意見、ご感想、読んでみたいお話、シチュエーションなどどしどしお書きください！
読者の皆様の声を参考にさせていただきたいと思います。手紙・ハガキの場合は裏面に
作品タイトルを明記の上、お寄せください。

◎アンケートフォーム◎　**http://ktcom.jp/goiken/**

◎手紙・ハガキの宛先◎
〒104-0041 東京都中央区新富 1-3-7 ヨドコウビル
(株)キルタイムコミュニケーション　ビギニングノベルズ感想係